岩 波 文 庫

37-518-1

ペ　　ス　　ト

カ ミ ュ 作
三 野 博 司 訳

岩 波 書 店

Albert Camus

LA PESTE

1947

目次

ペスト

ある種の監禁状態を別のものによって表すことは、どんなものであれ現実に存在するものを存在しないあるものによって表すのと同じくらい、理にかなったことである。

ダニエル・デフォー(1)

第一部

この記録の本題となる奇異な出来事は、一九四＊年にオラン[2]で起きた。少し通常から外れた事件なのに、その起こった場所がふさわしくなかったというのが大方の意見である[3]。一見したところ、オランはなるほど通常の町であり、アルジェリア沿岸にあるフランスの県庁所在地[4]以上の町ではない。

市街地そのものが美しいと言えないことは認めざるをえない。見かけは平穏なこの町が、地球上のどこにもある他の多くの商業都市とどう違うのか、それを見極めるにはいくらかの時間が必要だ。たとえば、鳩もいない、樹木もない、庭園もない町、鳥のはばたきや葉擦れの音に出会うことのない町、要するにこれといった特徴のない場所をどのように想像してもらえるだろうか[5]。季節のうつろいは、ここでは空にのみうかがわれる。春の到来はただ、大気の質によって、あるいは慎ましい物売りたちが郊外から運んでくる花籠によって告げられる[6]。つまりは市場で売られる春なのだ。夏のあいだ、太陽は乾燥しきった家々をじりじり照らし、薄黒い灰で壁をおおう。もはやよろい戸を閉じて、日陰に潜んで生活するしかない。だが秋になると、反対に泥の洪水である。美しく晴れた日々がやってくるのは、冬になってからだ。

ひとつの町を知るのにうってつけの方法は、そこで人びとがどのように働き、どのように愛し、そしてどのように死んでいくのかをさぐることである。私たちの小さな町では、風土のせいなのか、そうしたすべてがいっしょに、いつも変わらず熱狂的でしかも放心した様子でなされる。すなわち人びとはそこにいて退屈しており、習慣を身につけることに努めている。わが市民たちはよく働くが、しかしそれはつねに金持ちになるためだ。彼らはとりわけ商いへの関心が強く、彼らの言い方によれば、まずはもうけることに専念する。もちろん彼らは単純な喜びも好きだし、女たちや映画、海水浴を好む。けれども、分別のある彼らは、そうした楽しみは土曜の夜と日曜日のためにとっておき、平日はたくさんかせごうとするのだ。日が暮れて職場を出ると、決まった時刻にカフェに集まったり、お決まりの大通りを散歩したり、自宅のバルコニーに出たり(7)する。若者たちの欲望は激しい束の間のものだが、年配者たちの不品行も、ペタンクのクラブや仲間うちの宴、トランプの札の巡りあわせに大金を賭けるとばく場の範囲を超えることはない。

以上は私たちの町に特有のことではなく、現代人とはひっきょうみなそんなものだ、と言われるかもしれない。なるほど今日では、人びとが朝から晩まで働き、さてそれから、生きるために残された時間を、トランプやカフェやおしゃべりで空費するのを選ぶ、そんな光景を見るほど自然なことはない。しかし、人生にはそれ以外のこともあるのではないか、そうした疑いを人びとがときには抱く町や国もある。だからといって、ふつうはそれで彼らの生活が変わるわけではない。ただそうした疑いがもたれることはあったし、それはつねになにがしかの意義はある。オランは反対に、見たところそうした疑いをもたれない町、つまりまったく現代の町なのだ。したがって、私たちの町で人びとがどういうふうに愛し合うのか詳しく説明する必要はない。男たちも女たちも、愛の営みと呼ぶ行為のなかで一刻も早くとむさぼりあうか、あるいは二人の長い日々の習慣のなかに身を投じるかするのだ。この両極端の中間はめったにない。これもまたこの町独自のことではない。オランでは、他の町と同じく、時間もなければ思慮深さもなく、人びとはそれとわからぬままに愛し合うことを余儀なくされるのである。

私たちの町にいっそう独自なこととしては、ここでは死ぬのに困難を覚えるかもしれないということがあげられる。ただし困難というのは適切な語ではなく、快適ではないというほうがより正しいだろう。病気になるのはけっして快いことではないが、病気になってもしっかりと支えてくれる町や国はあり、そこでは、いわば身をまかせてしまうことができる。病人は心地良さを必要とし、なにかに寄りすがりたがる、それは自然なことである。ところが、オランでは、気候はきびしく、商いこそが重要で、景観には見るべきものがなく、たそがれどきはまたたく間に過ぎ、快楽の質が問われ、これらすべてが健康であることを要求する。病人はここでは孤独としか言いようがない。⑧全住民が電話口やカフェで手形や船荷証券や割引の話をしているその瞬間に、暑さでじりじり焼ける幾重もの壁の背後で絶体絶命の状態に追い込まれ、いまにも死にゆく人のことを考えてもらいたい。こんなふうに無味乾燥な場所で不意に襲ってくるとき、死は、たとえ現代の死でさえ、快適でないのがわかっていただけるだろう。

こうした説明によって、おそらく私たちの町についての十分な理解は得られただろうと思われる。とはいうものの、なにごとも誇張してはいけない。強調すべきであったのは、この町と生活のありふれた外観である。しかし、習慣を身につけてしまえばすぐに日々を送ることは苦痛ではなくなる。私たちの町は習慣にあつらえ向きなのだから、万事うまくいっていると言えるだろう。こうした観点からすると、おそらく、生活というのはさほど人を熱中させるものではない。少なくとも、私たちの町では混乱は見られない。住民たちは率直で、好感がもて、活動的で、いつも旅行者たちからほどほどの評価を得ている。目をみはる美しさもなく、木々もなく、生気も見られないこの都市は、しまいには心を落ち着かせてくれるように思われて、ついに人はそこにぐずぐずと安住してしまう。とはいえ公平を期して付け加えれば、ここは比類ない風景に隣接している。草も木もない台地の中央で、光あふれる丘に取り囲まれ、完璧な弧を描く湾に面しているのだ。ただ惜しむらくは、町はこの湾に背を向けて建設されているため海は見えず[9]、海を見るにはいつもわざわざ出かけていかなくてはならない。

　ここまで来れば、その年の春に生じた出来事を市民たちに予感させるものなどなにもなかったことを、容易に認めてもらえるだろう。その出来事は、やがて私たちにもわかったのだが、ここにその記録を残そうと思い立った、一連の重大な事件の最初の兆候のようなものであった。これらの事実は、ある人びとにとってはごく自然なものに見えるだろうし、また他の人びとにとっては反対にありそうもないものに見えるだろう。しかし、結局のところ、記録者はこうした矛盾を慮《おもんぱか》ってはいられない。それが実際に起こり、すべての住民の生活にかかわり、自分の伝えることばは真実だと心中考える多くの証人がいると知るとき、彼の任務はただ「こういうことが起こった」と言うことである。

それに話者が——それがだれかはしかるべきときに明らかになるだろうが——こうしたたぐいの企てを引き受ける資格を得たのは、ただ偶然にまとまった数の供述を集めることができたからであり、またことの成り行き上これから語るすべてにかかわることになったからである。したがって、彼は歴史家のように振る舞うことが許されるのだ。言うまでもなく、歴史家は、たとえアマチュアの歴史家だろうと、つねに史料をもっている。この物語の話者も、だから自分の史料をもっている。それはまず彼自身が見聞したことであり、次に他人の証言である。というのも、自身の果たした役割によって、彼はこの記録に登場するすべての人びとから打ち明け話を聞くことになったからだ。そして最後に、その手に渡ることになった各種の文書がある。適切であると判断したときには、彼はその文書を借用して思うまま使うつもりである。彼の計画ではまた……。いや、注釈や前置きはこのぐらいにして、物語そのものを始めるときだろう。最初の数日の報告は、いくらか詳細に語らねばならない。

四月十六日の朝、診察室を出た医師ベルナール・リユー[10]は、踊り場のまんなかで一匹のネズミの死骸につまずいた。その時はさして気にも留めず、とっさに脇によけて階段を下りた。しかし、通りへ出ると、ネズミがいたのが妙な場所だったと思いなおし、引き返して管理人に報告した。ミシェル老人の反応を見て、リユーは自分の発見したものがいかに異様であったかをますます強く感じた。彼には死んだネズミのいた場所が奇妙に思われただけなのに、管理人にとっては言語同断の許されないことだった。管理人の見解は明快だった。この建物内にネズミはいないのだ。ネズミは二階の踊り場にいておそらく死んでいたと医師は断言したが、ミシェル氏の確信が揺るぐことはなかった。この建物内にネズミはいない、だから外からもち込まれたに違いない。要するに、だれかのいたずらなのである。

その晩、ベルナール・リユーは、建物の廊下に立ち、自宅のある階へと上る前に鍵を取り出そうとしていた。そのとき、廊下の暗がりの奥に、濡れた毛の大きなネズミがよろよろとあらわれるのを目撃した。ネズミは進むのをやめ、バランスを取ろうとしているようだったが、医師のほうへと走り出し、また止まり、小さな鳴き声をあげてくるくると回転し、そして最後に半ば開いた口から血を吐いて倒れた。[11]医師はしばらくそれを眺め、自宅へと上って行った。

彼が考えていたのはネズミのことではなかった。ネズミの吐いた血が、気がかりを思い出させたのだった。[12]一年前から病を得ている妻が、明日、山の療養所へ出発することになっていた。行ってみると、妻は、言い置いたように寝室に横たわっていた。そうして、旅の疲れに備えていたのだ。彼女は微笑んだ。

「とても気分がいいわ」と、彼女は言った。

医師は、枕元の電灯の明かりのなかで、自分のほうに向けられた顔を見つめていた。リユーにとっては、三十歳になり、病気でやつれているにもかかわらず、この顔はいつまでも若々しかった。おそらく他のすべてを消し去ってしまう、その微笑みのせいなのだ。

「できれば、眠るといい」と、彼は言った。「付き添い婦が十一時にやってくる。そしたら正午の列車に乗れるよう、連れて行ってあげよう」

少し汗ばんだ額に接吻した。微笑みがドアまで彼を見送った。

翌日、四月十七日八時に、通りかかった医師を管理人が呼び止め、廊下のまんなかにいたずら者たちが死んだネズミを三匹置いて行ったと訴えた。大きな罠で仕留めたに違いない。なにしろ、こいつらは血まみれだ。管理人はしばらくのあいだ戸口に立ち、ネズミの足をもったまま、悪ふざけの張本人たちがあざけりながら正体をあらわす気を起こさないかと、待っていたのだった。だが、なにごとも起こらなかった。

「まったく、やつら」と、ミシェル氏は言った。「最後には、とっつかまえてやる」

不審に思ったリユーは、患者のなかでもいちばん貧しい者の住む、町はずれの地区から往診を始めることにした。そこではゴミの回収はずっと遅くなってからおこなわれ、その地区の埃っぽいまっすぐな通りを走る車は、歩道沿いに置かれたゴミ箱をかすめて走った。こうしてたどったひとつの通りで、医師は、野菜くずや汚れたぼろ布の上に放り出されたネズミを一ダースほど数えた。

彼が訪問した最初の病人はベッドにいた。小路に面した部屋は、寝室と食堂をかねていた。しわの深い、いかつい顔をしたスペイン人の老人だった。⑬その前には、掛け布団の上に、豆をいっぱい入れた二個の鍋が置かれていた。医師が部屋に入ったとき、病人はベッドに半ば身を起こし、年老いた喘息患者特有の咳き込んだような息をふたたび始めようと、うしろに身を反らせていた。妻が洗面器をもってきた。

「どうです、先生」と、注射を受けながら彼は言った。「やつらが出てくる、見ましたか」

「ええ」と、妻が言った。「おとなりさんは三匹、拾い集めたんですよ」

老人は手をこすり合わせた。

「やつらは出てくる。ゴミ箱がぜんぶいっぱいだ。飢えてるんですよ！」

そのあと、界隈一帯がネズミの話でもちきりなのを確認するのは、リューには造作もないことだった。往診を終え、彼は家に帰った。

「電報が届いてますよ、あなたのところに」と、ミシェル氏が言った。

医師は、新たなネズミを見かけたかとたずねた。

「いや、まったく」と、管理人は言った。「私が見張ってますから、ちゃんとね。やつらがいたずらしようたって、できやしませんよ」

電報は、母の翌日の到着をリユーに知らせるものだった。彼女は、病人が不在のあいだ、息子の家の世話をしに来ることになっていた。医師が家に入ると、付き添い婦はすでに到着していた。リユーが見ると、妻はベッドから起き、スーツを着て、化粧も済ませていた。彼は微笑みかけた。

「いいよ」と、彼は言った。「とてもいい」

ほどなくして駅に着いた彼は、妻を寝台車に連れて行った。彼女はコンパートメントを眺めた。

「私たちには高すぎるんじゃない？」

「必要だからね」と、リユーは言った。

「どういうことかしら、ネズミの騒ぎは？」

「わからない。おかしなことだ、でもじきにおさまるよ」

それから、彼は早口ですまなかったと言った。彼女を気づかわねばならなかったのに、ずいぶんと放っておいてしまった。彼女は頭を横に振った、黙ってと合図するかのように。だが、彼は言い添えた。

「君が戻ってくるときには、すべてよくなっているよ。またやり直そう」

「ええ」と、彼女は目を輝かせて言った。「やり直しましょう」

しばらくすると、夫に背を向けて、彼女は窓ガラスの外を眺めた。プラットホームの上では、人びとが急ぎ、ぶつかり合っていた。機関車のしゅーしゅーいう音が聞こえてきた。彼は妻の名前を呼んだ。彼女が振り向いたとき、その顔は涙に濡れているのがわかった。

「だめだよ」と、彼は優しく言った。

涙の下に微笑みが戻ってきたが、少しゆがんでいた。彼女は深い息をした。

「もう行って。すべてうまくいくわ」

彼は妻を抱きしめた。そしてプラットホームに戻ると、窓ガラスの向こう側には微笑みしか見えなかった。

「どうか」と、彼は言った。「身体に気をつけて」

しかし、その声は彼女には聞こえなかった。

駅のホーム上にある出口のそばで、リユーは幼い息子の手を引いた予審判事⒁のオトン氏とぶつかった。医師は、旅行に出かけるのかと相手にたずねた。オトン氏は、背が高く、黒い服を着て、半ば昔風に言えば社交界の人、半ば陰気な人といった感じだったが、愛想良く、しかし簡潔に答えた。

「妻を待っているのです。私の家族のところにあいさつに行きましたので」

機関車が汽笛を鳴らした。

「ネズミが……」と、判事が言った。

リユーは列車の方向に身体を動かしたが、また出口のほうに向き直った。

「そうですね」と、彼は言った。「たいしたことではないでしょう」

このときのことで彼が覚えているのは、鉄道作業員が、死んだネズミでいっぱいの箱を腕に抱えて通りすぎたことだけである。

その日の午後、診察のはじめに、リユーは若い男性の訪問を受けた。新聞記者で、今朝もやってきたという。彼はレイモン・ランベールと名乗った。背は低く、肩はがっしりして、はっきりした顔立ち、明るく聡明そうな目をしたランベールは、スポーティな服を着て、ゆとりある生活を送っているように見えた。彼はすぐに用件に入った。パリの大新聞のためにアラブ人の生活環境について調べており、衛生状態に関する情報を求めていた[15]。衛生状態は良くないとリユーは答えた。だがそれ以上語る前に、新聞記者というものは真実を言うことができるのかを知りたいと言った。

「もちろんです」と、相手は応じた。

「私が訊きたいのは、あなたが全面的な糾弾ができるかどうかということです」

「全面的、というのは無理です。それは言っておかねばなりません。でも、そんな糾弾、根拠のないものだと思いますが」

穏やかな態度でリユーは答えて、たしかにそのような糾弾は根拠がない、だがそれを訊いたのは、ランベールの証言が留保のないものになりうるかどうかを知りたかったのだと言った。

「私が認めるのは、留保のない証言だけです。ですから、あなたの証言にたいしては、情報を差し上げることはできないでしょう」

「それはサン＝ジュスト[16]のことばですね」と、記者は微笑みを浮かべて言った。

リユーは声を高めることなく、それについては知らないが、ただこのことばは、自分が生きるこの世界にはうんざりしていても、同胞には好意を抱き、自分としては不正と譲歩を拒否しようと決意している人間のことばであると言った。ランベールは首をすえて、医師を見つめていた。

「わかるような気がします」と、彼は椅子から立ち上がり、最後に言った。

リユーは戸口まで彼を送った。

「そんなふうに受け取っていただいて、お礼を申し上げます」

ランベールはいらだっているようだった。

「ええ」と、彼は言った。「わかります。おじゃましました」

リユーは彼の手を握り、いまこの町で大量のネズミの死骸が見つかっている、それについて興味深い報告記事が書けるだろうと言った。

「ああ！」と、ランベールは叫んだ。「そいつはおもしろいですね」

十七時に次の往診に出かけようとして、医師は階段で、まだ若いひとりの男とすれ違った。がっしりした身体の線、彫りが深くいかつい顔に、太い眉が引かれている。彼にはときどき、この建物の最上階に住む、スペイン人のダンサーたちのところで出会ったことがある。ジャン・タルーは、一心にたばこを吸いながら、足もとの階段で死んでいくネズミが最後にぴくぴく痙攣するのを見つめていた。彼は医師のほうに、その灰色をした目の静かな、しかしやや見据えるようなまなざしを向け、あいさつをしてから、こんなふうにネズミが出てくるのは興味深いことだと付け加えた。

「ええ」と、リユーは言った。「でも、しまいにはいらいらしてくるでしょうね」

「ある意味ではそうです、ただある意味ではね。こんなことはいままで目にしたことがない、それだけのことです。でも、私は興味を惹かれます、ほんとうに興味深い」

タルーは手で髪をうしろへかきやり、いまでは動かなくなったネズミをもう一度見て、それからリユーに微笑みかけた。

「でも、結局のところ、これはなにより管理人の仕事ですね」

ちょうどそのとき、医師は建物の前で管理人を見つけた。入口近くの壁にもたれ、ふだんは血色の良い顔に疲労をにじませている。

新たに見つかったことをリユーが教えると、「ええ、知ってます」と、ミシェル老人は言った。「いまじゃ、一度に二匹も、三匹も見つかります。でも他の建物でも同じなんです」

彼は気落ちして、心配そうだった。機械的な動作で自分の首をさすっていた。身体のぐあいはどうかと、リユーはたずねた。管理人は、もちろん、良くないなどとは言えなかった。ただ、調子は万全ではなかった。彼の見立てでは、気分の問題だった。ネズミのせいで落ち込んでいるが、やつらがいなくなれば、すべてうまくいくだろう。

しかしながら、翌四月十八日の朝、駅から母を連れてきた医師は、さらにやつれた顔のミシェル氏と会った。地下室から屋根裏まで、十匹ばかりのネズミの死骸が階段のあちこちに散乱していたのだ。近隣の家々のゴミ箱はネズミであふれていた。医師の母は、この話を聞いても、驚く様子はなかった。

「いろんなことがあるものですよ」

銀髪で、黒く優しい目をした小柄な女性だった。

「おまえにまた会えてうれしいの、ベルナール」と、彼女は言った。「ネズミなんてなんでもないわ」

彼も同意した。ほんとうに、彼女にかかれば、いつもすべてが容易に思えてくるのだった。

リユーはそれでも、市の害獣駆除課に電話した。課長に面識があったのだ。人目につく場所で大量に死んでいくネズミのことを、彼はすでに耳にしているだろうか。課長のメルシエはこのことを聞いていた。波止場から遠くない彼の事務所でも、五十匹ばかりのネズミが発見された。けれども事態は深刻なのかどうか、彼はいぶかっていた。リユーは、自分には判断はできないけれど、駆除課が乗り出すべきだと考えていた。

「そうしよう」と、メルシエは言った。「命令があればね。ほんとうにそうする価値があると君が思うなら、命令を出させるように努めよう」

「やってみる価値はつねにあるよ」と、リユーは言った。

家政婦からいま聞いたところでは、彼女の夫が働いている大工場で、数百匹の死んだネズミを収集したとのことだった。

いずれにしても、ほぼこの時期から、わが市民たちは心配し始めた。というのは、十八日を皮切りに、工場や倉庫は実際、数百匹ものネズミの死骸を吐き出すようになったのである。ときには、いつまでも苦しがっているネズミの息の根を止めてやらねばならなかった。しかも、町のはずれから中心部にいたるまで、医師リユーがたまたま通りかかったあらゆる場所で、市民が集まるすべての場所で、ネズミはゴミ箱で山になって、あるいは溝に長い列をなして待ち受けていた。その日早速、夕刊紙はこの事件に飛びつき、市当局は行動を起こすつもりなのかどうか、この忌まわしい侵入から市民を守るために、どんな緊急の手段を検討したのかと問いかけた。市はなにもするつもりはなかったし、まったくなんの検討もしていなかったが、それでも手始めに、まずは話し合おうと審議会を招集した。駆除課には、ネズミの死骸を夜が明けるたびに収集するよう指示が下された。収集が終わると、課の二台の車でゴミ焼却場へ運び、死骸を焼くことになっていた。

しかし、それに続く数日のあいだに、状況は悪化した。収集される齧歯類の数は多くなるばかりで、その量は毎朝どんどん増えていった。四日目からは、ネズミは群れをなしてあらわれては死んでいった。奥まった小部屋、地下室、貯蔵庫、排水口から長い列を作って、ふらふらと出てきては、光のもとでよろめき、くるくると回転し、人間のそばで死ぬのだった。夜には、廊下や小路で、断末魔の小さなうめき声がはっきりと聞こえてきた。朝には、町はずれの溝の底に横たわっているのが見られ、とがった鼻面に少量の血の花を浮かべ、膨張し腐敗しているものもいれば、硬直してひげをまだピンと伸ばしているものもいた。町中でも、階段の踊り場や中庭で、小さな山をなしているのに出くわした。またしばしば、役所のロビーや学校の雨天体操場、カフェテラスで一匹ずつ死んでいくのもいた。市民が仰天したことには、町のもっとも人が集まる場所でも死骸が発見された。アルム広場[17]、並木通り、海岸の遊歩道など、あちこちが汚染された。夜明けに死骸を片付けても、日中のあいだに、少しずつ町中で見つかり、その数が次第に増えていった。夜の散歩の最中、歩道で、死んだばかりのネズミの柔らかな塊を足の下に感じた者もひとりや二人ではなかった。それはまるで、私たちの家の建つ大地そのものが、たまっていた体液を吐き出して、それまで内部でうごめいていた根太《ねぶと》や血膿《ちうみ》を地面に噴出させたかのようだった。健康な人の濃厚な血液が突然あばれだしたかのように、これまで平穏そのものだった私たちの小さな町が、わずか数日で動転し、茫然自失に陥った様子を考えてみてもらいたい。

事態はさらに深刻になり、ランスドック(情報、資料、どんな話題であれすべての情報を伝える)通信社は、無料のラジオ報道番組で、二十五日の一日だけで六千二百三十一匹のネズミが収集され焼却されたと報じた。この数字によって、町が目撃している日々の状況に明白な意味がもたらされ、人びとの狼狽はさらに増した。それまで、彼らはただ多少気分の悪い出来事に不平を言っていただけだった。いまになってようやく、どれほど広がっているのかもわからなければ、原因も突き止められぬこの現象が、なにか不吉な兆候であると気づいたのだ。例の喘息もちの老スペイン人ひとりが、相変わらず両手をもみ、老人らしい喜びの表情を浮かべて、「やつらが出てくる、出てくる」とくり返していた。

とかくするうち、四月二十八日には、ランスドック通信社はおよそ八千匹のネズミが収集されたと報じ、市中の不安は頂点に達した。人びとは徹底的な対策を要求し、市当局を批判した。海辺に家をもつものは、そこへ避難する相談をすでに始めていた。ところが、翌日、通信社は異常事態が突然やんで、駆除課が収集した死骸の数はわずかになったと報じた。町は安堵の息をついた。

しかしながら、その日の正午、医師リユーが自宅のある建物の前に車を停めると、通りの奥で、管理人がうなだれ、手足はあやつり人形のようにばらばらで、歩くのに難儀しているのが見えた。老人はひとりの司祭の腕にすがっていたが、医師もその顔に見覚えがあった。それはパヌルー神父⑱という、医師もときどき会ったことのある学殖豊かで戦闘的なイエズス会士であり、私たちの町では、宗教に関心のない人びとのあいだでも高い評判を得ていた。リユーは二人を待った。ミシェル老人は目をぎらつかせ、息をぜいぜい言わせていた。気分が悪いので、外の空気を吸おうと思った。ところが、首や腋の下、鼠蹊部《そけいぶ》がずきずき痛むので、引き返し、パヌルー神父に助けを乞わねばならなかったのだ。

「腫物《はれもの》なんです」と、彼は言った。「苦労しましたよ」

車の窓から腕をのばして、医師はミシェルが差し出した首のつけ根に指を這わせた。そこには、木の節のようなものができていた。

「床《とこ》に就いて、熱を測ってください。午後、診察に行くから」

管理人が立ち去ると、リユーはパヌルー神父に、今回のネズミの話をどう思うかとたずねた。

「それは」と、神父は言った。「疫病なのでしょうね」。彼の目は丸い眼鏡の奥で微笑んでいた。

昼食後、リユーが、妻の到着を知らせる療養所からの電報を読み返していると、電話が鳴った。昔の患者の市役所職員がかけてきたのだ。長らく大動脈狭窄症《きょうさくしょう》をわずらっていたのだが、貧しい男なので、リユーは無料で治療してやったことがあった。

「そうです」と、彼は言った。「私のことを覚えておいでですね。でも今度は別の人の件なのです。すぐに来てもらえませんか。隣人のところで問題がもちあがったので」

彼の声はあえいでいた。リユーは管理人のことを考えたが、あとまわしにすることに決めた。数分後、彼は町はずれのフェデルブ通り[19]にある低い建物の入口を通った。

ひんやりして悪臭を放つ階段の途中で、迎えに降りてきた市役所職員のジョゼフ・グランと出会った。黄色っぽい口髭をはやした五十がらみの男で、背が高く猫背で、肩幅は狭く、手足は細かった。

「もち直しました」と、彼はリユーのほうに近づいて言った。「でも、一時はもうだめかと思って」

彼は洟をかんだ。最上階である三階に来ると、左側の扉に、リユーは赤いチョークで書かれた文字を読んだ。

「お入りください。私は首を吊っています⑳」

彼らはなかに入った。テーブルが隅へ押しやられ、倒れた椅子の上にある吊りランプから紐が垂れ下がっていた。しかし、それは中空にぶらりとしていた。

「うまく間に合って、彼を降ろしたんです」と、グランは言った。ごくかんたんな言い回ししか使わないのに、いつもことばを探しているふうだった。「ちょうど外へ出ようとしたところでした。物音が聞こえたんです。扉の文字を見たとき、どう言えばいいのか、これはいたずらだと思ったんです。でも、彼がうめき声をもらしたんです、奇妙な、それこそ不吉なとさえ言えるような」

彼は頭をかいた。

「思うに、首吊りっていうのは苦しいんでしょうね。もちろん、私はなかに入りました」

彼らは扉を押し、明るいけれども質素な家具しかない寝室の入口に立った。ずんぐりした小柄な男が、真鍮製のベッドに横たわっていた。激しい息をして、充血した目で彼らを眺めていた。医師は立ち止まった。その呼吸の合間に、ネズミの小さな鳴き声が聞こえるように思われた。しかし、部屋の隅にはなにも動くものはなかった。リユーはベッドへ向かった。男はそんなに高いところから落ちたのではなく、その衝撃もさほど強くはなかったから、椎骨《ついこつ》は無事だった。もちろん、わずかな窒息症状はあった。レントゲン写真を撮らなければならないだろう。医師はカンフル注射をして、数日たてば良くなるだろうと言った。

「ありがとうございます、先生」と、男は押し殺した声で言った。

リユーがグランに、警察に通報したかとたずねると、グランは当惑した様子を見せた。

「いいえ」と、彼は言った。「いいえ、こちらのほうが急を要すると思って……」

「もちろん」。リユーはことばをさえぎった。「私がやっておきましょう」

ところが、その瞬間、病人は興奮してベッドで身を起こし、自分は大丈夫だからそれには及ばないと訴えた。

「落ち着きなさい」と、リユーは言った。「面倒なことではないし、それに私は届け出をしないといけない」

「ああ!」と、相手はうなった。

それから、彼はのけぞって、すすり泣き始めた。しばらく前から自分の口髭をいじっていたグランが、そばに近づいた。

「さあ、コタールさん」と、彼は言った。「わかりますよね。お医者さんには責任があるわけですよ。たとえば、もしあなたが同じことをしようとしたら……」

しかし、コタールは涙ながらに、もう二度とやらない、一時の気の迷いにすぎない、いまはそっとしておいてほしいと言った。リユーは処方箋を書いた。

「わかりました」と、彼は言った。「このままにしておきましょう。二、三日後にまた来ますから。もうばかなまねはしないように」

踊り場で、彼はグランに、届け出はしないといけないが、その調査は二日後にしてもらえないか警察署長に頼んでおくと言った。

「今夜は彼を見張っていないといけない。家族はいるんですか」

「家族のことは知りません。でも、私が見ていることはできます」

グランは頭を振った。

「彼のこともそうです、たしかに、よく知っているとは言えません。でも、お互い助け合わなくては」

建物の廊下に出たリユーは、機械的に片隅に目をやり、ネズミはこの界隈からすっかり消えてしまったのかとグランにたずねた。グランはなにも知らなかった。もちろんその話を耳にしたことはあったが、界隈のうわさ話にはあまり注意を払っていないのだ。

「気にかかっている別のことがあるんです」と、彼は言った。

リユーはすでに彼の手を握っていた。妻に手紙を書く前に、管理人を診察しようと急いでいたのだ。

夕刊の呼び売りの声によれば、ネズミの侵入は止まったらしかった。しかし、リユーが行ってみると、患者は、ベッドから半ば身を乗り出して片手を腹の上に、もう一方を首にあてて、汚物の容器のなかにピンク色がかった胆汁を、無理やり引きはがすかのように吐き出していた。長い苦闘のあと、息もたえだえに、管理人はまた身を横たえた。熱は三十九度五分あり、首のリンパ節と手足が腫れあがり、黒っぽい二つの斑点がわき腹に広がっていた[21]。彼はいまでは身体の内部の苦痛にうめいていた。

「痛い、焼けるようだ」と、彼は言った。「こいつのせいで焼けるようだ」

くすんだ色をした口からもれることばは不明瞭だった。それから医師のほうへ飛び出たような目を向けたが、ひどい頭痛で涙を浮かべていた。妻が不安そうに、押し黙っているリユーを見た。

「先生」と、彼女は言った。「なんの病気でしょうか」

「いろいろ考えられますが、まだたしかなことはわからない。今晩までは絶食して、浄化剤を服用してください。水もたっぷり飲んだほうがいいでしょう」

管理人はまさに喉の渇きに苦しめられていた。

帰宅すると、リユーは、同業のリシャールに電話した。町でもっとも有力な医者のひとりだ。

「いや」と、リシャールは言った。「異常なものはなにも見られなかった」

「局部炎症をともなう熱も？」

「ああ！　それはある。リンパ節が激しい炎症を起こす例も二つあった」

「異様なほど？」

「まあ」と、リシャールは言った。「ほら、正常の場合には……」

いずれにしても、その晩、管理人はうわごとを言い、四十度の熱があり、ネズミを呪っていた。リユーは固定膿瘍《のうよう》[22]を試みた。テレビン油のやけつくような痛みで、管理人はうめいた。「ああ、あいつらめ！」

　リンパ節はさらに肥大し、固くなり、さわると木のようだった。管理人の妻はおろおろしていた。

「様子を見ていて」と、医師は言った。「なにかあったら呼んでください」

　翌四月三十日、湿気を帯びた青い空には、すでに暖かくなった微風が吹いていた。その風は、ずっと遠い郊外から花の香りを運んできた。街路の朝の物音も、ふだんより活気があり喜びにあふれているようだった。一週間のうちに味わったばくぜんとした不安から解放されて、私たちの小さな町のいたるところで、この日は再生の一日のように感じられた。リユーもまた、妻から来た手紙に安堵して、軽やかな気分で管理人のところへ降りていった。この朝、熱は三十八度に下がっていた。衰弱してはいるものの、病人はベッドで微笑んだ。

「だいぶ良いみたいですが、先生」と、妻は言った。

「もう少し様子を見ましょう」

ところが、正午には、熱は一挙に四十度まで上昇した。病人はたえずうわごとを言い、嘔吐がまた始まった。頸部のリンパ節は触れると痛くて、管理人は自分の頭をできるだけ身体から引き離したがっているようだった。妻はベッドの足もとに腰を下ろし、両手を掛け布団の上に置いて、病人の両足をそっと抱えていた。彼女はリユーを見た。

「どうやら」と、医師は言った。「隔離して、特別な処置をほどこす必要がありそうです。病院に電話しますから、救急車で搬送しましょう」

二時間後、救急車のなかで医師と妻は病人の顔をのぞき込んでいた。きのこみたいな腫瘤《しゅりゅう》でおおわれた口からは、きれぎれのことばがもれ出た。「ネズミのやつめ！」と、彼は言った。顔は真っ青で、唇は蠟のようになり、瞼は鉛色、息はきれぎれで短く、リンパ節炎に苦しむ管理人は、まるでベッドの下にもぐりこもうとするか、あるいは大地の奥底から来たなにかがたえず彼を呼んでいるかのように、簡易ベッドの上に身を縮めて、目に見えない重圧の下で息を詰まらせていた。妻は泣いていた。

「もう望みはないんでしょうか、先生」

「亡くなりました」と、リユーは言った。

管理人の死は、人びとを当惑させる兆候に満ちたこの時期の終わりを、そしてはじめの驚きが徐々にパニックに変わっていったいっそう困難な別の時期の始まりを告げるものであったと言える。市民たちは、この時から納得するようになったとはいえ、それまでは自分たちの小さな町が、ネズミが白日の下で息絶え、管理人が奇妙な病で死亡するのに特別に指定された場所たりうると考えたことは一度もなかった。こうした観点からすると、彼らは要はまちがっていたのであり、その考えは修正されるべきであった。それでも、もしすべてがここでとどまっていたなら、おそらくは習慣が勝利を収めたことだろう。ところが、管理人や貧しい者たちに限らず、市民のなかでは他にも何人かが、ミシェル氏が最初にたどった道をたどる定めとなった。この瞬間から恐怖とそれにともなう反省が始まったのである。

しかしながら、この新しい事態を詳述する前に、話者としてはいま述べた時期について、別の証人の見解を紹介しておくのが有益だろうと信じる。ジャン・タルーは、この物語の冒頭ですでに出会った人物だが、数週間前からオランに居を定め、以来、市の中心部の大きなホテルに住んでいた。見たところ、みずからの収入でゆとりある生活を送っているようだったが、市民が少しずつ彼に親しむようになっても、彼がどこから来たのか、なぜここに住んでいるのか、だれも言うことができなかった。彼の姿はあらゆる公共の場所で見かけられた。早くも春のはじめから、浜辺では見るからに楽しげに泳いでいる姿がしばしば目撃された。人が良く、笑みを絶やさず、健全な娯楽ならなんでも愛好するが、しかし深入りすることはないように思われた。実際、彼に見られた唯一の習慣は、この町に少なからずいるスペイン人音楽家やダンサーのもとに足しげく通うことだった。

いずれにしても、彼の手帖もまた、この困難な時期の一種の記録を成している。しかし、それはあたかも無意味なものを記述するという方針に従ったかのような、きわめて特殊な記録である。タルーは一見、物事や人びとの些細な面ばかりを見ようと努めたのではないかとさえ思われた。あちこちで混乱を見せながらも、彼は結局のところ、物語のないものに関しての語り手になろうと専念していた。おそらくこの方針は残念なものであり、そこに心情の冷淡さを見ることができるのかもしれない。しかし、それでもやはり彼の手帖は、この時期の記録に、それなりの重要性をもつ多くの詳細な二次的情報を与えてくれる。そして、その奇妙な記述ゆえにこそ、この興味深い人物にたいして性急な判断を下すことは避けるべきであろう。

　ジャン・タルーの最初の記述は、彼のオラン到着の日になされている。それは冒頭から、これほど醜い町に滞在することへの奇妙な満足感を表明している。市役所を飾る二頭のブロンズのライオン像の詳細な描写[23]、そして樹木がないことや、醜悪な家々、秩序のない街並みへの好意的な見解もそこに見られる。タルーはさらに、市電や町中で耳にした会話を織り交ぜているが、そこに注釈を加えてはいない。ただひとつの例外は、少しあとで記される、カンという名の人物に関する会話である。タルーは、市電の二人の車掌が交わすやり取りを耳にしたのだ。

「知ってるだろ、カンってやつ」と、ひとりが言った。

「カンだって？　黒い口髭の大男かい？」

「そう。あいつは転轍手《てんてつしゅ》だったな」

「ああ、そうだ」

「やつは死んだよ」

「ええ！　いつだい？」

「ネズミ騒ぎが起こってからさ」

「なんだって！　いったいどうしたんだ？」

「よく知らんが、熱のせいだ。それに、やつは丈夫じゃなかった。腋の下に腫物ができた。それでもちこたえられなかった」

「でも、みんなと変わらんように見えたぜ」

「いや、肺が弱かったんだ。それに吹奏楽をやっていたし。しょっちゅうコルネットを吹くのは、消耗するからな」

「そうだな」と、二番目の男が結論を下した。「病気のときにはコルネットを吹くべからず、だ」

　この報告のあと、タルーは、なぜカンが身体のいちばん弱い部分を犠牲にしてまで吹奏楽団に加わったのか、どんな深い理由があって日曜日の行進のために自分の命を危険にさらしたのかと自問している。

続いてタルーは、自分の窓の真向かいにあるバルコニーでしばしば見かける場面に、好ましい印象を抱いたようである。彼の部屋は、実際狭い脇道に面し、数匹の猫がその壁の陰で眠っていた。けれども、毎日昼食後、町全体が暑さにまどろむ時刻になると、小柄な老人が、通りの向かいのバルコニーに姿をあらわした。きちんと手入れされた白髪に、軍人風の服を着て背筋をまっすぐのばし、いかつい感じのする彼は、猫を「ニャオ、ニャオ」とよそよそしい優しい声で呼んだ。猫たちは眠そうな薄い色の目をあげたが、まだ動きはしない。老人が通りの上で小さな紙片をちぎると、動物たちはこの白い蝶の落下に惹かれ、車道の中央まで進み出て、紙の最後のかけらのほうへおずおずと前足を差し出す。すると小柄な老人は、猫めがけて正確な狙いをつけ、力いっぱい唾を吐きかけるのだ。唾が命中すると、彼は笑った。

つまるところ、タルーはこの町の商業的性格にすっかり魅せられているようだった。ここでは、外観や活気、楽しみごとでさえも、商取引の必要に支配されているように見える。この特異性(手帖ではこの表現が使われている)はタルーから賞賛を受け、彼の賛辞のひとつは「ついに！」という感嘆表現で終わってさえいた。その日付のついた箇所は、この旅行者の手記が個人的な性格を帯びるように思われる唯一の箇所であった。ただ、それがどれほど意味があることなのか、まじめに書いているのか、判断するのはむずかしい。かくして、ネズミの死骸が発見されたせいで、ホテルの会計係が勘定をまちがえたことを物語ったあと、タルーはいつもより不明瞭な筆跡で書き加えている。「問い――自分の時間を失わないためにはどうすればいいか？　答え――時間の長さのすべてを味わうこと。方法――歯医者の待合室で、座り心地の悪い椅子の上で何日も過ごすこと。日曜日の午後を自宅のバルコニーで過ごすこと(24)。理解できない言語でおこなわれる講演を聴くこと。もっとも長く不便な鉄道の旅程を選び、もちろん立ったままで、旅行すること。劇場の窓口の列に並び、チケットを買わないこと、等々」。しかし、これらのことばや考察の逸脱のすぐあとで、手帖は私たちの町の市電について詳しく描写し始める。そのゴンドラ風の形や、はっきりしない色合い、いつも見られる汚れを語ったあと、最後に「注目すべきことだ」という指摘がなされているが、それがとくになにかを説明するわけではない。

ともあれ、タルーがネズミの話について記したのは、以下の報告である。

「きょう、向かいの小柄な老人は狼狽している。猫がもう姿を見せないのだ。猫は、通りで大量に発見されるネズミの死骸にいらだち、たしかに消えてしまったのだ。私見では、猫が死んだネズミを食べるというのはありえない。私が飼っていた猫も嫌っていたのを覚えている。とはいっても、猫は地下室を走り回っているはずだし、老人は狼狽している。彼は髪の手入れを怠り、元気がなかった。不安そうに見えた。しばらくして、彼は室内に戻った。だが、その前に一度だけ、中空に向かって唾を吐いたのだ」

「きょう、町では一台の市電が運行中に止められた。どのようにして忍び込んだのか、一匹のネズミの死骸が発見されたのだ。二、三人の婦人が下車した。ネズミは処分され、電車はふたたび動きだした」

「ホテルの夜警は信頼に値する男だが、このネズミ騒ぎはなにか不幸な出来事の前兆だと思われると、私に言った。「ネズミが船から逃げ出すときには……」。私は、船の場合はそうだが、町についてはまだ立証されていないと答えた。けれども、彼の確信は揺るがなかった。彼の意見ではどんな不幸が予測されるのか、とたずねてみた。不幸というのは予測が不可能なので、彼にはわからなかった。しかし、それが地震であったとしても、彼は驚かないだろう。それは起こりうると私が認めると、彼は心配じゃないですか、とたずねてきた」

「『ぼくの唯一の関心は』と、私は彼に言った。『心の平和を見つけることなんだ』」

「彼は私の言いたいことをすっかりわかってくれた」

「ホテルのレストランに、たいへん興味を惹かれる家族がいる。父親はやせぎすで背が高く、硬いカラーの黒い服を着ている。頭の中央が禿げていて、左右に灰色の髪の房を垂らしている。丸くていかつい小さな目、細い鼻、平たい口をしていて、育ちの良いフクロウみたいな感じだ。彼はいつも先頭に立ってレストランの入口にやってくると、脇へよけて、黒いハツカネズミのような小柄な妻を先に通し、それから、芸を仕込まれた学者犬といった服装の小さな男の子と女の子をあとに従えて、なかに入る。食卓まで来ると、妻が席に着くのを待って彼が腰かけ、それからようやく二匹の忠実なプードルたちも、自分の椅子の上にのっかることができる。彼は妻と子どもたちに向かって『あなた』と呼びかけ、妻には丁重な口調で悪口を言い放ち、子どもたちには決めつけるようなせりふを投げつける。

「ニコル、あなたはひどく見苦しいですよ！」

「すると、女の子は泣き出しそうになる。そうこなくちゃ、というわけだ」

「今朝、男の子のほうはネズミの話にひどく興奮していた。彼は食卓でひとこと言いたかったのだ。

「食卓でネズミの話なんかするものじゃありません、フィリップ。これからは、そんなことばを口にするのを禁じます」

「お父様のおっしゃる通りよ」と、黒いハッカネズミが言った」

「二匹のプードルは餌の皿に鼻を突っ込み、フクロウはわずかに頭をかたむけ、感謝を表した」

「こうしたりっぱな手本があるにもかかわらず、町ではネズミの話でもちきりだ。新聞もそれに加わった。地元の記事欄は、ふだんは雑多な内容で埋められているが、いまは市当局に対抗するキャンペーン一色だった。「市の幹部たちは、ネズミの腐敗した死骸がもたらす危険をわかっているのだろうか?」ホテルの支配人がもち出す話題は、もうこれ以外になかった。ただ、それは彼が憤慨しているからでもあった。格式高いホテルのエレベーターにネズミが見つかるなんて、考えられないことなのだ。彼を慰めるため、私は言った。

「でも、どのホテルもみな同じなんだから」

「それなのですよ」と、彼は言った。「われわれも、いまや、みなと同じなんです」

「人びとが心配し始めているこの驚くべき熱病について、最初の症例を語ってくれたのは彼である。部屋係の女性のひとりが罹患したのだ」

「『でも、まちがいなくこれは伝染病じゃありませんよ』と、彼は急いで補足した」

「自分にはどちらでもいいことだと私は彼に言った」

「『なるほど、わかりますよ。私と同じですね、あなたは運命論者だ』」

「私はそんなことを主張したことはまったくないし、それに運命論者ではない。そう彼に伝えた……」

この瞬間からタルーの手帖は、すでに人びとを不安がらせているこの得体の知れぬ熱病について、いくらか詳しく語り始める。ネズミが消えるとともに、例の小柄な老人はついに猫たちに再会して、忍耐強く狙いを定めて唾を吐きかけていると記したあと、タルーは、この熱病の症例はもう十例にもなったが、その大部分は死にいたったと付け加えている。

資料として、ここでようやく、タルー描くところの医師リユーの肖像を書き写すことができる。話者が判断する限り、この描写はかなり正確である。

「見たところ三十五歳くらい[25]。中背。がっしりした肩。ほぼ長方形の顔。目つきは暗くまっすぐ見据え、顎はとがっている。鼻は太くて均整が取れている。短く刈り込まれた黒い髪。弓なりの口に、ふっくらとしてほとんどいつも引き締められた唇。日焼けした肌、黒い体毛、いつもくすんだ色調のよく似合う服を着て、いささかシチリアの農夫のように見える」

「彼は歩くのが速い。速度を変えることなく歩道を進み、三回に二回は反対側の歩道に軽やかに跳び移る。運転中はぼんやりしていて、曲がり角を過ぎたあとも方向指示器を出したままにしていることがよくある。いつも無帽で、情報通といった様子」

タルーのあげた数字は正確だった。医師リユーも、それについてはいくらか知っていた。管理人の遺体を隔離したあと、リシャールに電話して、鼠蹊部の炎症[26]についてたずねていたのだ。

「まったくわからないね」と、リシャールは言った。「二人死んだが、ひとりは四十八時間以内、もうひとりは三日目にだ。あとの例は、朝にはすっかり回復のきざしを見せていたんで、放っておいたんだが」

「別の症例が出たら、知らせてください」と、リユーは言った。

彼はさらに何人かの医者に電話した。こうしておこなった調査により、数日間でおよそ二十の似たような症例が見つかった。そのほとんどすべてが死亡していた。そこで彼は、オラン医師会の会長であるリシャールに、新たな患者を隔離するよう要請した。

「だが、ぼくはなにもできないよ」と、リシャールは言った。「知事の権限が必要だ。それに、感染の恐れがあるとなぜわかるんだね」

「なにもわかりません。ただ、症候は憂慮すべきものです」

それでもリシャールは、「自分にはその資格がない」と考えていた。彼ができることといっては、知事にその話を伝えるだけだ。

しかし、話を伝えるそのあいだに、天候が悪化した。管理人の死の翌日、濃い霧が空をおおった。洪水のような、断続的な雨が町を襲った。この突然の驟雨に、雷雨をともなう暑さが続いた。海までもが深い青みを失い、もやのかかった空の下で、銀色あるいは鉄色のきらめきを帯び、目に痛かった。この春のじめじめした暑さよりは、夏の酷暑のほうがまだましだった。高台に沿ってらせん状に建てられた町は、海へ向かってはほとんど開かれておらず、陰鬱なけだるさにおおわれていた。漆喰の長い壁にぐるりと取り囲まれ、埃っぽいショーウインドーのある街路にはさまれ、汚れた黄色の市電のなかにいると、人びとは空の囚われ人にでもなったような気分だった。ただひとり、リユーの患者である老人だけが、喘息に打ち勝って、この気候を喜んでいた。

「暑さでうだるねえ」と、彼は言っていた。「気管支にはこれがいいんだよ」

実際にうだるような暑さだったが、熱病のほうもそれに勝るとも劣らなかった。町全体が熱病にかかっていたのだ。少なくともその日の朝、コタールの自殺未遂の調査に立ち会うためにフェデルブ通りへ向かうリユーにつきまとったのはそんな印象だった。けれども、その印象はばかげているようにも思われた。彼はそれを、自分を襲ういらだちと心配のせいだと判断して、急いで考えを少し整理する必要があると認めた。

彼が到着したとき、警察署長はまだ来ていなかった。グランが踊り場で待っていた。

二人は先にグランの家に入ることに決め、扉を開けたままにしておいた。市の職員であるこの男は、ごく簡素な家具が据え付けられた二間の部屋に住んでいた。目についたのは、二、三冊の辞書が置かれた白い木の棚と黒板だけであり、その黒板の上には半ば消された「花咲く小道」という文字がまだ読み取れた。グランによれば、コタールは落ち着いた夜を過ごしたようだ。ただ、朝目覚めたときには、頭痛に苦しんでいて、どんな反応も示さなかった。グランは疲れて、いらだっているように見えた。部屋のなかを歩き回り、机の上に置かれた、原稿がいっぱい詰まった大きな書類挟みを開いたり閉じたりした。

そうしながら彼はリユーに、自分はコタールのことはよく知らないが、たぶん小金持ちなんだろうと語った。コタールは奇妙な男だった。長いあいだ、彼らの付き合いは、階段で交わすかんたんなあいさつにとどまっていた。

「あの人と話をしたのは二回だけです。数日前、チョークの箱を家にもち帰ろうとして、踊り場でひっくりかえしたんです。赤と青のチョークが入ってましてね。そのとき、コタールさんが踊り場に出てきて、拾うのを手伝ってくれたんです。彼はいろんな色のチョークをなんのために使うのかと、たずねてきました」

グランはそこで、ラテン語の勉強を少しばかりやり直そうとしているのだと説明した。リセを卒業して以来、知識があやしくなっていた。

「そうなんです」と、彼は医師に言った。「フランス語の単語の意味をよく知るには、役に立つと聞いたものですから」

そこで彼は、黒板にラテン語の単語をいくつか書いたのだった。語尾変化や活用によって変化する部分を青いチョークで、変化しない部分を赤いチョークで書き写した。

「コタールさんが理解してくれたかどうかはわかりませんが、興味を抱いたらしく、赤いチョークを一本くれと言ったんです。ちょっとびっくりしましたが、しまいに……。もちろん、それがあの人のやろうとしていたことに役立つとは予想もしませんでした」

リユーは、二度目の会話ではどんなことが話題になったのかとたずねた。しかし、書記を連れた警察署長が到着し、グランの供述をまず聴きたいと望んだ。医師は、グランがコタールについて話すときいつも「絶望した人」と言うのに気がついた。あるときには、「宿命的な決意」という表現さえ用いた。彼らは自殺の動機について議論したが、グランは用語の選択に細かなこだわりを見せた。最後には「内心の苦悶」という表現に落ち着いた。署長は、コタールの態度に、グランが言うところの「重大な決意」[27]を予見させるものがあったかとたずねた。

「昨日、彼がドアをノックして」と、グランは言った。「マッチを借りに来たんです。ひと箱渡しました。彼は言い訳して、近所に住んでいるからとかなんとか……。それから、必ず返すと請け合うので、いいから取っておくように、と言いました」

署長は、コタールの様子が変ではなかったかと、グランにたずねた。

「変だと思ったのは、彼が話をしたがっているように見えたことです。でも、私は仕事の最中でしたから」

グランはリユーのほうを向き、困ったように付け加えた。

「個人的な仕事なんですが」

警察署長はともかく病人に会うことを望んだ。しかしリユーは、まずコタールにこの訪問にたいする心の準備をさせるほうが良いと考えた。彼が部屋に入ると、コタールは灰色っぽいネルの下着だけを着てベッドの上に身を起こし、不安気な表情でドアのほうを向いていた。

「警察ですかい？」

「そうです」と、リユーは言った。「だけど、あわてることはありません。二、三の手続きさえ済ませば、あとは放免されるから」

けれども、コタールは、そんなことはどうでもいい、警察はきらいなんだと言った。リユーはいらだちを示した。

「私も警察が好きというわけではない。一度で済ませたければ、彼らの質問に手早く正確に答えたほうがいい」

コタールは黙り、医師はドアのほうへ引き返した。しかし、小柄なその男はすでに彼を呼んでいて、医師がベッドに近づくと、男は相手の両手を取って言った。

「病人や、首を吊った人間に手を出すことはできない。そうでしょう、先生?」

リユーは一瞬彼を見つめたあと、そうしたたぐいのことが問題になったことはないし、いずれにしても病人を守るために自分はここにいるのだと請け合った。病人の緊張はほぐれたように見え、リユーは警察署長を入らせた。

一同はコタールの前でグランの証言を読み上げ、彼に、行為の動機を明らかにできるかとたずねた。コタールは署長を見ることなく、「内心の苦悶、まさにそれです」とだけ答えた。署長は、もう一度やりたいと思っているのかどうかを言わせようとした。コタールは興奮し、そんなことはない、自分はただ平穏を与えてもらいたいのだと答えた。

「言っておくがね」と、いらだった調子で警察署長は言った。「いま、他人の平穏を乱しとるのはあんただよ」

しかしリユーの合図によって、彼はそう言うにとどめた。

「お察しの通りです」と、外へ出ながら署長はため息をついた。「われわれには他にやらなきゃならん仕事があるのです、あの熱病が話題になってからというもの……」

彼は医師に、事態は深刻なのかとたずねたが、リユーは自分にはなにもわからないと答えた。

「気候のせいですな、結局は」と、署長は結論づけた。

おそらく気候のせいだった。日中の時刻が進むにつれて、あらゆるものが手のなかでべとつき、リユーは往診のたびに懸念が高まるのを感じていた。その日の夕刻、町はずれでは、例の年老いた患者の隣人が鼠蹊部を押さえて、錯乱状態で嘔吐した。リンパ節の腫れは、管理人のときよりもずっと大きかった。そのひとつは膿を出し始めており、やがて腐った果物のように裂けた。帰宅すると、リユーは県の薬品保管所に電話をかけた。その日の彼の業務手帖[28]には、「否定的な回答」と記されているだけだ。そしてすでに、彼は同様の症例のために別の場所に呼ばれていた。膿瘍を切開する必要があるのは明らかだった。メスで二すじ十字に切ると、リンパ節からは血の混じった膿が吐き出された。病人たちはひどく苦しみ、血を流していた。しかも、腹や足には斑点があらわれ、リンパ節は膿を出すのをやめても、それからまた腫れ上がっていった。たいていの場合、病人は耐えがたい悪臭のなかで息絶えた。

ネズミの事件のときはあれほど饒舌だった新聞は、もはやなにも報道しなかった。ネズミは街路で死ぬが、人間が死ぬのは室内だからである。そして新聞は通りで起こることにしか関心を抱かないのだ。それでも、県庁と市当局はいぶかり始めた。それぞれの医師が二、三例ほどの症例しか知らなかったあいだは、行動を起こそうと考える者はどこにもいなかった。しかし結局、だれかが合算することを思いつくだけで十分だった。結果は唖然とさせられるものだった。わずか数日で、死亡例は増大し、この奇妙な病気に不安を抱いていた人びとにとって、これがまぎれもない疫病であることは明白になった。まさにこのときを選んで、リユーよりかなり年上の同業者であるカステルがたずねてきた。

「もちろん」と、彼は言った。「君はこれがなんだかわかっているね、リユー君」

「いま、分析結果を待っているところです」

「私にはわかっている。分析の必要はない。私はしばらく中国で仕事をしたことがあるし、パリでもいくつかの症例を見た、二十年ほど前だ(29)。だが、だれも即座に病名を口にする勇気はなかった。世論というのは神聖なのだ。パニックを起こしてはならない、とりわけパニックはいけない。それから、ある同僚が言った。「こんなことはありえない、西洋から姿を消したのはだれもが知っているのに」。そうだ、だれもが知っていた。死んだ人間は別だがね。さあ、リユー君、私と同様、君もこれがなんだか知っているね」

リユーは考え続けていた。執務室の窓から、遠くの湾を閉じている石の断崖を見ていた。空は青く、しかし鈍い光沢があり、午後が進むにつれて柔らかみを帯びた。

「ええ、カステルさん」と、彼は言った。「信じがたいことです。でも、これはペストのようですね(30)」

カステルは立ち上がり、ドアのほうへ向かった。

「人びとがわれわれにどう反応するか、わかるよね」と、老医師は言った。「『何年も前に温帯諸国からは消え去ったはずだ」、と」

「消え去るとはどういう意味でしょうか」と、肩をすくめてリユーは答えた。

「そうだ。忘れてはいかん。パリでも、わずか二十年ほど前のことだ」

「ええ、あのときより深刻なことにならないよう願いましょう。でも、ほんとうに信じがたいことです」

「ペスト」ということばは、ここではじめて発せられた。物語のこの地点で、話者としては、ベルナール・リユーを窓辺に残したまま、医師の不安と驚きを説明させてもらえればと思う。というのも、多少のニュアンスの差はあろうと、彼の反応は大方のわが市民の反応でもあったからである。災禍というのは実際のところありふれたものだが、それが自分の身にふりかかったとき、その災禍を信じることはむずかしい。これまで世界は、戦争と同じほどペストにも見舞われてきた。しかしペストと戦争は、いつも同じく、備えのできていない人びとを見つけ出す。医師リユーもまた、わが市民と同じく、備えができていなかった。彼のためらいはそのように理解すべきだ。そしてまた、彼が不安と同時に確信を抱いたことも、同様に理解すべきである。ひとたび戦争が起きると、人びとは言う。「こんなことは長続きはしない。あまりにもばかげている」[31]。たしかに戦争はあまりにもばかげているだろう。だからといって、長続きしないという保証にはならない。ばかげたことはいつまでも続くのだ。自分のことばかり考えるのをやめれば、私たちはそれに気づくだろう。わが市民は、この点において、他の人びとと変わりがなかった。彼らは自分のことばかり考えていた。つまり、彼らは人間を中心に考えていたのであり、災禍が起こるなどとは想定もしていなかった。災禍は人間の尺度で測ることなどできない。だから人びとは災禍は現実に起こるものではないと考え、やがて過ぎゆく悪夢と見なすのだ。しかし悪夢はつねに過ぎゆくわけではない。悪夢から悪夢へと過ぎゆくのは人間たちのほうなのだ。それもまず第一に人間を中心に考える人たちである。というのは、彼らは警戒を怠ったからである。わが市民が人並み以上にとがむべきだったわけではない。彼らは謙虚さを忘れていた、それだけである。そして自分たちにはまだすべてが可能であると思っていた。それは、災禍など起こるはずがないということが前提だった。彼らは商取引を続け、旅行の準備をととのえ、自分たちの主義主張を抱いていた。未来も移動の自由も議論をも奪うペストのことを考えるなど、どうしてできただろうか。彼らは自由であると信じていた。ところがだれもけっして自由ではないのだ、災禍というものがある限り。

医師リユーが、友の前で、ひと握りの病人があちこちでなんの予告もなくペストで死んでいったと認めたときでさえ、危険はまだ彼にとって現実に差し迫ったものではなかった。ただ医者というのは、病の苦しみについて一定の考えをもち、人一倍の想像力をもっている。窓から変わることのない町を眺めながら、リユーは自分のなかに、人が不安と呼ぶ、あの未来を前にしたときの軽い吐き気が生まれるのをかろうじて感じただけだ。彼はこの病気について自分が知っているものを想起しようと試みた。記憶のなかにはいくつかの数字が漂っている。歴史が遭遇したおよそ三十回ほどのペストの大流行は、一億人近い死者をもたらしたのだと考えた。しかし、一億の死者とはなんだろうか。戦争が起こり、従軍してようやく、ひとつの死とはなんであるか、かろうじてわかるものだ。そして、ひとりの死者はその死を目撃しない限りなんの重みもないから、歴史上に散在する一億の死骸は、想像のなかでは煙のようなものにすぎない。医師は、コンスタンティノープルのペストを想起した。プロコピオスによれば、一日で一万人の死者を出したという。(32) 一万の死者というのは、大きな映画館に入る観客の五倍である。次のようなことをやってみる必要があるだろう。五つの映画館から出てくる人びとを集めて、町の広場へ導き、まとめて殺してしまう、そうすれば事態は少しはっきり見えてくるだろう。少なくとも、この名もない集団にいくつかの見知った顔を想定できるかもしれない。けれども、もちろんそんなことは実行不可能だし、それに一万もの顔を知る者はいないだろう。しかも、プロコピオスのような人たちは計算の仕方を知らなかった。それは周知の事実である。広東《カントン》では、七十年前、住民が災禍の犠牲になる前に、四万匹のネズミがペストで死んだ。しかし、一八七一年には、ネズミの数をかぞえる手段はなかった。(33) この計算は概算であり、誤っている確率は明らかに高い。とはいえ、ネズミの体長が三十センチメートルだとすれば、四万匹のネズミを縦につなぐと……。

しかし、リユーはいらだってきた。連想の流れに身をまかせていたが、そうすべきではなかった。いくつか症例がそろっただけでは疫病と言えないし、予防策を取れば十分だ。自分の知ることだけに限定すべきである。麻痺、虚脱状態、目の充血、口内の汚れ、頭痛、リンパ節腫、激しい渇き、譫妄《せんもう》状態、皮膚の斑点、引き裂かれるような体内の痛み、そして、それらすべての最後に……。それらすべての最後に、ある文章が医師リユーの頭に浮かんだ。それは彼の手引書のなかで、まさに症状を列挙したあとに記されている文である。「脈はかすかになり、無意味な動きのあと急に死が訪れる[34]」。そうだ、それらすべての最後に、人は一本の糸にすがりつき、これは正確な数字だが、四分の三の人びとはこらえきれずに、死へと急き立てるこのかすかな動きを始めるのだ。

　医師は相変わらず窓の外を眺めていた。ガラス窓の外は春のさわやかな空、そしてこちら側ではまだ部屋のなかに鳴り響いていることば――「ペスト」。この語は、科学がそこに盛りこもうとする内容だけでなく、この黄色く灰色の町とは不釣り合いな、長い連なりの異様なイメージをもともなっていた。この町は、いまの時刻には適度に活気があり、騒音というよりは羽音のようなうなりを立てており、もし幸福であることと陰鬱であることとが両立するならば、要するに幸福な町なのだ。そして、これほどに平穏で凡庸な静寂は、災禍の古いイメージをたやすく否定していた。ペストに襲われ、鳥も住まなくなったアテネ[35]。押し黙った瀕死の人びとで埋めつくされた中国の町[36]。汁のしたたる死骸を穴に詰めこむマルセイユの徒刑囚[37]。ペストの暴風を阻止しようと、プロヴァンス地方に建てられた巨大な壁㊳。ヤッファとその町のおぞましい物乞いたち㊴。コンスタンティノープルの病院の土間に張り付く湿気で腐った寝床㊵。黒ペスト㊶の最中の鉤で引き出される病人たちと仮面をかぶった医者たち㊷のカーニヴァル。ミラノの墓地での生き延びた者たちの交接㊸。恐怖に襲われたロンドンの死者を運ぶ荷車㊹。そして、つねにいたるところで人間たちの果てしない叫びが充満する昼と夜。いや、それらすべてを合わせても、きょうという日の平穏を破壊するには十分ではない。窓ガラスの向こうでは、姿の見えない市電が突然ベルの音を響かせて、残酷さと苦痛をたちまちうち消した。ぼんやりした碁盤縞のような家々の連なりの果てに、海だけが、世界にはけっして休息せず不安をかきたてるものがあることを示していた。そして医師リユーは、湾を眺めながら、ルクレティウスの伝える、疫病に襲われたアテネの人びとが海辺に建てたという火葬台のことを考えた㊺。そこには夜になると死体が運ばれたのだが、場所が足りず、生存者たちは親しかった人びとを安置しようと松明を手に争った。死体を見捨てるよりは、むしろ血を流して闘い続けたのだ。暗く静かな海を前に赤々と燃え上がる火葬台、見守る空へと立ちのぼる瘴気《しょうき》と火の粉がはぜる夜の闇、そこでおこなわれる松明の闘い、そうしたものを想像することができる。そして恐ろしいのは……。

しかし、こうした幻惑は理性の前では長続きしなかった。たしかに「ペスト」ということばは発せられた。たしかにこの瞬間にも、災禍はひとり、あるいは二人の犠牲者を襲い、うち倒している。しかしなんだというのか、それはやがて止まるかもしれない。なさねばならぬこと、それは、認めねばならぬものをはっきり認めること、無用の懸念を最後には追い払い、適切な手立てを講じることだ。そのあとで、ペストは止まるだろう、なぜならペストを想像することはできないし、あるいはまちがった想像しかできないからだ。もしペストが止まれば、そしてそれは大いにありうることだが、すべてはうまくいくだろう。そうでない場合には、ペストがなんであるかを知ることになろうし、まずはペストに対処する手段があるかどうかを知り、次にはペストに打ち勝つ手段があるかどうかを知ることになるだろう。

医師は窓を開けた。町の騒音が突然大きくなった。となりの作業場から電動ノコギリの短く反復するうなり音が立ちのぼってきた。リユーは奮起した。あそこに確実なものがある、日々の労働のなかにこそ。その他のものは取るに足りないつながりと動きに起因するものであり、そんなところにとどまってはいられない。いちばん大切なことは自分の職務をよく果たすことだ。

医師リユーがそうした考えにいたったとき、ジョゼフ・グランの来訪が告げられた。市役所職員㊻である彼の仕事はきわめて多様だったが、周期的に統計の部署や戸籍係に配属されていた。そういうわけで、いきおい彼は死者数の集計をおこなうことになった。そして、根が親切な彼は、自分の統計結果のコピーをリユーのところへみずから届けることを承諾してくれたのだ。

医師は、グランが隣人のコタールといっしょに入ってくるのを見た。グランは一枚の紙を振り回した。

「数字が上がっています、先生」と、彼は報告した。「四十八時間で、十一名の死者です」

リユーはコタールにあいさつして、気分はどうかとたずねた。グランの説明によれば、コタールは医師に礼を述べたいと望んでおり、面倒をかけたことを詫びたいと思っているとのことだった。しかし、リユーは統計の紙を眺めていた。

「さあ」と、リユーは言った。「そろそろ決意を固めて、この病気を正しい名前で呼ばねばならないだろう。[47] いままではためらっていたがね。ところで、私といっしょに来ませんか。試験所へ行かなければならないので」

「ええ、ええ」と、グランは医師を追って階段を下りながら言った。「ものごとは正確な名前で呼ばなければなりません。でも、どんな名前なんですか」

「それは言えない、それに名前を聞いても、あなたには役に立たないでしょう」

「それもそうですね」。グランは笑った。「かんたんなことではありません」

彼らはアルム広場へ向かった。コタールは黙ったままだった。街路には人影があふれ始めていた。この地方の束の間の夕暮れは夜を前にすでに退却し、まだくっきりとした地平線の上に最初の星々があらわれた。しばらくすると、街路の上の灯火がともって、空全体が仄暗くなり、人びとの話し声も高まったように思われた。

「失礼します」と、アルム広場の角でグランが言った。「電車に乗らないといけないので。私には、夜の時間は神聖なんです。私の故郷でよく言うように、「明日に延ばすべからず」ですから……」

リユーはグランのこの癖にすでに気づいていた。モンテリマール(48)生まれの彼は、自分の故郷の慣用句を引き合いに出して、そこに「夢の時間」とか「夢幻的なともしび」といった、どこの土地のものでもない凡庸な紋切り型の文句を付け加えるのだ。

「ええ」と、コタールが言った。「ほんとうです。晩飯のあとは、この人を家から連れ出すことはできないんです」

リユーはグランに、市役所のための仕事なのかとたずねた。グランは、そうではない、個人的な仕事だと答えた。

「ほう」と、リユーは会話を続けるために言った。「で、それは進んでいるんですか」

「取り組んで数年になりますから、そりゃどうしたって。でも、別の意味では、たいしてはかどってはいません」

「で、要するに、それはどういうものなんですか」と、医師は立ち止まってたずねた。

大きな耳の上まで山高帽をしっかりかぶり直しながら、グランは早口に言った。リユーは、それはなにかしら個性を発揮するような仕事なのだろうとぼんやりと理解した。しかし、グランはすでに彼らのもとを去り、ラ・マルヌ大通りのイチジクの木の下を、小走りに登っていった。試験所の入口で、コタールは医師に、相談したいことがあるのでまた会ってもらえないかと言った。リユーは、ポケットのなかの統計の紙をさわりながら、診察を受けに来るようにと伝えた。しかし、すぐに思い直し、翌日コタールの住んでいる地域に行くので、午後の終わりごろに立ち寄ろうと言った。

コタールと別れてからも、医師はグランのことを考え続けているのに気づいた。ペストの渦中にいるグラン、それもおそらくは深刻なものとはならないであろう今回のペストではなく、歴史的な大ペストの渦中にいるグランを想像していたのだ。「そうした場合に見逃してもらえるタイプの人間だ」。ペストは虚弱な体格の者は見逃し、とりわけ頑健な体質の者をうち倒すと、なにかで読んだのを思い出した。そう考え続けて、医師はグランには少し謎めいたところがあるのに気づいた。

たしかに一見したところ、ジョゼフ・グランは、その風采通りの市役所の小役人以上の者ではなかった。背が高く、やせていて、ぶかぶかの服を着ていたが、それは長く着ることができると思いこんで、いつも大きすぎる服を選ぶからだった。下の歯茎にはほとんどの歯がまだ残っていたが、反対に上顎の歯は失われていた。微笑むと、ことに上唇がめくれ上がるので、亡霊のような口が開くことになった。この肖像に、神学生風の歩き方、壁に身を寄せて移動しドアの間にすべりこむ身のこなし、地下室やたばこの煙の匂い、ありとあらゆるさえない外見を付け加えると、彼の居場所としては、事務机の前以外を想像することができないのがわかるだろう。彼はそこで、町の公衆浴場の料金を見直したり、家庭ゴミの収集に課す新たな税の報告データを若手の文書係のためにせっせと集めたりしているのだ。先入観のない人の目にも、彼が生まれてきたのは、市の臨時職員としての地味だが欠かせない仕事に、日給六十二フラン三十サンチームで従事するためと思われたことだろう。

実際、雇用票には「資格」という語のあとに臨時職員と記入するのだと、彼は言っていた。二十二年前に大学を卒業したあと、裕福ではなかったので先へは進めずこの職に甘んじたとき、彼が言うところでは、すぐに「正式雇用」される見込みをほのめかされたのだった。しばらくのあいだ、この町の行政が提起する困難な問題にたいして自分が有能である証拠を示せばよいだけだ。それからあとはまちがいなく、と相手は確約した、文書係の地位に就いて余裕ある生活が送れるだろう。もちろん、ジョゼフ・グランをつき動かしていたのは野心ではなかった。彼はもの憂げな微笑でそれを請け合った。けれども、そこそこの収入によって保障された物質生活への展望、したがって気に入りの仕事に心おきなく専念できる可能性、それらは大いに彼の心を惹きつけた。彼がこの職の申し出を受け入れたのもりっぱな理由があったからだし、こう言ってよければ、自分の理想に忠実であろうとしたからなのだ。

この臨時雇いの状態は、ずいぶん長く続いた。その間、生活費は際限なく上昇し、グランの給与は全般的に言えば昇給したものの、ひどい薄給のままだった。彼はリユーにそのことで不平を述べた。しかしだれも気づいていないようだった。ここにこそ、グランの特異性、あるいは少なくとも彼の特徴のひとつがある。なるほど、彼は、権利が与えられたと確信をもって言えなくとも、保証はなされたのだと主張することはせめてできたであろう。しかしまず第一に、彼を雇った課長はとうの昔に亡くなっていたし、雇われた彼のほうも、つまるところ自分になされた約束の正確な言い回しを覚えていなかったのだ。そしてなによりも、ジョゼフ・グランは適切なことばを見出すことができなかった。

この特徴こそが、リユーも気づいたように、われらがグランという人物をもっともよく示していた。実際このために、彼は自分がもくろむ要望書を書くにいたらないのであり、この状況に必要な奔走を始めることができないのだった。彼の言うことを信じるなら、彼は自分で確信のもてない「権利」という語を用いることにとりわけ困難を覚えていたし、また「約束」という語についても同じだった。この語は、当然もらうべき取り分の請求を暗に意味したたし、その結果若干の厚かましさを帯びたが、それは彼が従事する仕事の慎ましさとは両立しないものだった。他方で、自分の誇りとは相容れないと考える、「ご厚情」「懇願」「深謝」といった語を用いることも受け入れがたかった。かくして的確なことばを見つけることができず、われらが同胞のグラン君は、けっこうな年齢になるまで自分のしがない職務を続けていた。要するに、そしてこれも彼がリユーに語ったことによると、そうした生活に慣れていくうちに、いずれにしても自分の物質的な生活は保障されているのに気づいたのである。というのも、とどのつまり、支出を収入に合わせればよいだけだったからだ。こうして、市長のお気に入りのことばの正しさを彼は認めたのだ。わが町の実業家でもある市長はこう力強く断言していた、結局のところ（議論のすべての重みを担うこの語を彼は強調した）、結局のところ、飢えで死ぬ人間を見た者はいないのだ、と。いずれにしても、ジョゼフ・グランが送っていた禁欲的とも言える生活は、結局のところ、実際このたぐいのいっさいの心配から彼を解放したのだ。彼は依然として自分のことばを探し続けていた。

ある意味では、彼の生活は模範的だったと言える。彼は、他所でもそうだがわが町でもあまり見ることのない種類の人たち、つまりいつも自分の善意を貫き通す人たちの仲間であった。彼がぽつりともらす打ち明け話だけでも、そこには実際、現代ではだれもが見せるのをためらってしまうような善良さや愛着が表れていた。彼はてらいなく、自分の甥たちや妹を愛していると認めた。唯一の縁者である彼らに会うために、彼は二年ごとにフランスへ行っていたのだ。まだ若いころに亡くなった両親を思い出すことはつらいとも言った。夕方の五時頃、静かに鳴り響く地区の鐘、それがなによりも好きだと認めてはばからなかった。しかし、そんな単純な感動を語るためにも、ごくわずかなことばを見出すのにたいそう骨を折った。結局のところ、この困難が彼にとって最大の悩みだったのだ。「ああ、先生」と、彼は言っていた。「できるようになりたいものです、自分の気持ちをうまく言い表せるように」。リユーに出会うたびに、彼はそう話した。

その晩、医師はグランが立ち去るのを見て、彼が言おうとしたことを突然理解した。

おそらく彼は一冊の本か、あるいはそれに類するものを書いているのだ。そう考えて、ようやく試験所に着いてからも、リユーは安らいだ気持ちでいられた。このような印象を抱くのがばかげているとはわかっていたが、けっこうな趣味に熱中する慎ましい公務員がいる、そんな町にペストがほんとうに居座ることができるとは信じられなかった。まさしく、ペストの渦中にこのような熱中のための余地があるとは想像できなかったし、だからこそ彼は、事実、わが市民たちにあってはペストに未来はないと判断したのである。

その翌日、見当違いの主張と見なされはしたが、力説の末に、リユーは県庁で保健委員会を招集させることにこぎつけた。

「たしかに、市民は心配している」と、リシャールは認めていた。「それに、うわさ話のせいで、すべてが誇張されている。知事はこう言ったよ、「お望みなら急いでやりましょう、けれど騒ぎ立てないようにして」。もっとも、知事はこれは取り越し苦労だと思い込んでいるがね」

ベルナール・リユーはカステルを自分の車に乗せて、県庁へと向かった。

「知ってるかね」と、カステルは言った。「県には血清剤がないんだ」

「知っています。保管所へ電話しました。所長は仰天していましたよ。パリから取り寄せないといけません」

「長くかからないことを願うね」

「電報を打っておきました」と、リユーは答えた。

知事は愛想はよかったが、しかし神経が高ぶっているようだった。

「始めましょう、みなさん」と、彼は言った。「まず状況のまとめが必要ですか」

リシャールは、その必要はないと考えていた。医師たちは状況を了解していた。問題はどんな措置を講じるのが適切かを知ることだけだ。

「問題は」と、いきなり老カステルが言った。「これがペストかどうかを知ることです」

二、三人の医師が叫び声をあげた。他の者たちはためらっているようだった。知事はといえば、びくっとして、思わずドアのほうを振り向いた。まるで、この重大事が廊下へもれ出るのをドアがしっかり防いでいるか、たしかめるかのようだった。リシャールは、取り乱すべきではないというのが自分の意見だ、と断言した。鼠蹊部の炎症をともなう熱病だということ、それがいま言えるすべてであり、実生活における同様、科学においても、仮説を立てることはいつだって危険である。黄色くなった口髭を静かに嚙んでいた老カステルは、リユーのほうに澄んだ目をあげた。それから出席者たちに好意的なまなざしを向けて、これがペストだということはよくわかっているが、もちろんそれを公式に認めればきびしい措置を取ることを余儀なくされるだろう、と指摘した。なるほど、そのために同僚たちが尻込みしているのはわかっているが、だからこそ、みんなが安心できるよう、これはペストではないと認めてもかまわないと言った。知事は動揺して、いずれにしてもそれは議論のやり方としてはよくないと断言した。

「重要なのは」と、カステルは言った。「この議論のやり方がよいかどうかではなく、これを機にみんながよく考えるということです」

リユーが黙っていたので、彼の意見が求められた。

「チフス性の熱病で、リンパ節腫と嘔吐をともないます。私はリンパ節腫を切開しました。それで検査を要請することができたのですが、試験所では、ずんぐりしたペスト菌[49]が認められるようだと言っています。遺漏のないように補えば、病原菌の特殊な変化が従来の記述とは一致しない、と言わねばなりませんが」

リシャールは、だからこそみなが躊躇しているのであり、少なくとも数日前から始まった一連の分析結果の統計を待たねばならないと力説した。

「ある病原菌が」と、少し沈黙したあとリユーは言った。「三日で脾臓の大きさを四倍にし、腸間膜リンパ節をオレンジ並みの大きさにして粘りのある粥状にするときには、もう躊躇はできないでしょう。感染の中心地はどんどん広がっています。いまの疫病拡散の速さでは、食い止められなければ、二か月もたたないうちに町の人口の半数が命を落とす恐れがあります。ですから、あなたがたがこれをペストと呼ぶのか成長熱と呼ぶのかは問題ではありません。重要なのは、町の半数が死ぬのを防ぐことだけです」

リシャールは、なにごとも悲観的に考えてはならない、それに病人の家族がまだ無事なのだから感染は証明されていないとの意見だった。

「それでも、他の人たちが死んでいます」と、リユーが指摘した。「もちろん、感染は確実に起こるというわけではありません、そうでなければ、無限の数学的な増大とすさまじい人口減少が起こるでしょう。悲観的に考えるなどという問題ではないのです。予防措置を講ずることが大事なのです」

しかし、リシャールは議論を総括しようとしてふたたび主張した。この疫病が自然に終息しないとすれば、それを食い止めるために、法で規定されている厳格な予防対策を実施しなければならない。実施するためには、これがペストだと正式に認めねばならない。だがその点に関しては確証が得られていないし、したがってまだ熟慮が必要だ。

「問題は」と、リユーは食い下がった。「法で規定されている措置が厳格かどうかではなく、それが町の人口の半分が死ぬのを防ぐのに必要かどうかを知ることなのです。あとは行政の問題であり、私たちの制度では、まさにこうした問題を解決するためにこそ知事の職が置かれているわけです」

「おそらくそうでしょう」と、知事は言った。「だが私としては、これがペストの流行であると、みなさんが正式に認めてくれることが必要なのです」

「私たちが認めなくても」と、リユーは言った。「市民の半分が死ぬ危険は消えません」

リシャールは、若干いらだって、ことばをはさんだ。

「ほんとうのところ、わが同僚のリユー医師はこれがペストだと信じているのです。この症候群についての彼の説明がそれを示しています」

リユーは、自分は症候群について述べたのではなく、見たままを述べたまでだと答えた。自分が見たのは、リンパ節の炎症性腫脹《しゅちょう》であり、皮膚の斑点であり、四十八時間のうちに死にいたる熱譫妄《ねっせんもう》である。リシャール氏は、厳格な予防法を講じなくても疫病が終息すると、責任をもって断言できるのだろうか。

リシャールはためらって、リユーを見た。

「率直に言ってほしい、君の考えを。ペストだと確信をもっているのですか」

「問いの立て方がまずいと思います。問題はことばではありません。時間が問題なのです」

「あなたの考えは」と、知事が言った。「たとえペストでなくとも、ペストのときに規定されている予防法が適用されるべきだということですね」

「どうしても私の考えを述べなくてはならないとすれば、まさにそういうことです」

医師たちは議論し、リシャールが最後に言った。

「私たちは、この病気がペストであるかのように行動する責任を負わなくてはならないのです」

この言い回しは熱烈に支持された。

「これは君の意見でもあるわけだね、リユー君」と、リシャールがたずねた。

「言い回しはどうでもいいのです」と、リユーが言った。「町の人口の半分が死ぬ恐れがないかのように行動してはならない、とだけ言いましょう。なぜなら、そのときには実際半分が死んでしまうでしょうから」

みな騒然とするなか、リユーは会場をあとにした。それからしばらくして、揚げ物と尿の匂いの入りまじった場末で、鼠蹊部を血まみれにして瀕死の叫び声をあげているひとりの女が、彼に助けを求めていた。


会議の翌日、熱病はさらに少し勢いを増した。新聞にも取り上げられたが、さりげない言及にとどめられていたので、あまり目立たなかった。いずれにしても、さらにその翌日、リユーが読むことができたのは、人目につかない街角のいたるところに県庁が急いで貼り出させた小さな白い張り紙だった。この張り紙から、当局が事態と正面から向き合おうとしている証拠を引き出すことはむずかしかった。措置は厳格なものではなかったし、世論に不安を与えまいとする意図にひたすら従っているように思われた。その指示の前置きには、実際、次のことが述べられていた。悪性の熱病が数例、伝染性であるとはまだ言えないが、オラン市で発生した。これらの症例は、現実に不安を感じさせる顕著な特性は示しておらず、市民が平静を保つであろうことは疑いをいれない。しかしながら、大方の理解を得られるだろうが、知事は慎重を期して、いくつかの予防措置を取ることとした。この措置は、しかるべく受け入れられ実行されるならば、疫病の脅威を確実に抑えることができるものである。したがって、市民が知事の努力に献身的に協力してくれることを、知事としていささかも疑うものではない。

張り紙は、続いて、全般にわたる予防措置を告示していた。そのなかには、排水口に毒ガスを噴射するという科学的なネズミの駆除法や、給水に関しての厳密な監視などが含まれていた。住民にたいしては最大限の清潔さを求め、最後に、ノミの保持者には市の無料診療所に出頭するよう促していた。他方、病人の家族には、医師の診断結果を報告すること、および病院の特別室への患者の隔離に同意することを義務付けていた。この特別室には、最小の時間で最大の治癒が見込める病人看護の設備がととのえられていた。いくつかの補足事項があり、病人の寝室や運搬車両の消毒義務を定めていた。その他は、近親者に衛生上の注意に気を配るよう求めるにとどめられていた。

リユーは、張り紙からくるりと向き直り、ふたたび診察室への道をたどった。待ちかまえていたジョゼフ・グランは、医師の姿を認めるとまた両手をあげた。

「わかってます」と、リユーは言った。「数字が上昇してる」

その前の夜、市内では十人ばかりの病人が息を引き取っていた。医師はグランに向かって、今晩コタールを訪問するから、たぶんその時に会えるだろうと言った。

「それがいいでしょう」と、グランは言った。「あなたに会えば、喜ぶでしょう。彼は変わったように思えますから」

「どんなふうに」

「人付き合いがよくなりました」

「以前はそうじゃなかった?」

グランはためらった。コタールが人付き合いが悪かったとは言えない、その言い方は正確ではないだろう。彼はイノシシを思わせる風采の、感情を表に出さない、あまりしゃべらない男だった。自分の部屋、安いレストラン、謎めいた外出、それがコタールの生活のすべてだった。表向きは、ワインとリキュールの販売代理人をやっていた。ときどき、顧客と思われる二、三の男が訪問してきた。晩にはたまに、家の向かいにある映画館へ行った。グランはまた、コタールがギャング映画を好むらしいことにも気づいていた。どんな場合にも、この男は孤独で、警戒心が強かった。

そうしたすべてが、グランによれば大きく変わったのである。

「どう言ったらいいのかわかりませんが、私の受けた印象では、彼は人に好かれようとしている、みんなを味方につけようと努めているというふうなんです。私によく話しかけてきますし、いっしょに出かけようと誘ってきます。いつも断るわけにもいきませんし。それに彼のことは気にかかっています、なんといっても、命を救った相手ですから」

自殺未遂の事件以来、コタールにはもうどんな訪問客もなかった。町中でも、行きつけの店でも、彼はだれからも好意を勝ち得ようとしていた。これほど優しさをふりまいて食料品店主に話しかけたり、これほど興味深そうにたばこ屋の女主人の話を聞いたりする者はいなかった。

「あのたばこ屋の女将《おかみ》は」と、グランは指摘した。「ひどく性悪なんです。私はコタールにそう言いました。ところが彼は、私がまちがっている、あの女にもいいところがあるんだから、それを見つけ出すようにしなくてはいけないなんて言うんです」

ついには二、三度、コタールは、グランを町の豪奢なレストランやカフェへと連れて行った。実際、彼はそうした場所へ通うようになっていたのだ。

「こういう店は居心地が良いんですよ」と、彼は言っていた。「それにみんな親切だし」

グランが気づいたのは、コタールにたいして店員が特別の気づかいを示すことだったが、彼がチップを気前よく振る舞うのを見て、その理由がわかった。コタールは、見返りとして示される愛想の良さにとりわけ敏感になっているように思われた。ある日、給仕頭《がしら》が彼を見送り、外套を羽織るのを手伝ったとき、彼はグランに言ったものである。

「いいやつですよ、あれなら証言してくれるかもしれない」

「証言するって、なにを?」

コタールは言いよどんだ。

「つまり、おれが悪い人間ではないってことですよ」

もっとも、彼の気分は変わりやすかった。食料品屋がふだんより不愛想だった日には、かんかんに腹を立てて戻ってきた。

「他のやつらと仲良くなりやがって、下司野郎め」と、彼はくり返し言った。

「他のやつらって?」

「他のやつらみんなですよ」

グランは、たばこ屋の女主人のところで、奇妙な場面に遭遇したこともあった。会話がはずんでいる最中に、彼女は、最近アルジェで評判になったある逮捕事件について語ったのだ。浜辺でアラブ人を殺した若い店員の話だった。㊿

「こんなくずを、みんな牢屋へ入れてしまえば」と、女主人は言った。「まっとうな人間も安心して暮らせますよ」

ところが、相手の突然の動揺を見て、彼女は話を打ち切らねばならなかった。コタールは、ひとことのことわりもなく店から外へ飛び出したのだ。グランと女主人は、ただぼうぜんとして、彼が逃げていくのを眺めていた。

のちになって、グランはリユーに、コタールの性格が他の面でも変化していると報告することになった。グランはリユーに、それまできわめて自由な考えの持ち主だった。彼のお気に入りのことばである「大はつねに小を呑み込む」が、それをよく示していた。ところが、しばらく前から、彼はもうオランの保守派の新聞しか買わず、公共の場所でそれを読んでいるのを見せびらかしていると思わざるをえなかった。同じように、床《とこ》を離れてから数日後、彼は、郵便局へ行こうとするグランに、遠くに住む妹に毎月送金している百フランの為替をついでに送ってくれないかと頼んだ。ところが、いざグランが出かけようとすると、「二百フラン送ってください」と、コタールは頼んできた。「きっとびっくりして喜ぶだろう。おれがあいつのことなんか少しも考えていないと思ってるだろうが、そうじゃない、ほんとうは、あの子が大好きなんですよ」

さらに、彼はグラン相手に奇妙な会話を交わしたこともあった。グランが毎晩いそしんでいるささやかな仕事に関心をもったコタールが、質問を投げかけてきたのだ。

グランは答えることを余儀なくされた。

「わかった」と、コタールは言った。「あんたは本を書いてるんだ」

「そう言ってもいいけれど、もっと厄介なものなんです」

「まったく！」コタールは叫んだ。「おれもあんたのようにやりたいですよ」

グランが驚いた様子を見せたので、コタールは、口ごもりながら、芸術家であれば多くのことがうまくいくに違いないと言った。

「どうしてですか」と、グランはたずねた。

「つまり芸術家は人より多くの権利をもっているからです。だれだって知っている。人より多くのことが許されるわけだ」

「おやおや」と、張り紙が出された日の朝、リユーはグランに言った。「ネズミのことで頭がおかしくなったんだろう、他の人たちといっしょですよ、それだけです。あるいは、熱病を恐れているか」

グランは答えた。

「そうは思いません、先生。私の意見を言わせてもらえば……」

ネズミ駆除の車が、大きな排気音を立てて窓の下を通った。リユーは自分の声が相手に聞こえるようになるまで黙り、それから素っ気なくグランの意見をたずねた。相手は、まじめな表情でリユーを見つめて――

「あれは」と、言った。「心にとがめるところのある人なんです」

医師は肩をすくめた。警察署長が言ったように、他にやるべき仕事はいろいろあるのだ。

午後、リユーはカステルと協議した。血清剤は届いていなかった。

「それに」と、リユーはたずねた。「効果はあるでしょうか。今回のペスト菌は、特殊なものですし」

「いや」と、カステルは言った。「私はそうは思わんね。こうした菌はいつも独特な姿をしている。だが、もとのところは同じなんだ」

「少なくとも先生の推測はそうなんでしょうが。実のところ、私たちはこれについてなにもわかっていないのです」

「たしかに、私の推測にすぎないよ。でも、だれもがみなその程度なんだから」

その日一日中、医師はペストのことを考えるたび、自分をとらえるめまいのような感覚が増大していくのを感じた。とうとう彼は、自分が恐れに取りつかれていることを認めた。彼は二度、満席のカフェに入った。彼もまた、コタールと同様に、人の温もりを必要としていたのだ。リユーはそれはばかげていると思ったが、おかげでコタールを訪問する約束をしていたのを思い出した。

その晩医師が行ってみると、コタールは自宅の食卓の前にいた。彼が入ったとき、テーブルの上には推理小説が広げてあった。しかし、すでに宵も深まり、広がり始めた暗闇のなかでものを読むことはおそらくむずかしいに違いなかった。コタールはむしろ、しばらく前から腰かけたまま、薄暗がりのなかで物思いにふけっていたのだろう。リユーはぐあいはどうかとたずねた。コタールは座り直しながら、ぐあいは良いけれど、お節介をしてくる者がだれもいないと安心できたらもっと良くなるだろう、とぶつぶつ言った。リユーは、いつもひとりでいるわけにはいかないものだと言って聞かせた。

「ああ、そうじゃないんです！　私が言ってるのは、お節介をして、厄介ごとをもちこんでくる連中のことなんです」

リユーは黙っていた。

「はっきり言っておきますが、私のことじゃないんです。そうじゃなくて、この小説を読んでいたんです。ある朝、突然逮捕される不幸な男なんです。お節介をされていたのに、彼はなにも知らなかった。役所では彼のことで話し合い、彼の名前はカードに記録されていた。そんなことが正当でしょうか。ひとりの男にたいしてそんなことをする権利があると思いますか」

「場合によるけれど」と、リユーは言った。「ある意味では、なるほど、そんな権利はだれにもない。だが、そんなことは取るに足りないことです。長いあいだ閉じこもっていてはいけない。外へ出るようにしなくては」

コタールは興奮したように見えた。それから、自分は外出ばかりしている、もし必要なら近所のみんなが証言してくれるだろうと言った。この界隈の外でも自分はいろいろ付き合いがあると主張した。

「建築家のリゴーさんを知っていますか。彼も友達なんです」

室内では、闇が濃くなってきた。場末の通りはにぎやかになり、外では明かりがともると、ほっとしたようなかすかな喚声が湧き起こった。リユーがバルコニーに出ると、コタールがそのあとに続いた。周囲のあらゆる地区から、私たちの町では毎晩そうであるように、軽やかな微風が、さまざまなさざめきや焼ける肉の匂い、陽気で香り立つ解放感に満ちたにぎわいを運んできた。そのにぎわいが、騒がしい若者たちが跋扈《ばっこ》する街路を少しずつ満たしていった。夜の暗がり、目に見えない船のきしむ大きな音、海や道行く群集から立ち上るざわめき、リユーがよく知るかつて好きだったこの時刻、それがいまでは彼の知るすべてのせいで胸を押し潰すもののように思われた。

「明かりをつけてもいいかな?」と、彼はコタールに言った。

ひとたび明かりがともると、小柄な男は目をしばたいてリユーを見た。

「ねえ、先生。もし私が病気になったら、病院で先生に面倒を見てもらえますか」

「もちろんですよ」

するとコタールは、診療所や病院にいる者が逮捕されるようなことがあったかとたずねた。リユーは、そういう例もあったが、ただ病人の容体次第だと答えた。

「私は」と、コタールは言った。「先生を信頼しています」

それから彼は医師に、車で市中まで連れて行ってもらえないかとたずねた。

町の中心部では、街路はもう人影が少なく、明かりもまばらになっていた。子どもたちがまだ戸口の前で遊んでいた。コタールの求めに応じて、リユーはその集団になった子どもの前で車を停めた。彼らは大声をあげながら石けり遊びをしていた。しかし、そのうちのひとりで、ぴったり張り付いた黒髪をきちんと分け、汚れた顔をした子どもが、澄んだ、こちらが気おくれするような目でリユーを見つめた。医師は目をそらせた。コタールは歩道に降り立って、医師と握手した。彼はしわがれた聞き取りにくい声で話した。二、三度、うしろを振り返った。

「疫病がうわさになっていますが、あれはほんとうなんですか、先生?」

「いつだってうわさはいろいろある。ふつうのことですよ」と、リユーは言った。

「おっしゃる通りです。それに、十人も死者が出たら、世の終わりだって騒ぎになるでしょう。私たちに要るのは、そんなものじゃありません」

エンジンはすでにうなり出していた。リユーは変速レバーを握っていた。しかし、穏やかで重々しい表情を浮かべて相変わらずこちらをしげしげ見つめている子どもを、彼はふたたび眺めた。すると突然、その子は、だしぬけに歯をむき出しにして微笑みかけてきた。

「じゃあ、なにが要ると?」と医師は、子どもに微笑み返しながらたずねた。

コタールはいきなり車のドアをつかむと、逃げるように立ち去る前に、ひどく興奮した涙声で叫んだ。

「地震ですよ。ほんものの地震！」

地震は起こらず、その次の一日は、リユーにとって、町の四方を車で駆け回り、患者の家族と交渉し、病人自身と言い争うことのうちに過ぎた。リユーはいまだかつて自分の仕事がこれほど骨が折れると思ったことはなかった。それまでは、患者たちは彼の任務に協力的で、こちらに身をゆだねてきた。このたびはじめてのことだったが、医師は、彼らが話したがらず、警戒と驚きの表情を示して、自分の病気の奥に逃げ込むのを感じた。それはひとつの闘いであり、彼のまだ慣れぬものだった。夜の十時頃、最後の訪問先である喘息病みの老人の家の前で車を停めたとき、リユーは座席からなかなか腰をあげられなかった。黒い空に明滅する星と暗い通りを、いつまでも眺めていた。

喘息病みの老人はベッドに身を起こしていた。いつもより呼吸が楽そうで、ヒヨコ豆を鍋から鍋へと移して数をかぞえていた。彼はうれしそうな顔で医師を迎えた。

「で、先生、これはコレラですかい」

「どこでそんなことを聞いたんだね」

「新聞ですよ。ラジオでも言ってました」

「いや、コレラじゃない」

「とにかく」と、とても興奮して老人は言った。「ひどく騒いでいるからね、お偉方は」

「信用しないことだね」と、医師は言った。

老人の診察が終わり、リユーはいまこのみすぼらしい食堂のまんなかに腰を下ろしていた。そうだ、彼は恐れていた。この場末でも、十人ばかりの病人がリンパ節腫に打ちひしがれて、明日の朝彼が来るのを待っているとわかっていた。これまでわずか二、三例において、リンパ節腫の切開が多少とも軽快をもたらした。しかし、大部分は病院送りだろうし、貧しい人たちにとって入院がなにを意味するのか、彼は知っていた。「いやです、あの人が実験台になるのは」と、ひとりの患者の妻は彼に言った。夫は実験台にはならないだろう、彼は死ぬ、それだけなのだ。定められた措置は不十分だった、それは疑う余地もなかった。「特別治療室」がどういうものか、リユーは知っていた。他の患者たちを急いでよそに運び出して、窓に目張りをし、検疫警戒線で囲んだ、二つの別棟だった。もし疫病がおのずと終息するのでない限り、当局の想定している措置によって押さえ込むことはできないだろう。

しかしながら、その晩の公式発表は相変わらず楽観的なものだった。翌日、ランスドック通信社は、県知事の措置が平静に迎え入れられ、すでに三十人ほどの病人が自己申告を済ませたと報じた。その前に、カステルがリユーに電話をかけてきた。

「別棟にはどれだけのベッドがあるんだい？」

「八十床です」

「市内には、確実に三十人以上の患者がいるんだろう？」

「自分もそうではないかと恐れている人たちがいますし、他にもっと大勢の、間に合わなかった人たちがいます」

「埋葬のことも考えられているんだろうか」

「いいえ、リシャールに電話して、あれこれ言うだけでなく、万全の措置を取り、疫病にたいして完全な防御体制を築くように言いました。そうでないと、なにもしないのと同じだと」

「それで？」

「自分には権限がない、との答えです。私の考えでは、病人はこれから増えるでしょう」

事実、三日のうちに、二つの別棟はいっぱいになった。リシャールは、やがて学校を転用した臨時の病棟が準備されるだろうと考えていた。リユーはワクチンの到着を待ち、リンパ節腫を切開した。カステルは昔の本を読み返し、図書室に長時間閉じこもっていた。

「ネズミはペストか、あるいはそれと非常に似たものが原因で死んだのだ」と、彼は結論づけた。「ネズミは大量のノミをまき散らした、そいつらが感染を広げるだろう。もし食い止めるのが遅れたら、それこそ幾何級数的な勢いでね」

リユーは黙っていた。

この時期、天候は安定したように見えた。太陽は、最近の驟雨でできた水たまりを干上がらせた。美しい青空には黄色い光があふれ、暑さが始まり、飛行機がぶんぶんうなって、季節のすべてがうららかな気分へといざなっていた。しかし、四日間のうちに、熱病は四回の驚くべき急上昇を見せた。死者は、十六人、二十四人、二十八人、そして三十二人に増えた。四日目に、幼稚園に臨時病棟を開設することが発表された。それまでは軽口の陰に不安を隠し続けていた市民たちも、街頭でますます気落ちして、ことばを失っているように見えた。

リユーは県知事に電話することに決めた。

「対策が不十分です」

「数字は把握しています」と、知事は言った。「実際、憂慮すべき数字です」

「憂慮どころではありません。数字は明白です」

「総督府に、命令を出してもらうよう要請することにしましょう」

リユーは、カステルの目の前で受話器を下ろした。

「命令だって！　必要なのは想像力だ」

「で、血清剤は？」

「今週中には届くでしょう」

県庁は、命令を要請するため植民地総督府の所在地[51]に送る報告書の作成を、リシャールを介してリユーに依頼してきた。リユーはその報告書に、診察結果と数字を記した。その日、死者は四十人を数えた。知事は、当人の言《げん》によれば、定められた措置を翌日から厳格にすることをみずからの責任において請け合った。届け出の義務と隔離は維持される。病人の出た建物は閉鎖し、消毒しなければならない。近親者は一定期間隔離され、埋葬はいずれ明らかにされる条件のもとで市が執りおこなうことになった。次の日、血清剤が航空便で届いた。治療中の患者には十分な量だった。ただ、疫病が広がれば足りなくなるだろう。リユーが打った電報にたいしては、救急用のストックが底をつき、新たな製造を始めたとの答えが返ってきた。

そうするあいだにも、郊外のいたるところから、春が市場にやってきた。歩道にずらりと並んだ数千のバラが花売りたちの籠のなかでしおれ、甘い香りが町中にただよった。見たところ、なにも変わったことはなかった。市電は相変わらずラッシュ時には満員で、日中はからっぽで汚かった。タルーは例の小柄な老人を観察し、老人は猫めがけて唾を吐きかけていた。グランは毎晩帰宅し、自分の謎めいた仕事にいそしんでいた。コタールは町をうろついていた。予審判事のオトン氏は、相変わらず動物園のような家族を引き連れていた。喘息の老人は豆を移し替えていた。ときおり、新聞記者のランベールが平静で、なにかに関心を寄せている様子が見られた。晩になると、いつもと変わらぬ群集が通りにあふれ、映画館の前には長い行列ができた。そのうえ、疫病は後退したかに見えた。数日のあいだ、わずか十人ほどの死者を数えるだけだった。それから、突然、疫病は急激に勢力を増した。死者がふたたび三十人ほどに達した日、ベルナール・リユーは、「彼らは心配になったんだね」と言って知事が差し出

した公電を見た。そこにはこう書かれていた。「ペストリユウコウヲ　センゲンセヨ
マチヲトザセ」

第二部

この瞬間から、ペストは私たちすべての問題になったと言える。それまでは、この奇妙な事件がもたらした驚きや不安にもかかわらず、市民たちはめいめいふだんの場所で、これまで通りどうにか自分の仕事を続けていた。おそらく、それはさらに続くはずだった。しかし、ひとたび市門が閉められると、彼らはみな、そして話者もまた、同じ袋のネズミであり、そのなかでなんとか暮らしていかねばならないと気がついたのだ。こうして、たとえば愛する者との別離というような個人的感情が、突如として、最初の数週間のうちに全市民の感情となり、恐怖とともに長い追放の期間の最大の苦しみとなったのである。

市門の閉鎖がもたらしたもっとも目立った結果のひとつは、実のところ、心の準備もできていなかった人びとがいきなり離れ離れの状態に置かれたことである。母親と子ども、夫婦や恋人たちは、数日前にしばしの別れのつもりで、互いを気づかうことばを二言《ふたこと》三言《みこと》交わしつつ、駅のホームで抱擁し合ったのだ。数日あるいは数週間後には再会できると疑いもせず、彼らは人間的な愚かしい信頼感にひたりきり、一時的な別れのために日頃の関心事から心をそらすこともほとんどなかった。ところが突然、決定的に引き裂かれ、ふたたび会うことも、連絡をとることもできないとわかったのだ。というのも、知事の布告が発表される数時間前に閉鎖がおこなわれ、当然、個々の特例を考慮することは不可能だったからである。この病気が突然侵入してきて、まずはじめに生じたのは、個人的な感情などもたないかのように振る舞うよう市民たちが強いられたことであると言える。布告が実施されたその日、数時間にわたり、県庁は多数の陳情者たちに責めたてられ、彼らは電話口であるいは職員を前にして自分の事情を説明した。そのどれもが等しく切実ではあったが、同時にどれもが等しく調査不可能でもあった。ほんとうのところ、自分たちはいま妥協の許されない状況に陥っていること、「折れ合う」「特別のはからい」「例外」といったことばはもはやなんの意味ももたないことを納得するまでには何日も要したのである。

手紙を書くというささやかな満足でさえ奪われてしまった。実際、一方では、この町はもはや通常の交通手段によっては国内の他の地域と連絡できなくなり、他方、手紙が感染の媒介になるのを避けるため、新たな布告はどんな郵便のやり取りも禁じていた。はじめのうち、特権をもつ一部の人たちは、市門のところで哨所《しょうしょ》の衛兵と交渉し、外部へ通信文を送ることを認めてもらった。とはいえ、それは疫病の初期のころ、衛兵が同情を示すのは当然だと考えていた短いあいだのことであった。しばらくすると、同じ衛兵が事態の重大性にはっきり気づいて、どこまで広がるのか予測もつかないこの責任を負うのを拒否するようになった。はじめは許可されていた他の都市との電話連絡は、公衆電話や回線がひどく混雑したので、数日間全面的に停止されたあと、死亡、出生、結婚の通知といった緊急の場合だけにきびしく限られた。そこで、電報が私たちに残された唯一の手段となった。相互の理解と心情と肉体によって結ばれていた人びとが、大文字の十語からなる電文に、かつて心がつながっていたしるしを探し求めることを余儀なくされた。そして結局、電報に使うことのできる文句はすぐに枯渇してしまい、長くともにしてきた生活や苦悩に満ちた感情はたちまち、「バンジブジ　アンジテイル　アイヲコメテ」といったできあいの言い回しの周期的なやり取りに帰してしまった。

それでもなお、なんとしても手紙を書こうと、外部と通信する手立てを休みなく考え出す者たちもいたが、最後にはいつもむだだとわかるのだった。考案した手段のどれかが成功したとしても、返事が来ない以上は、なにもわからないままだった。そこで何週間にもわたって、私たちはたえず同じ手紙を書き直したり、同じ内容や呼びかけを書き写すはめになり、その結果しばらくすると、もともとは心の底から出て来た血の通ったことばだったものがその意味を失っていた。そうやって私たちは、同じことを機械的に書き写しつつ、死んだ文言で自分たちの困難な暮らしの片鱗を伝えようとした。そして最後には、この執拗な不毛の独白よりも、壁に向かっての無味乾燥な対話よりも、電報の型にはまった呼びかけのほうがまだましだと思われるようになったのである。

さらに数日が経過して、だれも町から外へ出ることができないとわかると、疫病に先立って出て行った人の帰還は認められるのかどうか、それをたずねてみようと人びとは思い立った。数日の考慮ののちに、県庁からは許可するという回答があった。しかし、いかなる場合であろうと、いったん帰還した人はふたたび市外へ出ることはできず、帰るのは自由でも出るのはそうではないことがはっきり示された。それでもなお、少数ながら幾組かの家族が事態を軽く見て、あらゆる用心よりも身内に再会したいという願いを優先させ、この機会を利用するよう相手に勧めた。しかしすぐにも、ペストに囚われた人びとは、それが近親者を危険にさらすことになると理解して、別離に耐えるのを受け入れた。ただ一例だけ、病勢がもっとも深刻になった時期に、人間的な感情がおぞましい死の恐怖に打ち勝った例が見られた。それは、一般に予想されるような、苦しみをものともせず愛によって引き寄せられる恋人たちではなかった。実のところそれは、結婚してもう長い年月がたつ老医師カステルとその妻であった。カステル夫人は、疫病の始まる数日前に近隣の町へと出かけていた。世間の目に映る彼らは、模範的な幸福の手本となるような夫婦でもなかった。そしておそらくこの夫婦には、自分たちの結婚生活が満ち足りたものだったという確信はそれまでなかっただろうと、話者は証言しうる。ところが、不意にやってきたこの永い別離によって、彼らは互いに離れては生きていけず、いきなり証されたこの真実の前ではペストなど取るに足りないことを確信できたのである。

これは一個の例外であった。たいていは、疫病が終わるまで別離が終わらないことは明らかだった。そして、私たちすべてにとって、日常生活の基盤になっている感情、しかもよく知っていると信じていた感情（すでに述べたようにオラン市民の情熱は単純なものだった)が、新たな相貌を帯び始めたのである。妻や恋人に最大限の信頼を寄せていた夫や恋する男たちは、自分が嫉妬深いことを発見した。浮気っぽい性分だと思い込んでいた男たちは、気持ちが揺るがないことに気がついた。母のかたわらにいながら、その顔をほとんど見ずに過ごしてきた息子たちは、思い出につきまとう母の顔のしわにあらん限りの不安と後悔を注いだ。この完璧で未来の予測がつかない不意の別離に私たちは狼狽してしまい、いまなおそばに感じると同時に遠い存在となってしまった人の思い出に抵抗できず、彼らは現在も私たちの日々を支配していた。実際、私たちは二度苦しんだのだ——はじめは自分たち自身の苦しみを、次には不在の人となった息子や妻や恋人が耐えているはずと思われる苦しみを。

それに、これと別の状況下であれば、市民はもっと活動的な戸外の生活に逃げ道を見出したであろう。しかし、同時に、ペストは彼らを無聊《ぶりょう》に追いやり、人びとは沈鬱な町のなかを歩き回るほかなく、来る日も来る日も失意しかもたらさない追想のゲームに耽るだけであった。というのも、あてもなく散歩したところで、彼らはいつも同じ道を通ることになり、こんな小さな町だと、たいていその道はまさしくかつて不在の人といっしょにたどった道になってしまうからだ。

こうして、ペストがわが市民にもたらした最初のものは追放という状態であった。そして話者自身がそのとき体験したことは多くの市民と同時に体験したのであるから、それをここに、すべての市民の名において書くことができると確信するのだ。そうなのだ、私たちがいつも抱いていた空虚な気持ち、はっきりと感じられる心の動揺、過去に戻りたい、あるいは逆に時間の歩みを速めたいという不合理な願いとは、突き刺すような痛みをともなうあの記憶とは、まさしく追放の感情であった。ときに私たちは想像に身をまかせ、帰宅を告げる呼び鈴の音や階段を上る耳慣れた足音を楽しみに待ってみたり、またそのときに列車が動かないことを忘れようとしたり、夕刻の急行列車で戻ってきた者が地区に到着する普段の時刻には家にいるよう手はずをととのえたりしたとしても、もちろんそうしたゲームは長続きするはずはなかった。列車は到着しないのだと、はっきり気づくときは必ずやってきた。そこで私たちは、この別離は長く続く定めにあり、時間と折り合いをつけていかねばならないと知るのだった。そのときから、私たちは結局は囚われ人としての境遇をふたたび受け入れ、みずからの過去へと追いやられた。たとえ、未来に生きたいと考える者が私たちのうちにいたとしても、想像力に信頼を寄せる者は最後にはそれによって傷を受けるのだから、少なくともできるだけ速やかに、その試みをあきらめてしまうのだった。

とりわけ市民はみな一度は身につけた、別離がいつまで続くかを考える習慣をすぐに公然と捨ててしまった。なぜかと言えば、もっとも悲観的な人びとがその期間をたとえば六か月と見積もって、この先の月日の苦渋をあらかじめ味わいつくし、かろうじてその試練に耐える勇気を奮い起こし、かくも長きにおよぶこの苦悩の高みにしっかり踏みとどまるべく最後の力を振り絞ったとしても、往々にして、たまたま出会った友人、新聞が述べる見解、ふときざす疑念や突然の覚醒によって、結局、この病気が六か月以上続かない、あるいは一年かそれ以上続かないという理由はないことにそのとき気づくからであった。

このとき、彼らの勇気や意志や忍耐は突然瓦解して、この穴から這い上がることはもう不可能にも思われた。その結果、彼らは二度と解放が訪れる時期については考えず、未来を向くことなく、いわばいつも目をふせていようと努めた。しかし当然ながら、そのような用心や、苦痛をごまかし、闘いを拒否するため防御を固めるという方法は、十分に報われることはなかった。彼らはなんとしても望まない瓦解を避けることはできたが、同時に実際、将来の再会を想像してペストを忘れるという、しばしば得られた時間をみずからに禁じてしまったのである。その結果、深淵と頂きの半ばにうち捨てられた彼らは、生きているというよりむしろ漂っていたのだ。方向を失った日々と不毛な思い出に身をゆだね、さまよえる影となった彼らが力を取り戻すことができたとすれば、それはただ苦しみの大地に根を下ろすことを受け入れたときだけだっただろう。

こうして彼らは、すべての囚人や流刑者と同じ深い苦しみ、なんの役にも立たない記憶を抱いて生きる苦しみを味わっていた。彼らがたえず思いをはせる過去でさえも、悔恨の味しかしなかった。その過去にできることなら、自分たちが待つ人とかつていっしょにできるときにしておかなかったこと、やり残したのが悔やまれるすべてを付け加えたかったであろう。――同様に彼らは、囚われ人としての生活に、それが比較的恵まれた状況であっても、不在となった人を参加させた。自分たちの現状に満足することはできなかったのだ。現在にいらだち、過去をうらみ、未来を奪われた人びと、すなわち人間の正義あるいは憎悪ゆえに牢獄のなかで生きることを強いられた人びと、私たちは彼らに似ていたのだ。とどのつまり、この耐え難い休暇から逃れる唯一の手段は、想像の力でふたたび列車を走らせ、くり返し鳴り響く呼び鈴の音で時間を埋めつくすことだった。けれども、呼び鈴はかたくなに沈黙したままだった。

しかし、それは流刑ではあっても、多くは自宅にいながらの流刑であった。そして話者はこのだれもが体験した流刑しか知らないのだが、新聞記者ランベールやその他の人びとのことを忘れるべきではないだろう。突然ペストにつかまり、この町に抑留された旅行者である彼らにとっては、再会できなくなった人から引き離されると同時に、自分の国からも引き離されたため、別離の苦痛は逆にいっそう大きなものとなった。だれもが流刑状態にあったにしても、もっともきびしい流刑を味わったのは彼らだった。というのは、あらゆる人びとと同じく彼らも時間がもたらす固有の苦悩を感じてはいたが、それだけではなく空間にもつながれた彼らは、失われた祖国とペストに汚染されたこの逗留地とを隔てる壁にたえず衝突していたのだ。一日のうちのどんな時刻であれ、埃っぽい町中をさまよう姿が見られたのは、おそらく彼らであった。自分たちだけが知るたそがれどきと祖国の朝を、無言のうちに求めていたのだ。ツバメの飛翔、夕べの露、あるいは人けない通りにしばしば太陽が残していくあの奇妙な光の筋といったような不意をつく兆候や心をかき乱すメッセージによって、彼らは心の病をつのらせていた。いつもは救いとなるこうした外部の世界にも目をふさぎ、あまりにも生々しい妄想をいとおしみ、ひとつの土地のイメージを全力で追い求めることに夢中になっていた。その地では、ある種の光線や、いくつかの丘陵、お気に入りの木々や女たちの顔が、彼らにとってかけがえのない風土を形作っていたのだ。

最後に、もっとも興味深く、またおそらく話者にとってはより話題にしやすい恋人たちについてもっとはっきり述べるならば、彼らはまた別の苦悩にさいなまれており、そのひとつに後悔の念をあげるべきだろう。たしかにこうした状況は、彼らに自分の感情を、いわば熱に浮かされたような客観性をもって考察することを可能にしたのだ。このとき、みずからの落ち度をはっきりと自覚しないでいることはまれだった。彼らは、いまそばにいない人の行動やしぐさを鮮明に思い浮かべるのに困難を覚え、そこではじめて自分の落ち度を発見した。彼らはそのとき、不在の人がどう時間を過ごしていたか知らないことを嘆いた。知ることを怠り、愛する者でありながら、相手の時間の過ごし方があらゆる喜びの源泉ではないと信じるふりをしていたみずからの軽率を責めた。この瞬間から、愛の記憶をさかのぼり、その欠陥を洗い出すのはたやすくなった。日頃、私たちはだれも、意識しようとするまいと、愛はどこまでも崇高になりうると知りながらも、みずからの愛がありふれたものであるのを多少とも平静に受け入れていた。だが、思い出はもっと多くを要求する。その結果、外部から来て町全体を襲ったこの不幸は、不当なそれゆえに憤慨することのできる苦しみを私たちにもたらしただけではなかった。この不幸は、自分自身を苦しめるよう、しかもこの苦しみを自業自得と思わせるよう私たちを仕向けたのだ。それこそが、ペストという疫病のやり方、注意をそらせ事態を混乱させるやり方のひとつだった。

こうして各人は、ひとりで空と向き合って、その日その日を生きることを受け入れねばならなかった。この完全に見捨てられた状態は、しまいには彼らの性格を鍛えることになったとはいえ、まずはじめは軽佻浮薄な行動に導いた。たとえば、市民のある者たちは、太陽や雨に翻弄されるという別種の隷属状態に置かれるようになった。見たところ、彼らははじめて、その日の天候から直接の影響を受けるように思えた。金色に輝く光があらわれただけで喜びの表情を浮かべる一方、雨の日は、顔も思考も厚いヴェールでおおわれてしまう。数週間前には、そのような弱気を見せたり、不合理な隷属状態に陥ったりすることはなかった。というのは、彼らは独力で世界と対峙していたのではなく、ともに暮らしている人が、ある程度まで世界の矢面に立ってくれていたからである。ところが反対にこの瞬間から、彼らは見るからに、きまぐれな空に翻弄され、つまり理由もなく苦しんだり希望を抱いたりするようになったのだ。

　こうした極度の孤独にあっては、結局だれも隣人の援助など期待できず、ひとりきりで心の鬱屈と向き合っていた。たまたま私たちのだれかが、自分の心を打ち明けたり感情を吐露したりしても、返ってくる答えは、それがどんなものであれ大概は当人を傷つけた。そこで彼は、自分は相手と同じことを話していたのではないのに気づくのである。彼のほうは実のところ反芻と苦悶の長い日々の底から湧き出たことばを語っていたのであり、伝えようと望んだそのイメージは、期待と情熱の火によって長時間煮詰められていたのだ。相手は反対に、通り一遍の感情、どこにでもある苦悩、おきまりの憂鬱だけを想像していた。好意的であれ冷淡であれ、答えはいつも的外れで、あきらめるしかなかった。あるいは少なくとも、沈黙が耐えがたい人は、相手が真心のこもったことばを見つけられないからには、自分もまた型通りのことばを採用し、儀礼的な話し方でたんなる報告や雑報、いわば新聞の時評のやり方で話すことに甘んじていた。そこでもまた、もっとも真率な苦悩が日常会話の陳腐な言い回しに翻訳されるのがつねだった。こうした代価を払ってようやくペストの囚われ人たちは、自分の住居の管理人の共感や聞き手の関心を得ることができたのだった。

しかしながら、そしてこれがいちばん重要なことだが、こうした苦しみがどれほど耐え難いものであろうと、空虚な心で持ちこたえるにはどれほど重いものであろうと、これら流刑にある人びとは、ペストの初期には幸運であったと言いうる。住民が取り乱し始めたときでさえ、実のところ、彼らの考えることはすべて再会を待つ人のほうを向いていたのだ。だれもが悲嘆に暮れているさなかにおいても、愛というエゴイズムが彼らを守っていた。彼らがペストのことを考えるのは、ペストによって別離が永久のものになってしまう危険がある限りにおいてだった。こうして疫病の真っ最中に、彼らは平静さと見まがうばかりの有効な放心状態を保っていた。彼らの絶望が彼らをパニックから遠ざけ、彼らの不幸が彼らに安心をもたらしたのだ。たとえば、彼らのうちのだれかが病魔にたおれることがあったとしても、警戒するいとまさえほとんどなかった。影を相手に続けてきた長い内的対話から引き離されて、いきなり大地のもっとも分厚い沈黙へと投げ込まれたのである。彼にはなにをする時間もなかった。

市民たちが、この不意の流刑と折り合いをつけようと試みているあいだに、ペストのせいで市門には衛兵が配置され、オランへ向かう船舶は迂回させられるようになった。市門が閉鎖されてからは、一台の車両も町には入って来なかった。その日を境に、車はぐるぐると周回し始めたという印象だった。高いところにある大通りから見ると、港もまた奇妙な外観を呈していた。ふだんの活気は、ここが沿岸地域でも一級の港のひとつであることを示していたが、それが突然消え失せた。検疫のため停泊中の幾艘かの船の姿はまだ見えていた。しかし、波止場では、艤装を解かれた巨大なクレーン[52]、横倒しになったトロッコ、樽や袋の孤立した堆積が、商取引もまたペストのために死に絶えたことを語っていた。

　こうした異様な光景にもかかわらず、見たところ市民は自分たちの身に起こっていることを理解するのに困難を覚えていた。別離や恐怖といった共通の感情はあったが、人びとはいまでも個人的な関心事が第一だと考え続けていた。だれもまだ、疫病を現実のものとして受け入れてはいなかったのだ。大部分の者は、自分たちの習慣を乱したり利益を損なったりすることがらにはとりわけ敏感だった。彼らはいらだったり怒ったりしたが、それはペストにぶつけることができるような感情ではなかった。たとえば、彼らの最初の反応は、行政に責任を負わせるというものだった。新聞が大々的に取り上げた批判(「予定されている措置の緩和を検討できないだろうか?」という批判)を受けて知事がおこなった返答は、思いがけないものだった。それまでは、新聞もランスドック通信社も、疫病の統計について公式の通知は受けていなかった。知事は、それを日々通信社に伝え、一週間ごとに公表するよう求めたのである。

しかし、それでもなお市民の反応は鈍かった。実際、ペストの三週目には死者が三百二人と公表されたが、これも想像力には訴えなかった。ひとつには、そのすべてがペストの犠牲者ではなかっただろうし、もうひとつには、ふだんの一週間の死者の数を知っている者など市中にいなかったからだ。市の人口は二十万人だった。この死亡率がふつうなのかどうかはわからなかった。こうした細かい数値は、興味深いとはいえ、人びとを不安にさせはしない。市民には、いわば比較の手がかりが欠けていたのだ。長期間にわたって死者数の増加を検証してはじめて、世論は真実を知ることになった。事実、第五週には三百二十一人、第六週には三百四十五人に達した。少なくともこの増加には説得力があった。とはいえ、まだ十分ではなく、市民たちは不安のさなかにありながら、厄介な事態ではあっても要は一時的なものにすぎないという印象をもち続けていたのだ。

彼らはこうして相変わらず町の通りをさまよい、カフェのテラスでテーブルを囲んでいた。全体として、彼らは気力を失わず、泣きごとよりむしろ冗談を言い交わし、明らかに一過性の不自由な事態を上機嫌で受け入れるふりをしていた。体面は保たれていたのだ。しかし、この月の終わりごろ、あとで語ることになる祈禱週間の頃には、いっそう重大な変化が私たちの町の様相を一変させた。まず最初に知事が、車両の通行と物資の補給に関する措置を定めた。補給は制限され、ガソリンは配給制となった。節電も命じられた。必需品だけが陸路と空路を通ってオランに届けられた。かくして交通量が徐々に減って、ついにはほとんど皆無になり、贅沢品を扱う商店はたちまち店じまいをし、その他の商店もショーウインドーに品不足の張り紙をし、それとともに買い物客の列が店の前に続くのが見られるようになった。

オランはこうして異様な外観を呈するにいたった。歩行者の数がずいぶん増え、商店や事務所の閉鎖によって仕事のなくなった多くの人びとが、ふだんは人出のない時刻にも通りやカフェにあふれていた。さしあたり、彼らはまだ失業状態にはなく休暇中だったのだ。そこで、たとえば午後三時ごろには、晴天下のオランは祭りの最中であるかのようなまちがった印象を与えて、そのさまは、公《おおやけ》の大きな催しを実施できるようにと通行を止め、商店を閉め、住民が祝賀行事に参加するため街頭へ繰り出した町かと思われるほどだった。

もちろん、映画館はこの全面的な休暇を利用して、大いにかせいだ。しかし県内のフィルムの流通は途絶えてしまっていた。二週間後には、各館はプログラムを相互に交換せざるをえなくなり、しばらくすると、しまいにはどの館もいつも同じ映画を上映するようになった。とはいえ、収益が減少することはなかったのである。

最後にカフェは、ワインとアルコール飲料の取引がさかんなこの町にはかなりの備蓄があったから、これまた同じように客の需要を満たすことができた。実のところ、人びとはずいぶん飲んだのである。「純正のワインは殺菌効果がある」という効用書きを掲げたカフェもあり、アルコールが感染症から守ってくれるというすでに大衆に行きわたっていた考えは、世論からさらに強い支持を得た。毎晩深夜二時ごろには、少なからぬ数の酔漢がカフェから追い出されて街路を埋め尽くし、思う存分気ままな話題に興じていた。

しかし、こうした変化はいずれも、ある意味あまりに常軌を逸しており、またあまりに急速になされたので、それらが正常で長続きするだろうと見なすのは容易ではなかった。その結果、私たちは依然として、自分の個人的な感情が第一であると考え続けていた。

市門の閉鎖から二日後、リユーは病院から外に出ると、コタールが満足した表情をこちらに向けるのに出会った。医師は相手の顔色が良いのを喜んだ。

「そうです、とても調子がいいんです」と、この小柄な男は言った。「ねえ、先生、このとんでもないペストってやつ、深刻なことになり始めているんでしょう?」

医師はそれを認めた。すると相手は快活な調子で念を押した。

「すぐにやむ理由はありませんよね。これから大混乱が起こりますよ」

二人はしばらくいっしょに歩いた。コタールが語るには、彼の地区の大きな食料品屋は高値で売るつもりで食品を貯蔵していた。その男を病院へ連れて行こうとしたとき、ベッドの下に缶詰が発見されたという。「彼は病院で死にましたよ。ペストは割に合わないってことです」。コタールはこんなふうに、真偽のほどは別にして、疫病に関する話をたっぷり仕入れていた。たとえばある朝、町の中心街で、ペストの兆候があらわれたひとりの男が病気のため錯乱して戸外へ飛び出し、最初に出会った女に飛びかかり、おれはペスト患者だと叫びながら抱きついたという話である。

「けっこうなことです！」と、コタールはその断言とは不釣り合いな愛想のよい口調で言った。「みんな頭がおかしくなっていく、まちがいありませんよ」

同じく、その日の午後、ジョゼフ・グランは、ついに個人的な打ち明け話をリユーにすることになった。机の上に置かれたリユー夫人の写真に気がつき、彼は医師を見つめた。リユーは、妻が市外で療養中だと答えた。「それは運がよかったですね」。医師は、おそらく運がよかったのだろうが、ただ妻が回復してくれることを願わねばならないと答えた。

「ほんとうに」と、グランが言った。「お気持ち、お察しします」

リユーがグランと知り合って以来はじめて、グランは滔々と弁じだした。まだ自分のことばを探しながらではあったが、ほとんどつねにそのことばを見つけるのに成功した。まるでずいぶん前から自分が話す内容について考えていたかのようだった。

ごく若いころに、グランは近所の貧しい娘と結婚した。学業を中断して職に就いたのも、まさに結婚するためだった。ジャンヌも彼も、自分たちの地区から外に出たことは一度もなかった。彼女に会うため彼はその家を訪れたが、ジャンヌの両親は、この物静かで不器用な求婚者を少し笑い者にしていた。父親は鉄道員だった。休みのときには、いつも部屋の片隅の窓際に腰かけ、物思いにふけりつつ、大きな両手を両膝にぴったり置いて、街路の往来を眺めているのが見かけられた。母親はいつも家事をしていて、ジャンヌがそれを手伝っていた。ジャンヌはとても華奢だったので、グランは彼女が道を横断するのを見ると、いつもはらはらした。そんなとき、彼には行き交う車両がとてつもなく巨大に見えた。ある日、クリスマスの飾り付けをした店の前で、ショーウインドーをうっとりと眺めていたジャンヌが彼のほうにもたれかかって言った。「なんてきれいなこと！」グランは彼女の手首を握りしめた。こうして結婚が決まった。[53]

そのあとの話は、グランによればとても単純だった。だれにもあるような話だ。結婚し、まだ少しは愛し合い、働く。働きすぎると愛することを忘れる。例の課長の約束が反故《ほご》にされたので、ジャンヌも働いていた。ここからはグランの言いたいことを理解するには、やや想像力を要する。疲労も加わり、彼はなげやりになり、ますます無口になって、若い妻の、自分が愛されているという気持ちを支えてやらなかった。働く男、貧しさ、徐々に閉ざされていく将来、夕べの食卓での沈黙、そうした世界に情熱が入り込む余地はなかった。おそらくジャンヌは苦しんだのだ。それでも彼女は踏みとどまっていた。自分でも知らずに長いあいだ苦しむことがあるものだ。何年かが過ぎ去った。やがて彼女は出ていった。もちろんひとりで去ったのではなかった。「あなたを愛していたわ。でも、いまでは疲れてしまったの……。出ていくのは幸せなことじゃない。でも、やり直すには、幸福である必要はないのよ」。彼女が書き残していったのは、おおよそこんな内容だった。

今度は、ジョゼフ・グランが苦しんだ。リユーが言ったように、彼もまたやり直すことはできただろう。ところが、その自信がなかったのだ。

ただ、彼はいつも彼女のことを考えていた。望んだのは、彼女に手紙を書いて釈明することだった。「でも、これがむずかしいんです」と、彼は言った。「ずいぶん前からそのことを考えています。愛し合っていたあいだは、ことばを交わさなくても心は通じていました。けれども、愛はいつまでも続きはしません。適切なときに、彼女の心を引きとめることばを見つけなければならなかったのです。でも、それができなかった」。グランは格子柄のタオルのようなもので洟をかんだ。それから口髭をぬぐった。リユーは彼を見つめていた。

「すみません、先生」と、グランは言った。「でも、なんと言ったらいいのか……。私は先生を信頼しています。あなたになら話せるのです。それでつい、感情に引きずられて」

明らかに、グランはペストからはるかかなたにいた。

その晩、リユーは妻に電報を打って、町が閉鎖されたが自分は元気であり、彼女にはいつも身体に気をつけてほしいと願っており、その身を案じていると伝えた。

市門が閉鎖されてから三週間後、病院から外に出ようとしたリユーは、そこで待っていた若い男に出会った。

「たぶん」と、その男は言った。「私を覚えていらっしゃると思いますが」

リユーは見覚えがあるように思ったが、ためらっていた。

「今回の事件が起こる前に」と、相手は言った。「アラブ人の生活状態についておたずねするためにうかがいました。レイモン・ランベールと申します」

「ああ、そうでした」と、リユーは言った。「では、あなたは今回、報道記事の絶好のネタができたというわけですね」

相手はいらだっているようだった。彼は、そうではない、リユー医師に力添えを願うために来たのだと言った。

「申し訳ないのですが」と、彼は言い添えた。「この町には、知り合いがひとりもいないのです。それにあいにく、私の新聞社の通信員は役立たずでして」

リユーは、中心街の無料診療所までいっしょに歩いて行こうと提案した。いくつか指示を与える必要があったのだ。彼らは黒人街の小路を降りて行った。夕暮れが近づいてきたが、この時刻には以前あんなににぎやかだった町が、奇妙なほど寂しく見えた。まだ黄金色を残した空にラッパの合図が響き、それだけが兵士たちが自分の任務を遂行している様子を告げていた。そのあいだ、ムーア人の家の青やカーキ色、紫の壁にはさまれたけわしい路を歩きながら、ランベールはひどく興奮してしゃべった。彼はパリに妻を残していた(54)。実を言えば妻ではなかったが、同じことだ。市が閉鎖されてすぐ彼女に電報を打った。はじめはこの事態は長く続かないだろうと考えて、まずは彼女と連絡を取ろうとだけした。ところが、オランの彼の同業者たちはどうすることもできないと言い、郵便局では追い返され、県庁の書記には鼻先で笑われた。二時間列に並んで待ち、ようやく電報を受け付けてもらい、「バンジブジ　スグカエル」とだけ書いた。

ところが今朝起きると、結局これがどのくらいの期間続くかはわからないと、はたと気がついた。彼は町から出る決心をした。紹介状をもらっていたので(仕事柄いろいろな便宜を得られた)県の官房長に接触できた。自分はオランとは無関係であると主張し、ここにとどまるのは自分の職務ではなく、たまたま滞在したにすぎず、ひとたび外に出れば隔離措置を受けねばならないにしても、立ち去る許可が与えられるのが正当であると言った。官房長のほうでは、事情はよく理解できるが例外を設けることはできない、検討はしてみるが、要するに事態は深刻なのでなにも決定することはできないと答えた。

「でも」と、ランベールは言った。「私はこの町とは関わりがないんです」

「そうでしょうが、いずれにせよ、疫病が長引かないことを期待しましょう」

最後に、ランベールを慰めようとして、官房長もまた、オランで興味深い報道記事の材料が見つかるだろうし、よくよく検討すれば、良いところのない事件はないのだと言った。ランベールは肩をすくめた。彼とリユーは町の中心部にやってきていた。

「ばかげていますよ、おわかりでしょう。ぼくは報道記事を書くために生まれてきたんじゃないです。ひとりの女性といっしょに暮らすために生まれてきたのかもしれないんです。道理にかなったことじゃないですか」

リユーは、いずれにしても、それはもっともに思われると言った。

中心街の大通りでは、ふだんの雑踏は見られなかった。歩行者が何人か遠方の自宅へと急いでいた。笑顔を見せている者はひとりもなかった。その日出されたランスドック通信社の発表のせいだろうと、リユーは考えた。二十四時間もたてば、市民はふたたび希望を抱き始めることになった。しかしきょうのところは、彼らの記憶のなかで、その数字はまだあまりにも生々しかった。

「というのは」と、だしぬけにランベールが言った。「彼女とぼくは知り合って間もないし、よく気が合っているからなんです」

リユーはなにも言わなかった。

「いやつまらない話をお聞かせしました」と、ランベールはことばを継いだ。「ところでお願いにあがったのは、ただぼくがこのいまいましい病気にかかっていないことを証明する書類を書いていただけないかと思って。きっと役立つと思うんです」

リユーはうなずいた。幼い男の子が両足のあいだに突進してきたのを受け止めてからそっと地面に立たせてやった。二人はまた歩き始めて、アルム広場に着いた。粉塵まみれで汚れた共和国の記念像55の周囲に、埃で灰色になったイチジクとシュロの枝がそよとも動かず垂れ下がっていた。彼らは記念像の下に立ち止まった。リユーは白い土埃《つちぼこり》にまみれた足で、片足ずつ順番に地面をたたいた。彼はランベールのほうを見た。フェルト帽を少しあみだにかぶり、ネクタイを締めたシャツの襟もとのボタンをはずし、髭をきちんと剃っていないランベールは、頑固でふくれっつらをしているように見えた。

「たしかに、あなたの言われることは理解できます」と、とうとうリユーは言った。「でも、その議論の立て方はよくない。私は証明書を書くことはできません。なぜなら、実際あなたが病気にかかっていないかどうかはわからないし、それに書いたとしても、あなたが診察室を出てから県庁に入るまでのあいだに感染しないとは保証できないからです。それに……」

「それに?」と、ランベールは言った。

「それに、たとえ証明書を書いたとしても、なんの役にも立たないでしょう」

「どうしてですか」

「この町にはあなたのような人が何千人といるからです。その人たちを外に出すことはできないのです」

「ペストにかかっていなくても?」

「それは十分な理由になりません。この出来事はばかげています。私もよくわかっています。でもこれは私たち全員にかかわることなのです。そういうものだと認めねばなりません」

「でも、ぼくはここの人間じゃないんですよ!」

「残念ながら、いまからは、あなたはここの人間なのです、みなといっしょに」

相手は興奮した。

「はっきり言いますが、これは人道的な問題です。たぶん、あなたはわかってないんです、気持ちが通じ合っている二人にとって、こうした別離がどういう意味をもつのか」

リユーはすぐには答えなかった。それから、自分はわかっているつもりだと言った。ランベールが妻に再会できるよう、また愛し合うすべての人たちがふたたびいっしょになれるよう心から願っている。しかし条令や法律というものがあり、ペストがある、自分の役割としてはなさねばならぬことを遂行するまでだ。

「いえ」と、ランベールは苦々しげに言った。「あなたには理解できないんだ。あなたは理性のことばを話している、抽象の世界にいるんです」

医師は共和国像のほうを見上げて、それから、自分が理性のことばを話しているかどうかはわからないが、明白な事実のことばを話している、それは必ずしも同じことではないと言った。ランベールはネクタイを直した。

「つまり、ぼくは別の方法でなんとかしなければならないということですか。でも」と、彼は挑戦するようにことばを継いだ。「ぼくはこの町を出ていきますよ」

医師は、その気持ちも理解できるが、自分には関わりのないことだと言った。

「いえ、あなたに関わりのあることです」と、ランベールはいきり立って言った。「ぼくがここへ来たのは、あなたが今回の決定に大いに関与したと聞いたからです。そこで考えたのです、あなたが寄与して策定されたものを、少なくとも一度は破棄できるだろうと。でも、それはあなたにはどうでもいいことなんだ。あなたはだれのことも考えなかった。引き離された者たちのことなど考慮しなかったんです」

リユーは、それはある意味で正しい、そのことは考慮しないように努めたと認めた。

「ああ！　そうなんだ」。ランベールは叫んだ。「あなたは公の職務について語るつもりでしょう。でも、公共の福祉は個人の幸福から成り立っているんですよ」

「まあまあ」と、放心状態から覚めたかのように医師は言った。「ものごとにはさまざまな面があるものです。性急に判断を下してはいけない。あなたが怒るのはまちがっている。もしあなたがこの難局を切り抜けることができれば、私も心からうれしく思います。ただ、職務上、私には禁じられていることがあるのです」

相手はいらだって頭を振った。

「ええ、怒ったのはまちがってました。こんなことでお時間を取ってしまいました」

リユーは、今後の奔走の経過について知らせてくれるように頼み、そして自分を恨まないでほしいと言った。自分たちはきっと意見の一致するところがあるはずだ。ランベールは突然当惑した表情を見せた。

「そう思います」と、彼は少し沈黙したあとで言った。「そう思います、ぼくの考えや、あなたが言われたことすべてがどうであれ」

彼はためらった。

「でも、ぼくはあなたが正しいとは思いません」

彼は目深《まぶか》にフェルト帽をかぶり、急ぎ足で立ち去った。リユーは、彼がジャン・タルーが滞在しているホテルに入って行くのを見た㊺。

しばらくして、医師は頭を振った。あの新聞記者が待ちきれぬ思いで自分の幸福をつかもうとしているのは正しい。しかし、「あなたは抽象の世界にいるんです」と自分を非難したのは正しいのだろうか。ペストが猛威を増し、犠牲者が週平均五百人にも達する病院で過ごす日々が、ほんとうに抽象だろうか。たしかに、不幸のなかには抽象的で非現実な部分がある。しかし、抽象がこちらを殺しにかかってくるときには、その抽象を相手にしなければならない。ただリユーは、そのほうがたやすいわけではないと知っていた。たとえば、彼が担当している臨時病棟（いまでは三棟あった）を運営することは容易ではなかった。彼は診察室に面した一室を、患者の受け入れ室に改修させた。くぼんだ床がクレゾール液の池となり、その中央にレンガの島が置かれた。患者はこの島に運ばれ、手早く服を脱がされると、服は液のなかに落ちる。身体を清められ、乾かされ、病院のごわごわした寝間着を着せられたあと、患者はリユーの手に渡され、それから病室のひとつへと運ばれた。学校の雨天体操場を利用することも余儀なくされて、いまでは病床は全部で五百を数え、そのほとんどがふさがっていた。リユー自身が指揮する朝の受け入れが済むと、患者たちにワクチン接種をほどこし、リンパ節腫を切開し、彼はふたたび統計を確認し、午後の診察に戻った。夕刻になってようやく往診に出かけ、夜更けに帰宅するのだった。前の晩、リユーは母親が渡した妻からの電報を受け取ったが、そのとき彼の手が震えているのに母は気づいた。

「ええ」と、彼は言った。「でも粘り強く続けていれば、そのうち動じなくなるでしょう」

彼は頑健で抵抗力があった。事実、まだ疲労を感じてはいなかった。とはいえ、たとえば往診などは耐え難いものとなっていた。疫病による発熱であると診断を下すと、すぐにも病人を運び出す事態になる。そこで実際、あの抽象と困難が始まる。というのは、病人の家族は、患者が治癒するか死んだあとでなければ再会できないことを知っているからだ。「かわいそうだと思ってください、先生！」と、タルーのホテルで働く客室係の母、ロレ夫人は言った。それはなにを意味しただろうか。もちろん、彼はかわいそうだと思う心をもっていた。しかし、それはだれの役にも立たないことだ。電話をかけなければならない。やがて救急車のサイレンが聞こえてくる。隣人たちははじめのうち、窓を開けて眺めていた。のちには、彼らはそそくさと窓を閉めた。そこから闘い、涙、説得、つまりは抽象が始まる。熱病と不安によって興奮したそれぞれのアパルトマンのなかで、狂乱の場面が繰り広げられる。しかし病人は連れ去られる。そこでリユーは引き揚げることができるのだった。

最初の二、三回、彼は電話をかけるだけにして、救急車の到着を待たずに他の病人のもとへ回っていた。ところが、家族の者たちは、いまやその結果がどうなるかがわかっている別離よりもペストとともにいることを選んで、扉を閉めてしまうのだった。叫び声、命令、警察、のちには軍隊の介入によって、病人は無理やり連れ出された。はじめの数週間、リユーは救急車が来るまで残らねばならなかった。その後は、医師が往診するときにはボランティアの視察官が同行するようになり、リユーは次々と患者を診てまわることができた。しかし、最初のころは、毎晩がロレ夫人宅の再現であった。その晩、扇と造花で飾られた狭いアパルトマンに入っていくと、彼を迎えた母親は、ゆがんだ笑みを浮かべてこう言ったのだ。

「みんながそこら中でうわさしている熱病じゃないと思いますが」

それから、彼はシーツと寝間着をまくりあげて、腹部と大腿部の赤い斑点と、リンパ節の腫れを黙って見つめた。母親は娘の両足のあいだを見て、こらえきれずに叫び声をあげた。毎晩こんなふうに母親たちは、死のあらゆる兆候を示すあらわにされた腹部を前に、どこか抽象的な様子を見せてぼうぜんと叫んだ。毎晩リユーの腕にすがる腕があり、無益なことばや約束が飛び交い、涙が流された。毎晩救急車のサイレンは、あらゆる苦しみと同様にむなしい動揺を引き起こした。そして、つねに変わりばえしない夜間の往診がえんえんと続いたあと、リユーは、果てしなくくり返されるこうした場面の長い連続以外にはなにも期待できなくなった。そうなのだ、ペストは抽象と同じく単調なものであった。ただひとつ変化したものがあるとすれば、リユー自身である。その晩、共和国像の足もとで、御しがたい無関心が自分を満たし始めていることだけを意識しながら、ランベールが姿を消したホテルの入口をじっと見つめて、彼はそのことを感じたのだった。

市民が街路にあふれ出てぐるぐる歩き回ったあのたそがれのあと、こうした疲労困憊の数週間の果てに、リユーは自分がもはや憐憫にたいして防御する必要がないことを理解した。憐憫が無力であるとき、憐憫にも疲れてしまうものだ。そして自分の心がゆっくりと閉ざされていくその感じのうちに、医師はこの押し潰されそうな日々におけるただひとつの慰めを見出していた。彼は自分の仕事がそれによって容易になるのを知っていた。だからこそ、彼は喜んだのだ。朝の二時に彼を迎えた母親が、自分に注がれた息子のうつろなまなざしを悲しんだとき、彼女はまさしくリユーがそのとき受け取ることができた唯一のやすらぎを嘆いていたのである。抽象と闘うためには、その抽象に少し似る必要がある。しかし、どうしてそれがランベールに理解できただろう？　ランベールにとって抽象とは、彼の幸福を妨げるすべてのものだった。そして、実際には、リユーはランベールがある意味では正しいことを知っていた。しかし彼はまた、抽象が幸福よりも強い力を発揮するときがあり、そしてそのときには、ただそのときにだけ、抽象を考慮に入れねばならぬことも知っていた。このあとランベールの身に起こったことはまさにそれであり、後日ランベールから聞かされた打ち明け話によって、医師はその詳細を知ることができたのだ。こうしてリユーは、新たな次元において、各人の幸福とペストの抽象とのあいだで繰り広げられる、この種の陰鬱な闘いを続けていくことができたのであり、この闘いこそが、長い期間にわたって、私たちの町の全生活を占めていたのである。

しかし、ある人たちが抽象を見たところに、別の人たちは真理を見ていた。ペストの最初の月の終わりは、実際、疫病の際立ったぶり返しと、パヌルー神父の熱烈な説教によって暗い影におおわれた。病状が出始めたミシェル老人に付き添っていたのがこのイエズス会士である。パヌルー神父は、オランの地理学会誌へのひんぱんな寄稿によりすでに注目されており、同誌において、碑銘の復元に関する彼の研究は権威として認められていた。しかし彼は、現代の個人主義について一連の講演をするときには、専門家として話すとき以上に広範な聴衆を集めていたのだ。講演では、彼は現代の無信仰からも過去の世紀の蒙昧主義からも等しく距離を置いた、厳格なキリスト教の熱烈な擁護者として振る舞った。こうした機会に、彼は聴衆に向かって厳しい真理を容赦なく語った。そこから彼の名声が生まれたのである。

ところで、その月も末頃になって、町の高位聖職者たちは独自の手段でペストと闘うことを決め、一週間の集団祈禱を企画した。この公の信仰心の表明は、日曜日、ペストの聖者である聖ロクス[57]に奉げる荘厳なミサによって締めくくられることになっていた。この場での説教を、パヌルー神父は依頼されたのである。聖アウグスティヌス[58]とアフリカの教会の研究によって、彼は教団内で特別の地位を得ていたが、二週間はど前からその仕事をも放り出していた。血気盛んで熱情家の彼は、託された使命を敢然と引き受けたのだ。説教は、実施されるかなり前から話題にされ、ある意味でこの時期を画する重要な出来事となった。

祈禱週間には大勢の人が集まった。オランの人びとは日頃から格別信心深いというわけではない。たとえば日曜日の朝、海水浴はミサの手強い競争相手となる。突然の回心が彼らに訪れたわけでもない。しかし、一方では町が閉ざされ、港には近寄れず、海水浴はもはや不可能となり、他方で彼らはかなり特異な精神状態にあった。心の奥底では自分たちを不意に襲った事件を受け入れることができなかったが、それでも明らかになにかが変わったと感じていた。とはいえ、多くの人びとは相変わらず、疫病の流行はやがて止まるだろうし、自分たちも家族も無事に済むだろうとの望みを抱いていた。したがって、まだなにかをしなければならないとは感じていなかったのだ。彼らにとってペストは、外からやってきたからには、いつの日か去っていく不愉快な訪問客にすぎなかった。恐れてはいたがまだ絶望していない彼らにとって、ペストが彼らの日常生活そのものとしてあらわれ、それまで送ってこられた暮らしを忘れてしまうような時はまだ到来していなかったのである。要するに、彼らは待機状態にあった。他の多くの問題と同じく宗教に関しても、ペストに襲われた彼らは、無関心とはいえず、かといって情熱でもない、ただ「客観的」ということばで言い表しうるような奇妙な反応を示した。祈禱週間に列席した人びとの多くは、たとえば信者のひとりが医師リユーに言うことになった「いずれにしても悪いことではありませんから」ということばに、わが意を得たりと思ったことだろう。タルー自身は、このような場合、中国人はペストの霊の前で長太鼓をたたくだろうと手帖に記したあとで、実際には長太鼓が各種の予防手段より効果的かどうかを知るのはまったく不可能だと述べている。ただ彼はこう付け加えていた。この問題に決着をつけるには、ペストの霊なるものが存在するのかどうかを知らねばならないが、その点についてはなにも知らない以上、どんな意見を出してもむだであろう、と。

ともあれ町の大聖堂(59)は、その一週間のあいだ信者でほぼ埋め尽くされた。はじめの数日、多くの市民は聖堂の入口の前に広がるシュロとザクロの庭にとどまり、通りにまで寄せて返す潮のような祈願と祈禱の声に耳を傾けていた。やがて聴衆は、手本を示す人があらわれるとそれに倣い、決意を固め、少しずつなかに入って、列席者の答唱に自分のおずおずした声を重ねた。そして日曜日には、かなりの数の人びとが信徒席を満たし、聖堂前の広場や入口の階段にまであふれた。前日から空は暗くなり、どしゃぶりの雨が降っていた。外にいる人たちは傘を広げていた。聖堂内では香と濡れた布地の匂いがただよい、やがてパヌルー神父が説教壇に上った。

神父は中背で、どっしりとした体格だった。彼が説教壇の縁《ふち》に寄りかかり、大きな両手で壇をつかむと、聴衆には、はがねの眼鏡の下の真っ赤な斑点のような二つの頬と、その下のずんぐりした黒い塊しか見えなかった。声は力強く、熱がこもって、遠くまで届いた。「みなさん、みなさんは不幸のただなかにありますが、みなさん、それは当然の報いなのであります」と、彼が一語一語区切るように聴衆に激烈なひとことを放ったとき、動揺の波が聴衆のあいだを走り、聖堂前の広場まで押し寄せた。

そのあと述べられたことは、論理的にはこの悲壮な前置きにつながらないように思われた。さらに話の続きを聞いてようやく市民たちは、神父が巧みな雄弁術によって、まるで一撃を放つように、彼の説教全体の主題を一挙に提示したのだと理解した。このことばのあとすぐに、パヌルーは実際、『出エジプト記』から、エジプトにおけるペストに関する一節を引用して[60]、こう言った。「この災禍が歴史にはじめてあらわれたとき、それは神の敵を撃つためでした。ファラオが神の意図に逆らったため、ペストが彼をひざまずかせたのです。歴史のはじまりより、神の災禍は奢《おご》れる者や盲《めし》いた者たちを平伏させました。このことをよく考え、ひざまずきなさい」

外の雨が激しさを増し、この最後のことばは、ステンドグラスにあたる驟雨の音がいっそう深めた完全な静寂のなかで発せられ、きわめて強く響いたので、幾人かの聴衆は一瞬のためらいののち、椅子から祈禱台の上へと身をすべらせた。他の者たちもその例にならわねばと思ったため、椅子のきしむ音だけが聞こえるなか、やがてすべての聴衆が次々とひざまずくことになった。パヌルーはそこで身を起こし、深く呼吸して、次第に口調を強めながらことばを継いだ。「今日、ペストがあなたがたに関わりをもつようになったのは、反省すべきときが来たからです。義《ただ》しい人は恐れることはありませんが、邪《よこしま》なる人は震えあがる理由があります。この世界という広大な納屋では、非情なる殻竿《からざお》(61)が人類という麦を打ち、ついには麦藁《むぎわら》から穀粒《こくつぶ》が振るい落とされるでしょう。麦藁の数は多いが穀粒は少なく、招かれる者は多いが選ばれる者は少ないでしょう。(62)しかしながら、この災いは神が望まれたのではありません。あまりにも長いあいだ、この世界は悪と馴れ合い、あまりにも長いあいだ、神の慈悲の上に安住していたのです。悔い改めるだけで十分であり、すべては赦されたのです。そして悔い改めについては、だれもがたやすくできることだと感じていました。その時が来たら、まちがいなく悔い改めることにしよう。その時になるまで、いちばん楽な方法は成り行きにまかせることであり、あとのことは神の慈悲がなんとかしてくださるだろうと。ところが、そうではないのです！　そんなことは長く続くはずはなかったのです。あまりにも長いあいだ、この町の住民に憐憫のお顔を向けてこられた神は、待つことに飽いて、いつまでもかなわぬ希望に落胆し、お目を逸らすことにされたのです。神の光を失って、私たちはいまや、長くうち続くペストの暗闇に投げこまれたのであります！」

聴衆席でだれかが、はやり立つ馬のような荒い鼻息を出した。短い休止のあと、神父はいっそう低い声調でことばを継いだ。「『黄金伝説』[63]によりますと、ロンバルディアのグンベルトゥス王の時代に、イタリアはひどいペストに襲われ、死者を埋葬するのに足りる数の者しか生き残らず、このペストはとりわけローマとパヴィア[64]で猛威をふるいました。そのとき、善き天使が目に見える姿であらわれ、狩猟の槍を手にもつ邪悪な天使にたいして命令を下しながら、家々を打つようにと指示しました。すると一軒の家から、打たれた回数と同じ数の死者が出てきたのであります」

パヌルーはここで、その短い両腕を聖堂前広場のほうへとのばした。まるで揺れ動く雨のヴェールの背後にいるなにかを指し示すかのようだった。「みなさん」と、彼は力強く言った。「それと同じ死をもたらす狩猟者の一行が、いまや私たちの町のなかを走っているのです。ごらんなさい、あのペストの天使を。ルシフェル(65)のように堂々として、悪そのもののように輝き、あなたがたの家の屋根の上に立ち、右手にもった赤い槍を頭の高さに掲げ、左手でひとつの家を指し示しているのです。たったいま、おそらく彼の指はあなたの家の扉に向けられ、槍が木の扉を打ち、鳴り響かせる。たったいままた、ペストはあなたの家に入り、部屋のなかに腰を下ろし、あなたの帰宅を待っている。ペストはそこにいます、忍耐強く注意深く、この世の秩序そのもののように自信に満ちて。ペストがあなたに向ける手、それをまぬがれることは、いいですか、地上のどんな力をもってしても、人間の浅薄な知恵をもってしてもできません。そして苦痛の血塗られた麦打ち場で打たれたあなたがたは、麦藁とともに投げ捨てられるのです」

ここで神父は、いっそう壮大に、殻竿の悲壮なイメージを語り続けた。途方もなく大きな木片が町の上を旋回しながら、手当たり次第に打ち付けては血塗られてふたたび舞い上がり、「真理の収穫を準備する種まきのために」、ついには人間の苦痛と血をまき散らす様子を叙述してみせた。

長い一節が終わりに来ると、パヌルー神父はひと息ついた。額に髪を垂らし、両手でつかんだ説教壇が振動するほど身を震わせていた。それからいっそう鈍い声の、しかし責めるような調子でことばを継いだ。「そうです。反省の時は来たのです。あなたがたは、日曜日に教会で神に祈りさえすれば、あとの日々は自由に過ごせると信じていた。何度か跪拝《きはい》するだけで、罪深い無関心の埋め合わせがつくと考えていた。けれども、神は手ぬるい方ではないのです。そのようなごくたまの関わりだけでは、神の貪欲な慈愛に十分ではありません。神はもっと長い時間あなたがたの顔を見たいと望んでおられました。それがあなたがたを愛する神の愛し方であり、実のところ、神の唯一の愛し方なのです。だからこそ、あなたがたの到来に待ちあぐんだ神は、人類の歴史が始まって以来あらゆる罪深い町を災禍が襲ったように、あなたがたにも災禍をお遣わしになったのです。いまでは、あなたがたは罪とはなんであるかを知っています。カインとその息子たち、大洪水以前に生きていた者たち、ソドムやゴモラの住民、ファラオやヨブ(66)、そしてまた地獄に落ちたすべての者が知っていたように。そしてこれらすべての人びとがそうであったように、この町が壁のなかにあなたがたと災禍を閉じこめた日以来、あなたがたはさまざまな生きものや事物の上に新たなまなざしを注いでいます。いまや、そしてついにあなたがたは知ったのです、いちばん大切なことに立ち戻らねばならない、と」

湿った風が、いまでは信徒席まで吹き込んで、蠟燭の炎がぱちぱち音を立てながらたなびいた。蠟の強い匂い、咳払い、くしゃみがパヌルー神父のほうへと立ち上った。神父は評判通りの巧みさで自分の説教を再開し、静かな声で続けた。「私にはわかっています。大半の方々はどこに立ち戻ることを私が願っているのかと、いままさに自問しておられるでしょう。私が願っているのは、あなたがたを真理へ立ち戻らせることであり、そして私のこれまでの話にもかかわらず、みなさんに喜びを教えることなのです。忠告や友愛の手があなたがたを善へと差し向ける手段であった時代は、もはや過ぎ去ったのです。今日では、真理とはひとつの命令です。そして救済への道については、赤い槍こそが、それをみなさんに指し示し、そこへと導くのです。ここにこそみなさん、あらゆるもののなかに善と悪、怒りと憐憫、ペストと救済を置きたもうた神の慈悲が、とうとうあらわれるのです。あなたがたを苦しめるこの災禍そのものが、あなたがたを高め、進むべき道を示すのです」

「ずいぶん昔のこと、アビシニア(67)のキリスト教徒たちは、ペストこそが、神によって示された、永遠に到達する有効な手段だと考えました。病気にかかっていない人たちは、確実に死にいたるようにと、ペスト患者のシーツに身をくるんだのです。おそらくこのような救済への熱狂はお勧めできるものではないでしょう。そこには傲慢に近い、嘆かわしい性急さが見て取れます。神よりも急いではなりません。神がこれが最後と定められた不易の秩序を速めようとすることは、異端へと行きつくでしょう。とはいえ、この実例には、少なくともひとつの教訓が含まれています。すべてをいっそうはっきりと見ることのできる私たちの精神にとっては、それはただ、どんな苦しみの奥底にも宿る永遠の優しい小さな光をさらに輝かせるものなのです。この光は、解放へと通ずる仄暗い路を照らしています。この光は、あやまつことなく悪を善へと変えてくださる神のご意志を表しています。今日もなお、死と不安と叫喚の歩みを通じて、この光は私たちを本質的な静寂へ、まったき生命の原理へと導いてくれるのです。以上が、みなさん、私があなたがたに与えたいと願った限りない慰めであり、それを述べるのは、ここから懲罰のことばだけでなく、やすらぎのことばをも持ち帰っていただくためなのです」

人びとはパヌルーの話は終わったと思った。外では、雨があがっていた。水蒸気と日光が混じりあう空は、広場にひときわさわやかな光を注いでいた。通りからは、人声、車の通行する音、ふたたび活動を始めた町のあらゆるざわめきがたちのぼってきた。聴衆は、いささか混乱しながらも、そっと身の回りのものを取りまとめていた。しかし、神父はふたたびことばを継いで言った。ペストは神が遣わされたものであること、またこの災禍が懲罰的性格をもつこと、それらを示した以上ここで説教を終えるが、しかしながら結論を述べるにあたり、これほどに悲劇的な主題に関して場違いな雄弁に訴えることはしない。いまや、列席者全員にとってすべてが明らかであろうと彼には思われるのだ。ただここで彼は、マルセイユに大規模なペストが蔓延したとき、編年史家のマチュー・マレ[68]が、このように救いも希望もないまま生きていて、地獄のような状態に陥ったのを嘆いたことに言及した。なんということか、マチュー・マレには真実が見えていなかったのだ！　反対に、パヌルー神父としては、今日以上に、万人に示された神の救済とキリスト教徒の希望を感じたことはない。望みを抱くことが困難であると知りながらも、彼が望むのは、これらの日々の恐怖と死に瀕した人びとの叫び声にもかかわらず、わが市民が、キリスト教徒の唯一のことばである愛のことばだけを天に向かって唱えることである。その余のことは神がなされるであろう。

この説教が市民たちに影響を及ぼしたかどうか、それを言うことはむずかしい。予審判事のオトン氏は、リユーに、パヌルー神父の話は「まったく反駁の余地がない」と思うと言明した。しかし、だれもがそのような明快な意見をもったわけではなかった。ただ説教を聞いて、それまでぼんやりと抱いていた思い、すなわち自分たちはなにかしらの罪を犯したために罰せられ、想像を絶した拘留状態に置かれたのだということをいっそう実感するようになった者たちもいた。そして、自分のささやかな生活を続けて、監禁状態に適応するようになった人びともあれば、その反対に、この時から牢獄を脱出することだけを考える人びともいた。

最初市民は、自分たちの習慣の一部をかき乱すたぐいの一時的などんな厄介ごとでも受け入れるつもりで、外部から遮断されることを受け入れた。しかし、夏がじりじりと迫り始めた天蓋のもとで、一種の幽閉状態にあるのだと突然意識すると、彼らは、この禁錮が自分たちの生活のすべてを脅かすのだとばくぜんと感じた。そして夕方になり涼気が訪れると、活力を回復して、しばしば自暴自棄の行動に走ったのである。

まずはじめに、そして偶然の一致であるかどうかはわからないが、この日曜日から、私たちの町では、市民がほんとうに自分たちの状況を意識し始めたのだと推測できるほどに、かなり広く深く恐怖のような感情が生まれた。この観点からすると、私たちが生活している町の雰囲気はわずかに変化した。とはいえ、実際のところ、変化は雰囲気にあったのか人びとの心情にあったのか、それは問題である。

説教から二、三日後、リユーは、今回の件についてグランと話しながら町はずれのほうへ向かっているとき、暗闇でひとりの男と出くわした。二人の目の前で、男は左右に身体をゆすって歩きながらも前に進もうとはしなかった。ちょうどそのとき、次第に点灯時刻が遅くなっていた町の街灯が突然輝いた。二人の歩行者の背後に置かれた高い電灯が、ふいにその男を照らしだした。男は目を閉じて、声をあげずに笑っていた。声のない哄笑によってたるんだ白っぽい顔の上に、大粒の汗が流れていた。二人は通りすぎた。

「頭がおかしくなっている」と、グランが言った。

グランを引き寄せようとその腕をつかんだリユーは、相手が神経質に震えているのを感じた。

「そのうち頭のおかしい者だけになるだろう、この町の壁の内側は」と、リユーが言った。

疲労も手伝って、彼は喉が渇くのを感じた。

「なにか飲みましょう」

彼らが入った小さなカフェは、カウンターの上にあるたったひとつの電灯で照らされ、濃く立ち込めた赤っぽい空気のなかで、人びとはとくにわけもなく低い声で話していた。カウンターに着くと、リユーが驚いたことに、グランはアルコールを注文して一気に飲みほし、酒には強いのだと打ち明けた。それから彼は外へ出ようと言った。外では、夜がうめき声に満たされているようにリユーには思われた。街灯の上、暗い空のどこかで、ひゅうひゅう鳴る鈍い音が聞こえ、それが、熱い大気を果てしなくかきまわす目に見えない殻竿を想い起こさせた。

「ありがたい、ありがたいことに」と、グランが言った。

リユーは、彼がなにを言いだすのかと思った。

「ありがたいことに」と、相手は言った。「私には自分の仕事があります」

「そうですね」と、リユーは応じた。「それは強みだ」

そして、うなる音に耳を貸すまいとして、彼はグランにその仕事はうまくいっているのかとたずねた。

「ええ、順調に進んでいると思います」

「まだ、長くかかる?」

グランは活気づいたように見えた。彼の声にはアルコールの熱気が感じられた。

「わかりません。ただ問題はそこではないんです、先生。そういうことは問題じゃなくて」

暗闇のなかで、リユーはグランが両腕を動かすのがわかった。彼はなにかを準備するようだったが、それが能弁とともにいきなりあらわれた。

「いいですか、先生、私が望んでいることは、原稿が編集者のもとに届いた日に、彼が一読したあと立ち上がり、同僚に向かってこう言うことなんです、「一同、脱帽！」

この突然の宣言にリユーは驚いた。そばにいるグランは、頭に手をやり、腕を水平に動かして、帽子を脱ぐしぐさをしたように見えた。上空では、奇妙にうなる音がふたたび勢いを増したように思われた。

「そうです」と、グランは言った。「それは、完璧でなければなりません」

文壇の慣習にはうといけれども、リユーは事態がそれほどかんたんにはいかないだろうし、たとえば編集者たちは、職場では帽子をかぶっていないはずだと思った。しかし、実際のところはどうなのかわからない。リユーは黙っているほうを選んだ。彼は心ならずも、ペストのあやしいざわめきに耳を傾けた。彼らはグランの住んでいる地区に近づいた。そこは少し小高くなっていて、軽い微風がさわやかに感じられ、それが同時に町からすべての騒音を消し去っていた。そのあいだもグランは話し続け、リユーはこの男の言うことすべてをとらえることはできなかった。ただ理解できたのは、彼が取り組んでいる作品はすでに多くの頁が書かれているものの、完璧へといたるために著者が重ねている苦労は耐えがたいほどだということだった。「たったひとつの単語に幾晩も、幾週間も要します……、それがときにはたんなる接続詞だったりするんです」。ここで、グランは立ち止まり、リユーのコートのボタンをつかんで引きとめた。歯の抜けたその口から、ことばがきれぎれに出てきた。

「わかってください、先生。厳密に言っても、〈しかし〉と〈そして〉のあいだで選ぶのは、造作ないことです。〈そして〉と〈次に〉のあいだの選択となると、ずっとむずかしくなる。〈次に〉と〈それから〉では、困難はさらに大きくなる。でも、断然もっともむずかしいのは、〈そして〉を入れるべきかそうではないかを知ることなのです」

「ええ」と、リユーは言った。「わかりますよ」

そして、彼はまた歩き出した。相手は当惑したようだったが、ふたたびリユーと並んで歩き始めた。

「すみません」と、グランは早口で言った。「私はどうかしています、今晩は！」

リユーは彼の肩を軽くたたいて、なんとか力になりたいと思うし、彼の話にはとても興味を感じると言った。グランは少し平静を取り戻したようだった。家の前まで来ると、ためらったあとで、少し上がって行きませんかと医師に言った。リユーはそれに応じた。

食堂に入ると、グランはリユーをうながして、テーブルの前に座らせた。テーブルには紙片が散乱し、そこには削除の線がいっぱい引かれたきわめて小さな文字が記されていた。

「そうです。これなんです」と、グランは目で問いかけた医師に言った。「なにか飲みませんか。ワインが少しあります」

リユーは断り、紙片を眺めていた。

「見ないでください」と、グランは言った。「出だしの文章なんです。苦労しています、ひどく苦労してるんです」

彼自身もその紙片のすべてを凝視していた。それから手がひとりでにそのうちの一枚へと引き寄せられたかのようだった。それを取り上げると、彼は笠のない電球の前で透かして見た。紙片は手のなかで震えていた。リユーはグランの額に汗がにじんでいるのに気づいた。

「腰を下ろして」と、彼は言った。「ひとつ、それを読んでくれませんか」

相手は彼を見て、感謝を示すかのように微笑んだ。

「そうですね」と、彼は言った。「私も聞いていただきたいと思います」

相変わらず紙片を見つめたまま、彼は少し待ち、それから腰を下ろした。リユーは同時に、町のなかの殻竿の鋭い音に応えるかのような、不明瞭なうなり音を耳にした。まさにこのとき彼は、足もとに広がるこの町と、その町が形作る閉ざされた世界、そして夜のなかで町が押し殺している恐怖の叫びを、きわめて強烈に感じ取っていたのである。グランの声が鈍く聞こえてきた。「五月の美しく晴れた朝、優美な女騎手が、華麗な栗毛の雌馬にまたがり、ブーローニュの森(69)の花咲く小道を駆けめぐっていた」。静寂が戻ってきて、それとともに苦しむ町のぼんやりしたざわめきが聞こえてきた。グランは紙片を置いて、それを注視し続けていた。しばらくして、彼は目をあげた。

「どうお考えですか」

リユーは、この冒頭を聞くとその先を知りたい気持ちになると答えた。すると相手は、そういう見方はよくないと、熱をこめて言った。彼は手のひらで自分の原稿をたたいた。

「これはまだ、おおよそのところまでしか達していません。私が自分の頭のなかに描いているイメージを完璧に表現することに成功し、私の文章が、一、二、三、一、二、三という馬の速歩《はやあし》の調子を獲得したときには、あとの作業がもっと楽になるでしょうし、とりわけ冒頭の場面から情景が鮮やかで、「脱帽！」と言われるかもしれません」

しかし、そのためには、まだまだやるべき仕事があった。この文章をそのまま印刷屋に渡すことは絶対に認めないだろう。なぜなら、ときには満足を覚えることがあるとはいえ、その文章がまだ現実にぴったり対応していず、いくらか安易な調子を帯びて、わずかではあるが紋切り型の表現に似ているのがわかっているからだった。それが少なくとも彼の言ったことの意味であったが、そのとき窓の下を人びとが走っていく音が聞こえた。リユーは立ち上がった。

「見ていてください、私がどうするか」と、グランは言って、窓のほうを振り向き、付け加えた。「この騒ぎがすべて収まってからですが」

しかし、あわただしい足音がふたたび聞こえた。リユーはもう下に降りかけていたが、街路に出ると、二人の男が目の前を通り過ぎていった。どうやら彼らは町の門のほうへと向かっていた。実際、幾人かの市民たちは、暑さとペストのはさみ撃ちで分別を失い、暴力行為に身をまかせ、警戒線の監視の裏をかいて町の外へ逃亡を試みたのだ。

この他にも、ランベールのように、きざし始めたばかりの恐慌状態から逃れようとした人びとがいた。いっそう首尾よくいったわけではないとはいえ、やり方はより粘り強く巧みだった。ランベールはまずはじめに、公式の手段で奔走を続けた。彼が言うには、粘り強くやっていればいつもすべてはうまくいくと信じていたし、ある観点からすると、困難をうまく切り抜けるのが彼の仕事でもあった。そこで彼は、大勢の役人や、ふだんはその能力に疑義をはさむ余地のない人びとに会いに行った。しかしこの場合には、彼らの能力はまったく役に立たなかった。たいていの場合彼らは、銀行や輸出、柑橘類やさらにはワインの売買に関することすべてについて、正確でよく整理された考えをもっている人たちで、訴訟や保険の問題に関しても、たしかな免状や明らかな誠意は言うまでもなく、完璧な知識も有していた。さらにそのだれもについてもっとも顕著だったのは、善意である。ところがことペストに関しては、彼らの知識はほとんど無力だった。

とはいえ、一人ひとりを前にして、機会があるたびに、ランベールは自分の立場を弁明した。彼の議論の基本はいつも、自分はこの町にとってよそ者であり、したがって彼の事情は特別に検討されるべきだと訴えることだった。多くの場合、相手はこの点を進んで認めた。しかし、彼らは概して、そういう人は他に何人もいるし、彼のケースは本人が考えているほど特殊ではないのだと指摘した。それにたいしてランベールは、だからといって自分の議論の根拠は揺るがないと答えることができた。すると返ってきた答えは、そんなことをすれば、前例と呼ばれているおぞましいものを作ってしまう危険があり、特別な優遇を認めない行政の堅固な基本が揺らいでしまうというものだった。ランベールが医師リユーに示した分類によると、この種の理屈屋たちは形式主義者の部類に入った。彼らと並んで、こんなことは長くは続かないと陳情者たちに請け合う、口のうまい者たちもいた。彼らは、決定を求められるときには助言を惜しまず、これはただ一時的な厄介ごとなのだと決めつけて、ランベールを慰めるのだった。それにまた、来訪者には事情を要約したメモを残せという指示をして、あとで決定するからと通知するような、いばっている者。宿泊券をくれたり、格安の下宿屋の住所を教えてくれたりする浅薄な者。カードに記入を求め、それを整理しておくだけの整理好きな者。仕事で手がふさがっていて、もうお手上げだという者。うんざりしたように目をそらす者。最後にもっとも数が多かったのは、昔から変わらぬ連中で、彼らはランベールに他の事務所へ行くよう指示するか、別の手立てを探すように言うのだった。

ランベールは、こうして訪問のたびごとに気力をすり減らした。モールスキンの長椅子に腰を下ろし、免税の国債の申込みや植民地軍への志願を勧誘する大きなポスターの前で待ったり、整理箱や書類棚さながらに、なかにいる職員の顔が容易に予測のつく事務所に入ったりしたおかげで、市役所や県庁とはどういうところなのか、それについての正確な観念をもつようになった。ランベールがいささか苦々しくリユーに語ったように、こうした奔走の利点は、そのおかげで真の状況を見ずに済んだことである。事実ペストの進行は彼の注意からもれていた。こんなふうにして、日々がいっそう速やかに経過したからなおさらに、町全体が置かれていた状況のなかで、過ぎ去った毎日は各人を、その人が死なない限り、試練の終わりに近づけたと言える。リユーとしては、その点はほんとうだが、しかし真実というには少しあいまいすぎると認めねばならなかった。

あるとき、ランベールは希望を抱いた。県庁から調査書が送られてきて、空欄を正確に満たすように求めていた。身分、家族状況、過去および現在の資産、そしていわゆる履歴にあたる事項を問うものだった。これは普段の居住地へ送り返すことができる人物を調査するためのアンケートだと、彼は思った。役所で得たばくぜんとした情報も、この印象を裏づけた。しかし、きちんとした手続きを経て、この調査書を送ってきた部署を突き止めると、それらの問い合わせは「万が一」の場合に備えたものだと説明された。

「なんですか、万が一の場合とは？」と、ランベールはたずねた。

そこで相手は、はっきりと説明して、ランベールがペストに罹患して死亡したとき、一方では家族に通知するため、他方では入院費用を市の予算に計上すべきか、あるいは近親者からの支払いを期待できるかを知るためなのだと言った。これによってはっきりわかったのは、彼が自分を待っている女性からすっかり切り離されているわけではなく、社会のほうでは彼らに関心を抱いているということであった。しかし、そんなことは慰めにはならない。さらにいっそう顕著なこと、したがってランベールが気づいたこと、それは役所のやり方だった。災害がもっともひどいときでも、役所は業務を続けることができ、そして役所はそうした業務のために存在するというそれだけの理由で、しばしば幹部も知らないままに、旧態依然としたやり方を踏襲するのである。

それに続く期間は、ランベールにとって、もっとも楽であると同時にもっともつらい日々だった。それは彼がぐったりしていた時期でもある。彼はそれまでにあらゆる役所を訪れ、あらゆる奔走をしてみたが、この方面の出口はさしあたりすべてふさがれていた。そこで彼はカフェからカフェへとさまようことになった。朝、カフェテラスに腰を下ろし、一杯のぬるいビールを前にして、疫病が近いうちに終息する気配はないかと期待して新聞を読み、通りを行く人びとをまじまじと眺め、その悲しげな表情がいやになると目をそむけ、正面にある商店の看板や、もうどこでも出さなくなった高級アペリチフの広告を百回も読んだあとで立ち上がり、町の黄色っぽくなった通りをあてもなく歩いた。孤独な散歩からカフェへ、カフェからレストランへと、こんなふうに歩いて日が暮れるのだった。ちょうどある夕方、リユーはカフェの入口で、ランベールが入ろうかどうかとためらっているのを見かけた。ようやく決心したらしく、店内の奥へ行って腰を下ろした。カフェでは、当局の指示を受けて、照明をつけるのをできるだけ遅らせていた刻限だった。たそがれの影が灰色の水のように店内に侵入し、日没の空のバラ色が窓ガラスに反射して、濃くなり始めた宵闇のなかでテーブルの大理石がほのかに光っていた。人けのない店内の中央で、ランベールは闇にとけこんだ人影のようだった。彼にとっていまは孤独のひと時なのだと、リューは思った。しかし、それはまた、この町のすべての囚われ人にとっても孤独を感じる瞬間であり、彼らの解放を早めるためにはなにかをなさねばならなかった。リューはその場を離れた。

ランベールはまた、駅でも長い時間を過ごした[70]。ホームに近づくことは禁じられていた。しかし、外から入れる待合室は開かれたままだったし、日陰で涼しく、暑い日にはときどき浮浪者が入り込んでいた。ランベールはそこに来て、古い時刻表や唾を吐くことを禁じる張り紙、鉄道警察の規則を読んだ。それから、一方の隅に腰を下ろした。部屋は暗かった。数字の8の字型に撒かれた古い散水の跡の中央に置かれた、鋳鉄の古いストーブは数か月冷え切ったままだった。壁には何枚かのポスターが、バンドル[71]やカンヌの自由で幸福な生活を紹介していた。ランベールはここで、窮乏の奥底に見出されるぞっとするような自由に触れた。少なくとも彼がリューに語ったところでは、当時もっとも思い出すのがつらかったのは、パリの光景だった。古びた石や水の風景、パレ＝ロワイヤル(72)の鳩、北駅、人けのないパンテオン界隈、そして自分がこれほど好きだとは気づいていなかった町のいくつかの場所、それがランベールに付きまとって、これと決まったことはなにもできなくなった。(73)リユーは、ランベールがそれらを恋人のイメージと同一視しているのだと考えた。そして、ランベールが、朝の四時に目覚めて自分の町のことを考えるのが好きだと語った日にも、リユーは自身の経験に照らして、そのことばは、自分が町に残してきた女性のことを思い浮かべるのが好きだという意味であるのがすぐにわかった。事実、それは彼が恋人をつかまえることができる時刻だったのだ。朝の四時には、ふつう人はなにもせずに、たとえその夜がうらぎりの夜であったとしても眠っているものだ。そうなのだ、その時刻には人は眠っているし、そのことは安心を抱かせる。というのも、不安な心は自分の愛する者をいつまでも所有したいという大きな欲望をもつものであり、あるいは別離のときが来たら、再会の日まで続く夢のない眠りのなかに相手を沈めたいと望むからだ。

説教のあとほどなく、暑さが始まった。六月の終わりになっていた。説教のあった日曜日を印象づけた季節遅れの雨の翌日、空に、家々の上に、一気に夏がはじけた。まず焼けるような熱風が巻き起こり、それが一日中吹いていて、家々の壁を乾燥させた。太陽が居座った。熱と光の間断ない波が、日中ずっと町を浸した。アーケードのある街路やアパルトマンの外には、目もくらむような照り返しを逃れる場所は、市内のどこにもないように思われた。太陽はあらゆる街角に市民を追いまわし、彼らが立ち止まるとたちまち襲いかかった。この最初の暑さと犠牲者数の急速な増加とが一致し、その数が週に七百人近くに達したとき、消沈の気分が町を支配した。町のはずれでは、平坦な道とテラスのある家々のあいだで活気が失われ、ふだんなら人びとが戸口で暮らしているこの界隈で、すべての扉が閉まりよろい戸が閉ざされ、そんなふうに彼らが身を守っているのは、ペストからか、それとも太陽からなのか判然としなかった。けれども、何軒かの家からはうめき声がもれていた。かつては、そんな場合、通りで耳をすます物見高い人びとの姿がしばしば見られたものだった。しかし、この長い警戒態勢のあとでは、それぞれの心も鈍感になったように思われ、うめき声が人間の自然な言語であるかのように、だれもがそのそばを歩き、そのそばで生活していた。

市門で乱闘が起こったときは、憲兵が武器を使用しなければならなかったし、この出来事は小さな動揺を引き起こした。けが人があったのはたしかだが、町では暑さと恐怖のためにすべてが誇張されて、死者も出たとうわさされた。いずれにしても、不満はたえず増大し、最悪の事態を恐れた市当局が、災禍のもとで抑圧された住民が反乱を起こした場合、どんな手段を取るべきか真剣に検討したのは事実である。新聞には、市外へ出ることの禁止令が更新され、違反者は禁錮に処するとの布告が発表された。パトロール隊が市中を巡回した。しばしば、耐えがたいほど熱くなった人けのない通りで、鋪石の上に響く蹄鉄の音が聞こえてくると、そのあとで閉じた窓の列のあいだを騎馬警備隊が進んで行くのが見られた。パトロール隊の姿が見えなくなると、警戒するような重々しい沈黙が、威嚇された町の上にふたたび降りてきた。最新の行政命令により、特別班にはノミを媒介する恐れのある犬や猫を殺す任務が負わされ、その発砲音があちらこちらで聞こえた。乾いた銃声が、町のなかの警戒心をいっそうあおりたてた。

暑さと沈黙のなかで、市民たちのおびえた心にとっては、すべてがいっそう重大になっていった。季節の推移を告げる空の色や大地の匂いが、はじめてみなにはっきりと感じられるようになった。だれもが、暑さのせいで疫病が増大するのを恐れるとともにそれを理解し、同時にだれもが、夏が腰を落ち着けたのを見てとった。夕暮れの空を飛ぶアマツバメの鳴き声は、町の上でずっとか細くなった。それはもはや、私たちの国で地平線が後退していく六月のたそがれ時にはそぐわないものだった。市場の花々はもう蕾では入荷せず、すでにすっかり開花しており、朝の売り出しのあとには、花弁が埃っぽい歩道に散乱していた。はっきりとわかったのは、春は衰え、四方八方に何千という満開の花々を惜しげもなくばらまいたあと、いまではまどろみ、ペストと暑気の二重の重みの下でゆっくり押し潰されようとしていることだった。市民たちにとって、この夏の空、埃と倦怠の色に染まって蒼ざめていくこの街路、それらが意味するものは、毎日町の気分を重苦しくする百人近い死者が示す脅威と同じであった。太陽はたえず照りつけ、眠りとヴァカンスにうってつけの時刻も、もはやかつてのように水と肉体の祝祭へと招きはしなかった。それどころか、閉ざされた沈黙の町ではただうつろな響きを立てていた。あの幸福な季節の赤銅色の輝きは失われていたのである。ペストの太陽はあらゆる色彩を消し、どんな喜びも追い払った。

それは疫病がもたらした大変革のひとつだった。市民たちはみな、ふだんはうきうきと夏を迎えたものだ。町はそのとき海へと開かれ、若者たちを浜辺に送り出した。ところがこの年の夏は、近くの海は禁じられ、肉体はもはやその喜びを享受する権利をもたなかった。このような状態で、なにをすることができただろうか。ここでもまたタルーが、当時の私たちの生活について、きわめて正確な姿を伝えてくれる。もちろん彼は、全体としてペストの進行を追っており、疫病の重大な転換期は、ラジオがもはや一週間の死者が何百人であると報じる代わりに、一日に九十二人、百七人、百二十人と報じるようになったときであったと的確に指摘している。「新聞と当局はペストを相手に知恵比べをしているのだ。百三十は九百十より大きな数字ではないから、彼らはペストからポイントをかせいだと思っている」。タルーはまた、疫病の悲壮なあるいは芝居がかった側面も記している。たとえば、よろい戸を閉ざした人けのない界隈で、彼の頭上でひとりの女が突然窓を開けて、二度ほど大声で叫んだかと思うと、ふたたび窓を下ろして部屋の深い闇のなかへと姿を隠した。しかし他方では、多くの人びとが万一の感染から身を守ろうとしてミントの錠剤を口にしたため、錠剤が薬局から消えたことも記している。

タルーはお気に入りの人物たちの観察も続けており、猫をからかうあの老人もまた悲劇的状況にあったことがわかる。実際、ある朝、何発かの銃声が聞こえた。タルーの報告にあるように、発射された鉛の玉は多くの猫を殺し、他の猫たちもおびえて通りから姿を消した。その日、小柄な老人はいつもの時刻にバルコニーに出てきたが、いくぶん驚きの表情を浮かべ、身をかがめて通りを端から端まで探し、それからあきらめて待つことに決めた。手はバルコニーの格子を小刻みにたたいていた。彼はさらに待ち、紙片を少しばかり細かくちぎり、室内に戻り、また出てきて、それからしばらくするとフランス窓を荒々しく閉めて、突然姿を消した。その後数日にわたって、同じ光景がくり返されたが、小柄な老人の表情には悲しみと狼狽が次第に広がっていくのが見てとれた。一週間後、タルーは老人の日課となっていた登場をむなしく待ったが、窓は明らかな悲しみを秘めてかたくなに閉じたままだった。「ペスト時には、猫に唾を吐きかけるべからず」、それがタルーの手帖に記された結論だった。

他方でタルーは、夕刻ホテルに戻ると、きまってロビーを行きつ戻りつする夜警の暗い顔に出くわした。この男はだれに向かっても、自分は今回の出来事を予見したのだと、しきりに吹聴していた。タルーは、彼が不幸を予言するのを以前に聞いたことは認めたが、ただしそれは地震の話だったことを思い出させた。すると老いた夜警はこう答えた。「ああ、地震であればいいですよ！　ぐらっと揺れて、あとはもう話題にもならない……。死者と生存者の数をかぞえて、それでおしまいです。ところがこの疫病の汚いやり口ときたら！　まだ感染してない者でも、ずっと心配してなくちゃいけない」

ホテルの支配人もまた落胆していた。はじめのうち、町から出ることを禁止された旅行者は、市が閉鎖されてホテルに引きとどめられた。しかし次第に疫病が長引くと、多くの者は友人の家に泊まるほうを選んだ。そして、私たちの町にはもう新たな旅行者はやってこないのだから、ホテルが満室になったのと同じ理由によって、その頃から部屋はからっぽになった。タルーは数少ない宿泊客のひとりだったが、支配人はたえず機会をとらえて、最後の客たちに心地よく滞在してもらいたいと思わなかったら、とっくにホテルを閉めていただろうと言った。彼はたびたびタルーに、疫病がどれだけ続くかについての見通しをたずねた。「この種の病気は」と、タルーは答えた。「寒さを嫌うと言われてますがね」。支配人は度を失った。「ここじゃあ、実際に寒くなるなんてことはないんですよ。どっちにしても、まだ数か月は続くってことですね」。おまけに彼は、旅行者はさらに長いあいだこの町を避けるだろうと確信していた。このペストは観光業にとって大打撃だった。

　ホテルのレストランでは、少しのあいだ姿を見せなかったフクロウのようなオトン氏がまたあらわれるようになった。ただ今度はお伴をしているのが、二匹の学者犬だけだった。得られた情報によると、妻のほうは、自分の母親を看護して埋葬したばかりで、いまは隔離期間にあるということだった。

「こんなのはいやですね」と、支配人はタルーに言った。「隔離期間であろうとなかろうと、あの妻はあやしい、だから家族みんなあやしいんですよ」

　タルーは、そういう観点に立つと、だれもかれもがあやしいということになると指摘した。しかし相手は頑として譲らず、この問題に関しては断固とした見解をもっていた。

「いいえ、あなたも私もあやしくはありません。けれども彼らはあやしいんです」

　しかし、オトン氏はそれぐらいのことでは変わらなかった。今回はペストも無駄骨を折ったのだ。彼はこれまでと変わらぬやり方でレストランに入り、子どもたちより先に席に着き、そして彼らに向かって、相変わらず上品だが棘のあることばを投げかけていた。ひとり、年少の男の子の様子だけが変化していた。姉と同じような黒い服を着て、少し前かがみになった彼は、父親の小さな影法師のようだった。オトン氏を好まない夜警は、タルーにこう言ったことがある。

「きっとあの人は、正装のまま死ぬんでしょうね。だから、身ごしらえの必要がない。そのまま直行ですよ」

パヌルーの説教についても記されているが、次のような注釈が付いていた。「こうした熱情は好ましいものだし、理解できる。災禍のはじめとそれが終わるときには、人びとはいつも多少のレトリックを用いるものだ。はじめは、まだ習慣が失われていないからであり、あとのほうでは習慣がすでに回復しているからだ。不幸の最中においてこそ、人びとは真実に、つまり沈黙に慣れるのだ。しばらく待つとしよう」

タルーは最後に、リユーと長い対話をおこなったと記しているが、それについては良い結果が得られたとだけ書き、そのついでに母親のリユー夫人の目の明るい栗色に触れて、これほどの善意が読み取れるまなざしはつねにペストより強いものだという奇妙な断定を下し、最後に、医師が治療している喘息患者の老人にかなり長い行を割いていた。

リユーとの会見のあと、タルーもいっしょにその患者に会いに行ったのだ。老人はにやにや笑い、もみ手をしながらタルーを迎えた。彼はベッドの上で、背を枕にもたせかけ、豆を入れた二つの鍋の上に身をかがめていた。「おやまあ、またひとりおいでなさった」と、彼はタルーを見て言った。「あべこべだね、病人より医者の数が多いなんて。ということは、つまり進んでいるってことだろうね。神父さんの言ったことは正しい。これはまさに報いですな」。次の日、タルーは予告なしにふたたびやってきた。

彼の手帖の記述を信じるなら、喘息の老人は小間物を商っていたが、五十歳のとき、仕事はもう十分やり終えたと判断したのだ。ベッドに横たわり、以来二度と起きあがらなかった。とはいえ、じっと立っていても、彼の喘息にはとくに問題はなかったのである。わずかな年金で七十五歳まで生きながらえ、陽気に暮らしていた。時計のことは見るのも嫌いで、なるほど彼の家には一個の時計もなかった。「時計なんてものは」と、彼は言った。「高いし、ろくでもない」。彼は時刻を、とりわけ自分にとって唯一の重要な出来事である食事の時刻を、二つの鍋で測っていた。ひとつの鍋は、目覚めたときには豆がいっぱいに入っている。それから、彼は一粒一粒、もう一方の鍋へと規則正しく勤勉な動作で移す。こうして彼は鍋で一日を計り、そこに目印をつけていた。「十五杯目の鍋ごとに」と、彼は言った。「飯にしなきゃならん。いたってかんたんですよ」

さらに彼の妻の言うところを信じるなら、ごく若いころから、彼はそのような資質をかいま見せていた。実際、なにごとも彼の興味をひくことはなかった。仕事も、友達も、カフェも、音楽も、女たちも、散歩も。彼はけっして自分の町から外へと出かけなかった。ただある日、家族の用事でアルジェへ行かねばならなくなったが、オランにいちばん近い駅でそれ以上冒険を進めることができず、旅をやめてしまった。すぐに来た列車で彼は戻ってきた。

老人が送っている蟄居生活に驚いた様子のタルーに向かって、彼はおおよそ次のような説明をおこなった。宗教の説くところでは、人間の一生の前半は上り坂であるが、後半は下り坂である。そしてこの下り坂においては、その人の日々はもはや彼のものではなく、いつでも取り上げられる恐れがあり、それはどうすることもできない、最上の策はまさになにもしないことなのである。しかし、彼は矛盾を意に介さないふうであった。というのは、すぐあとでタルーに、たしかに神は存在しない、なぜならその反対に神が存在する場合には神父が無用になってしまうからだ、と言ったのである。

とはいえ、続く見解を聞いたタルーは、この哲学が、教区でひんぱんに求められる寄付金のせいで彼が持つにいたった感情に起因することを理解した。しかし、この老人の肖像の仕上げとして紹介されているのは、彼の抱くひとつの願望であり、その心底からのものと思われる願望を、彼は話し相手をしてくれるタルーの前で幾度となくくり返して表明した。つまり彼はきわめて高齢になってから死にたいと願っているのだ。「これは聖者だろうか」と、タルーは自問している。彼の答えはこうだ。「その通り、もし聖性が習慣の総和であるならば」

しかし、同時にタルーは、ペストに汚染された町の一日をかなり克明に描写しようと試み、この夏のあいだの市民の活動と生活の的確な概要を提示している。「酔っぱらい以外に笑うものはいない」と、タルーは言う。「そして酔っぱらいの笑いは度を越している」。次に彼は町の描写をこのように始める。

「夜明けに、軽やかな息吹がまだ人けのない町を吹きわたっていく。夜間の死者たちと昼間の断末魔のあいだのこの時刻には、ペストはしばしその活動を中断してひと息ついているかに見える。商店はどこもかしこも閉まっている。しかし、いくつかの店の表には、「ペストのために休業」と張り紙がしてあり、やがて他の商店が開店しても、その店が開かないことは明らかだ。まだ寝ぼけた新聞の売り子たちは、ニュースを叫ぶことはないが、通りの角に背を向けて、夢遊病者のようなしぐさで街灯の下で商品を売り出す。やがて最初の市電の音で目覚めると、彼らは町中に散らばって、「ペスト」の文字がおどる新聞を腕をのばして差し出す。「ペストは秋まで居座るのか？　B教授は、そんなことはない、と答える」。「百二十四人の死者、ペスト九十四日目の数字」」

「紙不足が次第に深刻になり、いくつかの定期刊行物が頁数の削減を余儀なくされたにもかかわらず、新しい新聞『疫病通信』が誕生した。その任務として掲げているのは、「細心の配慮をもって客観的であろうと努めつつ、病気の進行または後退を市民に知らせること、疫病の今後についてもっとも権威ある証言を提供すること、有名無名を問わず災禍と闘おうとする人びとを紙面で支援すること、人心の士気を鼓舞し、当局の指令を伝え、そしてひとことで言えば、私たちを襲う悪にたいして有効に闘うために、すべての良き意志を結集すること」である。実のところは、この新聞の報道はたちまちにして、ペスト予防に効力のある新製品の情報を紹介することに限定されてしまった」

「朝六時ごろになると、これらすべての新聞が、開店一時間前から入口の前に行列をつくる人びとのあいだで売りだされ、次には、町はずれから満員の乗客を乗せて到着する電車のなかで販売される。市電は唯一の交通手段となり、ステップや手すりにはちきれんばかりに人があふれて、かろうじて前進する。しかし奇妙なことに、できるだけ互いの感染を避けるために、すべての乗客が背を向け合っている。停留所で電車が多量の男女を吐き出すと、彼らは急いで互いに離れ、ばらばらになろうとする。不機嫌だけが理由で喧嘩騒ぎがひんぱんに起こり、不機嫌は恒常的な状態になっている」

「最初の電車が通り過ぎると、町は少しずつ目覚めて、朝早いカフェレストランがカウンターに面した扉を開けるが、そのカウンターには「コーヒー品切れ」「砂糖ご持参ください」などと書かれた張り紙が並んでいる。それから商店が開いて、街頭が活気を帯びる。同時に、陽が昇り、暑さのせいで七月の空は少しずつ鉛色になる。所在なさげな人びとが大通りにおそるおそる姿を見せる時刻だ。大多数の人びとは、贅沢ぶりを誇示して、ペストを厄払いしようと努めているように見える。毎日十一時頃、幹線道路には若い男女が繰り出して練り歩き、そこに大きな不幸の最中に高まる生への情熱を感じることができる。疫病が広がるときには、モラルもまた弛緩するだろう。やがてミラノの墓場の周辺で起こったような乱痴気騒ぎが見られるかもしれない(74)」

「正午には、レストランはまたたく間に満席になる。席を見つけられなかった人たちの小さなグループが、すぐさま戸口付近で形成される。あまりの暑さのため空は光を失い始める。陽光がはじける道の端で、食事をしようとする人たちが大きな日よけの陰に身を寄せて順番を待つ。レストランに人が集まるのは、食料調達の問題を大いにかんたんにしてくれるからである。それでも、感染の心配は依然として残る。食事をする人びとは、時間をかけて忍耐強く、自分の食器を拭くのだ。ごく最近まで、「当店では食器は熱湯消毒しています」と、張り紙を掲げているレストランもあった。ところが、次第にどんな広告も出さないようになった。というのも、人びとは来ざるをえなかったのだ。それに客はすすんで散財する。高級あるいは高級と見なされているワイン、とても値の張る追加料理、それは抑制のきかない競争の始まりだ。あるレストランでは、気分が悪くなったひとりの客が蒼ざめて立ち上がり、よろめきながら出口へ急いだために、人びとがパニックに陥る場面も見られたらしい」

「二時頃には、町は少しずつからっぽになる、それは沈黙、埃、太陽とペストが街頭で出会う時刻だ。灰色の大きな家々に沿って、熱気が絶え間なく流れている。それは長い囚われの時刻であるが、しまいには燃えさかる夕暮れが、人びとがおしゃべりをしながら繰り出す町の上に降りてくる。暑さが始まったばかりのころ、ときおり、なぜかはわからないが夕暮れどきは閑散としていた。しかしいまでは、訪れ始めた涼気が、希望とは言わないまでもやすらぎをもたらしてくれる。みな街路に出て、おしゃべりに気をまぎらせて、口論したり、互いを求め合ったりする。そして七月の赤い空の下で、カップルと喧騒とを満載した町は、あえぐ夜に向かって漂流していくのだ。大通りで毎晩、霊感を受けたひとりの老人が、フェルト帽をかぶり蝶ネクタイを締めて、群集のあいだを歩きながらたえずくり返していた。「神は偉大である。神に帰依せよ」。だがそれもむなしく、だれもがよくは知らないもの、あるいは神よりも緊急だと思われるものへ向かって急いでいた。当初、これはありふれた病気だと考えられていたあいだ、宗教はしかるべき位置を占めていた。しかし、事態の深刻さに気づくと、彼らは享楽を思い出したのだ。昼間彼らの顔にあらわれた不安のすべては溶け去って、燃えるような埃っぽいたそがれのなかで、血迷った一種の興奮に、全住民が熱狂する粗野な放縦に化してしまうのだった」

「そして、私もまた彼らと同様だ。だが、それがなんだというのか。死は私のような人間たちにとってはなにものでもない。それは、彼らの振る舞いの正しさを証明してくれるひとつの事件なのだ」

タルーが手帖のなかで語っている会見は、彼がリユーに申し入れたものである。タルーを待ちながらその晩ちょうどリユーは、食堂の片隅で椅子に慎み深く座っている母を眺めていた。彼女は家事を終えると、そこで時間を過ごした。膝の上に両手をそろえて、彼女は待っていた。リユーは彼女が自分を待っているのかどうか、確信はなかった。それでも、彼が姿を見せると、母親の顔のなかでなにかが変化した。苦労の多い生活によって強いられた寡黙なものすべてが、そのとき活気づくように思われた。それから彼女はまた沈黙に戻っていった。その晩、彼女は人通りの消えた街路を窓から眺めていた。夜間の照明は三分の一に減らされていた。あちらこちらまばらに、ごく弱い電灯が、町の暗がりのなかに光の反射を投げかけていた。

「灯火制限は、ペストのあいだじゅうずっとやるのだろうかね」と、リユー夫人が言った。

「おそらくそうでしょう」

「せめて冬までには終わってくれればいいのだけれど。さびしくなるからね」

「まったく」と、リユーは言った。

見ると、母のまなざしは彼の額に注がれていた。ここ数日の不安と過労によって、自分の顔がやつれていることを彼は知っていた。

「きょうはうまくいかなかったの？」と、リユー夫人がたずねた。

「ああ！　いつもの通りですよ」

いつもの通り！　つまりパリから送られてきた新しい血清剤は、最初のものほど効力がないらしく、統計上の数は増大したのだ。すでに家族が感染した人びと以外にも予防接種を受けられる見込みはいまもなかった。接種を普及させるには、大量生産が必要だっただろう。まるで硬化する季節が来たとでもいうように、大部分のリンパ節腫は切開を拒み、病人たちを苦しめていた。前日から、町には疫病の新しい症例が二件起きた。肺ペストの症候があらわれたのだ。(75)その日の会議で、疲れ切った医師たちは、途方に暮れた知事を前にして、肺ペストにおける口から口への感染を防ぐため新たな措置を取るべきだと求めて、承諾を得た。いつもの通りなのだ、なにもわからない状態だった。

リユーは母を見た。栗色の美しい目が、彼のなかに優しい年月をよみがえらせた。

「こわいですか、お母さん」

「この年じゃ、もうたいしてこわいものはないからね」

「日中の時間は長いし、ぼくはいまではずっと外に出ているし」

「帰ってくることがわかっているんだから、待つことはなんでもありませんよ。おまえがいなくても、なにをしているのかと考えているから。ところで知らせはあったの?」

「ええ、順調のようです、この前の電報を信じる限りでは。でも、安心させるためにそう書いているというのはわかっています」

戸口の呼び鈴が鳴った。リユーは母に微笑みかけて、ドアを開けに行った。踊り場の薄暗がりのなかで、タルーの姿は灰色の服を着た大きな熊のようだった。リユーは、自分の机の前に訪問客を座らせた。彼自身は肘掛椅子のうしろに立ったままだった。

いた。この部屋でひとつだけ明かりのともった電灯が机の上に置かれ、それが彼らを隔てて

「あなたとは」と、タルーは前置きなしに切り出した。「率直に話ができるとわかっていますね」

ています」

リユーは黙ったままうなずいた。

「二週間後あるいは一か月後には、あなたがたの努力はまったく無効になるでしょう。あなたがたは、事態の進行についていっていない」

「その通りです」と、リユーは言った。

「保健衛生課の体制がよくない。あなたがたには人員も時間も足りない」

リユーはそれも事実だと認めた。

「県は、健康な人に救助に当たることを義務づけて、一種の民間組織を作るのを検討していると聞きました」

「情報通ですね。しかし、すでに不満の声が多くて、知事はためらっています」

「なぜボランティアを募らないんですか」

「やってみたが、結果は芳しくなかったのです」

「疑いまじりに、公式の方法でやったんでしょう。彼らに欠けているのは想像力です。災禍の規模にはとうてい及ばない。彼らが想像する治癒薬はせいぜい鼻かぜに対処できるようなものです。(76) 彼らにまかせておけば、自滅するでしょうし、われわれだって共倒れです」

「おそらくそうでしょう」と、リユーは言った。「けれども言っておかねばなりませんが、荒仕事とも言えるこのことのために、彼らは囚人を動員することも考えたのです」

「自由な人間を動員するほうがいいでしょうね」

「私もそう思います。でも結局のところ、どうしてなんですか」

「私は死刑の宣告を憎んでいるんです」

リユーはタルーを見た。

「それで?」と、彼は言った。

「それで、私にはひとつ案があるんです。ボランティアの保健隊を作るのです。それを私が引き受けます。このことを認めてもらえませんか、当局は放っておいて。それに、彼らは仕事に追われて手が回りません。私はあちこちに友人がいるし、彼らが最初に活動の中心になってくれるでしょう。当然、私も参加します」

「もちろん」と、リユーは言った。「おわかりでしょうが、私は喜んで承諾します。助けていただく必要があります、とりわけこの仕事では。県庁を説得する仕事は私が引き受けましょう。それに彼らには他に選択肢がない。けれども……」

リユーは考えこんだ。

「けれども、ご承知のように、この仕事は命にかかわります。いずれにしても、それをあなたに警告しておかねばならない。このことは、よくお考えになりましたか」

タルーは灰色の目でリユーを見た。

「パヌルー神父の説教はどう思われますか」

質問は自然な口調でなされ、そしてリユーも自然な態度で答えた。

「私はきわめて長いあいだ病院で働いてきたので、集団的懲罰などという考えは好きにはなれません。ただ、ご存じのように、キリスト教徒は往々にしてあんなふうに語るものです、その実際の考えとは違っていても。彼らは見かけよりすぐれた人たちです」

「しかし、あなたもパヌルーと同様に考えているのではないですか、ペストにもいいところがある、目を開かせ、考えることを強いると」

リユーはいらだって頭を振った。

「この世のあらゆる病気と同じです。ただ、この世の悪について真実であることは、ペストについても真実なのです。ある人びとにとっては成長する機会になるかもしれない。しかし、それがもたらす悲惨や苦痛を見れば、ペストを甘受するなどということは、分別のない者か、無知か、卑怯者にしかできないことです」

リユーはほんのわずかだけ語調を上げた。しかし、タルーは手で彼を鎮めるようなしぐさをした。彼は微笑んでいた。

「そうですね」と、リユーは肩をすくめて言った。「でも、あなたは質問に答えていない。よく考えましたか」

タルーは肘掛椅子に少し身を沈めて、頭を明かりのなかに突き出した。

「あなたは神を信じていますか」

質問はこれまた自然な口調でなされた。しかし、今回はリユーはためらった。

「いいえ、でもそれはどういう意味なんでしょう。私は夜の闇のなかにいて、そこでものごとを見きわめようと努めている。ずいぶん前から、これが特別変わった考え方ではないと思っていますが」

「それが、あなたとパヌルーとの違いではありませんか」

「そうは思いません。パヌルーは書斎の人です。人が死ぬところをあまり見たことがない。だから真理の名において語るのです。けれども、田舎のどんな取るに足りない神父でも、自分の教区民に終油の秘跡をさずけ、死に行く者の呼吸を聞いたことのある者なら、私と同じように考えますよ。不幸な出来事の長所を論証しようとする前に、まずその治療をしようとするでしょう」

リユーは立ち上がった。その顔はいまや陰のなかにあった。

「もうやめましょう」と、彼は言った。「あなたは質問に答えるつもりがないのだから」

タルーは肘掛椅子から動かずに微笑んだ。

「答える代わりに質問をしてもいいですか」

今度は、リユーが微笑んだ。

「謎かけが好きですね」と、彼は言った。「では、どうぞ」

「それでは」と、タルーは言った。「神を信じていないのに、なぜあなた自身はそんなに献身的に働くのですか。あなたの答えが、私が答える助けになるかもしれない」

陰から出ることなく、それはすでに答えたと、リユーは言った。もし自分が全能の神を信じていれば、人間たちを治療することは放棄して、その配慮を神にまかせてしまうだろう。だが、この世のだれも、そう、神を信じていると思っているパヌルーでさえも、そのような神は信じていない。というのは、だれも闘いを全面的に放棄することはないからであり、少なくともリユーは、このように創造された世界と闘うことによって、真理への道を歩んでいると思っているからだ。

「なるほど」と、タルーは言った。「あなたはそのように考えているんですね、自分の職業について」

「おおよそはそうです」と、光のなかに身を戻しながらリユーは答えた。

タルーは軽く口笛を吹き、リユーは彼を見た。

「ええ」と、彼は言った。「それには傲慢さが必要だと思っておられるでしょう。でも、私は必要なだけの傲慢さしかもちあわせていない。今後なにが私を待っているのか、このすべてのあと、なにが起こるのかはわからない。さしあたっては病人がいる、彼らを治療しなければならない。そのあとで、彼らは考えるでしょうし、私もそうするでしょう。けれどもいちばん急を要すること、それは彼らを治療することです。私はできるかぎり彼らを守ります。それだけなのです」

「守るって、なにからです?」

リユーは窓のほうを向いた。遠くかなたにひときわ黒い塊があり、海だとわかった。彼は疲労だけを感じていた。そして同時に、この風変わりだが友愛を感じさせる男に、もう少し自分の心を打ち明けたいという、突然のばかげた欲求と闘っていた。

「まったくわからない、はっきり言うけれど、ぼくにはまるでわからない。ぼくがこの仕事に就いたときは、言ってみれば、ただぼんやりとそうしたんです。自分にはそれが必要だったし、他の職業と同様にひとつの地位を与えてくれたし、若者たちが目標とする職業のひとつだったからです。それにおそらくぼくのような労働者の息子にとっては、特別にむずかしい職業でもあったからでしょう。それからは、人が死ぬのを見なければならなかった。死ぬことを拒否する人たちがいるのを知っていますか。死の間際に「いや!」と叫ぶ女性の声を聞いたことがありますか。ぼくは聞いたんです。それに慣れることはできないとわかった。若かったから、自分の嫌悪は、世界の秩序そのものに向けられたものだと思っていました。そのときから、ぼくはいっそう謙虚になった。ただ、人が死ぬのを見ることには、いまでも慣れることができない。それ以上のことはなにもわからない。でも、結局は……」

リユーは口をつぐみ、ふたたび腰を下ろした。口が渇くのを感じた。

「結局は？」と、静かにタルーが言った。

「結局……」と、リユーはくり返した。それからまたためらい、注意深くタルーを見ながら言った。「あなたのような人なら理解できることでしょうが、この世の秩序が死の原理によって支配されている以上、神にとっては、人間が自分を信じてくれないほうがいいのかもしれない。神が沈黙している空を見上げずに、全力で死と闘ってくれたほうが」

「たしかに」と、タルーはうなずいた。「理解できますよ。でも、あなたの勝利はつねに一時的なものになるでしょう、つまるところは」

リユーの表情が曇ったように見えた。

「つねにそうです、わかっています。けれども、それは闘いをやめる理由にはなりません」

「そうだ、理由にはならない。でも、ぼくは考えるんです、そのときあなたにとって、このペストはどのようなものになるのだろうかと」

「そうですね」と、リユーは言った。「果てしなく続く敗北です」

タルーは、一瞬相手を見つめて、それから立ち上がり、重々しい足取りで戸口へと歩いた。リユーはそのあとに続いた。彼が追いつくとすぐに、足もとに注意を払っていた様子のタルーは、こう言った。

「そうしたことすべてを、だれから学んだのですか」

答えはすぐに返ってきた。

「貧困が教えてくれました[77]」

リユーは執務室の扉を開けた。廊下に出ると、町はずれに住む患者を往診するので自分も下に降りると、タルーに言った。タルーが同行していいかとたずね、リユーは承諾した。廊下の端で、彼らはリユー夫人に会い、医師がタルーを紹介した。

「友人です」と、彼は言った。

「ああ」リユー夫人は声を上げた。「お目にかかれてとてもうれしいですわ」

彼女が立ち去ると、タルーはもう一度彼女のほうを振り返った。踊り場に来て、医師は電灯のスイッチを入れようと試みたがだめだった。階段は闇のなかに沈んでいた。

医師は新たな節電措置のせいなのかと考えた。だが、ほんとうのところはわからない。すでにしばらく前から、家のなかでも町のなかでも、すべての調子がおかしくなっていた。それはただ単に、管理人や市民のだれもがもうなにごとにも気を配らなくなったからかもしれない。しかし、医師はそれ以上考え続ける時間がなかった。背後でタルーの声が響いたからである。

「あとひとことだけ。こっけいに思われるかもしれないが、あなたの言われることはまったく正しいですよ」

リユーは暗闇のなかで、自分自身に向けて肩をすくめた。

「ぼくにはなにもわからない、ほんとうに。でも、あなたは、なにを知っているんですか」

「ああ」と、相手は平然として言った。「学ばねばならないものなんて、ぼくにはほとんどありません」

医師は立ち止まり、背後ではタルーが階段で足をすべらせた。タルーはリユーの肩につかまり、身を支えた。

「あなたは人生について、すべてを知っていると思っているんですか」と、リユーはたずねた。

答えは、暗闇のなかで、変わらぬ沈着な声で発せられた。

「ええ、そうです」

通りへ出ると、すでに夜は更け、十一時ごろだとわかった。町は黙していて、なにかが触れ合うかすかな物音だけに満たされていた。ずっと遠くのほうで、救急車のサイレンがとどろいた。彼らは車に乗り込み、リユーはエンジンをかけた。

「明日」と、彼は言った。「病院に来ていただく必要があるでしょう、予防接種のために。けれども、最後にもう一度、この件に取りかかる前に、よく考えてみてください。命が助かる可能性は三つにひとつなのです」

「その確率は意味がないですよ。あなたもそれはご存じでしょう。百年前、ペストの流行で、ペルシアのある町の全住民が死んでしまった。そのとき、ただひとり生き延びたのは死体を洗っていた男で、彼はその仕事をかたときもやめなかったのです」

「彼は三分の一のチャンスに恵まれた、それだけですよ」と、リユーは突然鈍くなった声で言った。「でも、この問題については、ほんとうに、われわれはまだこれから、すべてを学ばねばなりません」

彼らはいまでは町はずれに出ていた。ヘッドライトの光が人けのない通りを照らしていた。彼らは停止した。車の前に立つと、リユーはなかに入るかとタルーにたずね、相手は同意した。空からの反射光が二人の顔を照らしていた。親しみに満ちた笑いが、突然リユーにこみあげてきた。

「ところで」と、彼は言った。「なにがあなたを駆りたてるんですか、こんなことにかかわるなんて」

「わからない。ぼくのモラルでしょう、たぶん」

「どんな?」

「理解するということです」

タルーは家のほうを向いた。彼らが喘息患者の老人の家に入るときまで、リユーはもうタルーの顔を見なかった。

早速次の日から、タルーは仕事に着手し、最初のグループを結成したが、このあとに多くのグループが続く予定だった。

しかしながら、話者は、これらの保健隊を実際以上に重要視するつもりはない。もし話者の立場にたてば、なるほど今日では、多くの市民がその役割を誇張したい誘惑にかられるだろう。しかし、話者としてはむしろ、りっぱな行為を過度に強調すれば、最後には間接的に悪の力を大いにほめたたえることになるのではないかと恐れている。というのは、そうすると、りっぱな行為が価値をもつのは、それがまれなことであり、悪意と無関心こそが人間の行動の原動力となることのほうが多いからだ、という推測が成り立ってしまうからである。そのような考えに話者は与《くみ》するものではない。この世の悪はほとんどつねに無知から来るのだ。そして善意は、もしそれが見識を備えていなければ、悪意と同じだけの害をなすかもしれない。人間は邪悪であるよりむしろ善良であり、問題は実のところそこにはない。しかし、彼らは多かれ少なかれ無知であり、その程度の差がいわゆる悪徳と美徳の分かれ目なのだ。もっとも救いがたい悪徳は、すべてを知っていると思い込み、人を殺すことをも自分に許す無知である。殺人者の心は盲《めし》いている。そして可能な限りの賢察がなければ、真の善意も、りっぱな愛も存在しない。

だからこそ、タルーの尽力で結成された保健隊は、十分客観的に判断されねばならない。だからこそ話者は、その意図と勇気のあまりにも雄弁な礼賛者となるのではなく、勇気にたいしては適切な重要性を認めるだけにとどめるのである。ただ、わが市民全員は当時ペストによって心を引き裂かれ、満たされぬ気持ちへと追いやられたのであり、話者としてはそうした心情を語る歴史家であり続けるだろう。

保健隊において献身的に働いた人びとは、実際にも、それほど賞賛に値することをしたわけではない。というのは、彼らはそれがなすべきただひとつのことであると知っており、そう決心しないことは当時としては信じがたかったであろう。この保健隊は、市民たちがいっそう深くペストにかかわる助けとなり、病気が存在するからには、闘うためになすべきことをなさねばならぬ、それをある程度彼らに納得させたのだ。こうしてペストが幾人かの人びとの義務となったため、それは現実に、本来のあるべき姿、すなわち全員の問題であることが明らかになったのである。

これはけっこうなことである。しかし、教師が二足す二が四になることを教えたからといって、ほめられはしない。たぶん、教師というりっぱな職業を選んだことのほうがほめられるだろう。だから、タルーや他の人びとが、二足す二が四になることを証明するほうをむしろ選んだのは賞賛に値すると言ってよいし、そしてまた、この善意は彼らと教師および教師と同じ心をもったすべての人びとに共通すると言ってよい。そして、人間にとって名誉なことに、そうした人びとの数は一般に考えられている以上に多いのであり、少なくとも話者はそう確信している。もっとも話者は、自分に向けられるであろう反論もよくわかっている。それは、この人びとは命を危険にさらしているではないかという反論だ。しかし、歴史のなかでは、二足す二が四になると言う勇気のある人が死をもって罰せられるときはいつだってあるものだ。教師はそれをよく知っている。そして問題は、こうした推論をするときにどのような報酬あるいは罰が待ち受けているかを知ることではない。問題は、二足す二が四となるのかならないのかを知ることだ。自分の生命の危険を冒した市民たちについて言えば、彼らは、自分たちがペストのなかにいるのかそうでないのか、ペストと闘わねばならないのかそうでないのかを、決定する必要があったのだ。

私たちの町では、多くの新たな道学者たちが、なにをやっても無益である、ただひざまずかねばならぬとふれ歩いていた。そして、タルーやリユー、その仲間たちはあれこれ言い返すことができたが、その結論はいつも、彼らが知っていること、すなわちなんらかの手段で闘わねばならない、ひざまずいてはならないということだった。(78) 問題のすべては、できるだけ多くの人間を死から、また決定的な別離から守ることであった。そのためには、ペストと闘うというただひとつの方法しかなかったのだ。この事実は感嘆すべきものではなく、当然の帰結であったにすぎない。

それゆえに、カステル老医師が、応急の設備を使って現場で血清剤を作るために、自分のすべての信念と精力を注ぎ込んだのは当然のことだった。彼とリユーは、町にはびこる病原菌の培養によって作られた血清剤は、外から来た血清剤より直接的な効力を示すだろうと期待した。なぜなら、この菌はこれまで説明されてきたようなペスト菌とはわずかに異なっていたからだ。カステルは、遠からず最初の血清剤ができあがるものと期待していた。

それゆえにまた、グランのようなヒーローらしきところの微塵もない男が、いまでは保健隊におけるいわば秘書の仕事を引き受けていたのも当然のことだった。タルーによって組織されたチームの一部は、事実上、人口密集地における感染予防の補助作業に専念していた。彼らはそこに必要な衛生管理をもち込もうと努め、消毒がまだなされていない倉庫や地下室の数をかぞえた。チームの別の一部は、医者の往診を助けて、ペスト患者の運搬を万全なものとし、さらに専門のスタッフがいないときには患者や死者をはこぶ車両を運転した。これらすべてには記録と統計の仕事が必要であり、グランがそれを引き受けていたのである。

この観点から、話者は、リユーやタルー以上にグランこそが、保健隊の原動力となっていたあの平静な美徳の、事実上の代表者であったと見なすのである。彼は持ち前の善意によってためらうことなく、いいですよ、と言った。彼は小さな仕事で役に立つことだけを望んでいた。他の仕事をするには年を取りすぎていたのである。十八時から二十時まで、彼は時間を割くことができた。そしてリユーが心からの礼を言うと、彼は驚いた。「いちばんむずかしい仕事ってわけじゃありませんしね。ペストがあるから、防がなくちゃいけない。明らかなことです。まったく、すべてがこんなにかんたんならいいんですが」。そこでまた、彼は自分の文章の話を始めるのだった。ときどき、晩方に、カルテを整理する仕事が終わったあと、リユーはグランと話した。ついにはタルーも会話に加わり、グランは次第に喜びをあらわに見せて二人の仲間に胸中を語った。二人のほうでも、グランがペストのさなかで続けている忍耐強い仕事に関心を示し、それを見守っていた。彼らもまた結局、そこに息抜きのようなものを見出していたのだ。

「どうしてますか、女騎手は」と、しばしばタルーはたずねた。するとグランは、苦しげに微笑みながら、いつも同じ答えを返すのだ。「速歩《はやあし》で駆けていますよ、速歩で」。ある晩、グランは、女騎手の「優美な」という形容詞をすっかりやめて、これからは「すらりとした」を使うと言った。「そのほうがずっと具体的です」と、彼は付け加えた。別の時には、二人の聞き手の前で、そんなふうに書き直した冒頭の文章を読んだ。「五月《さつき》の美しく晴れた朝、すらりとした女騎手が、華麗な栗毛の雌馬にまたがり、ブーローニュの森の花咲く小道を駆けめぐっていた」

「どうです」と、グランは言った。「前よりあざやかに目に浮かぶでしょう。〈五月《ごがつ》の朝〉は少しもたついた感じがあるので、〈五月《さつき》の朝〉としました」

次に彼は「華麗な」という形容詞がとても気にかかるようだった。彼によると、この語はあまり心に訴えかけてこないので、彼の思い描くような絢爛たる雌馬を一挙に写真のごとく正確に映し出す語を探していた。「豊満な」はだめだった。具体的だが、少し軽蔑的なニュアンスがある。一時期「輝くばかりの」が気を惹いたが、語のリズムがそぐわなかった。ある晩、彼は誇らしげに、「漆黒の栗毛の雌馬」という語を見つけたと報告した。これもまた彼が言うことには、「漆黒」はそれとなく優美さを表しているのだった。

「それは無理ですね」と、リユーが言った。

「でも、どうしてですか」

「栗毛は馬の種別を指すのではなく、色を指すのだから」

「どんな色です?」

「なんというか、黒ではないですよ、いずれにしても」

グランはとても気落ちしたようだった。

「ありがとうございます」と、彼は言った。「あなたがたがいてくださって、助かります。でも、これがどんなにむずかしいか、おわかりでしょう」

「〈豪奢な〉というのはどうだろうか」と、タルーが提案した。グランは彼を見た。考えこんでいたが、「そうです」と、彼は言った。「それがいい」

少しずつ彼の顔に微笑みが戻ってきた。

それからしばらくして、彼は「花咲く」という語が気にかかると告白した。オランとモンテリマールしか知らない彼は、ときどきこの友人たちに、ブーローニュの森で花々がどのように咲いているのか、あれこれと情報を求めた。厳密に言えば、リユーもタルーも、ブーローニュの森の小道に花が咲いているという印象をもったことはまったくなかったが、グランの確信が彼らの気持ちをぐらつかせた。彼は二人のあいまいな記憶に驚いた。「ものを見るすべを知っているのは芸術家だけですね」。しかし、リユーはあるとき、グランがたいそう興奮しているのを見た。彼は「花咲く」を「花の咲き誇る」に置きかえたのだ。彼はもみ手をした。「とうとう、これで目に浮かんでくるし、感じられます。脱帽だ、諸君！」彼は誇らしげに、その文章を読んだ。「五月《さつき》の美しく晴れた朝、すらりとした女騎手が、豪奢な栗毛の雌馬にまたがり、ブーローニュの森の花の咲き誇る小道を駆けめぐっていた」。ところが、声に出して読んでみると、最後の三つの「の」が奇妙に響いて、グランは少しつかえてしまった。彼は打ちひしがれた様子で腰を下ろした。それから、リユーに外出の許可を求めた。もう少し熟慮する必要があったのだ。

あとでわかったことだが、ちょうどこの時期、グランは職場でぼんやりしていることが多かった。職員の数が減少するなかで、市役所が抱えきれぬほどの任務に対処していたとき、彼の放心は困ったことと見なされた。グランが所属する課は仕事がとどこおり、課長は彼をきびしく叱責して、仕事をすることで給与をもらっているのに、それがまるでできていないと指摘した。「聞くところによると」と、課長は言った。「君は、ここの仕事のほかに、保健隊でボランティアをやっているそうだな。それは私には関わりのないことだ。関わりのあるのは君の仕事なんだよ。この非常事態に君が有用な人間であることを示す第一の方法、それは自分の職務を尽くすことだ。さもなければ、あとのことはなんの役にも立たない」

「課長の言い分は正しいんです」と、グランはリユーに言った。

「たしかに正しい」と、リユーは同意した。

「でも、気を取られるんです、文章の最後をどう解決したらいいのか、わからなくて」

グランは、「ブーローニュの」を削除することを考えた。なくてもだれもが理解できるだろうと思ったのだ。しかし、そうすると、「森の」が実際には「小道」にかかるのに「花」にかかってしまうようになる。彼はまた、「花の咲き誇る森の小道」と書くことができないかと検討した。しかし、こんなふうに勝手に名詞とそれを形容する語群を切り離すと、そのあいだの「森」が皮膚に刺さった棘のように感じられた。

まったくのところ、彼のほうがリユーよりもずっと疲れているように見える晩もあった。

たしかに、彼はこの探求に全精力を吸い取られて疲弊していたが、しかしそれでもなお、保健隊が必要としている集計と統計の仕事をやり続けていた。毎晩、根気よく、カルテをきれいに整理し、グラフの曲線を書き添えて、ゆっくりとではあるが、できるだけ正確な表を作ろうと骨を折っていた。ひんぱんにどこかの病院へ行ってリユーと会い、医務室や看護室に机をひとつ貸してほしいと頼んだ。ちょうど市役所の自分の机の前に座るように、自分の書類を持っていってそこに腰を下ろし、消毒液や病気そのものによって濃密になった空気のなかで、書き記した紙片を振り動かして、インクを乾かそうとした。自分の女騎手のことはもう考えず、誠実になすべき仕事に専念することだけに努めていた。

なるほど、人間たちはヒーローと呼ばれる手本や模範がほしいと願うものである。それがほんとうであれば、そしてこの物語にぜひともそれがひとり必要というのであれば、話者はまさに、その身にわずかの善意と見たところこっけいな理想だけをもつ、平凡で目立たぬこのヒーローを提示するだろう。そうすれば、真実にはその本来の姿を与え、二足す二の加算にはその合計の四を与え、ヒロイズムには本来の二義的な位置、すなわち幸福への高潔な要求のその前ではなく、その後に来る位置を与えることになるだろう。それにまた、このペストの記録に、露悪的でもなく見世物的なさもしいやり方であおることもない、良き感情によってなされた報告という本来の性格を与えることにもなるだろう。

それが少なくとも、ペストの町に外部から届けられる呼びかけや励ましを新聞で読み、あるいはラジオで聞いたときの医師リユーの意見であった。空路や陸路で送られてくる救援物資と同時に、毎晩電波に乗って、あるいは印刷物によって、同情や賞賛のことばがいまや孤立しているこの町に押し寄せた。そのたびごとに、英雄叙事詩的なあるいは表彰式風の大仰な口調がリユーをいらだたせた。もちろん、こうした心づかいが嘘でないことを彼は知っていた。しかし、それは人びとが人類全体との絆を表明するときに使うような、型にはまったことばでしか表されえない。そしてこのことばは、ペストのただなかにいるグランの存在意義を説明することはできず、彼の日頃のささやかな努力に適合するはずもなかった。

真夜中に、ときとして、見捨てられた町の深い静寂のなかで、あまりにも短い眠りに就こうとしてベッドに行ったとき、リユーはラジオのスイッチをまわすことがあった。すると、世界の果てから、数千キロメートルを越えて、未知の友愛の声がぎこちなく連帯を呼びかけようとし、そして実際それを表明するのだが、しかし同時に、どうすることもできない無力さをもさらけ出すことになる。だれであれ、目には見えない苦悩を真に共有することはできないのだ。「オラン！　オラン！」と、呼びかけはいくつもの海をむなしく越えてくる。リユーはむなしく耳を傾ける。やがて雄弁は高まり、この演説者がグランとはまるで無縁の者であること、そこに本質的な隔たりがあることをいっそう際立たせる。「オラン！　そうだ、オラン！　いや、だめなのだ」と、リユーは考えた。「ともに愛するか死ぬかだ。他の手段はない。彼らは遠すぎる」

災禍がその力のすべてを集めて町に注ぎ、決定的に支配しようとした時期、すなわちペストがその頂点に達した時期について語る前に、まだ言わねばならないことが残っている。それは、ランベールのように個人として行動した最後の人びとが、自分の幸福を取り戻すため、そしてあらゆる侵害から守ってきた自分の一部をペストから奪回するため、長い期間にわたっておこなった絶望的で単調な努力のことである。それはまた、自分たちを脅かす隷属を拒絶する彼らなりのやり方であり、この拒絶が見たところもうひとつの拒絶⑲ほど有効ではなくとも、話者の意見では、それなりの意味をもっていて、無益で矛盾してはいても、私たち各人が当時抱いていた誇りを証言してくれるのである。

ランベールは、ペストに取り込まれないよう闘っていた。合法的な手段では町から出ることが無理だという確証を得た彼は、他の手立てを使うことに決めたとリユーに語った。まずランベールは、カフェのボーイと接触することから始めた。カフェのボーイというのは、いつでもあらゆる事情に通じているものだ。しかし、彼がはじめに質問したボーイたちは、とりわけこうした企てに課せられるきわめて重い処罰のことにも通じていた。あるとき彼は、おとり捜査官とまちがえられさえもした。ようやく事態が少し進展したのは、リユーのところでコタールに会ってからである。その日、リユーとランベールは話し合い、この新聞記者が行政を相手におこなったむなしい奔走を話題にしたのだった。数日後、街頭でランベールに出会ったコタールは、いままでは彼がだれにでも見せる率直さで相手を迎えた。

「相変わらずだめなんですか」と、彼は言った。

「まったくだめです」

「役所なんて、あてにできませんよ。連中のものわかりの悪さときたら」

「その通りです。で、他の方法を探しているんですが、これがむずかしい」

「なるほど」と、コタールが言った。「わかりますよ」

彼は闇の脱出ルートを知っていた。その話を聞いて驚くランベールに彼は、自分はずいぶん前からオランのあらゆるカフェに出入りしていて、友人たちがいる、それでそうしたたぐいの仕事にかかわる組織が存在するという情報を得たのだと説明した。事実、コタールはいまでは支出が収入を上回るようになったので、配給物資の密輸に手を染めていた。たえず価格が上昇しているたばこや粗悪な酒類を転売し、それで彼のもとには小金が転がりこんできていた。

「たしかな話なんですか」と、ランベールがたずねた。

「たしかですよ、私も勧められたんですから」

「で、それを利用しなかったんですか」

「あやしまなくてもいいんですよ」と、コタールはさも善人ぶって言った。「利用しなかったのは、ここから出ていきたくないからなんです。それにはわけがあるんです」

沈黙してから、彼は言い足した。

「どんな理由か、訊かないんですか」

「たぶん」と、ランベールは言った。「ぼくには関係ないだろうから」

「ある意味では、たしかに、あんたには関係ない。ところが、別の意味では……。結局のところ、ただひとつはっきりしてることは、この町にペストがやってきてからというもの、私は居心地がよくなったということなんです」

相手は、単刀直入に話を進めようとした。

「どうやったら連絡がつくんですか、その組織とは?」

「それは」と、コタールは言った。「かんたんなことじゃない。でもまあ、私についてくるといいですよ」

午後の四時だった。重苦しい空の下で、町はゆっくりと熱せられていた。商店はどこも日よけを降ろしていた。車道はひっそりしていた。コタールとランベールはアーケードのある通りを選び、長いあいだ押し黙って歩いた。それはペストの姿が見えなくなる時刻のひとつだった。この沈黙、この色と動きの消失は、災禍と同時に夏がもたらしたものでもありえた。大気が重いのは、恐怖のせいか、それとも埃と焼けつく暑さのせいか、わからなかった。ペストの姿をそこにふたたび見出すためには、じっくり観察し、よく考えてみる必要があった。というのは、ペストは否定的な兆候によってのみ存在を主張したからだ。ペストと通じあうものがあったコタールは、ランベールにその一例として犬の姿が見えないことを指摘した。ふだんであれば、犬たちは通路の入口にふせって、あえぎながら、そこにあるはずもない涼しさを探し求めているはずだった。

　彼らはパルミエ通りに入り、アルム広場を横切って、ラ・マリーヌ地区[80]へと降りて行った。左側には、大きな黄色い布の日よけが斜めにかけられ、その下に、緑に塗られたカフェが隠れていた。なかに入り、コタールとランベールは額の汗をぬぐった。二人は、緑色のスチールのテーブルを前にして、折り畳み式の簡易椅子に陣取った。店内はまったく人影がなかった。ハエが空中でぶんぶんうなっていた。不安定なカウンターの上に置かれた黄色い籠のなかで、すっかり羽の抜けたオウムが、とまり木の上でぐったりしていた。戦闘場面を描いた古い絵画が壁にかけられ、密になったクモの巣と垢でおおわれていた。どのスチールのテーブルの上にも、ランベール自身の前にも、ニワトリの乾いた糞《ふん》があった。はじめ、それがどこから来たのかよくわからなかったが、やがて騒々しいざわめきが聞こえたあと、隅の暗がりから、大きくりっぱな雄鶏がひょこひょこと出てきた。

このとき、暑さがさらに増したように思えた。コタールは上着を脱いで、テーブルをたたいた。長い水色のエプロンに身体が隠れた小柄な男が奥から出てきて、遠くからコタールを見るやあいさつをし、足で勢いよく雄鶏を蹴散らしながら進んでくると、ニワトリがコッコと鳴くなかで、なんにしましょうかと、客に訊いた。コタールは白ワインを注文し、ガルシアとかいう男について問い合わせた。この小男によれば、もう数日もこのカフェでは見かけないとのことだった。

「今晩来ると思うかい」

「さあ、どうだか」と、相手は言った。「そんなに付き合いは深くはないし。でも、あなたも彼の予定は知っているんでしょう?」

「ああ、だが、そんな重要な案件じゃない。ただ、友達を紹介したいんだ」

ボーイはエプロンの前で、湿った両手をぬぐった。

「ああ、この人も仕事の関係者ですかね」

「そう」と、コタールは言った。

小柄な男は洟をすすった。

「じゃあ、今晩来るといいですよ。うちの若い者を、呼びに行かせておくから」

店を出るときに、ランベールはどんな仕事なのかとたずねた。

「密売ですよ、もちろん。町の門で、商品を通過させるんです。高く売れるってわけです」

「なるほど」と、ランベールは言った。「仲間がいるんだね」

「そうですよ」

その晩、日よけは上げられて、籠のオウムがしゃべり、スチールのテーブルの周囲を、上着を脱いだ男たちが取り巻いていた。そのうちのひとり、麦わら帽をあみだにかぶり、焼けた土色の胸に白いシャツをはだけた男が、コタールが入ってくると立ち上がった。整った顔は日焼けし、黒く小さな目に、白い歯を見せ、指輪を二、三個はめて、三十歳ぐらいに見えた。

「やあ」と、男は言った。「カウンターで飲もう」

彼らは黙って、三杯ずつ飲んだ。

「外へ出ようか」と、ガルシアが言った。

彼らは港のほうへと降りていき、ガルシアはなんの用件かとたずねた。コタールは、ランベールを紹介するのは、厳密には仕事のためではなく、彼の言う「外出」のためなんだ、とだけ言った。ガルシアはたばこを吸いながら、まっすぐ前を見て歩いていた。彼はランベールについて話すときには「彼」と呼び、その存在を気にするふうでもなく、いくつかの質問をした。

「どうしてなんだ」と、ガルシアは言った。

「フランスに連れ合いがいるんだ」

「ああ」

それからややあって――

「彼は仕事はなにをしているんだ」

「新聞記者だ」

「おしゃべりな連中の商売だな」

ランベールは黙っていた。

「友達なんだ」と、コタールが言った。

彼らは黙って歩き続けた。波止場まで来たものの、大きな柵で接近が禁じられていた。しかし、彼らは立ち飲みスタンドへと方向を転じた。そこで売っている揚げたイワシの匂いが彼らのほうにただよって来ていた。

「どっちみち」と、ガルシアは結論づけた。「この件はおれじゃなくて、ラウルにかかわることだ。やつを見つけ出す必要があるが、かんたんじゃないだろう」

「ええっ」と、コタールは勢いよくたずねた。「やつは隠れているのか」

ガルシアは答えなかった。立ち飲みスタンドのそばで立ち止まり、はじめてランベールのほうを向いた。

「あさって、十一時に、町の高台にある税関の建物の角だ」

彼は立ち去るしぐさを見せたが、しかし二人の男のほうを振り向いた。

「金がかかるぜ」と、彼は言った。

確認のためだった。

「それはもちろん」と、ランベールは請け合った。

少したってから、ランベールはコタールに礼を述べた。

「いやそんな」と、相手は快活に言った。「あんたの役に立つのが、うれしいんですよ。それに、あんたは新聞記者だから、いつかお返しをしてもらうこともあるだろうし」

その翌々日、ランベールとコタールは、町の高台へ通じる日陰のない大通りを上って行った。税関の建物の一部は病室に改装されて、大きな門の前に人びとがたむろしていた。許可されるはずもない面会への希望を抱き、あるいはすぐにも失効してしまうたぐいの情報を求めてやってきたのだ。いずれにせよ、ここには大勢の人びとが集まっており、そのため人の行き来が多くて、そのことがガルシアとランベールの待ち合わせ場所に選ばれた理由と無縁ではなかっただろう。

「不思議だな」と、コタールは言った。「そんなに町から出たがるなんて。つまるところ、ここで起こっていることはとてもおもしろいのに」

「ぼくにとってはそうじゃないんだ」と、ランベールは答えた。

「ああ、もちろん。危険はいくらかあります。けれども、よく考えてみると、ペストの前だって、車の多い交差点を渡るときには、同じくらい危険はあったんですよ」

そのとき、リユーの車が彼らのそばに停まった。タルーが運転し、リユーは半ば眠っているようだった。彼は目を覚まして、みんなを紹介しようとした。

「もう知ってますよ」と、タルーが言った。「同じホテルに泊まっているんです」

彼はランベールに、町まで送ろうかと言った。

「いいえ、ここで人と会うことになっているんです」

リユーはランベールを見た。

「ええ、そうなんです」と、ランベールは言った。

「おや」と、コタールは驚いた。「先生はもう知っているんですか」

「ほら、予審判事のお出ましだ」と、コタールを見ながらタルーは警告した。

コタールは顔色を変えた。なるほどオトン氏が通りを降りてきて、力強く規則正しい足取りで彼らのほうに進んできた。この小さなグループの前を通るとき、彼は帽子を脱いだ。

「ごきげんよう、判事さん」と、タルーが言った。

判事は、車に乗っている二人にあいさつを返し、それからうしろにとどまっていたコタールとランベールを見ると、頭を下げ重々しく会釈した。タルーは、この二人を判事に紹介した。判事のほうは一瞬空を見上げ、ため息をつき、いやな時代になったものですね、と言った。

「タルーさんは、予防措置の活動に取り組んでおられると聞きました。どれほど賞賛しても足りないくらいですね。先生、病気はまだ広がるとお考えですか」

リユーは、そうでないことを希望しなければならないと言った。すると判事は、神意ははかりがたいのだから、つねに希望しなければならない、とリユーのことばをくり返した。タルーは、今回の事態で仕事が増えたかと判事にたずねた。

「その反対です。私たちが普通法関係の事件と呼んでいるものは減っています。いまは今度の新しい措置にたいする重大な違反を予審すればいいだけです。従来の法律がこんなに守られるのは、かつてなかったことですよ」

「それはつまり」と、タルーが言った。「比べてみると、従来の法律のほうがすぐれているようだということですね、なんといっても」

判事は、それまで視線を宙にただよわせ、物思いにふけったような様子だったが、その態度を一変させた。それから、冷やかにタルーを注視した。

「そういうことは問題ではありません」と、彼は言った。「大事なのは法律ではなく、刑を宣告することです。このことは、私たちにはどうすることもできません」

「あの人は」と、判事が立ち去ってからコタールが言った。「いちばんの敵ってわけだ」

リユーとタルーの乗る車が動き出した。

ほどなく、ランベールとコタールは、ガルシアがやってくるのを見た。彼は、合図もせずに二人のほうへ向かってきて、あいさつ代わりに「待たなくちゃいけない」と言った。

周囲では、女性が大多数を占める群集が、黙りこくったまま待っていた。ほぼ全員が籠をもち、それを病気の家族のもとに届けられるかもしれないといううむなしい希望を抱き、またその食料が家族に役立つかもしれないというさらに愚かしい考えを抱いていた。門は武装した歩哨によって警護され、ときどき異様な叫び声が、門と建物のあいだにある中庭を越えて聞こえてきた。すると集まった人びとのあいだで、不安そうな顔が病棟へと向けられた。

三人の男がこの光景を眺めていたとき、「やあ」というはっきりした低い声が背後で聞こえ、彼らは振り向いた。この暑さにもかかわらず、ラウルはとてもきちんとした身なりをしていた。背が高く、がっしりして、暗い色のダブルの上着を着て、縁を折り返したフェルト帽をかぶっていた。顔色は白かった。目は褐色で、口をしっかり結んで、ラウルは早口ではっきりと話した。

「町のほうへ降りよう」と、彼は言った。「ガルシア、おまえはもう帰っていいぜ」

ガルシアはたばこに火をつけ、三人が立ち去るのを見送った。ランベールとコタールは、ラウルを中央にして、その速度に合わせて足早に歩いた。

「話はガルシアから聞いた」と、ラウルは言った。「うまくやれるだろう。ともかく、一万フランはかかる」

ランベールは、承知したと答えた。

「明日、ラ・マリーヌ地区のスペイン料理店で、いっしょに昼飯を食おう」

ランベールはわかったと言い、ラウルははじめて笑顔を見せて握手した。ラウルが立ち去ってから、コタールは自分は行けないと言った。翌日は用事があったし、それにランベールはもう彼を必要としていなかった。

次の日、ランベールがスペイン料理店に入ったとき、客のだれもが彼が通るほうを振り返った。その薄暗い地下酒場は、日差しで乾燥した黄色い小路の下にあり、やってくる客は男たちばかりで、大部分はスペイン系だった。けれども、奥のテーブルに陣取っていたラウルの合図に応じてランベールがそちらへ進むと、客の顔は、そこにあらわれていた好奇心がすぐに消え去って、自分たちの料理のほうにまた向けられた。ラウルのテーブルには、やせた大男がいた。髭を剃り残し、桁外れに肩幅が広く、馬面《うまづら》で、髪がまばらだった。袖を折り返したシャツから、黒い体毛におおわれた細く長い腕が伸びていた。ランベールを紹介されると、彼は三度うなずいた。その名前は告げられず、ラウルも彼のことを話すとき「おれたちの友達」としか言わなかった。

「おれたちの友達は、あんたの力になれるだろうと言ってる。それで……」

ラウルは中断した。ウエートレスがランベールの注文を取りにきたからだ。

「友達はあんたを、別の二人の仲間に引き合わせ、その二人が、こっちの味方についている衛兵をあんたに紹介してくれるんだ。それで終わりじゃない。衛兵が自分たちで、ほどよい時期を判断する必要がある。いちばんかんたんなのは、あんたが幾晩か、門のそばにある彼らのひとりの家に泊まることだ。だが、その前に、あんたに必要な顔つなぎを、おれたちの友達がしておかなくちゃならん。手配がすべて整ったら、あんたは彼に支払ってくれ」

その友達は、トマトとピーマンのサラダをたえず細かく砕いて、がつがつ食べながら、馬面をさらにもう一度振ってうなずいた。それから、彼は軽いスペイン語なまりで話した。彼はランベールに、明後日、朝八時、大聖堂のポーチの下で待ち合わせようと提案した。

「さらに二日かかるのか」と、ランベールが言った。

「かんたんなことじゃないからね」と、ラウルが言った。「連中をつかまえなくちゃならんのだよ」

馬面の男がまたもう一度頭を上下に振り、ランベールは仕方なく同意した。昼食の残りの時間は話題探しに費やされた。しかし、馬面の男がサッカーの選手であるとランベールが知ってから、すべてがきわめて容易になった。ランベール自身、このスポーツをずいぶんやったものだ。そこで、フランス選手権やイギリスのプロチームの実力、W字陣形について彼らは話した。昼食が終わるころには、馬面はすっかり快活になり、ランベールを「あんた」と呼び、チームのなかでセンターハーフ以上に重要なポジションはないことを認めさせようとした。「わかるだろう」と、彼は言った。「センターハーフ、これはゲームを組み立てるんだ。ゲームを組み立てること、これがサッカーだからな」。ランベール自身はいつもセンターフォワードでプレーしていたが、彼も同意見だった。ようやく議論が中断されたのは、ラジオが感傷的なメロディーを鈍い響きでくり返したあと、前日のペストの犠牲者は百三十七人であると告げたときだった。その場にいただれも反応しなかった。馬面の男は肩をすくめて立ち上がった。ラウルとランベールもそれにならった。

立ち去るとき、センターハーフは力強くランベールの手を握った。

「おれの名前はゴンザレスだ」と、彼は言った。

それからの二日間は、ランベールにとって果てしないように思われた。彼はリユーに会いに行き、自分の奔走を細部にわたって話した。そのあとで、医師が往診に出かけるのに同行した。ペストの疑いのある病人が医師を待っている家の玄関で、彼はリユーに別れを告げた。廊下では、走る音や人声がしていた。家族に医師の到着が告げられたのだ。

「タルーがすぐに来てくれるといいのだが」と、リユーはつぶやいた。

彼は疲れているようだった。

「疫病の進行がひどく速いのですか」と、ランベールはたずねた。

リユーは、そうではなく、統計上の上昇はむしろ鈍っていると言った。ただ、ペストと闘う手段が十分ではないのだ。

「物資が不足しているのです」と、彼は言った。「世界中のどの軍隊でも、ふつうは物資の不足を人手で補っています。ところが、われわれには人手も不足している」

「外から医師や、保健関係のスタッフも来ていますよね」

「そうです」と、リユーは言った。「十人の医師と、百人ほどのスタッフです。見たところは大きな数だ。ただ病気の現状にたいしては、ぎりぎり間に合うというところです。疫病がさらに広がれば、足りなくなるでしょう」

リユーは家のなかの物音に耳を傾け、それからランベールに微笑みかけた。

「そうですよ」と、彼は言った。「あなたも、急いでやり遂げたほうがいいでしょう」

ランベールの顔に影がよぎった。

「ご存じのように」と、彼はこもった声で言った。「ぼくがこの町を出るのは、そのせいではありません」

リユーはそのことはわかっていると答えたが、しかしランベールは続けた。

「ぼくは自分が卑怯者ではないと思っています。少なくとも、多くの場合そうです。それを身をもって知る機会もありました。ただ、ぼくには耐えられない考えというものがあるのです」

　リユーは、彼をまっすぐに見た。

「きっとその女《ひと》に会えるでしょう」と、彼は言った。

「たぶんそうです、でも、ぼくは耐えられないんです、この事態がさらに続いて、そのあいだに彼女が年をとってしまうと考えると。[81] 三十歳でもう人は老い始めます。だからすべてを楽しまなければならない。あなたに理解してもらえるかどうか、わかりませんが」

　リユーは理解できると思うとつぶやいたが、そのときタルーが、とても勢い込んでやってきた。

「パヌルーに仲間に加わってくれるよう頼んだところだ」

「それで?」と、リユーはたずねた。

「しばらく考えてから、引き受けてくれたよ」

「それはよかった」と、リユーは言った。「よかったよ、彼自身があの説教よりも優れた人間だとわかって」

「だれもがそうなんだ」と、タルーが言った。「ただ機会を与えさえすればいいんだ」

彼は微笑んで、リユーに目配せした。

「ぼくの人生における仕事だからね、機会を与えるというのは」

「失礼します」と、ランベールは言った。「行かなくてはいけないので」

約束の木曜日、ランベールは、八時五分前に大聖堂のポーチの下へ行った。空気はまだかなり冷たかった。空には丸い形の白い雲が移動していたが、やがて暑さが上昇して、一挙にそれを呑み込んでしまうだろう。まだ湿ったほのかな匂いが芝生から立ちのぼっていたが、芝生のほうはもう乾燥していた。陽光が東の建物の背後から射して、広場にある全身金塗りのジャンヌ・ダルク像の兜だけを熱していた(82)。大時計が八度打った。ランベールは、人影のないポーチの下を数歩進んだ。堂内から、詩篇朗唱のぼんやりした声が、地下室と香の古めかしい匂いとともに流れてきた。突然、朗唱は黙した。十人ばかりの小柄な黒い人影が聖堂から出てきて、町のほうへと小刻みに歩き出した。ランベールはいらだち始めた。別の黒い人影が大階段を上ってきて、ポーチのほうへと向かった。彼はたばこに火をつけたが、ここではおそらく許されていないだろうと気づいた。

八時十五分、大聖堂のパイプオルガンがこもった音で鳴り始めた。ランベールは暗い円天井の下に入った。しばらくすると、信徒席で、先に自分の前を通り過ぎて行った黒い人影を認めることができた。彼らは全員が、片隅に臨時に作られた祭壇のようなものの前に集まっていた。そこには最近、町の工房で急いで製作された聖ロクス像が安置されたばかりだった。ひざまずいた彼らは、いっそう身体が縮まったように見え、凝結した影の断片のように灰色の色調に溶け込んでおり、そこかしこでは、あたりの靄《もや》よりもわずかに濃密にただよっているように見えた。彼らの頭上では、オルガンの果てしない変奏が鳴り響いていた。

ランベールが外に出ると、すでにゴンザレスが階段を降りて、町へ向かおうとしていた。

「もう行ってしまったと思ったんだ」と、彼はランベールに言った。「それがふつうだからな」

彼は、そこから遠くないところで、八時十分前に友人たちと待ち合わせていたのだと説明した。ところが、二十分間待ったが無駄骨だった。

「差障りができたんだ、きっと。おれたちがやってる仕事は、いつも自由がきくってわけじゃない」

彼は、明日同じ時刻に、慰霊碑の前で待ち合わせようと提案した。ランベールはため息をつき、フェルト帽をあみだかぶりにした。

「こんなことはなんでもないさ」と、笑いながらゴンザレスは言った。「ちょっと考えてみろよ、ゴールするまでにやらなくちゃならん作戦や速攻やパスのことを」

「もちろんだ」と、ランベールが言った。「けれど、試合は一時間半しか続かない」

オランの慰霊碑[83]は、この町で海が見える唯一の場所にあった。それは港を見下ろす断崖に沿って続く、かなり短い距離の遊歩道のようなところだった。翌日、ランベールは先に到着したので、戦没者の名簿を注意深く読んでいた。数分後、二人の男が近づき、関心がなさそうに彼を眺めて、それから遊歩道の手すりに近寄って肘をついた。彼らは、人けのないからっぽの波止場を眺めることにすっかり没頭しているようだった。二人は同じ背丈で、ともに青いズボンを穿き、マリンブルーの半袖ジャージーを着ていた。ランベールは少し遠ざかり、それからベンチに腰を下ろし、彼らをじっくり観察できた。そこで、彼らがおそらく二十歳を越えていないのに気づいた。そのとき、ゴンザレスが詫びながら自分のほうに歩いて来るのが見えた。

「友達だ」と、彼は言って、ランベールを二人の若者のほうへ案内し、マルセルとルイだと紹介した。正面から見ると、二人はとても似ていて、ランベールは兄弟だと思った。

「さあ」と、ゴンザレスは言った。「顔つなぎは終わった。本題に入らなきゃいかん」

マルセルだかルイだか、そのひとりが、自分たちの警護の番は二日後に始まり一週間続くから、いちばん都合の良い日を決めなくてはいけないと言った。彼らは四人で西の門を警護しているが、他の二人は職業軍人だった。この二人を仲間に加えることは論外だった。信用できる人間かどうかたしかではないし、それに謝金が高くなるだろう。ただこの二人の同僚は、夜にはときどき、なじみのバーの奥の間でしばらく過ごすことがあった。マルセルあるいはルイは、ランベールに、門にほど近い彼らの家に泊まり込んで、迎えが来るまで待つように提案した。そうすれば、門を通過するのがとてもかんたんになるだろう。とはいえ、急がねばならない。少し前から、町の外にも哨所をもうけて衛兵を二倍にするといううわさが流れているからだ。

ランベールは同意し、最後のたばこを何本か振る舞った。それまで黙っていた二人のうちのひとりがゴンザレスに、支払いの問題は解決しているのか、前金は受け取れるのかとたずねた。

「いや」と、ゴンザレスは言った。「その必要はない。彼は友達だ。支払いは出発のときにしてくれる」

次に会う約束が取り決められた。ゴンザレスは、明後日、スペイン料理店で夕食をとろうと提案した。そこから、衛兵たちの家に行くことができるだろう。

「最初の夜は」と、彼はランベールに言った。「おれも付き合うよ」

翌日、ランベールは自分の部屋へ上がって行くとき、ホテルの階段でタルーとすれ違った。

「これからリユーに会いに行くんだ」と、タルーは言った。「君も来ませんか」

「邪魔にならないか心配です」と、ランベールはためらったあとで言った。

「そんなことないと思うよ。彼はいつも君のことを話しているから」

ランベールは考えこんだ。

「それでは」と、彼は言った。「夕食のあと少し時間があれば、遅くてもいいですから、二人でホテルのバーへ来てください」

「リユーとペスト次第だね」と、タルーは言った。

それでも、その夜の十一時、リユーとタルーは狭い小さなバーに入った。三十人ばかりの客がひしめきあって、大声で話していた。二人は、ペストが支配する町の静寂のなかから来たので、少しぼうぜんとして立ち止まった。ここではまだアルコールが提供されているのを見て、彼らはこの喧騒を理解した。ランベールはカウンターの端にいて、とまり木の上から彼らに合図した。タルーが騒々しい隣客をそっと押しやって、二人はランベールを取り囲んだ。

「アルコールはかまいませんか」

「ええ」と、タルーが答えた。「もちろん」

リユーは自分のグラスの苦いハーブの香りを嗅いだ。この喧騒のなかで話すのは困難だったが、ランベールはとりわけ飲むことに気を取られているようだった。リユーは、彼が酔っているのかどうか、まだ判断がつかなかった。彼らがいる狭い場所の残りは二台のテーブルで占められ、その一台で海軍将校が両腕にそれぞれ女を抱え、顔を真っ赤にした太った相手に向かって、カイロで流行したチフスの話をしていた。「収容所を作ったんだ」と、彼は言った。「原住民のための収容所で、患者用にテントを作り、その周りに衛兵の警戒線を引いて、あやしげな民間薬をこっそりもちこもうとする家族に向かって発砲したのさ。つらい仕事だったがね、でも正しいやり方だった」。もうひとつのテーブルには品の良い若者たちが陣取っていたが、会話の内容はわかりにくく、高い場所に置かれたレコードプレーヤーから流れてくる「セント・ジェームス病院(84)」のリズムにかき消された。

「うまくいってますか」と、リユーは声を高めて言った。

「もうすぐです」と、ランベールは答えた。「たぶん今週中には」

「残念だな」と、タルーが叫んだ。

「どうしてですか」

タルーはリユーを見た。

「いや」と、リユーは言った。「タルーは、あなたがここにいれば、私たちに役立ってくれると考えて言ったんですよ。でも、ぼくはよくわかっていますよ、あなたが出発したいことは」

タルーはもう一杯ずつやろうと言った。ランベールは椅子から降りて、はじめてタルーを正面から見た。

「ぼくがなんの役に立てるって言うんですか」

「つまりね」と、急ぐことなくグラスのほうへ手をのばしてタルーは言った。「われわれの保健隊のことですよ」

ランベールは、いつもの頑固に考えこんでいるような表情に戻り、ふたたび椅子に上がった。

「保健隊は有用だと思いませんか」と、飲み終えて、ランベールを注意深く見ながらタルーは言った。

「とても有用ですよ」と、ランベールは言って飲んだ。

その手が震えているのにリユーは気づいた。すっかり酔ってしまったんだと思った。

その翌日、ランベールがスペイン料理店に二度目に入ったとき、男たちの小さなグループのまんなかを通り抜けた。彼らは、入口の前に椅子をもち出して、暑さがようやくやわらぎ始めた緑色と金色のたそがれどきを楽しんでいた。彼らは匂いのきついたばこを吸っていた。レストランの室内はほとんど客がいなかった。ランベールは、はじめてゴンザレスと会ったときの奥のテーブルに行って腰かけた。ウエートレスに、人を待っているんだと言った。十九時三十分だった。少しずつ、人びとは室内に戻ってきて席についた。給仕が始まり、低い半円天井の下は、食器の音とこもった会話の声で満たされた。二十時になっても、ランベールはまだ待っていた。明かりが灯された。新たに来た客たちが彼のテーブルに腰かけた。ランベールは夕食を注文した。二十時三十分、夕食を終えたが、ゴンザレスも二人の若者も姿を見せなかった。彼はたばこをふかした。室内からは次第に人の姿が消えて行った。外では急速に夜のとばりが降りた。海から温かい息吹がやってきて、フランス窓のカーテンをゆっくりともち上げた。二十一時になったとき、ランベールは室内がからっぽで、ウエートレスがあきれたように自分を見ているのに気づいた。彼は支払いを済ませて、外に出た。レストランの正面に、一軒のカフェが開いていた。ランベールはそこのカウンターに腰かけて、レストランの入口を見張った。二十一時三十分、彼はホテルへと向かい、住所も知らないゴンザレスとどうやって連絡を取るのかと思いあぐね、やり直さねばならない全部の行程のことを考えて途方に暮れた。

夜の闇のなかを救急車が逃げるように走って行ったそのとき、ランベールがあとで医師リユーに言ったように、彼はこの期間中、自分と妻を隔てる壁のすき間を見つけようと全身全霊を打ち込んでいて、彼女のことをいわば忘れていたことに気づいた。しかし、まさにそのとき、もう一度すべての道がふさがれると、あらためて自分が心の底から彼女を求めていることがわかった。それと同時に、彼は突然激しい苦悩に襲われ、この耐えがたく焼けつくような痛みから逃れるため、自分のホテル目指して走り始めたが、その痛みは彼の身に取りついたまま、こめかみをさいなんだ。

それでも、翌日すぐに、彼はリユーに会いに行き、どうしたらコタールと連絡がつくかとたずねた。

「ぼくがやらねばならないことは」と、彼は言った。「もう一度手順を踏むことなんです」

「明日の晩、来てください」と、リユーは言った。「タルーがコタールを呼んでくれって、ぼくに頼んだんだ、理由はわからないけれど。彼は十時に来るはずです。だからあなたは、十時半に来るといいですよ」

翌日、コタールが医師のところに来たとき、タルーとリユーは、医師の担当部署で生じた予期せぬ治癒について話していた。

「十にひとつの確率だ。運がよかったんだ」と、タルーは言った。

「だから」と、コタールが言った。「それはペストではなかったんですよ」

二人は、まちがいなくペストだと断言した。

「治ったんだから、ありえませんよ、そんなこと。ご存じでしょう、ペストは手加減しないことを、私だってそんなこと知っているし」

「一般的にはそうだ」と、リユーが言った。「だが、少し粘り強くやれば、驚く結果も生じるものだよ」

コタールは笑った。

「そうは思えませんね。今晩の数字は知っていますか」

タルーは、コタールを好意的なまなざしで眺めながら言った。数字は知っている、状況は深刻だ、しかしこれはなにを示しているのか、さらに特別の手立てを講じなければならないということだ。

「でも、あなたがたはもう手立てを講じていますよ」

「そうだ、けれども、一人ひとりが自分でそうする必要があるんだ」

コタールは、けげんな表情でタルーを見た。タルーは、行動を起こさない人が多すぎる、と言った。だが疫病は各人の問題だ。めいめいが自分の義務を果たすべきなのだ。ボランティアの保健隊は、すべての人に開かれている。

「そういう考え方もあるでしょう」と、コタールは言った。「でも、それはなんの役にも立たないでしょう。ペストはおそろしく手強いんですから」

「それがわかるのは」と、タルーは忍耐強い調子で言った。「われわれがすべてを試みたあとだよ」

そのあいだ、リユーは自分の机でカルテを書き写していた。タルーは、椅子の上でもぞもぞ身体を動かしているコタールをずっと見ていた。

「なぜ、あなたはわれわれの活動に参加しないんですか、コタールさん」

相手は気を悪くしたように立ち上がり、山高帽を手に取った。

「私の仕事じゃないからですよ」

それから、虚勢を張るようにして――

「それに、私には居心地がいいんです、ペストのなかは。わざわざそれを終わらせる理由なんてありません」

タルーは、突然、真相に気づいたかのように、自分の額をたたいた。

「ああ、そうだ。忘れていた。ペストがなければあなたは逮捕されるんだった」

コタールはびくっとして、まるで滑り落ちそうであるかのように椅子にしがみついた。書くのを中断していたリユーは、興味を惹かれた真剣な様子で彼を見つめた。

「だれが、それを言ったんですか」と、コタールは叫んだ。

タルーは意外なことを聞いたように、こう言った。

「あなたですよ。あるいは少なくとも、先生とぼくはそう理解している」

そしてコタールが、急に抑えきれない激高にかられて、意味不明のことばを口走ると――

「そんなに興奮しないで」と、タルーは付け加えた。「先生もぼくも、あなたを密告なんかしない。あなたの話はわれわれに関わりのないことだ。それに警察なんて、われわれは好ましく思ったことは一度もない。さあ、椅子に座りなさい」

コタールは椅子に目をやり、ためらったあとで腰を下ろした。しばらくして、彼はため息をついた。

「古い話なんですよ」と、彼は認めた。「やつらがもち出したのは。私としては、もう忘れられたものと思ってました。ところが、しゃべったやつがひとりいる。そこで呼び出され、調査が終わるまでいつでも出頭できるようにしておけ、と言われました。最後には逮捕されるのだとわかったんです」

「重い罪なんですか」と、タルーがたずねた。

「それは重い罪の意味次第ですが。いずれにしても、殺人ではありません」

「禁錮か、それとも懲役か」

コタールはひどく打ちひしがれた様子だった。

「禁錮でしょう、運よくいったとして……」

しかし、すぐに彼は激しい調子でことばを続けた。

「過失なんです。だれでも過失を犯します。そのために連れ出されて、自分の家やふだんの暮らしや、知り合いのみんなから引き離されるなんて、そんなことを考えると耐えられないんです」

「なるほど、そのせいなんですね、首を吊ろうなんて気になったのは」と、タルーはたずねた。

「ええ、ばかなことをしたもんです、まったく」

リユーははじめて口をはさみ、コタールに、その心配はわかるが、万事うまくおさまるかもしれない、と言った。

「ええ、いまのところは、なにも恐れなくていいと、わかっています」

「どうやら」と、タルーは言った。「われわれの保健隊には参加してもらえないようですね」

相手は、両手のあいだで帽子をぐるぐる回しながら、タルーのほうにあいまいなまなざしを向けた。

「悪く思わないでください」

「もちろんだ。でも、少なくとも」と、タルーは笑いながら言った。「細菌をわざとまき散らさないようにしてくださいよ」

コタールは抗弁して、自分はペストの到来を望んだわけではない、ペストはこんなふうにやってきたのであり、差し当たりそれが自分にとって都合がよいとしても、それは自分のせいではない、と言った。そして、ランベールが戸口に到着したとき、コタールは、声に力をこめてこう付け加えた。

「それに、私の考えでは、あなたがたの努力は報われはしませんよ」

ランベールがたずねてみると、コタールはゴンザレスの住所を知らないが、しかし例の小さなカフェにはいつでもまた行くことができるとのことだった。そこで翌日に会う約束が交わされた。リユーが今後の経過を知りたがったので、ランベールは、週末の夜の何時でもいいから、タルーといっしょに自分の部屋に来てくれるように誘った。

朝になって、コタールとランベールは例の小さなカフェへ行き、ガルシアに宛てて、今晩あるいはそれが無理なら明日会いたいとの伝言を残した。その晩、彼らは待ったが甲斐がなかった。翌日には、ガルシアがそこにいた。彼はランベールの話を黙って聞いた。彼は事情を把握していなかったが、家宅検査のためいくつかの地区全体が二十四時間外出禁止になったのを知っていた。ゴンザレスと二人の若者は、おそらく警戒線を通過できなかったのだろう。だが彼ができることといっては、彼らをふたたびラウルとつなぐことだけだった。もちろん、それは明後日までは無理だった。

「わかっている」と、ランベールは言った。「すべてをくり返さないといけないんだ」

翌々日、通りの角で、ラウルはガルシアの推測通りだと言った。下町は外出禁止になっていたのだ。ゴンザレスともう一度会わなくてはならなかった。二日後、ランベールはサッカー選手といっしょに昼食を取った。

「ばかだったな」と、ゴンザレスは言った。「連絡の手立てを決めておくべきだった」

ランベールも同意見だった。

「明日の朝、若者たちの家へ行って、すべてを手配するようにしよう」

翌日、若者たちは家にはいなかった。そこで彼らに、次の日の正午にリセ広場で待つとの伝言を残した。それからランベールはホテルに戻ったが、同じ日の午後、彼に会ったタルーはその表情を見てはっとした。

「うまくいかないのかい」と、タルーはたずねた。

「くり返しばかりなんでね」と、ランベールは言った。

それから彼は自分の招待をまた口にした。

「今晩来てください」

その晩、タルーとリユーがランベールの部屋に入ると、彼は横になっていた。起き上がると、準備しておいたグラスを満たした。リユーは自分のグラスを手に取り、順調に進んでいるかとたずねた。ランベールは、すべての行程をやり直し、ようやく前と同じところに到達したばかりで、近いうちに最後の待ち合わせがあると言った。彼は飲み、それから言い添えた。

「もちろん、彼らは来ませんよ」

「そんなふうに決めつけることはないでしょう」と、タルーが言った。

「あなたがたにはまだわかっていないんです」と、肩をすくめてランベールが言い返した。

「なんのことが」

「ペストですよ」

「へえ！」と、リユーが言った。

「ええ、あなたがたにはわかっていないんです、これがくり返すものだってことが」

ランベールは、部屋のすみへ行き、小さな蓄音機のふたを開けた。

「なんのレコードかな」と、タルーがたずねた。「聞いたことがある」

ランベールは、「セント・ジェームス病院」だと答えた。

曲の途中で、遠くに響く二発の銃声が聞こえた。

「犬か、脱走者だ」と、タルーが言った。

ほどなく曲が終わると、救急車のサイレンがはっきり聞こえ、大きくなり、ホテルの部屋の窓の下を通りすぎると小さくなり、それから最後に消えた。

「おもしろくもないレコードですよ」と、ランベールが言った。「それに、今日はもう十回も聞いている」

「そんなに気に入ってるんですか」

「そうじゃないけど、これしかもってなくて」

そして、しばらく間をおいてから――

「言ってるでしょう、これはくり返すんだって」

彼はリユーに、保健隊の活動はうまくいっているかとたずねた。現在、五つのグループが活動している。新たなグループもできそうだ。ランベールはベッドに腰を下ろし、爪の手入れに余念がないようだった。リユーは、ベッドの縁で身をかがめている短くたくましいその影を注視していた。突然気がつくと、ランベールがこちらを見ていた。

「ええ」と、彼は言った。「ずいぶん考えたんです、あなたがたの組織のことは。ぼくが参加しないのは、自分なりの理由があるからです。他のことであれば、いまでも身を挺《てい》してやれると思います。ぼくはスペイン戦争(85)で闘いました」

「どちらの側です?」と、タルーがたずねた。

「負けた側です。でも、それ以来、ぼくは少し考えたのです」

「なにを?」と、タルーが言った。

「勇気についてです。いまぼくは、人間というのは偉大な行動をなしうることを知っている。でも、人間が偉大な感情をもたなければ、その人間はぼくには関心がないのです」

「人間にはどんなこともできると思われるけれど」と、タルーが言った。

「いや、そうじゃない。人間は長いあいだ苦しんだり、幸福であったりすることはできない。だから、価値あることはなにもなしえないのです」

彼は二人を見た。それから――

「ところで、タルー、あなたは愛のために死ぬことができますか」

「わからない、でも、できないと思う、いまのところは」

「そうでしょう。あなたは観念のためになら死ぬことができる、それは一目で明らかだ。ところで、ぼくは観念のために死ぬ人間にはうんざりなんです。ぼくはヒロイズムを信じません、それは安易だとわかっているし、それが人殺しをおこなうことを知ったからです。ぼくの関心は、愛するもののために生き、死ぬことなんです」

リユーは、ランベールの言うことを注意深く聞いていた。そして、彼から目を離すことなく、静かに言った。

「人間は観念ではないですよ、ランベール」

相手はベッドから飛び出した。興奮で顔が赤くなっていた。

「観念なんです、愛を忘れたときから偏狭な観念になるんです。ところでまさに、ぼくたちにはもう愛は不可能なんです。あきらめましょう。それが可能になるまで待つことにしましょう。そしてもしほんとうにそれが無理なら、英雄を気取らずに、だれもが解放されるのを待ちましょう。ぼくにはそれで十分です」

リユーは、突然疲れた表情を浮かべて、立ち上がった。

「君の言う通りだ、ランベール。まったくそうだよ。君がこれからやろうとしていることから君を引き離すなんて、そんなつもりはいささかもない。それは、正当で良いことだと思う。けれども、これだけは言っておかないといけない。これらすべてはヒロイズムとは関わりがない。誠実さの問題なんだ。こんなことを言うと笑われるかもしれないが、でも、ペストと闘う唯一の方法、それは誠実さなんだ(86)」

「なんですか、その誠実さというのは」と、急に真剣な顔つきになってランベールは言った。

「一般にはどうかは知らない。しかし、ぼくの場合には、自分の職務を果たすことだと知っている」

「ああ!」と、激高してランベールは言った。「ぼくには自分の職務がなんなのか、わからない。もしかすると、愛を選んだのがまちがっているのかもしれない」

リユーは、ランベールを正面から見た。

「いや」と、彼は力をこめて言った。「君はまちがってはいませんよ」

ランベールは考えこんで、二人を眺めた。

「あなたがたは、このことで、失うものがなにもないのでしょう。善意の側に付くほうがやさしいのです」

リユーはグラスを飲み干した。

「さあ」と、彼は言った。「まだやることがあるので」

彼は出て行った。

タルーはあとを追ったが、出る瞬間に考え直したらしく、ランベールのほうを振り返って言った。

「知っていますか、リユー夫人がここから数百キロメートル離れた療養所にいることは」

ランベールは驚きの身振りをしたが、タルーはすでに立ち去っていた。

翌日の早朝、ランベールはリユーに電話した。

「ぼくもいっしょに働かせてもらえませんか、町を出る手立てが見つかるまで」

受話器の向こう側で一瞬の間があったが、それから――

「ええ、ランベール、ありがとう」

第三部

こうして、週また週にわたって、ペストの囚われ人たちは力戦奮闘していた。そして見ての通り、そのうちのある者たちは、ランベールのように、自分がまだ自由な人間として行動しており、自分で選択もできると思うことに成功さえしていた。しかし、実際にはこの時期、八月の半ばにおいては、ペストがすべてをおおいつくしたと言うことができる。このときにはもはや個人の運命はなく、ペストという集団の物語と、市民全員に共有された感情があるだけだった。そのもっとも大きなものは別離と追放であり、それにともなう恐怖と反抗であった。したがって話者は、炎暑と疫病が頂点に達したこの時期において、全般的な状況について叙述し、また具体例として、血気ある市民たちが起こした暴力沙汰、死者の埋葬、そして引き離された恋人たちの苦しみを取り上げるのが適切だと考えるのである。

この年の半ばを迎えようとする頃、風が起こり、数日間にわたって、ペストに苦しむ町の上を吹き続けた。風がとりわけオランの住民から恐れられたのは、それが町の立つ高台ではどんな自然の障害物にも出会わないからであり、こうして強い勢いを保ったまま街路に吹き込むからであった。一滴の雨の恵みも受けなかった長い月日のあと、町は灰色の塗料のような埃におおわれており、風が吹くとそれがはがれ落ちた。風はこうして埃と紙片の波のようなうねりを巻きあげ、それがいっそうまれになった通行人の足にぶつかった。彼らが前かがみになり、ハンカチや手を口にあてて、足早に街路を行くのが見られた。夕刻になれば、これまでのようにこれが最後の日となるかもしれない日々をできるだけ引き延ばそうと努めながら群れつどうのではなく、いまでは小さなグループになって自宅へ、あるいはカフェへと急ぐ人びとの姿に出会うようになった。その結果、数日のあいだ、この季節にはいっそう早くやってくるたそがれどきに、街頭は閑散として、風だけが長いうめき声をあげていた。相変わらず姿は見えないが波の高まった海からは、海藻と潮の香りがただよってきた。人影のないこの町は、白い埃におおわれ、海の匂いが充満し、風のうなりが鳴り響いて、まるで不幸な島のように呻吟していたのだ。

これまで、ペストは、町の中心部よりも、人口が密集したあまり快適でない周辺地区において、はるかに多くの犠牲者を出していた。ところが突然、ペストはビジネス街に接近し、そこに腰を据え付けたかと思われた。住民たちは伝染性の細菌を運び込んだと風を呪った。「風が面倒をもち込む」と、ホテルの支配人が言った。いずれにしても、夜になると窓の下で、ペストの陰鬱で気が滅入る呼びかけを響かせる救急車のサイレンが次第にひんぱんに聞こえるようになり、それを間近に耳にした町の中心部の住民は、いよいよ自分たちの番が来たことを知ったのだ。

市内でも、とくに汚染された地域を隔離して、(87)欠くことのできない職務に従事する人だけに外出を許可することが考えられた。これまでそこで暮らしてきた人びとは、こうした措置はとりわけ自分たちに向けられた嫌がらせだと思わずにはいられず、いずれにせよ、逆に他の地域の住民を自由人であるかのように考えた。これと反対に、他の地域の住民は、苦難のときには、自分よりさらに不自由な者がいると想像してわが身を慰めた。「いつだって自分よりひどい囚われ人がいる」というのが、そのとき唯一可能な希望を要約することばだったのだ。

おおよそこの時期に、とりわけ町の西門あたりにある別荘地区において、火事がくり返し起こった。得られた情報では、検疫期間を終えて戻ってきた人びとが、喪の悲しみや不幸に取り乱し、ペストを根絶せんとの妄想に取りつかれ、自宅に火を放ったということだった。こうした企てを押さえるのは相当に困難であり、それがひんぱんにくり返され、激しい風によって地区全体がたえず危険にさらされた。当局によって実施される家屋の消毒だけで感染のあらゆる危険を取り去るのに十分であると、はっきり説明してもむだに終わり、こうした無邪気な放火犯にたいしては厳罰を制定しなければならなかった。そしておそらく、こうした不幸な人びとを逡巡させたのは、牢獄に入れられるという思いではなく、市の牢獄内では死亡率がきわめて高いので、収監されることは死刑宣告に等しいという全住民に共通の確信であった。もちろん、こうした信念は根拠がないわけではなかった。一見明白な理由によって、ペストは集団で生活する習慣のある人びと、すなわち兵士、修道士または囚人たちに、とりわけ激しく襲いかかるように思われたのだ。一部の拘留者は隔離されていても、牢獄はひとつの共同体であり、その証拠には、市の刑務所のなかでは、囚人と同じ数の看守がこの疫病のために命を落としていた。ペストという高みから見れば、所長から最下層の拘留者にいたるまでだれもが死を宣告されていたのであり、おそらくはここではじめて完全な正義が牢獄を支配していたのだ。

　こうした平等の状態に階級をもちこもうとして、当局は職務中に死亡した看守に勲章を与えることを思いついたが、うまくいかなかった。戒厳令が発布されており、ある観点からは看守は兵士として動員されていると見なすことができたから、彼らの死後に戦功章を授与したのだ。ところが、拘留者たちはまったく異議を唱えなかったが、軍人のほうではこの事態を不愉快に感じ、当然のこととして、公衆の頭のなかでは好ましくない混同が生じると指摘した。そこで彼らの要求はもっともであると認められ、いちばんかんたんなのは、殉職した看守に防疫功労章を授与することだと考えられた。しかし、すでに授与した看守に関しては、いまさらどうにもならず、勲章を取り返すことは考えられなかったし、他方で軍人たちは彼らの意見を主張し続けた。それに加えて、防疫功労章については、疫病の時代にこの種の勲章をもらうなど月並みなことだったから、戦功章授与の場合に得られたような士気の高揚を生み出さないという不都合があった。そこでだれも彼もが不満を抱く結果になった。

　さらに、刑務所当局の場合は、宗教組織やあるいはいっそう小さな規模の軍人組織がやったようにはやれなかった。事実、市内に二つだけある修道院の僧たちは、分散して、一時的に、敬虔な信者の家に宿泊していた。同様に兵舎からは、可能になるたびごとに、小さな部隊が引き離されて学校や公共の建物に駐留していた。こうして疫病は、見たところ包囲された者同士の連帯を住民に強制したが、それと同時に伝統的な団体組織を破壊し、個人をそれぞれの孤独へと追いやった。そこから混乱が生じることになったのである。

このすべての状況が、風に加えて、一部の市民の心に激情の火を焚きつけることになったと考えられる。市門が夜間にふたたび襲われ、これが何度もくり返されたが、今度は小さな武装グループの仕業だった。撃ち合いがあり、負傷者が出て、逃亡した者たちがあった。衛兵所が強化されたので、こうした企てはすぐにおさまった。しかし、それだけでも町に騒動の気分が高まるには十分で、いくつかの暴力沙汰を引き起こした。火事になったり、衛生上の理由から閉鎖されたりした家は、略奪の被害を受けた。実を言えば、こうした行為が計画的であったとは考えにくい。多くの場合、突然訪れた好機を前にして、それまではりっぱだった人びとが、恥ずべき行動へと突進したのであり、ただちにそれをまねる者があらわれたのだ。こうして、災難にあってぼうぜんとしている家主本人の目の前で、まだ炎に包まれている家に飛び込む凶暴な者たちがいた。家主が無反応なのをいいことに、大勢の見物人が最初の狼藉者を手本にしたため、暗い通りでは火事のほの明かりに照らされて、いたるところから逃亡する人影が見られた。彼らの姿は、消えかけた炎のせいで、また両肩に品物や家具をかついでいるせいで、形がゆがんで見えた。こうした出来事のために、当局はペストの事態を戒厳令と同等に扱い、それに基づく法令を適用することを余儀なくされた。二人の泥棒が銃殺されたが、それが他の者にたいして抑止効果をもったかどうかは疑わしい。というのは、これほど多くの死者のなかでは、二人の処刑は注意を引かなかったからである。大海の一滴でしかなかったのだ。そして、事実、同様の事件はかなりひんぱんにくり返されたが、当局は介入するそぶりを見せなかった。すべての住民を動揺させたと思われる唯一の措置は、夜間外出禁止令の制定であった。夜の十一時を過ぎると、町は完全な闇のなかに沈んで、さながら石と化していた。

月夜の下で、町には、白っぽい壁とまっすぐな道が並んでいた。街路には、一本の樹木の黒い塊も見られず、歩行者の足音や犬の鳴き声もまったく聞かれなかった。静まり返った大都会は、もはやそのとき、不動の巨大な立方体の集合でしかなかった。そのあいだに、ブロンズのなかで永久に呼吸することのない往年の偉人や忘れられた篤志家の無言の彫像だけが、石や鉄の作り物の顔によって、かつて人間であったものの頽落した姿を呼び起こそうと努めていた。これらの凡庸な偶像は、暗い空の下で生気を失った四つ辻に君臨していたが、その愚鈍で無感覚な姿は、私たちが入り込んだ不動の支配や、少なくともその究極の次元、すなわちペスト、石、夜がすべての声をついには黙らせた大墓地をみごとに表象していたのである。

しかし、夜はまたすべての人の心のなかにもあった。埋葬の問題に関して報告された風評も事実も、わが市民を安心させるようなものではなかった。実のところ、埋葬についても語らねばならないのであり、話者としてはそのことを詫びておきたい。この点に関しては、話者に非難が向けられるかもしれないと感じているが、しかしひとつ弁明をしておけば、この期間のすべてにわたって埋葬というものがあったし、すべての市民がそうであったように、ある意味で話者も埋葬を気にかけることを余儀なくされたのである。いずれにしても、それは話者がこうした儀式にたいする好みをもっていることを意味しない。反対に話者は、生きている人たちとの交際、一例をあげるならば海水浴のほうが好きなのである。しかし結局、海水浴は禁じられていたし、生きている人との交際は一日の終わりには死者との交際に転じてしまう恐れがあった。

これは明白な事実であった。もちろん、それを見まいと努めることはつねに可能だったし、目をふさぎ拒否することはできた。しかし、明白な事実がもつ力は恐るべきものであり、最後にはすべてを奪い去ってしまう。たとえば、愛する者の埋葬が必要になった日には、どうしてそれを拒絶することができるだろうか。

ところで、はじめのころ私たちの儀式を特徴づけていたもの、それは迅速さであった。あらゆる手続きが簡略化され、大概の場合に葬儀が廃止された。病人は家族から離れた場所で死を迎え、通夜は禁止された。その結果、宵のうちに死んだ者は付き添いなくその夜を過ごし、昼間に死んだ者は遅滞なく埋葬された。もちろん家族には知らされたが、多くの場合、それまで家族が病人のそばで暮らしていたなら隔離されたので、そこから動くことができなかった。家族が故人と同居していなかった場合には、指定された時刻に出向いたが、それは墓地へと出発する時刻であり、遺体はすでに洗浄されて棺に納められていた。

この手続きが、リユーの管理する臨時病棟でなされた場合を考えてみよう。その学校の建物には、本館のうしろに出口があった。廊下に面した大きな物置にはいくつもの棺が並べられていた。その廊下で、家族は、棺がひとつだけすでに閉められているのを見出した。ただちにもっとも重要な手続きが始まり、家長に書類への署名が求められた。それから遺体を自動車に運びこむ。本物の霊柩車の場合もあれば、改造された大きな救急車のときもあった。まだ許可されているタクシーの一台に近親者が乗り込むと、車の列は全速力で外周道路を通って墓地に着く。門では、憲兵が葬列を止めて、公式の通行許可証に検印を押した。それがないと、市民が最後の住み家と呼ぶものが与えられないのだ。憲兵がわきへ身を寄せると、車は、多くの穴が口をあけて待っている四角形の土地のほうへと進んだ。司祭が遺体を迎えた。教会での葬儀は禁止されていたからだ。祈禱のあいだに棺を引き出し、綱で縛ると、棺は引きずられ、すべり、底にぶつかった。司祭が灌水器を振り、早くも最初の土が蓋の上ではねた。消毒の散水を受けるため、救急車は少し前に出発していた。シャベルで運ばれる粘土が次第に鈍くなる響きを立てるあいだに、家族はタクシーに急いで乗り込んだ。十五分後、家族は自宅に着いた。

こうして、すべてがまさに最大限の速度で、危険を最小限にとどめつつ進行した。そしておそらく、少なくとも最初は、家族の人びとの自然な感情がそれによって傷つけられたのは明らかだった。しかし、ペスト流行時にあっては、そうした感情を斟酌することはできなかった。効率のためにはすべてが犠牲にされた。はじめのうち、人びとの心情はこうしたやり方に耐えられなかった。というのは、きちんと埋葬してほしいという願いは思いのほか広まっているのだ。しかし、しばらく時間がたつと、幸いなことに補給が困難になり、住民の関心はいっそう差し迫った心配事へ向かった。食料を入手するには、列に並んで待ち、奔走し、書類を書かねばならなかったが、そうしたことに忙殺されて、人びとは身の回りで人がどのように死ぬか、また自分がいつかどのように死を迎えるかを考えるいとまがなかったのである。こうして、災いであるはずの物質的困窮が、のちになって恩恵であることが明らかになった。すでに私たちが見たように、もし疫病が拡大することがなかったなら、すべては順調に推移したはずであった。

というのは、棺がそのころにはいっそう入手困難になり、経帷子《きょうかたびら》用の布地や墓地の空き地も不足するようになったのである。対策を考えねばならなかった。これまた効率の観点からもっともかんたんだと思われたのは、葬儀をまとめてやることであり、必要な場合には病院と墓地の往復の回数を増やすことであった。こうして、リユーの受け持ちに関して言えば、病院はこの時期、五基の棺を使うことができた。それが満杯になると、救急車に積み込んだ。墓地では、棺がからにされ、鉛色の遺体は担架に乗せられて、この用途のために整備された納屋で待った。棺は消毒液をかけられ、病院に戻り、こうした行程が必要なだけくり返された。この作業の組織化はきわめて有効だったので、知事も満足の意を表した。彼はリユーにこんなことさえ言った。結局のところ、昔のペストの記録に見られるような、黒人が曳く死体の荷車に比べれば、これはずっと良いやり方だと。

「そうですね」と、リユーは言った。「同じようにこれも埋葬ですが、私たちのほうはカルテを作成しています。進歩は明白です」

　こうした管理の成功にもかかわらず、いまではこの手続きが帯びる不快な性格のため、県庁は近親者を葬儀から引き離さざるをえなかった。ただ、彼らが墓地の入口まで来ることは許されたが、それとて公式の許可ではなかった。というのは、最後の儀式に関しては、事態は少し変化していたからだ。墓地のはずれにあるランティスク(88)におおわれた空き地に、二つの巨大な穴が掘られていた。男性用と女性用の墓穴があった。この点から見れば、行政当局は礼節を重んじていた。事の成り行きでこの最後の羞恥心も消えて、良識への気づかいもなくなり、男女をごっちゃに積み重ねて埋葬するようになったのはずっとのちのことにすぎない。幸いなことに、この究極の混乱は、災禍の最終段階になってはじめてあらわれたものだ。いまここで語っている時期に関しては、墓穴の区別は存在したし、県庁もそれをきっちりと守っていた。それぞれの穴の底には、生石灰の分厚い層が湯気をたててわき立っていた。穴の縁では、同じ生石灰の堆積が空気に触れて泡を吹いていた。救急車による運搬が終わると、担架が列をなして運びこまれ、少しよじれた裸の遺体が次から次へと並んで底に滑り降ろされる。そこで生石灰と、次に土がかけられた。ただし、次に来る客に場所を確保しておくために、一定の高さまでにとどめられた。その翌日、近親者は帳簿に署名するために呼び出された。それは人間と、たとえば犬とのあいだに存在する違いを示すものだ。管理はここでも可能だったのである。

これらすべての作業には人員が必要だったが、つねに不足の一歩手前にあった。はじめは正式の、次には臨時雇いの看護師や墓掘り人も、その多くがペストに斃《たお》れた。どれほど予防していても、感染はいつか起こるのだ。しかし、よく考えてみると、もっとも驚くべきことには、疫病のあいだずっと、この仕事に従事する人員に事欠くことはなかった。危機はペストがその猖獗《しょうけつ》の極みに達する直前に訪れ、そのときリューが心配になったのももっともであった。管理職にも、彼が荒仕事と呼んでいた仕事に⑼も、人手は十分ではなかった。しかし、ペストが実際に町全体を支配下に収めたときから、その過剰そのものが都合のよい結果をもたらした。というのは、ペストはすべての経済活動を混乱させたので、その結果かなりの数の失業者が生まれたのだ。多くの場合、管理職の人員不足は補われなかったが、単純作業に関しては人集めが容易になった。実際、このときから、仕事の報酬は危険の度合いに応じて支払われたから、貧窮から脱したいという欲求が恐怖を打ち負かす事例がいつも見られた。保健課は志願者の名簿を自由に活用することができ、欠員が生じるとただちに名簿の上位の者に連絡が取られた。通知を受けた者は、その間に本人自身が欠員の仲間入りをした場合を除いて、いつも必ず出頭した。知事は、この種の仕事に有期あるいは無期の受刑者を動員することを長いあいだためらっていたが、かくして最後の手段に頼るのを避けることができた。失業者がいるあいだはずっと待つことができる、というのが知事の意見だった。

曲がりなりにも八月の末までは、礼儀にかなっているとは言えずとも、少なくとも行政が自分の義務を果たしていると自覚する程度の秩序を保って、市民たちは最後の住み家である墓地まで運ばれていくことができた。しかし、記述の順序を少し先取りして、どうしても必要となった最後の処置について、ここで報告しておかねばならない。八月からは、実際ペストが勢力を保ったまま居座り、犠牲者の総数が私たちの小さな墓地が提供しうる容量をはるかに超えてしまった。壁面を取りはずして、死者のために周囲の土地へと広がる場所を作ってはみたが、すぐにも別の手立てを探さねばならなかった。まずはじめは、埋葬を夜間におこなうことに決めた。その結果、あれこれの配慮が不要になった。救急車に乗せる死体の数を次々と増やすことができた。規則に反して消灯後も夜間に郊外を散歩する者たち(あるいは職業上それが必要な人たち)は、ときどき、夜の閑散とした道で、鈍いサイレンを鳴り響かせ、全速力で走る白く長い救急車に出くわした。あわただしく死体は墓穴へと投げ入れられた。死体の動揺がまだ落ち着かないうちに、次第に深く掘られるようになった穴のなかで、顔の上に石灰がシャベルでかけられ、無名のまま土でおおわれた。

しかしながら、しばらくすると、他の場所を探し、さらに広い土地を確保することを余儀なくされた。県知事の布告によって、墓地の永代借用権が所有者から接収され、土から掘り出された遺骸はすべて死体焼却炉(90)へと運ばれた。やがては、ペストの死者までも、そのまま火葬にする必要に迫られた。しかし、そのためには、町の東、市門の外にある昔の火葬場を使用しなければならなかった。警備隊をさらに遠くへ移動させ、かつて海岸の崖っぷちを走っていて当時は廃用となっていた電車を利用することを市の職員が提案して、行政の仕事はたいへん容易になった。このために、トレーラーと機関車の内部を改装して座席を取り払い、火葬場まで線路を迂回させて、そこを起点としたのだ。

夏の終わりにはずっと、そして秋の雨の最中にも、毎日深夜になると、乗客のいない電車の異様な縦列が、崖に沿って海岸の上を揺れながら通過するのが見られた。とうとう最後には、住民たちも事情を知ることになった。パトロール隊が海岸通りへの接近を禁じたにもかかわらず、幾組かのグループは、しばしば海の上に張り出した岩のあいだまで忍び込み、電車が通過するときにトレーラーに花を投げ入れることに成功した。そのとき、花と死者を積んだ車両が、夏の夜のなかでがたがた音を立てるのが聞こえた。

いずれにしても、はじめのころは、明け方に、吐き気をもよおすような濃い蒸気が町の東の地区の上にただよっていた。医者たちは口をそろえて、この臭気は不快ではあっても、人体に無害であると言った。しかし、この地区の住民たちは、ペストがそんなふうに空の高みから自分たちを襲うのだと固く信じ、この地を離れると言って、ただちに当局を脅した。その結果、複雑な導管装置によって煙を迂回させねばならなくなり、住民の感情はおさまった。ただ風の強い日は、東からただよってくるかすかな匂いが、住民たちに、自分たちが新たな状況に置かれており、毎晩ペストの火炎が貢《みつ》ぎ物《もの》をむさぼり食っていることを思い起こさせるのだった。

疫病がもたらした究極の結果は、このようだった。しかし、その後さらに拡大することがなかったのは幸いである。というのも、そうなれば、行政の知略、県庁の措置、そして火葬場の収容能力さえも、おそらく超えてしまっただろうと思われるからである。リユーは、そのころ、死体を海に投棄するといった無茶な解決法が検討されたのを知っており、死体が青い海面にただよわせる不気味な泡沫を容易に想像できた。彼はまた知っていたのだ、統計の数字が上昇し続ければ、どんな優秀な組織であろうともちこたえられず、県庁もどうにもできず、人びとは街頭で折り重なって死んだあと腐敗していくことを、そして町の公共広場では、瀕死の人が正当な憎悪と愚かな希望を抱いて、生き残っている人にすがりつくのが見られるだろうことを。

いずれにしても、この種の明白な事実と心配こそが、わが市民たちの流刑と別離の感情の基盤となっていた。この点に関して、たとえば、昔の物語のなかに見られるような勇気を与えてくれる英雄とか華々しい活躍といった真に劇的なことがらを、ここでまったく報告できないことがどれほど残念なことか、話者はよくわかっている。災禍ほど劇的要素の少ないものはないからである。そして、大きな不幸というのは、それが長く続くことからして単調なものである。ペストの恐るべき日々を体験した人びとの記憶のなかでは、その日々は壮麗に燃えさかる残忍な猛火ではなく、むしろ行く手のすべてを踏みつぶす果てしない足踏み状態のように感じられたのだ。

そうなのだ、ペストは、疫病のはじめに医師リユーにつきまとった目覚ましく壮大なイメージとは、まったく違ったものだった。それはまず第一に、しっかりと運営される慎重で完璧な管理行政であった(91)。こういうわけで、ついでに言うなら、なにごとも偽らないために、とりわけ自分自身を偽らないために、話者は客観性を目指したのである。陳述を一貫させるという基本的な必要が生じた場合は別として、なにごとであれ、芸術的効果のために変更を加えようとはしなかった。そして、客観性を守るために話者としてはこう言わねばならないのである、この時期のもっとも深く広くまた大きな苦しみであったものが別離であり、ペストのこの段階であらためてそれを叙述することが率直に言って不可欠であるとしても、この苦しみそのものが悲壮味を失っていたのはやはりほんとうであったと。

わが市民たち、少なくともこの別離にもっとも苦しんだ人びとは、こうした状況に慣れてしまっていたのだろうか。そう断言することは必ずしも正しくないだろう。身体的にも精神的にも、彼らはやせ細ることに苦しんでいたと言うほうがより正確だろう。ペストの初期には、彼らは失われた人のことをしっかり覚えていて、なつかしんでいた。しかし、愛する人の顔、笑い声、幸福であったとあとから認める日のこと、それらをはっきり思い出しても、想起しているまさにこの時刻、かくも遠く離れた場所で相手がなにをしているかを想像するのは困難だった。要するに、そのとき彼らには記憶はあったものの、想像力が十分ではなかったのだ。そして、ペストの第二段階では、彼らは記憶までも失ってしまった。愛する人の顔を忘れたというのではなく、しかし結局同じことになるが、その生身を失って、もはや彼ら自身の内心において感じることができなくなった。そしてはじめの数週間、彼らはともすれば、自分たちの愛に関することがらにおいて、いまでは影だけしか相手にできないととかく不平をこぼしがちだったが、次にはこの影がさらにやせ細り、記憶に残ったかすかな色合いまでも失われうることに気がついたのだ。別離のこの長い期間の終わりには、彼らはもはやかつて自分たちのものであった親密さも、いつでも触れることのできた相手がどのように身近で生活していたのかも、想像できなくなった。

こうした観点からして、彼らは、いっそう月並みであるだけに威力のある、ペストの世界そのものに入り込んだと言える。私たちのだれも、もはや生き生きとした感情をもってはいなかった。ただ、みなが単調な感情だけを抱いていた。「もう終わってもいいころだ」と、市民たちは言っていた。なぜなら、災禍のときに集団の苦痛の終了を願うのは当然のことだし、実際に彼らはそれが終わることを願っていたからだ。しかし、それらのことばは、はじめのころの熱情や痛切な感情をともなうことなく、私たちにとってはいまだ明白であるけれども根拠のとぼしい理由に基づいて発言されたのだ。最初の数週間の激しい衝動のあとには、意気消沈がやってきた。それをあきらめと見ることはまちがいであろうが、やはり一時的な同意のようなものだった。

市民たちは足並みをそろえ、他にやり方がないので、いわば事態に適応したのである。彼らはなおも、当然のことながら、不幸で苦しんでいるようだったが、しかしその突き刺すような痛みをもはや感じてはいなかった。そのうえ、たとえば医師リユーは、まさにこれこそが不幸であり、絶望に慣れることは絶望そのものより悪いことだと考えていた。かつては、別離に苦しむ人びとも、実際には不幸ではなかった。彼らの苦しみにはつい先ほど消えたばかりの光明が残っていたのだ。いまでは、街頭の片隅、カフェあるいは友人の家で、彼らが穏やかな表情で放心している姿が見られ、そのうんざりしたまなざしのせいで、町全体が待合室と化したかのようだった。職に就いている者は、ペストと同じ歩みで、それをこまごまと精彩なく続けていた。だれもが遠慮がちになっていた。これははじめてのことだったが、別離に苦しむ者たちは、そばにいない人について語ったり、みなと同じことばを話したり、疫病の統計と同じ観点で彼らの別離を検討したりするのを嫌がらなくなった。それまでは、自分たちの苦しみを集団の不幸から断固として切り離していたが、いまではそれを同一に考えるのを受け入れていたのだ。記憶も希望もなく、彼らは現在に身を落ち着けていた。実のところ、すべてが彼らにとっては現在となっていたのである。これは言っておくべきだが、ペストは全員から愛の力を、そして友情の力さえも奪い取っていたのだ。なぜなら、愛とはいくらかの未来を要求するものであるが、私たちにはもはや現在の瞬間しか存在していなかったからである。

もちろん、そのどれもが絶対的なものではなかった。なぜなら、別離に苦しむすべての人びとがそうした状態にいたったのが事実であっても、みんなが同時に到達したのではなく、そしてひとたびこの新しい態度を身につけてからも、瞬時のひらめきやよみがえり、突然の覚醒によって、苦しみに耐える人びとがいっそう生々しい痛切な感情に引き戻されることもあったのを、付記しておくのが公平だからである。それにまた、ペストが終わったあとの計画を立てるという気晴らしの折々もあっただろう。不意に霊感を受けたかのように、対象のない嫉妬の苦痛を感じることもあったに違いない。また他の者たちは、突然蘇生して、麻痺状態から抜け出した。それは週のある曜日、もちろん日曜であり土曜の午後のことだった。なぜなら、そうした日々は、いまいないその相手がいたときには、なんらかの儀礼に捧げられていたからである。あるいはまた、一日の終わりに彼らをとらえる憂鬱は、いつも確実にとは言えなくても、記憶がよみがえってくるという予感を彼らに与えた。夕暮れどきは、信仰をもつ者にとっては良心の糾明の時刻であるが、糾明すべきものとしては空虚しかもたない囚われ人や流刑の者にとってはつらい時刻であった。この時刻には、彼らはいっときどっちつかずの状態になり、それから無気力状態に戻り、ペストのなかに閉じこもってしまうのであった。

すでに理解されたと思うが、これは彼らが所有するもっとも個人的なものを断念することだった。ペストの初期には、他の人たちにとっては存在しないのに、自分たちにはたいそう重要な些細なことがらがたくさんあることに彼らは驚いた。彼らはこうして個人生活を経験していたのだ。ところが、いまでは反対に、彼らは他の人びとが関心を抱くことにしか関心を抱かず、もはや一般的な考えしかもたなくなり、彼らの愛でさえもこの上なく抽象的な姿を帯びるようになった。彼らはすっかりペストに身をゆだねているので、往々にして、もはや眠りにしか期待をかけず、「リンパ節腫、もうおしまいにしてくれ!」と思わず考えることがあるほどだった。しかし実のところ、彼らはすでに眠り込んでいたのであり、この期間のすべては長い眠りに他ならなかった。市中は目覚めながら眠っている人たちであふれ、彼らが実際に自分たちの運命を免れることができたのは、ただごくまれな瞬間、夜中に閉じていると見えた傷口が突然開くときだけだった。はっと目を覚ました彼らは、放心したようにうずく傷口に手で触れてみて、突然よみがえった苦痛とともに、自分たちの愛の動転した面影をたちまち再発見した。そして朝になると、彼らは災禍へと、すなわち自分たちの習慣的生活へと戻って行ったのだ。

ところで、こうした別離に苦しむ人たちは、どんな様子をしていたと言えるだろうか。それはかんたんである、彼らはどんな様子もしていなかった。あるいは、こう言ったほうがよければ、みんなと同じ、まったくありふれた様子をしていたのだ。この町の他の人びとと同様に、彼らには平静な態度と子どもっぽい動揺の両方が見られた。彼らの外見には冷静さがあらわれるようになったが、批判的精神が消えてしまった。たとえば、彼らのなかのもっとも聡明な者でさえ、みなと同じように、新聞やラジオ放送のなかにペストの速やかな終息を信じる理由を探し求めるそぶりをして、どうやら空想的な希望を抱いたり、新聞記者が退屈しのぎにあくびをしながらでまかせに書いた記事を読んだだけで、根拠のない恐怖を覚えたりしているのが見られた。その他のことについては、彼らはビールを飲んだり病人の世話をしたり、だらだら過ごしたりへとへとに疲れたり、カードを整理したりレコードを回転させたり、お互いの区別もつかなかった。言い換えれば、彼らはもはやなにも選り好みしていなかったのだ。

ペストは価値判断を消し去ってしまった。そのことは、だれもいまでは自分が買う衣服や食品の質を気にかけていないことからも明らかだった。人びとは万事をまるごと受け入れていたのである。

要するに、別離に苦しむ人たちは、はじめのころ彼らを守っていたあの奇妙な特権をもう有していなかったと言える。彼らは愛のエゴイズムと、そこから得られる利益を失っていた。少なくともいまでは事態は明白であり、災禍は全員にかかわることだった。私たちすべてが、市門でとどろく銃声、自分たちの生と死をわかつ検印の音のただなかで、火事とカルテ、恐怖と書式のただなかで、不名誉ではあるが登記される死を約束され、恐るべき煙と救急車の静かなサイレンに取り巻かれ、同じ流刑のパンで身を養い、心揺さぶる同じ再会と同じ平和を無意識のうちに待っていたのである。おそらく私たちの愛はいまでもそこにあった。ただ、それは役に立たず、になうには重く、私たちの内部で生気を失い、罪や刑の宣告のように不毛であった。それはもはや、未来のない忍従や、頓挫した期待でしかなかった。そしてこの点から見ると、市民のなかのある人たちの態度は、町のあちこちの食料品店の前で見られるあの長い行列を思わせるものだった。それは際限がなく、幻想を抱かせることのない同じ諦念、同じ辛抱強さであった。ただ別離に関しては、この感情を千倍大きくしてみる必要があった。というのは、それはまた別種の渇望、すべてを呑み込んでしまう渇望であったからだ。

いずれにしても、この町の別離に苦しむ人たちが置かれていた精神状態について、それを正確に把握したいと望むなら、あらゆる街頭に男女が繰り出すときに木々のない町の上に降りてくる、あの埃っぽく永続する金色のたそがれどきをもう一度想起する必要があるだろう。なぜなら、異様なことに、ふだんは町のざわめきを形成していた車両や機械の音がなくなったため、まだ日に照らされたテラスのほうに立ち上ってくるのは、鈍い声と足音の巨大なざわめき、重苦しい空でうなる殻竿《からざお》の音によって律動を与えられた無数の靴底が苦しげにきしむ音、そして結局は、果てしなく続く息苦しい足踏みだけだったからだ。この足踏みは、少しずつ町全体を満たして、たそがれどきが来るそのたびごとに、私たちの心のなかで愛の代わりとなっていた盲目的な執着に、もっとも忠実でもっとも陰鬱な声を与えていたのである。

第四部

九月と十月の二か月のあいだ、ペストは町をしっかりと押さえつけていた。それはまさに足踏み状態だったから、何十万人もの人びとが、終わりの見えない数週間にわたってなおも足踏みしていた。空には靄と暑さと雨が相次いであらわれた。ムクドリとツグミの静かな群れが南からやってきて、上空高く通過したが、しかし町を迂回して行った。まるでパヌルー神父の殻竿、すなわち家々の上をうなりながら旋回する奇妙な木片が、鳥たちを遠ざけたかのようだった。十月のはじめには、激しい驟雨が道路を洗い清めた。そして、この時期のあいだずっと、巨大な足踏み状態以外には、重要なことはなにも起こらなかった。

リユーと彼の友人たちは、そのとき自分たちがどれほど疲れているかを発見したのだ。実際、保健隊の人びとにとって、この疲労はもはやもちこたえられぬものとなっていた。医師リユーがそれに気がついたのは、友人や自分の身に奇妙な無関心が進行するのを看取したときだった。たとえば、それまでペストに関するあらゆる情報にとても強い関心を示していた人びとが、もうまったくそれを気にかけなくなった。ランベールは、少し前から自分のホテルに置かれた検疫病棟の管理を一時的にまかされており、自分が観察する人たちの数を正確に知っていた。病気の兆候を突然示した人びとのために、彼は緊急退去のシステムを組織し、そのどんな小さな詳細にも通じていた。隔離期間中の人にたいする血清剤の効果の統計は、彼の記憶にしっかりときざまれていた。しかし彼は、ペストの犠牲者の週ごとの数を言うことができなかったし、ペストが進行しているか後退しているかをほんとうに知らなかったのだ。そして、こうした事態にもかかわらず、彼は次の脱出の機会への希望を抱き続けていた。

他の者たちはといえば、昼も夜も仕事に忙殺され、新聞も読まず、ラジオも聞かなかった。彼らにひとつの結果を告げても、興味をもつふりはするが、実際にはぼんやりと無関心にそれを受け入れた。大きな戦争のとき、兵士たちが職務に疲弊して、ただ日々の任務のなかでくじけないことだけに意を用い、もはや決定的な軍事行動も休戦の日も期待することがない、そうした無関心と同じだった。

グランは、ペストのために必要な計算をやり続けていたが、その全体の結果を言うことはきっとできなかっただろう。見るからに疲れ知らずのタルーやランベール、リユーとは反対に、彼の健康状態は一度もよいためしがなかった。ところが彼は、市役所職員としての仕事、リユーのもとでの事務、そして夜の自分の活動を兼務していたのだ。こうして、彼がいつも疲弊しきった状態にあるのが見られた。ただ、二、三の固定観念だけが彼を支えていた。それは、ペストが終われば、少なくとも一週間は完全な休暇を自分に奮発し、いま取り組んでいる仕事に、しっかりと、いわば「脱帽して」専念することだった。彼はまた急に涙もろくなってしまうことがあり、そんな場合には、ジャンヌのことをみずから進んでリユーに話し、この同じ時刻に彼女がどこにいるのか、もし新聞を読んでいれば自分のことを考えてくれるだろうかと思った。そんなグランにたいして、ある日のこと、まったく月並みな口調でリユーは自分の妻について思わず語ることになったが、それはかつてなかったことだ。妻からの電報のいつも安心させるような内容を信用してよいものかと案じて、彼女が治療を受けている施設の医長宛に電報を打つことに決めた。折り返し、病状が重篤であるとの通知と、進行を抑えるため万全の措置をとるとの確約を受け取った。彼はこの通知を自分だけの胸に収めていた。ただ、疲労のせいと考える以外にはどうしてなのかわからないが、グランにそれを語ることになった。グランがジャンヌのことを話したあと、リユーの妻についてたずねたため、それに答えたのだ。「まあともかく」と、グランは言った。「いまではかんたんに治る病気ですから」。リユーはそれに同意し、ただ別離が長引いており、そばにいれば闘病を支えてやることができるのに、いまは妻がひどく孤独を感じているだろうとだけ言った。それから、彼は押し黙り、もはやグランの質問にもあいまいに答えるだけだった。

他の者たちも同じような状態にあった。タルーは人一倍よくもちこたえていたが、しかし彼の手帖が示しているところでは、好奇心の深さは変わらずとも、その多様性は失われていた。事実、この期間はずっと、彼はどうやらコタールにしか関心を示さなかった。ホテルが検疫のための隔離所になったときから、彼はとうとうリユーの家に寄寓するようになったが、夜には、グランやリユーがその日の結果を報告するのをぼんやり聞くだけだった。彼はすぐに話題を、自分がふだん関心を抱いているオラン市民の生活の細部へと引き戻すのだった。

カステルはといえば、彼は血清剤の準備が整ったとリユーに報告にやってきた。その日二人は、それを最初にオトン判事の息子に試すことに決めた。少年は病院にかつぎ込まれたばかりで、リユーには病状が絶望的なものに思われたのだ。そのあとリユーは、カステルに最新の統計を伝えているとき、この老いた友が肘掛椅子のくぼみで深く眠り込んでいるのに気づいた。ふだんは優しく皮肉っぽい様子のせいでいつまでも若く見えるその顔が、突然くずれて、よだれの筋がなかば開いた唇をおおい、衰えと老いを見せつけたのだ。リユーは喉が締めつけられるのを感じた。

そうした気弱さによって、リユーは自分の疲労の度合いを判断することができた。彼の感受性はもう自由にならなかった。多くの場合、それはこわばり、硬化し、干からびていたが、ときどき破裂すると、そのとき彼はもはや制御できない感情にゆだねられるのだった。彼の唯一の防御は、この硬化のなかに逃げ込んで、自分の内部に作られた結び目を締め直すことだった。それが仕事を続けていく良い方法であるのがわかっていた。他のことについては、彼はたいして幻想を抱いていなかったし、まだ残っていた幻想も疲労によって奪われてしまった。なぜなら、終息が見えないこの期間、彼の役割はもはや治療することではないのを知っていたからだ。彼の役割は診断することだった。発見し、観察し、記述し、登録する、それから宣告する、それが彼の任務だった。妻たちは彼の手首をつかんで叫んだ。「先生、この人の命を救ってください！」だが彼は命を救うためにそこにいるのではなかった。隔離を命ずるためにいるのだ。それらの顔に読み取れる憎悪がなんの役に立とうか。「あなたには心ってものがないんです」と、ある日言われたことがあった。いや、彼には心があった。その心は、毎日二十時間、生きるために生まれてきた人間が死んでいくのを見る、そのことに耐えるのに役立った。毎日をくり返すことに役立った。いまや、彼はそれにちょうど十分なだけの心をもっていた。こんな心が、どうして人の命を救うことができただろうか。

いや、一日中彼が惜しみなく与えていたのは救済ではなく、ただの情報だった。それはもちろん人間の仕事とは言えない。しかし、結局、恐怖におびえ大量に死んでいくこの群集のなかで、人間らしい仕事を遂行する余裕を与えられた者がいただろうか。疲労というものがあるだけでもまだ幸いだった。もしリユーがもっとはつらつとしていれば、いたるところにまき散らされた死の匂いに感傷的になったかもしれない。しかし、一日に四時間しか眠れないとき、人は感傷的になることはない。事態をあるがままに見るのであり、すなわち正しさの、忌まわしく浅薄な正しさの見地から見るのである。そして、相手の人たち、宣告される人たちもまた、それを感じていた。ペストの前までは、リユーは救世主のように迎えられたものだ。三錠の薬と一本の注射ですべてを解決するのだ。人びとは彼の腕を引き、廊下を通って案内した。それは自尊心をくすぐるが、油断がならないことでもあった。いまでは反対に、彼は兵士とともに姿をあらわし、家族に戸を開ける決心をさせるために銃床の乱打が必要だった。家族たちは、彼をそして人類全体を、自分といっしょに死への道づれにしたかったことだろう。ああ！　まさしくそうなのだ、人間は他の人間なしでは生きられず、リユーもまたこれらの不幸な人びとと同じく無力であり、彼らのもとを去るとき自分のなかに湧き起こった憐憫の身震い、彼自身もまたそれを受けるに値したのだ。

以上が少なくとも、この果てしない幾週ものあいだ、医師リユーが、自分の別離状態について思いめぐらしつつ、それとともに考えたことである。そして、それはまた彼が友人たちの顔に、その反映を読み取った考えでもあった。しかし、災禍と闘い続けているすべての人びとに疲労が少しずつ取りついた結果、いちばん危険であったのは、彼らが外部の出来事や他人の感動にたいして無関心になったことではなく、彼ら自身がなげやりになったことである。というのは、絶対に必要というわけではなく、しかもいつも彼らの手に余ると思われたあらゆる措置、それを避ける傾向が見られたからである。かくして、この人びとは、みずから作成した衛生の規則をますますひんぱんに無視するようになり、わが身に必要な多くの消毒の一部を忘れるようになった。また、感染した家へ行かねばならないことをぎりぎりの瞬間に知らされると、必要な点滴注入をするためどこかへ戻るのが大儀に思われて、しばしば感染に備えることもなく、肺ペスト患者のもとへと駆けつけるようになった。そこにこそほんとうの危険があった。なぜなら、ペストにたいする闘いそのもののせいで、彼らはペストにいちばん感染しやすい立場にあったからである。要するに、彼らは偶然に賭けたのだが、偶然というのはだれの味方でもないのだ。

ところが、この町には、消耗もせず落胆もしていないように見える人間、満足を絵に描いたような姿を見せている人間がひとりいた。コタールである。彼は他の人たちとの関係を続けながらも、離れて距離を保っていた。ただ、タルーの仕事が許す限り、彼にはひんぱんに会うことを好んだ。ひとつには、タルーがコタールの事情をよく知っていたからであり、もうひとつには、タルーが変わらぬ誠意を見せてこの小男の金利生活者を遇するすべを心得ていたからである。これはいつもくり返される不思議なことであったが、タルーは、骨の折れる仕事に精を出しながらも、相変わらず気を配り、人をもてなしていた。疲労が彼を押し潰すように見える夜もあったが、翌日には新たな活力を回復した。「あの人とは」と、コタールはランベールに言ったことがある。「話ができるんですよ。ひとかどの人物だし、いつも理解してもらえるから」

こういうわけで、タルーの記述は、この時期、少しずつコタールという人物に集中するようになる。コタールから打ち明けられるままに、あるいは自分の解釈によって、タルーはコタールの行動や考察の一覧を作ろうと試みている。「コタールとペストの関係」の見出しのもと、この一覧は手帖の数頁を占めており、話者はここにその概要を記すことが有益であると考えるのだ。この小男の金利生活者に関するタルーの考え全体は、次のことばに要約できるだろう。「これは成長しつつある人物である」。見たところコタールは上機嫌で成長していた。今回の事態の成り行きにたいして不満を抱かなかった。ときどきタルーの前で、彼は自分の本心を、こういった言い回しで表明した。「もちろん、以前より良くなったわけではありません。でも、少なくとも、いまではみんなが同じように危険にさらされているんですからね」

「もちろん」と、タルーは付け加えている。「彼も他の人びとと同じように脅かされてはいる。しかし、それはまさに他の人びとといっしょに、なのだ。それにこれはたしかなことだが、彼は自分がペストにかかるとは本気で考えていない。彼はそれほどばかげているとも言えない考えを頼りに生きているように見える。それは、重い病気あるいは深い不安に取りつかれている者は、その期間は他のあらゆる病気や不安を免れるというものである。「お気づきでしょう」と、彼は私に言った。「二つ以上の病気をかけもちすることはできません。あなたが、重い病気か不治の病、深刻な癌、またはたちの悪い結核にかかっているとしましょう。その場合、けっしてペストやチフスにはならないのです。そんなことは起こりっこないんです。病気の場合だけじゃありません。なぜって、あなたは癌患者が交通事故で死ぬのを見たことなんて、一度もないでしょう」。真偽はともかく、こういう考えがコタールを上機嫌にさせているのだ。彼が望まない唯一のこと、それは他の人びとから引き離されることだ。彼は孤独な囚人であるよりは、みんなといっしょに閉じ込められているほうを好む。ペストの状態が続くかぎり、隠密の調査、書類やカード、秘密の審理や差し迫った逮捕はもはや問題とはならない。厳密に言えば、もう警察もなく、昔の犯罪も新しい犯罪もなく、罪人もなく、ただいるのは、きわめて恣意的に決定される恩赦を待つ受刑者だけだ。そして、彼らのうちには警官自身も含まれているのである」。かくしてコタールは、これまたタルーの解釈によれば、市民たちが見せる不安や狼狽の兆候を満足げに眺める資格を有しており、その寛大で思いやりのある満足は次のことばがよくあらわしていた。「いつでもお話を聞きましょう。私はあなたより先にペストにかかっていたんですから」

「他の人たちから引き離されないようにする唯一の方法、それは結局良心にやましいところがないようにすることだと彼に言っても、彼は冷やかな目で私を見て、こう答えるのだった。「そういうことなら、だれも人といっしょになんかなれやしません」。そしてさらに付け加えた。「私の言うことを信じてもらっていいですよ。連中をひとまとめにする唯一の方法は、彼らにペストを送ってやることです。あなたの周りを見てごらんなさい」。実際のところ、彼が言わんとすることも、そしていまの生活がどれほど彼には快適であるのかも、私にはよくわかる。どうして彼が、かつて自分が経験したのと同じ反応を道行く人びとのなかに認めないことがあろうか。みんなを自分の味方につけようとだれもがやっている試み。しばしば道に迷った通行人を案内するときに見せる親切と、別の機会にやはり通行人に見せる不機嫌。高級レストランに駆けつけ、そこに身を落ち着けて長居することの満足。毎日映画館の列に並び、すべての劇場やダンスホールを満たし、たけりくるった潮のようにあらゆる公共の場に広がる無秩序な群集。人との接触を避けたい気持ちと、それにもかかわらず人と寄り添い、肘と肘を突き合わせ、異性に近づこうとする、人間的な暖かさへの欲求。それらすべてを、コタールは彼らより先に知っていた、それは明らかなことだ。もっとも女性関係については別だ、なぜなら彼の面相では……。それに、女たちのところに行く気になったとしても、あとでひどい目に会わせられるかもしれない悪玉をつかむのを恐れて、それを差し控えたことだろう」

「要するに、ペストは彼にとって好都合なのだ。孤独であるのに孤独であることを望まない彼のような男を、ペストは共犯者にした。というのは、明らかにそれは共犯者であり、そこに無上の楽しみを見出している共犯者であるからだ。彼は、自分が見るものすべての共犯者である。警戒状態にある人びとの迷信や、いわれのない恐怖や傷つきやすい自尊心。できるだけペストについては語らぬようにしつつ、それでもたえず口にする彼らの奇妙な癖。病気が頭痛から始まると知ってからは、わずかの頭痛にも蒼ざめる彼らの乱心。忘れられたことを侮蔑と受け取り、ズボンのボタンひとつがなくなっただけで心を痛めるような、彼らの怒りっぽく傷つきやすく、要するに不安定な感受性。彼はこれらすべての共犯者なのである」

夕刻に、タルーはしばしばコタールと出かけることがあった。手帖のなかで、続いて彼は、どのように彼らが、たそがれどきあるいは夜の陰鬱な群集のなかに肩を寄せ合って入り込んだかを語っている。あちこちで電灯にかすかに照らされる白と黒の集団に身を沈めて、二人はペストの冷たさから守ってくれる暖かい歓楽へと向かう人びとの群れに同行した。数か月前にコタールが公共の場所で求めていたもの、贅沢と豊かな生活、そして彼が夢想しても満たされなかったもの、すなわち際限のない快楽、いまや全住民がそれに身をゆだねていたのだ。あらゆる物価がどんどん上昇しているのに、人びとがこれほど浪費したことはかつてなかった。多くの人に必需品が不足しているときに、贅沢品にこれほど金が使われたこともかつてなかった。失業から生じた余暇でしかないのに、その暇をつぶすためにあらゆる遊びが次々となされた。タルーとコタールは、ときには長い時間にわたって、ひと組の恋人たちのあとに付いて行った。以前には自分たちを結びつけているものを隠すことに専念していた二人が、いまではしっかりと抱き合い、周囲の群集には目もくれず、燃え盛る情熱に少し陶然として、町の端から端までひたすらに歩き続けていた。コタールは感傷的になって言った。「ああ、楽しそうなお二人さん！」それから彼は大きな声で話し、集団の熱狂と、周囲で音を立てて振る舞われる豪勢なチップと、目の前で取り交わされる愛の行為のただなかで、喜色にあふれるのだった。

しかしながらタルーは、コタールの態度にはほとんど悪意がないと考えていた。彼が口にする「彼らより先にこのことを知っていた」というのは、彼の勝利よりも不幸を表していた。「思うに」と、タルーは書いている。「空と町の壁のあいだに幽閉されたこの人びとを、彼は愛し始めている。たとえば、もしできることなら、これはそれほど恐ろしくはないのだと進んで彼らに説明したことだろう。「聞いたでしょう」と、彼は私にはっきり言った。「ペストが終わったらこうしよう、ペストが終わったらあしようなんて、連中が言うのを。彼らは自分の生活をわざわざ暗くしているんです、黙って平気でいればいいのに。それに、自分たちの利点をわかってさえいない。私が自分で言ったことがあるでしょうか、逮捕が終わったらあれをしようなんて。逮捕は始まりなんです、終わりじゃない。ところが、ペストのほうは……。私の考えを言いましょうか。連中が不幸なのは、成り行きにそのまま身をまかせないからですよ。私はよくわかったうえで、これを言っているんですがね」

「なるほど、彼はよくわかったうえで言っている」と、タルーは付記している。「彼はオランの住民の矛盾を正しく判断している。彼らは、自分たち同士を近づけてくれる温かさの必要を痛切に感じながらも、お互いを遠ざける不信感のため、それに身をゆだねることができないのだ。隣人を信用することはできず、知らないうちにペストをもらい、うっかりしているすきに感染させられるかもしれないことがよくわかっているのだ。コタールのように、自分が近づきになろうとするすべての人びとのなかに、じつは密告者がいるかもしれないと見張って時を過ごした人間にとっては、こうした感情は容易に理解できる。ペストがきょう明日にも肩に手を置くかもしれない、まだ無事だとこちらが喜んでいる瞬間にもその準備をしているかもしれない、そう考えて暮らしている人びとにたいしても大いに共感できる。その限りにおいて、コタールは恐怖のただなかでくつろぐことができる。ただし、それらすべてを彼らよりも前に感じていたのだから、この不安の残酷さを彼らとまったくいっしょに感じることはできないと、私は思う。要するに、ペストでまだ死んでいない私たちとともに、彼も自分の自由と生命が毎日崩壊寸前だと感じてはいるのだ。とはいえ、彼自身が恐怖のなかで生きたのだから、今度は他の人たちがそれを知るのが当然だと思っている。もっと厳密に言えば、その恐怖はコタールにとって、ひとりでそれをになう場合よりも軽いと思われている。この点において、彼はまちがっており、他の人たちよりも理解するのが困難である。しかし結局は、その点においてこそ、他の人たちより理解しようと試みる値打ちがあるのだ」

最後に、タルーの記述は、コタールにもペストに襲われた人びとにも同時に見られるこうした特異な意識をみごとに物語る、ひとつの挿話によって締めくくられている。この挿話は、この時期の困難な雰囲気をほぼ忠実に再現しており、そのため話者は重要だと考えるのである。

彼らは、『オルフェオとエウリディーチェ』[92]が上演されている市立オペラ劇場[93]へ行った。コタールがタルーを誘ったのだ。ペストが始まったこの春に、私たちの町に公演にやってきた劇団の催しだった。疫病のために移動を阻まれたこの劇団は、やむを得ず、町のオペラ劇場と協議した結果、週に一回、自分たちの演目を再演することになった。こうして数か月来、金曜日ごとに、市立劇場では、オルフェオの旋律豊かな嘆きの歌と、エウリディーチェの甲斐ない呼びかけが響きわたることになった。しかしながら、この出し物は聴衆に歓迎され続け、いつも大きな収益があがった。もっとも高額の席に陣取ったコタールとタルーは、市民のなかでもいちばん上品なお歴々ではちきれんばかりの一階席を見下ろした。到着した人びとは、そつなく入場しようと気を配っている様子が明らかだった。演奏家たちが控えめに楽器の調整をしているあいだ、緞帳の前のまばゆい光の下には、人影がくっきりと浮かび上がり、座席の列から列へと移動しながら、優雅に身をかがめたりしていた。人びとは、数時間前に町の暗い街路で失っていた落ち着きを、上品な会話の軽いざわめきのなかで取り戻した。盛装がペストを追い払っていたのだ。

第一幕のあいだ、オルフェオは朗々と嘆き声をあげ、チュニックを着た女性たちが彼の不幸についてしとやかにあれこれ説明し、愛の思いが小アリアによって歌われた。客席は控えめな熱意で反応した。第二幕のアリアで、オルフェオが本来は指示のないトレモロを挿入し、悲壮味をやや過剰に見せて冥府の神(94)に取り入り、相手の心を自分の涙で動かそうとしたこともほとんど気づかれなかった。彼が思わず見せるぎくしゃくしたしぐさは、もっとも注意深い観客にも、歌手の演技にさらに付加された様式化の効果のように見えたのだ。

第三幕で、オルフェオとエウリディーチェの大二重唱(エウリディーチェが愛する夫から引き離される瞬間である）が始まってはじめて、驚きのようなものが客席に広がった。そして、まるで歌手が聴衆のこの動きだけを待っていたかのように、あるいはこう言ったほうがたしかだが、一階席から来たざわめきが彼の予感していたことを確信させたかのように、彼はちょうどこの瞬間に、古代風の衣装に包まれた手足を開き、グロテスクなしぐさでフットライトのほうへと進み出て、牧歌劇風の舞台装置の中央で倒れたのだ。舞台背景はそれまでも古めかしいものだったが、観客の目にはこのときはじめてひどく時代錯誤に見えた。というのは、同時にオーケストラが沈黙し、一階席の人びとが立ち上がって、ゆっくりと客席を離れ始めたからだ。はじめは、あたかも典礼が終わったあと教会から、あるいは弔問を終えて遺体安置所から出るときのように黙々として、女たちはスカートの裾を引き上げ頭を低くして出ていき、男たちは連れの女性が補助椅子にぶつからないように気をつけながら、その肘を引いて出ていった。しかし、人びとの動きは少しずつ加速して、ささやき声が叫喚となり、群集が出口に向かって殺到し、ひしめき、最後には叫びながら押し合った。コタールとタルーはようやく立ち上がったが、その場に二人きりで、当時彼らの生活であったものの光景を目の前にしていた。それは、手足を投げ出した俳優の扮装をした舞台上のペストであり、そして客席の、椅子の赤いクッションの上に置き忘れられた扇や広がったレースといった、いまでは無用となった贅沢品のすべてであった。

ランベールは、九月のはじめの数日、リユーのかたわらで真剣に働いた。ただ一日だけ休暇を申請したが、その日は、男子高校の前でゴンザレスと二人の若者に会う予定が入っていた。

当日正午に、ゴンザレスとランベールは、二人の若者が笑いながらやってくるのを見た。彼らは、この前は運が悪かったけれど、それは予想しておくべきだったと言った。いずれにしても、もう彼らが警護につく週ではない。次の週まで待たなければならない。またくり返しだ。ランベールは、それは名言だと言った。ゴンザレスは、そこで次の月曜日にもう一度会おうと提案した。けれども今度は、ランベールがマルセルとルイの家に泊まりに行くのがいいだろう。「おれとあんたで待ち合わせて、もしおれが行けなかったら、直接彼らの家に行くといい。彼らがどこに住んでいるかを説明しよう」。するとそのとき、マルセルあるいはルイが、いちばんかんたんなのはすぐにこの仲間を家まで案内することだと言った。彼の好みがうるさくなければ、四人分の食べ物がある。こうすれば、彼にも状況がわかるわけだ。ゴンザレスがそれは名案だと言って、彼らは港のほうへ降りて行った。

マルセルとルイは、ラ・マリーヌ地区のはずれ、臨海道路に面した門の近くに住んでいた。スペイン風の小さな家で、壁が厚く、よろい戸はペンキ塗りの板、部屋には家具がなく薄暗かった。食事には米が出て、若者たちの母親が給仕してくれた。しわにおおわれた愛想の良いスペイン人の老婆だ。ゴンザレスは驚いた。というのは、町ではすでに米が不足していたからだ。「門で調達するんだ」と、マルセルが言った。ランベールは食べそして飲んだ。ゴンザレスが、こいつはほんとうの仲間なんだと言ったが、ランベールのほうはこれから過ごさねばならない一週間のことだけを考えていた。

実際は、二週間待たねばならなかった。班の数を減らすために、警護の交代が二週間ごとになったのである。そして、この二週間、ランベールは骨身を惜しまず、ぶっ続けに、いわばすべてに目をつむって明け方から夜まで働いた。夜が更けてから床に就き、熟睡した。それまでの閑暇な生活からこの疲労困憊する仕事への突然の変化は、彼を、ほとんど夢想するいとまもない精根尽きた状態に導いた。自分の近々の脱出についてはほとんど語らなかった。ただひとつだけ注目すべき出来事があった。一週間が経過したあと、彼はリユーに、前の晩はじめて酔っぱらったと打ち明けたのである。バーから外に出ると、突然、自分の鼠蹊部がふくらんで、腋の下で腕が動かしづらいような気がした。これはペストだと思った。そのとき彼がとりえた唯一の反応は、リユーとともに彼自身が理屈に合わないと認めたものであるが、町の高台へ向かって走ることだった。海は隠れたままだが空が少し広く見えるその小さな広場から、町の壁越しに、彼は大声で妻に呼びかけたのだ。ところが仮住まいのホテルに戻ると、身体にはどんな感染のしるしも見られず、彼はこの突然の恐慌を自慢できることではないと思った。リユーは、そんなふうに行動することがあるのはよくわかると言った。

「いずれにしても」と、彼は言った。「そんな欲求にかられることはあるものです」

「今朝オトン氏が君のことを話していましたよ」と、ランベールが立ち去ろうとする間際になって、突然リユーが言い添えた。「君を知っているかとたずねられてね。「それなら忠告してあげてほしい」と、言ってました。「密輸の連中と付き合わないように。人目を引くから」って」

「それはどういう意味なんです」

「急がないといけないということですよ」

「それはどうも」と、リユーの手を握ってランベールは言った。

戸口で、彼は急に振り返った。リユーは、ペストが始まって以来はじめて、彼が微笑んでいるのに気がついた。

「どうして、ぼくを引きとめようとしないんですか。その手立てはあるのに」

リユーは、いつもの動作で頭を振って、それはランベールの問題であり、彼は幸福を選んだのだから、自分としてはそれに反論する論拠はないと言った。医師は、この件について、なにが善でなにが悪なのか、判断することはできないと感じていた。

「それなら、どうしてぼくに急げと言われるのですか」

今度はリユーが微笑んだ。

「それはおそらく、ぼくもまた、幸福のためになにかをしたいと思っているからでしょう」

その翌日、彼らはもうなにも語らず、いっしょに仕事をした。次の週、ランベールはようやく、スペイン風の小さな家に身を落ち着けた。彼のためのベッドが居間に用意されていた。若者たちは食事に戻ってこなかったし、ランベールはできるだけ外出を控えるように言われていたので、多くの場合ひとりで過ごすか、老いた母親と話をした。彼女はやせていたがまめまめしく働き、黒い服を着て、顔は褐色でしわがあり、白髪はとてもきれいだった。物静かで、ただランベールを見るときには、両の目いっぱいに微笑んだ。

あるとき、老婆は、妻のもとにペストをもちかえることが心配ではないかとたずねた。ランベールは、それは運試しだが、結局のところ確率はわずかだ、けれどもこの町にとどまっていれば、彼らは永久に引き離される恐れがあると考えていた。

「優しい人なんですか」と、老婆は微笑みながら訊いた。

「ええ、とても」

「きれいなの」

「ええ、たぶん」

「ああ」と、彼女は言った。「そのためなのね」

ランベールは考えていた。おそらくはそのためなのだ、しかしそのためだけということはありえない。

「神様を信じてらっしゃらないの」と、毎朝ミサへ出かける老婆はたずねた。ランベールは信じていないことを認めたが、老婆はそのためなのねと、またくり返した。

「その人のもとに戻るべきね。あなたは正しいわ。じゃなければ、あなたにはなにが残るのかしら?」

残りの時間、ランベールは、むき出しの漆喰壁の周囲をぐるぐる歩き回り、間仕切り壁に釘付けされた扇をなでたり、テーブルクロスの縁を飾る毛糸の玉を数えたりした。夕刻には若者たちが帰ってきた。彼らは、いまはまだその時ではないと言う以外は、あまり話さなかった。夕食後、マルセルはギターを弾き、彼らはアニスの香りをつけたリキュールを飲んだ。ランベールは考えにふけっている様子だった。

水曜日には、マルセルが帰ってきて、こう言った。「明日の真夜中だ。準備をしてくれ」。彼らといっしょに任務についている二人の男のうち、ひとりはペストに罹患し、もうひとりはふだん寝室をともにしていたので観察期間に入っていた。それで二、三日のあいだ、マルセルとルイだけになるのだ。夜のうちに、彼らは最後の細かい調整をするつもりだ。明日には実行できるだろう。ランベールは礼を言った。「うれしいでしょうね？」と、老婆がたずねた。彼はそうだと答えたが、別のことを考えていた。

翌日は、重苦しい空模様で、じめじめと蒸し暑く息苦しかった。ペストに関する情報も悪かった。けれども、スペイン人の老婆は平静なままだった。「世間では罪を犯しているんですから」と、彼女は言った。「当然の結果ですよ」。マルセルとルイをまねて、ランベールも上半身裸になっていた。しかし、どんなかっこうになろうとも、汗は両肩のあいだ、胸の上を流れ落ちた。よろい戸を閉ざした家の薄暗がりのなかで、彼らの上半身は褐色でつややかに光って見えた。ランベールは、無言でぐるぐる歩き回っていた。午後の四時になって突然、彼は服を着て、出かけると告げた。

「忘れないように」と、マルセルは言った。「真夜中の予定だから。準備は整っている」

ランベールは、リユーの家を訪れた。リユーの母は、山の手の病院(95)に行けば会えるだろうと告げた。衛兵所の前では、いつもと変わらぬ人の群れがぐるぐる動き回っていた。「立ち止まらないで！」と、出っ張った目の巡査が言った。人びとは立ち止まりはしなかったが、しかし同じところを周回した。「待っていても、なんの甲斐もないですよ」と、上着に汗の染みこんだ巡査が言った。集まっている人たちも承知はしていたが、それでも、殺人的な暑さにもかかわらず、そこにとどまっていた。ランベールが巡査に通行証を見せると、タルーの事務室を教えられた。その扉は中庭に面していた。ランベールはちょうど、事務室から出てきたパヌルーとすれ違った。

薬品と湿ったシーツの匂いがする白い汚れた小部屋で、タルーは黒い木の机の前に腰かけて、シャツの袖をまくりあげ、肘の内側に流れる汗をハンカチでぬぐっていた。

「まだいたのかい」と、彼は言った。

「先生に話がしたいんだ」

「病室にいるよ。ただ、彼をわずらわせずにすむなら、そのほうがいい」

「どうして」

「とても疲れているからね。こちらでできることは、まかせないようにしているんだ」

ランベールは、タルーを見た。タルーはやせてしまっていた。疲労のために目元と顔立ちがさえなかった。そのがっしりした両肩が丸くなっていた。扉をノックする音が聞こえ、白いマスクをした看護師が入ってきた。彼はタルーの机の上にカルテの束を置き、マスク越しの不明瞭な声で、「六名です」とだけ言って、それから出て行った。タルーはランベールを見て、扇の形にカルテを広げて見せた。

「きれいなカルテだろ？　ところが、そうじゃない、これは死亡者なんだ。昨夜の死者だよ」

タルーの額はくぼんでいた。彼はカルテの束を閉じた。

「われわれに残されたただひとつは、数をかぞえることだけさ」

タルーはテーブルに腕をついて、立ち上がった。

「まもなく出発かい」

「今晩、真夜中に」

タルーは、それは自分にとってもうれしいことだ、十分気をつけたまえ、と言った。

「本気でそう言うんですか」

タルーは肩をすくめた。

「ぼくの年になると、どうしたって本気で言うしかないんだ。嘘をつくってことは、とても疲れるからね」

「タルー」と、ランベールは言った。「先生に会いたいんだ、すまないが」

「わかっている。彼はぼくより人情があるからね。じゃあ行こう」

「そういうわけじゃないんだ」と、ランベールは困惑して言った。それから、口をつぐんだ。

タルーは彼を見て、いきなり微笑みかけた。

彼らは、壁を明るい緑色に塗った、水族館のような光がただよう狭い廊下を歩いた。二重のガラス戸の背後では奇妙な動きの人影が見えたが、そこに達する手前で、タルーはランベールを壁一面に戸棚が並んだごく小さな部屋へと引き入れた。彼は戸棚のひとつを開き、滅菌器から吸水性ガーゼのマスクを二つ取り出し、ひとつをランベールに渡して、付けるように言った。ランベールがこれはなにかの役に立つのかとたずねると、タルーは、役には立たないが他人が見ると安心するのだと答えた。

彼らはガラス戸を押し開いた。大きく広々した部屋で、暑い季節なのに窓が密閉されていた。壁の上のほうで、換気装置がぶんぶん音を立て、湾曲したプロペラが、二列に並んだ灰色のベッドの上で、クリーム状の過熱した空気をかき回していた。あらゆる方面から鈍いあるいは鋭いうめき声がたちのぼり、それらが合わさってひとつの単調な嘆きとなっていた。格子のはまった高い大窓から注がれるどぎつい光のなかで、白衣をまとった男たちがゆっくりと移動していた。ランベールは、この部屋の耐え難い暑さに気分が悪くなり、うめく人影の上に身をかがめているリユーの姿を見つけるのに苦労した。二人の看護師がベッドの両側から病人の鼠蹊部を開くように押さえており、医師はそれを切開しているところだった。彼は身を起こすと、助手が差し出した盆に器具を投げ入れて、しばらく身じろぎせずに、包帯を巻いてもらっている男を眺めていた。

「なにか変わったことでも?」と、彼は近づいてきたタルーに言った。

「パヌルーが、ランベールと交代して検疫所で働くことを引き受けてくれた。彼はすでにかなりの経験を積んでいる。あとはランベールが抜けたあと、三番目の調査班を組織しなければならない」

リユーはうなずいた。

「カステルが最初の薬を完成した。彼は試してみたいと言っている」

「ああ!」と、リユーは言った。「それは良い知らせだ」

「そして最後に言うけど、ランベールがここに来ているよ」

リユーは振り向いた。ランベールの姿を認めると、彼はマスクの上の目を細めた。「ここでなにをしているんですか」と、彼は言った。「君は別の場所にいるはずなのに」

タルーが今晩真夜中の予定だと言うと、ランベールが付け加えた。「そういうことになっています」

彼らのひとりがしゃべるたびに、ガーゼのマスクはふくらんで、口のある場所が湿った。そのため、影像が対話しているかのように、少し非現実的な会話に見えた。

「お話ししたいことがあるんです」と、ランベールが言った。

「よかったら、いっしょに外に出ましょう。タルーの部屋で待っていてくれたまえ」

ほどなくして、ランベールとリユーは、医師の車の後部座席に身を置いた。運転席にはタルーがいた。

「ガソリンがもうないんだ」と、車が動き出すとタルーが言った。「明日は、歩かなくちゃならんだろう」

「先生」と、ランベールが言った。「ぼくは出発しません。あなたがたのもとにとどまります」

タルーは身動きしなかった。運転を続けていた。リユーは疲労から抜け出せないように見えた。

「それで、彼女は?」と、こもった声で彼はたずねた。

ランベールは、よくよく考えてはみたと答えた。自分が信じていたことはいまでも正しいと信じている。けれども、もし出発したら、恥ずかしく思うだろう。それは自分が残してきた人を愛することの妨げになるだろう。しかし、リユーは身を起こして、きっぱりとした口調で、それはばかげている、幸福を選ぶことを恥じる必要はないと言った。

「ええ」と、ランベールが応じた。「でも、自分ひとりだけ幸福になるのは、恥ずかしいことかもしれないんです[96]」

タルーはそれまで黙っていたが、二人のほうを振り返らずに、注意を促すような口調で言った。もしランベールが人びとと不幸をともにしようとするなら、幸福になるための時間はもうもてないだろう。どちらかを選ばねばならない。

「そういうことではないんです」と、ランベールは言った。「ぼくはこの町にとってよそものだとずっと思っていました。あなたがたといっしょにやることなんてないんだと。でも、自分が見た通りのことを見たいまでは、わかったんです、望んでも望まなくても、自分はここの人間だと。この出来事は、ぼくたち全員に関わりがあるんです」

だれも答えなかった。ランベールはいらだっているように見えた。

「それに、あなたがたはわかっているはずだ！　そうじゃなかったら、あの病院でなにをしようっていうんです？　選んだのですか、あなたがたは、幸福をあきらめたのですか」

タルーもリユーも、まだ答えなかった。沈黙は、リユーの家に近づくまで長く続いた。そしてランベールは、あらためて、いっそう力をこめて最後の質問を投げかけた。リユーだけが彼のほうを向いた。医師は努力して身を起こした。

「申し訳ないが、ランベール」と、彼は言った。「ぼくにはわからない。君がそう望んでいるのだから、われわれといっしょにとどまってくれたまえ」

車が急に進路変更したので、リユーは黙った。それから正面を見据えながら、ことばを継いだ。

「自分の愛するものから離れさせる値打ちのあるものなんて、この世にはなにもない。けれどもぼくもまた離れている、どうしてなのかはわからないけれど」

彼は座席のクッションに、ふたたびぐったりと身を落とした。

「これはひとつの事実だ、それだけのことだ」と、彼は疲れた様子で言った。「このことを確認しておき、そこから結論を引き出すようにしよう」

「どんな結論を?」と、ランベールがたずねた。

「ああ!」と、リユーは言った。「治療することと知ること、それを同時にはできない。だから、できるだけ早く治療しよう。こっちのほうが急を要することだよ」

深夜になって、タルーとリユーは、ランベールが調査を担当することになった地区の見取り図を書いて彼に示した。そのとき、タルーは自分の時計を見た。顔をあげると、ランベールと目が合った。

「知らせておいたんだね?」

ランベールは目をそらせた。

「ひとこと伝えておきました」と、彼は努力して言った。「あなたがたに会いに来る、その前に」

十月も終わりになって、カステルの血清剤が試された。実のところ、それはリユーにとって最後の希望だった。これもまた失敗したときには、さらに幾月にもわたって疫病が勢いを保ち続けるか、あるいは理由もなく立ち去ってくれるか、いずれにしても町はその気まぐれにゆだねられてしまうだろうとリユーは確信していた。

カステルがリユーを訪れた日の前夜、オトン氏の息子が病気になり、家族全員が検疫所に行かねばならなかった。少し前にそこから出てきた母親は、ふたたび隔離されることになった。定められた規則を遵守する判事は、子どもの身体に病気の兆候を見てとるとすぐに、医師リユーを呼ぶように命じた。リユーが到着したとき、父親と母親はベッドの足もとに立っていた。幼い娘は遠ざけられていた。息子は衰弱期間にあり、不満を言わずに診察を受けた。リユーが頭をあげると、判事と目が合った。その背後には、口にハンカチをあてて、見開かれた目で医師の動作を追っている母親の蒼ざめた顔が見えた。

「やはりそうでしょうか」と、冷静な声で判事が言った。

「ええ」と、あらためて子どもを見ながらリユーが答えた。

母親の両目が大きく見開かれたが、彼女はまだ口を開かなかった。判事も無言のままだったが、それからいっそう低い声で言った。

「仕方がありません。先生、定められた通りのことをしなくてはなりません」

リユーは、相変わらず口にハンカチをあてている母親を見るのを避けていた。

「私が電話できれば」と、彼はためらいがちに言った。「ことは速いのですが」

オトン氏が、案内しましょうと言った。しかし、リユーは母親のほうを振り向いた。

「お気の毒ですが、身の回り品の準備をしていただく必要があります。どういうことか、おわかりでしょう」

オトン夫人は狼狽しているようだった。床を見つめていた。

「ええ」と、彼女はうなずいて言った。「これから取りかかります」

立ち去る前に、リユーは、なにか必要なものがないかとたずねたい気持ちをおさえきれなかった。夫人は相変わらず黙ったまま彼を見た。しかし、こんどは判事が目をそらせた。

「いや」と、彼は言って、それから唾を呑み込んだ。「この子を救ってください」

はじめのころはたんに形式的なものであった隔離期間は、いまではリユーとランベールによってきわめて厳格に管理されていた。とくに彼らは、同じ家族の者同士が互いに接触しないようにと強く求めていた。家族のひとりがそうと知らずに感染した場合にも、病気を拡大させてはならなかった。リユーはその理由を判事に説明し、判事はそれはよいやり方だと認めた。しかし、彼と妻が見つめ合う様子を見て、リユーはこの別離を前にして二人がどれほど途方に暮れているかがわかった。オトン夫人と幼い娘は、ランベールが指揮するホテルの検疫所に入ることができた。だが予審判事のほうは、隔離収容所[97]以外にはもはや場所がなく、それは県が道路管理課から借りたテントを利用して、市立競技場に設営している最中だった。リユーは申し訳ないと言ったが、オトン氏は、規則は万人にひとつであり、それに従うのは当然だと答えた。

男の子のほうは臨時病棟に運ばれた。昔の教室に十台のベッドを並べたものだ。二十時間ほどが過ぎて、リユーは病状が絶望的であると判断した。小さな身体は疫病にさいなまれて、どんな反応も示さなかった。まだほとんど形をなしていないくらいの、痛みを発するごく小さなリンパ節腫が、かぼそい手足の関節の動きを封じてしまった。はじめから負けていたのだ。だからこそ、リユーはカステルの血清剤を試そうと考えた。早速その晩、夕食のあと、彼らは長時間の接種をおこなったが、少年はまったく反応を示さなかった。翌日の明け方になると、事態を決するこの実験の結果を見きわめようと、みんなが少年のそばにやってきた。

少年は麻痺状態を脱し、シーツにくるまれて痙攣しながら寝返りを打った。朝の四時から、リユー、カステル、それにタルーが、そばに付き添って、病気の進行や停滞を刻一刻と見守っていた。ベッドの枕元では、タルーの大きな体軀が少し猫背になっていた。ベッドの足もとで立ったままのリユーのそばで、カステルは腰を下ろし、表面は平静な様子で古い書物を読んでいた。この昔の教室に日の光が広がるにつれて、少しずつ他の者たちも到着した。まずはじめにパヌルーが来て、ベッドのそばで、タルーの向かい側に身を置き、壁に背を向けた。その表情には苦悩が読み取れ、身を挺して働いた日々の疲労によって、充血した額にはしわがきざまれていた。次には、ジョゼフ・グランがやってきた。七時だった。グランは息を切らせていることを詫びた。短時間しかここにいられないけれど、たぶんもうはっきりしたことがわかったのではないか。ひとことも言わずに、リユーが少年を指し示した。少年は目を閉じて、顔は引きつり、力の限り歯を食いしばり、身体は動かさず、カバーのない長枕の上で頭をくり返し左右に振っていた。日の光が十分に差し込んできて、教室の奥に置かれたままの黒板の上で、かつて書かれた方程式の跡が見分けられるほどになったとき、ランベールがやってきた。彼はとなりのベッドの足もとに背をもたせかけ、たばこの箱を取り出した。しかし少年を一目見ると、その箱をポケットに戻した。

カステルは腰を下ろしたまま、眼鏡越しにリユーを見た。

「父親の様子はわかるかね」

「いや」と、リユーは言った。「隔離収容所にいるんです」

リユーは、少年がうめき声をあげているベッドの横棒を力をこめて握りしめた。彼はその小さな患者から目を離さなかったが、少年は突然身体を硬直させ、ふたたび歯を食いしばり、腰のところで胴を少しくぼませて、ゆっくりと手足を広げた。軍用毛布の下の小さな裸身から、羊毛とすえた汗の匂いが立ちのぼった。少年は次第にぐったりとなり、手と足をベッドの中央へと引き寄せた。相変わらず目を閉じて、無言のままだったが、呼吸は速くなったように思われた。リユーはタルーと視線が合ったが、相手は目をそらせた。

数か月来、病魔の猛威は相手を選ばなかったから、彼らはすでに子どもたちが死ぬところを何度も見てきた。しかし、今朝からのように、刻々と子どもの苦しみを見守ったことはいまだかつてなかった。そしてもちろん、これらの罪なき者に加えられる苦痛は、いつのときも、その実際の姿、つまり憤慨すべき言語道断のことと思われた。しかし、少なくともその時まで、彼らは言ってみれば観念的に憤慨していたのだ。というのは、こんなにも長いあいだ、罪なき者の断末魔の苦痛を正面から見つめたことはなかったからである。

ちょうどそのとき、胃を締めつけられたかのように、少年は弱々しいうめき声をあげ、ふたたび身体を二つに折り曲げた。こうしてしばらくのあいだ、痙攣に激しく震えながら、身を縮めたままだった。まるでその華奢な骨格が、ペストの暴風のもとで折れ曲がり、くり返される熱の息吹の下できしんでいるかのようだった。その突風が過ぎ去ると、彼は少し身をゆるめて、熱が引き、あえぐ身体は毒され湿った浜辺にうち捨てられたように見えたが、その休息はすでに死に似ていた。もう一度、これで三度目だが、燃えるような波浪が襲いかかり、その身体を少しもちあげたとき、少年は反り返り、身を焼く火炎を恐れてベッドの奥に退行し、頭を狂ったように揺り動かして、毛布をはねのけた。赤く腫れあがった瞼の下から、大粒の涙があふれ出て、鉛色の顔の上を流れ始めた。そして、発作の果てに、力尽きて、この二日のあいだに肉の落ちた両腕と骨ばった両足を痙攣させながら、少年は荒廃したベッドの上で、十字架にかけられたようなグロテスクな姿勢を取った。

タルーが身をかがめて、重たげな手つきで、涙と汗に濡れた小さな顔をぬぐってやった。少し前から、カステルは本を閉じて、病人を見ていた。彼はひとこと言いかけたが、声が突然奇妙な響きを立てたので、言い終えるためには咳をしなければならなかった。

「朝の小康状態がなかったね、リユー」

リユーは、その通りだが、少年は通常より長くもちこたえ抵抗している、⁽⁹⁸⁾と答えた。壁に少しもたれかかっているようだったパヌルーが、そのとき鈍い声で言った。

「これで死んでしまうなら、人より長く苦しんだことになってしまう」

リユーはいきなりパヌルーのほうを振り向き、口を開いて話そうとしたが、押し黙り、自分を押さえるために明らかな努力をして、ふたたび少年に視線を戻した。

室内に光が広がった。他の五台のベッドの上では、人影がうごめき、うめき声をあげていたが、申し合わせたかのように遠慮がちだった。部屋の向こう端で、患者がひとりわめいて、苦痛よりも驚きを表すかのような小さな叫び声を、規則的な間をおいて発していた。患者たちにとってさえも、それは初期の頃に見られた恐怖ではないようだった。いまでは、病気への対応の仕方に、同意のようなものがあった。ただ少年だけが、全力で闘っていた。リユーはときどき少年の脈をとった。その必要はなかったが、むしろただ無力で手をこまねいている状態から脱するためだった。彼は目を閉じて、少年の脈動が自分自身の血の動きと交じり合うのを感じた。そのとき、彼は拷問を加えられている少年と一体になり、まだ無傷である自分のすべての力によって彼を支えようと努めた。しかし、彼らの二つの心臓の鼓動は一瞬合わさったあと、ちぐはぐになり、少年は彼から遅れ、リユーの努力は無に帰していった。そこで彼はかぼそい手首を放して、自分の持ち場に戻るのだった。

漆喰の塗られた壁に沿って、光はバラ色から黄色へと移り変わった。窓ガラスの向こうでは、朝の暑気がぱちぱち音を立て始めていた。グランがまた来ますと言って立ち去ったが、ほとんどだれも聞いていなかった。みんなが待っていた。少年は相変わらず目を閉じて、少し落ち着いたように見えた。鳥の爪のようにやせ細った両手が、静かにベッドの側面に筋目を立てていた。手がふたたびもち上がり、膝の近くの毛布をひっかいたとき、突然少年は両足を折り曲げ、両腿を腹のほうへと引き寄せて動かなくなった。そこで彼ははじめて瞼を開き、目の前にいるリユーを見た。その表情はいまでは灰色の粘土のなかで硬直して、顔のくぼみで口が開くと、ほとんどすぐに、そこからただひとつの長い叫び声が発せられた。呼吸によってわずかに変化をつけられたその声は、調子のはずれた単調な抗議で部屋を満たし、すべての人から同時に発せられたかと思えるほどに人間離れしたものに聞こえた。リユーは歯をくいしばり、タルーは目をそらせた。ランベールはベッドに近寄り、そのそばでカステルは膝の上で開いたままだった本を閉じた。パヌルーは、あらゆる年齢の叫び声に満ちた、病毒に汚れたこの幼い口を見つめた。それから彼はくずれるようにひざまずいた。少し押し殺したような、だがとどまることのない無名のうめき声の背後にあっても明確な声で、パヌルーが「神よ、この子を救いたまえ」と言うのが聞こえたが、だれもがそれを自然なことと受け取った。

しかし、少年は叫び続け、その周囲では患者たちが動揺し始めた。部屋の反対側の端でわめくのをやめなかった患者は、そのうめき声のリズムを速め、ついには彼自身も真の叫びを発するにいたり、そのあいだに他の患者たちはますます強くあえぐようになった。すすり泣きの波が病室のなかでくだけて、パヌルーの祈りの声をおおった。リユーは、ベッドの横棒をつかんだまま、疲労と嫌悪で意識がもうろうとして目を閉じた。

彼が目を開けると、そばにタルーがいた。

「ここにはいられない」と、リユーは言った。「もうがまんできない」

ところが突然、他の患者たちが沈黙した。リユーはそこで、少年の叫び声がすでに弱まっており、さらに小さくなって、いままさに停止したのに気がついた。周囲ではうめき声がふたたび始まったが、しかしそれは鈍く、まるでたったいま終わった闘いの遠いこだまであるかのようだった。というのも、事実、闘いは終了したからだ。カステルはベッドの向こう側へ行き、これで終わったと言った。子どもは口を開いていたが、しかし声はなく、乱れた毛布のくぼみに横たわり、急に小さくなって、その顔には涙のあとが見えた(99)。

パヌルーはベッドに近寄り、神の加護を祈るしぐさをした。それから僧衣を拾いあげると、中央の通路を通って外に出た。

「すべてをやり直さないといけないんでしょうか」と、タルーがカステルにたずねた。

老医師はうなずいた。

「たぶんそうでしょう」と、彼はこわばった微笑を浮かべて言った。「でも、結局のところ、あの子は長くもちこたえたよ」

しかし、リユーはすでに部屋を去ろうとしていた。きわめて急ぎ足だったが、その様子は、彼がパヌルーを追い越すとき、神父が腕をのばして引きとめるほどだった。

「まあまあ、先生」と、彼は言った。

リユーは興奮を鎮めることなく振り返り、パヌルーに向かって激しく言った。

「ああ！　少なくともあの子に罪はなかった。あなたもよくわかっているはずです！」

それから、彼は向きを変えて、パヌルーより先に部屋の戸口を通り抜け、校庭の奥まで行った。埃にまみれた小灌木のあいだのベンチに腰を下ろし、すでに目に流れ込みそうになっている汗をぬぐった。心を打ち砕くばかりの強い結び目を解きほどくために、もう一度叫びたいと思った。イチジクの枝のあいだにゆっくりと暑気が降りてきた。朝の青空は急速に白い片雲におおわれ、それが大気をいっそう息詰まるものにした。リユーはベンチの上にぐったりと身を置いた。枝や空を眺め、ゆっくりと息をととのえて、少しずつ疲労が和らぐのを待った。

「どうして、あんなふうに怒って、私に話されたのですか」と、背後で声が聞こえた。「私にも堪えがたい光景でした」

リユーはパヌルーのほうを振り返った。

「その通りです」と、彼は言った。「赦してください。でも、疲労のせいで頭がおかしくなるのです。この町にいると、もう怒りしか感じられないときがあります」

「わかりますよ」と、パヌルーがつぶやいた。「怒りを覚えるのは、これが私たちの理解の範囲を超えているからです。でもおそらく、私たちは理解できないことを愛さねばならないのでしょう」

リユーは突然身を起こした。あらん限りの力と激情を呼び起こしてパヌルーを見つめ、そして頭を振った。

「いいえ、神父さん」と、彼は言った。「私は愛については、違ったふうに考えています。子どもたちが拷問にあうようなこの世界を愛することは、死ぬまで拒むでしょう」⑽

パヌルーの顔には、動転した暗い影が走った。

「ああ！　先生」と、彼は悲しげに言った。「私は恩寵と呼ばれているものがいま理解できました」

しかし、リユーはふたたびベンチの上に座り込んだ。戻ってきた疲労の底から、穏やかな口調になって答えた。

「それは私には縁がないものだとわかっています。でも、そんなことをあなたと議論したいとは思いません。神への冒瀆と祈りを越えて私たちを結びつけるもののために、私たちはいっしょに働いているのです。それだけが大事です」

パヌルーはリユーのそばに腰を下ろした。彼は感動している様子だった。

「そうです」と、彼は言った。「そうです、あなたも人間の救済のために働いているのです」

リユーは微笑もうとした。

「人間の救済、それは私にはおおげさすぎることばです。そんなことまでは考えていません。私に関心があるのは人間の健康、まず健康なのです[101]」

パヌルーはためらった。

「先生」と、彼は言った。

しかし、彼はそこで口をつぐんだ。その額にも汗が流れ始めていた。「これで失礼します」と彼はつぶやき、立ち上がったとき、目は輝いていた。彼が去ろうとすると、考え込んでいたリユーも立ち上がり、一歩、歩み寄った。

「もう一度お詫びします」と、彼は言った。「もう二度とあんなふうに興奮したりしませんから」

パヌルーは手を差し出して、悲しげに言った。

「でも、私はあなたを説得できませんでした」

「それがどうだと言うんです」と、リユーが言った。「私が憎むもの、それは死と不幸です。わかっておられるはずです。そして、あなたが望もうと望むまいと、私たちはともにそれに耐え、闘っているのです」

リユーはパヌルーの手を握ったままだった。

「ほら、この通り」と、彼はパヌルーを見るのを避けながら言った。「いまでは神でさえ、私たちを引き離すことはできないのです」

保健隊に参加して以来、パヌルーはペストに出会う場所や病院を離れることはなかった。救助隊員のあいだで、自分の持ち場であるべきだと思われた場所、つまり最前線に身を置いていた。死の光景を見るのは彼にとって日常の出来事だった。原則として血清剤によって保護されていたとはいえ、自分自身が死ぬという心配も無縁のものではなかった。見たところ、彼は相変わらず平静を保っていた。しかし、ひとりの子どもが死んでいくのを長時間見つめたあの日から、彼は変わったように見えた。その顔には、次第に緊張した表情が目立つようになった。そして、彼が微笑みながら、リユーに向かって、「神父は医師の診察を求めることができるか」という主題でいま短い論文を準備しているところだと言った日、医師は、パヌルーの口ぶり以上に重大な問題が扱われているという印象を受けた。リユーがその仕事の内容について知りたいと述べると、パヌルーは近々男性向けのミサで説教をする予定であり、その機会に少なくとも自分の考えのいくつかを表明するだろうと告げた。

「あなたにも来ていただきたいのです。この主題は関心をもっていただけるでしょう」

大風の日に、神父は二度目の説教をおこなった。実を言えば、最初の説教のときより、聴衆の列にはすき間が目立った。この種の催し物は市民にとって、もはや目新しい魅力がなかったからである。この町が置かれた困難な状況においては、「新奇」ということば自体がその意味を失っていた。それに大半の者は、宗教上の務めを完全に放棄してはいなくても、あるいはその務めをまったく不道徳な個人生活とは区別していても、日々の信仰の実践の代わりに理屈に合わない迷信を信じていた。彼らはミサに行くよりも、好んでお守りのメダルや聖ロクスの護符を身につけていたのだ。

その例として、市民たちが節度なく予言に頼ったことがあげられる。実際、春には、人びとはいまかいまかと疫病の終息を待っていた。そして病気がいつまで続くかについて詳細を他人にたずねることなど、だれも思いつかなかった。長くは続かないとみなが確信していたのだ。しかし、日々が経過するにつれて、この不幸はほんとうに終わらないのではないかと恐れ始め、それと同時に疫病の終息があらゆる希望の対象になった。こうして、占星術師やカトリック教会の聖者によるさまざまな予言が、人びとの手から手へと伝わった。町の印刷業者たちは、こうした熱狂から引き出しうる利益をすぐに見抜いて、流布本の冊子を大量部数印刷して配給した。それだけでは大衆の好奇心を満たすことができないとわかった彼らは、市立図書館で調査をさせ、逸話や小話のたぐいが与えてくれるこの種の証言を集めて町中に広めた。逸話だけでは予言が不足すると、今度は新聞記者たちに注文を出した。記者たちは、少なくともこの点に関しては、過去の時代の手本と同等の能力を示したのだ。

これらの予言のいくつかは、新聞の学芸欄に連載されて、町が健康であった時代に掲載されていた感傷的な物語にも劣らず熱心に読まれた。予測のあるものは、年代表記の千の数字や、死者の数、ペストのなかで過ぎた月数を使った奇妙な計算式に基づいていた。他のものは、歴史上の大流行したペストと比較して、そこから(予言によれば不変であるという)類似箇所を引き出し、同じように奇妙な計算によって、現在の試練にも有用な教訓を引き出しうると主張した。しかし、もっとも広く珍重されたのは、明らかに、黙示録的な言い回しを用いたものであった。そこでは、現在町を苦しめている事態のそれぞれに合致し、かつまたあらゆる解釈が可能でもあるような複雑さを備えた出来事が予言されていたのだ。ノストラダムス[102]や聖女オディール[103]がこうして毎日引き合いに出され、いつもそれなりの成果があった。それにあらゆる予言に共通するのは、結局のところ気休めになるということだ。そうでないのはペストだけだった。

こうした迷信が市民にとって宗教の代わりになっていたのであり、そのためパヌルーの説教は四分の三しか埋まっていない教会でおこなわれた。説教の晩、リユーが到着したとき、入口のばたばた動く扉から幾筋もの風が入り込み、さえぎるものもなく聴衆のあいだを周回していた。冷たく静まり返った教会で、男たちだけの聴衆のあいだにリユーは腰を下ろし、神父が説教壇に上るのを見た。神父は一回目のときより思慮深い穏やかな調子で話したが、聴衆は彼の口調にある種のためらいが見られるのに何度か気づいた。さらに興味深いことに、彼はもう「あなたがた」とは言わずに「私たち」と言うのだった。

しかしながら、彼の声は次第にしっかりしてきた。まずはじめに彼は、もう何か月も前からペストが私たちのあいだに居座っていることを確認したあと、次のように述べた。ペストが私たちの食卓や、愛する人びとの枕元に腰を落ち着け、私たちのそばを歩き回り、私たちの職場への到着を待ち伏せるのをなんども見たため、いまでは、私たちはペストをいっそうよく知るようになった。そして、私たちは、ペストがたえず告げることを、最初は驚きのあまりよく聞こうとしなかったかもしれないが、いまでは、いっそうよく受け入れることができるだろう。パヌルー神父が前回この同じ場所で説教したことはいまも真実である——あるいは少なくとも彼はそう確信している。しかし、おそらくなお、私たちのだれの身にも起こりうることであり、彼自身としてはその過ちを悔いているのだが、彼はそれを慈悲の心をもたずに考え、かつ言ったのである。とはいえ、いまでも真実であるのは、あらゆるものごとのなかにはつねに心にとどめるべき点があることだ。もっとも残酷な試練でさえも、キリスト教徒にとっては神の恵みとなる。そして、まさしくこの場合に、キリスト教徒が探し求めねばならぬものはその恵みであり、恵みとはなにか、どのようにすればそれを見出せるかなのである。

このとき、リユーの周囲では、人びとが椅子の肘掛のあいだにゆったり身を置き、できるだけ楽に座ろうとしたように見えた。入口の消音クッションをあてた戸が静かに音を立てた。それを押さえるために、だれかが席を立った。そしてリユーは、この出来事に気を取られて、ふたたび説教を始めたパヌルーの声をしっかりと聞いていなかった。神父は、ペストがもたらした惨事を理解しようと努めてはならず、そこから学ぶことができるものを学ぼうと試みるべきである、おおむねそのような意味のことを話していた。リユーがおぼろげに了解したところでは、神父によると、そこには解釈すべきものなどなにもないのだ。パヌルーが、神に関して解釈できるものとできないものがあると強い調子で言ったとき、リユーは注意を傾けた。たしかに善と悪というものがあり、ふつうは両者を区別するものは容易に理解できる。しかし、次には悪の内部で困難が始まるのである。たとえば、一見必要な悪と、一見不要な悪がある。地獄に落ちたドン・ファンと、子どもの死がある。なぜなら、放蕩者が雷に打たれることが正当であるとしても、子どもの苦しみは理解できないからである。そして実際、この地上には子どもの苦しみや、この苦しみが引き起こす戦慄、そこに見出さねばならない理由以上に重要なものはない。人生における残りのことは、神がすべてを容易なものにしてくださるのであり、ここまでのところでは宗教は価値をもたない。しかし反対に、ここでは、神は私たちを壁際へと追い詰める。かくして私たちはペストの巨大な壁の下にいて、その死をもたらす影のなかにこそ、私たちの恵みを見出さねばならない。パヌルー神父としては、壁を乗り越えさせてくれるような安易な特権を手に入れることはかたく拒むものである。子どもを待ち受ける至福の永遠が彼の苦しみを埋め合わせると、神父が言うのはたやすいことであるだろうが、しかしほんとうに、彼にはなにもわからない。喜びの永遠が人間の苦しみの瞬間を埋め合わせられるなどと、いったいだれが断言しうるであろうか。キリスト教徒にはできないであろう、それは明らかなことである、彼の主はみずからの肉体と魂において苦しみをお知りになったのであるから。そうなのだ、神父は壁際にとどまるだろう、十字架に象徴されるあの引き裂きの刑に忠実であり、子どもの苦しみに対面し続けるであろう。そして、きょう彼のことばに耳を傾ける人びとに向かって、恐れることなく言うのである、「みなさん、その時は来たのです。すべてを信じるか、さもなくばすべてを否定するかです。ところでいったい、あなたがたのうちのだれが、すべてを否定できるでありましょうか」

神父は異端すれすれまで来ているとリユーが考える間もなく、神父は力強くことばを継いで、この命令、この絶対の要求こそは、キリスト教徒にとっての恵みであると断言した。それはまたキリスト教徒の徳でもある。神父は、彼がこれから語る徳には過激なものが含まれており、それは古くからのいっそう寛大なモラルに慣れた大勢の人びとには不快に感じられることを知っている。しかし、ペストの時代の宗教は、平時の宗教と同じではありえない。幸福な時代には、神は魂が安らぎ喜ぶことを認め、望みさえされるが、不幸が過激である時代には、神は魂もまた過激であることを望まれるのである。今日神は、人間たちを不幸のなかに突き落とすという恩恵を与えられたが、それは彼らに、すべてか無かを選択するという最大の徳を取り戻し、引き受けねばならぬように仕向けるためである。

前世紀に、ひとりの世俗の著作家が、教会の秘密をあばくのだと主張し、煉獄⑽は存在しないと断言した。そう言うことで、彼は中間はないのだ、天国と地獄しか存在しないのだ、人はみずから選んだものに応じて救われるか劫罰《ごうばつ》を受けるしかないのだ、とほのめかしたわけである。パヌルーのことばを信じるなら、それは無信仰者の心にしか生まれない異端の考えである。なぜなら、煉獄は存在するからだ。しかし、おそらくこの煉獄を望みすぎてはいけない時代というものがあり、赦されうる小さな罪について語ることができない時代がある。どんな罪も大罪であり、どんな無関心も罪深いのである。すべてか無か、どちらかなのだ。

パヌルーはそこで話を中断した。そのときリユーには、扉の下で、外でいっそう強まったと思われる風のざわめきがはっきり聞こえた。その瞬間、神父は、自分が語る全的な受容の徳は通常の狭い意味で理解されてはならないと話し始めた。これは月並みなあきらめではなく、ましてや不承不承の服従でもない。屈従ではあるが、それは謙虚な気持ちで同意した屈従なのである。たしかに、子どもの苦しみは精神にとっても心情にとっても屈辱的なものである。しかし、だからこそ、それを受け入れねばならない。だからこそ――パヌルーは言い難いことをこれから口に出すのだと聴衆にわからせてから言った――神が望んでおられるからそれを望まねばならないのである。こうして、キリスト教徒はなにもいとわないであろうし、すべての出口が閉ざされたいま、重要な選択の奥へと突き進むであろう。彼はすべてを否定するはめにならないように、すべてを信じることを選ぶであろう。いまこのとき各地の教会において、リンパ節腫ができるのは肉体が病毒を自然なかたちで吐き出すためだと聞かされて、「神様、あの子に、リンパ節腫をお賜りください」と言うけなげな女たちのように、キリスト教徒は神のご意志に、たとえそれが理解できないものであっても、身をまかせることを知るであろう。「あれは理解できる。しかしこれは受け入れられない」とは言えないのである。まさしく私たちの選択を完了するためにこそ、私たちに提示されたこの受け入れがたいもののただなかへと飛び込まねばならない。子どもの苦しみは私たちにとっての苦いパンであるが、しかしこのパンがなければ、私たちの魂は霊的に飢えて滅んでしまうのである。

パヌルー神父が休止するたびに聞こえていた鈍いざわめきが、このときも聞こえ始めたが、説教者は不意に力強くことばを続け、聴衆の代わりに問いかけるように、では要するにどのような態度を保つべきなのかと問うた。彼が予想するところでは、人びとは運命論という恐るべきことばを口にするかもしれない。ただし、もしそれに「前向きの」という語を付け加えることが許されるならば、彼は運命論ということばを前にしてもたじろぎはしない。たしかに、そしてさらにもう一度言えば、彼がかつて語ったアビシニアのキリスト教徒のまねはするべきでない。また、あのペルシアのペスト患者のように振る舞おうと考えてもいけない。彼らは、キリスト教徒の保健隊に古着を投げつけて、神が遣わした悪と闘おうとしたこの不信者たちにペストを与えよと、大声で天に祈願したのだ。反対に、カイロの修道士たちのまねをしてもいけない。彼らは、前世紀の疫病のとき、感染の恐れのある熱い濡れた口に触れないように、ピンセットで聖体のパンをつまんで聖体拝領をおこなったのだ。ペルシアのペスト患者も、カイロの修道士も、同様に罪を犯している。なぜなら、ペスト患者の場合には子どもの苦しみなど問題ではなく、修道士の場合には、反対に、苦痛にたいして人が抱く恐れがすべてを圧倒したからである。両方の場合において、問題は回避されている。だれもが神の声に耳を貸さないのである。しかし、ここにパヌルー神父があげたいと思う別の例がある。マルセイユの大規模なペストのとき、編年史家を信じるなら、ラ・メルシー修道院(105)の八十一人の修道士のうち四人だけが熱病のあとに生き残った。そして、その四人のうち三人が逃亡した。編年史家たちはこのように言っており、それ以上語ることは彼らの任務ではない。しかし、これを読むと、パヌルー神父の考えは、七十七の死体にもかかわらず、とりわけ三人の修道士の振る舞いにもかかわらず、踏みとどまったただひとりに向かうのである。そして、神父は説教壇の端をこぶしでたたきながら、こう叫んだ。「みなさん、踏みとどまる者とならねばなりません！」

とはいえ、それは予防を、すなわち災禍の混乱のさなかに社会がもちこむ思慮ある秩序を拒むべきだというのではない。ひざまずいて、すべて放棄せよと説く道学者たちに耳を貸してはならない。ただなすべきは、手探りで闇のなかを前へと歩み始め、善をなそうと努めることなのだ。他のことについては、これまでと変わらず、子どもの死であっても神にまかせることを受け入れ、そして個人の力に訴えてはいけないのである。

ここで、パヌルー神父は、マルセイユにペストが蔓延したときの高位聖職者、ベルサンス司教(106)を引き合いに出した。神父が言うには、疫病の末期に、司教はなすべきことをすべてなしたあと、もはや手立てはないと観念して、食料を抱えて自宅に閉じこもり、周囲を壁で取り囲ませた。彼を崇拝していた住民たちは、苦しみが極度に達するとよくあることだが、それまでの感情の反動で彼に憤慨した。彼らは、感染させようとその家を死体で取り囲み、さらにはいっそう確実に司教が死ぬようにと壁越しに死体を投げ込みさえした。かくして司教は、最後に気弱になって、死の世界に引きこもろうと思ったのだが、死者たちは空から彼の頭上に降ってきたのである。私たちについてもそうである、ペストの最中に離れ小島など存在しないと、覚悟を決めなければならない。そうなのだ、中間地帯は存在しない。認めがたいものを認めねばならない。なぜなら、神を憎むかそれとも愛するかを選択しなければならないのであるから。そして、いったいだれが、神を憎むことを選びうるであろうか。

「みなさん」、結論を述べると前置きしてパヌルーは言った。「神への愛は困難な愛であります。それは自分自身を完全に放棄し、わが身を侮蔑することを前提としています。しかし、この愛だけが、子どもの苦しみと死を消すことができるのであり、ただこの愛だけが、いずれにしても、子どもの死を必要なものとするのです。なぜなら、子どもの死を理解することは不可能であり、それを望むことしかできないからです。これが、私がみなさんと分かち合いたいと願う困難な教訓です。これが、人間の目には残酷であるが、神の目には決定的な信仰であり、そこへと近づいていかねばなりません。この恐るべき光景の高みへと、私たちは到達しなければなりません。この頂点においては、すべてが混じり合い、等しいものとなり、不正と見えるものから真実がほとばしるでありましょう。かくして、南フランスの多くの教会においては、内陣の敷石の下に何世紀も前からペストの犠牲者たちが眠っており、彼らの墓の上で司祭が語り、彼が伝播する教えが遺灰から立ち上るのですが、その遺灰には子どもたちもまた含まれているのであります」

リユーが外に出ようとすると、半ば開かれた扉から強い風が流れこみ、信者たちの顔面いっぱいに吹きつけた。風は聖堂のなかに、雨の匂いや濡れた歩道の香りを運びこんだので、彼らは外に出る前に町の様子を察することができた。リユーの目の前では、このとき出てきた老司祭と若い助祭が、かぶりものを押さえるのに苦労していた。

それでも、老司祭のほうは説教を講評することをやめなかった。彼はパヌルーの雄弁をたたえたが、しかし神父が示した考えの大胆さに懸念を抱いていた。この説教には不安力強さよりも不安があらわれていると見なし、パヌルーの年齢になれば司祭には不安を抱く権利はないのだと考えていた。若い助祭は、風から身を守るために頭を低くして、自分は神父とひんぱんな交際があり、彼の考えの進展はよくわかっている、彼の論説はさらに大胆なものになるだろうし、おそらく出版許可が下りないだろう、と断言した。

「彼の考えはどういうものなのかね」と、老司祭がたずねた。

彼らは聖堂前の広場に来ていた。風がうなりながら二人を取り巻き、若い助祭のことばをさえぎった。話せるようになると、彼はただこれだけを口にした。

「もし司祭が医者の診察を求めるなら、そこには矛盾があるというんです」

パヌルーの説教の報告をリユーから聞くと、タルーは、戦争中に目をつぶされた若者の顔を見て信仰を失った司祭を知っていると言った。

「パヌルーは正しいね」と、タルーは言った。「罪なき者が目をつぶされるとすれば、キリスト教徒は信仰を失うか、わが目をつぶされることを受け入れなければならない。

パヌルーは信仰を失いたくはない、彼は最後まで行くだろう。彼が言いたかったのはそういうことだよ」

タルーのこの見解は、このあとに起こった、パヌルーの行動が周囲の人びとに不可解なものに思われた不幸な出来事を、少しは説明してくれるだろうか。その判断はおまかせしよう。

説教の数日後、パヌルーは転居に忙しかった。疫病の蔓延につれて、市中ではたえず引っ越しがおこなわれていた時期だった。タルーがホテルを出なければならなくなり、リユーの家に寄寓することになったのと同様に、神父も身分上あてがわれていたアパルトマンを退去せざるをえなくなり、教会にいつも通ってくる信者でまだペストに罹患していない老婦人の家に住むことになった。転居作業のあいだ、神父は疲労と不安が増大するのを感じた。それがきっかけで、彼は家主の敬意を失うことになったのだ。というのは、彼女が聖女オディールの予言の功徳を熱烈にほめたたえたのに、神父のほうは、おそらくは疲労のために、わずかばかりいらだちを見せたのだ。そのあとでは、老婦人にせめて偏りのない好意を示してもらおうと、どれほど彼が努めてもうまくいかなかった。彼はすでに悪い印象を与えてしまっていたのである。それで毎晩、鉤針で編んだレースが大量にある寝室に戻る前に、彼は客間に腰かけた女主人の背中をじっと見つめざるをえず、同時にまた、彼女が振り返りもせずにそっけなく言う「おやすみなさい、神父さま」ということばだけを受け取り、それをもち帰るはめになった。そんなある晩のこと、寝床に就こうとしたとき、彼は頭がずきずきし、数日来たまっていた熱があふれでて、手首とこめかみに押し寄せてくるのを感じた。

それに続いて起こったことは、女主人の話によって、あとではじめてわかったことである。その朝、彼女はいつも通りに早く起きた。しばらくして、神父が部屋から出てこないのに驚いて、大いに躊躇しながらも、部屋をノックしようと決意した。見ると、神父は不眠の夜を過ごしたあと、まだ床に就いていた。彼は胸苦しさに悩まされ、顔がふだんより充血しているように見えた。女主人自身のことばによると、彼女は丁重に医者を呼ぼうかと申し出たが、提案は激しく拒絶され、あれほど激しくなかったらと、彼女があとで残念に思ったほどだった。そのときは引き下がるしかなかった。しばらくすると、神父は呼び鈴を鳴らして、女主人を呼んだ。彼は自分が癇癪を起こしたことを謝罪し、これはペストであるはずはなく、その症候はまったくない、たんに一時的な疲労だと断言した。老婦人は誇らしく答えて、自分の提案はそうした心配によるものではなく、わが身の安全は神様の手にまかせてあるのでまったく顧慮していない、ただ神父の健康を気づかってのことであり、自分はそれにいくらか責任があると考えているのだと言った。しかし、神父がなにも言い足さなかったので、女主人の言うところによると、自分の義務を果たしたいと願って、もう一度医者を呼ぼうかと申し出た。神父はふたたび拒んだが、しかし老婦人にはまったく不明瞭だと思われる説明を付け加えた。彼女がただ理解しえたと思ったのは、そしてそれこそが彼女には納得できないと感じられたのだが、神父が医者の診察を拒否しているのは、それが自分の信念に一致しないからだった。彼女は、自分の下宿人は熱のせいで頭が混乱しているのだと結論づけ、煎じ薬をもって行くだけにとどめた。

今回の事態に必要な義務はきちんと果たそうと相変わらず決めていたので、彼女は規則的に二時間ごとに病人を見舞った。彼女の目にもっとも明らかだったのは、神父が一日中ずっと落ち着かない動きを見せることだった。彼はシーツをはねのけたり引き寄せたりし、汗ばんだ額にたえず手をやり、ひんぱんに身を起こして、引きはがすようなしわがれた痰混じりの苦しい咳をしようと試みた。綿の栓が喉の奥に詰まり、息苦しいのにそれを吐き出すことができない、まるでそんなふうだった。この発作をくり返したあと、彼は疲労困憊したというように、うしろ向きにどっと倒れた。最後に、彼はもう一度半ば身を起こして、束の間、それまでの落ち着かない動きのときよりもさらに強くにらみつけて、前方を見つめた。しかし老婦人は、医者を呼んで神父の機嫌をそこねることをなおためらった。いかにも大仰に見えるが、しかしこれはたんなる熱の発作であるかもしれなかった。

それでも、午後になって、彼女は神父に話しかけてみた。ところが、返って来るのはあいまいなことばだけだった。彼女は医者を呼ぼうかと、もう一度申し出た。すると神父は身を起こし、半ば息詰まりながら、医者はいらないとはっきり答えた。そのとき、女主人は翌日の朝まで待って、もし神父の容体が良くならなければ、ランスドック通信社がラジオで毎日十回ほどもくり返している番号に電話しようと決めた。なおも自分の義務を果たすことに熱心な彼女は、夜のあいだにも下宿人を見舞って、世話しようと考えた。けれどもその晩、神父のところへ新しい煎じ薬をもって行ったあと、少し横になりたいと思った。ようやく目が覚めたのは翌日の早朝になってからだった。彼女はすぐに部屋へと駆けつけた。

神父は横たわり、身じろぎもしなかった。前日の極度の充血から蒼白に近い色へと変わり、顔の形はまだふっくらとしているため、いっそうそれが目立った。神父は、ベッドの上に吊るされた、多色飾り玉の小さなシャンデリアをじっと見つめていた。老婦人が入っていくと、彼はそちらへ顔を向けた。女主人の報告によると、そのとき彼は、一晩中打ちのめされて、反応する力もまったく失ったかのようだった。彼女はぐあいはどうかとたずねた。すると、奇妙なくらい平静だと思われた声で、彼は調子は良くない、医者はいらない、病院へ運んで、すべて規定通りにしてくれればそれで良いと答えた。仰天して、老婦人は電話口へと走った。

リユーは正午に到着した。女主人の話を聞いた彼は、パヌルーの言う通りであり、おそらくもう手遅れだろうとだけ言った。神父は変わらぬ平静な態度で彼を迎えた。リユーは診察して、気管の閉塞と肺の圧迫を除くと、腺ペストや肺ペストの主だった症状がまったく見られないことに驚いた。ただいずれにしても、脈はごく弱く、全体の病状はきわめて憂慮すべきで、もうほとんど望みはなかった。

「病気の目立った症状はありませんが」と、彼はパヌルーに言った。「ただ、実際のところ、その疑いはあるので、隔離が必要でしょう」

神父は、礼儀上そうするかのように、奇妙な微笑みを浮かべたが、なにも言わなかった。リユーは電話をかけるために外へ出て、戻ってきた。彼は神父を見ていた。

「あなたのそばについています」と、彼は静かに言った。

相手は生気を取り戻したかと見え、熱気のようなものが戻ってきた両の目を医師に向けた。それから彼は、悲しみから言っているのか、そうでないのかわからないような仕方で、難儀そうに一語一語区切って発音した。

「ありがとう」と、彼は言った。「けれども、修道士に友人はいないのです。すべてを神にささげていますので」

彼は枕元に置いてある十字架像を取ってくれと言い、手にすると、向こうをむいてそれを見つめた。

病院でも、パヌルーはひとことも口をきかなかった。施されるすべての処置にたいして、自分が物と化したように身をまかせたが、ただ十字架像はもう手放さなかった。しかし、神父の病状はあいまいなままだった。リユーには疑いが消えなかった。これはペストであり、またペストではなかった。それにしばらく前から、ペストは診断をまどわすことを楽しんでいるようでもあった。だが、パヌルーの場合には、そうした不確かさも、このあとに続く事態によって重要なものではないことが明らかになった。

熱は高まった。咳は次第に荒々しくなり、一日中病人を苦しめた。夜になると、とうとう神父は、息を詰まらせていた綿のようなものを吐き出した。それは真っ赤だった。熱の高まりのただなかで、パヌルーは平静なまなざしを保っていた。翌日の朝、ベッドから半ば身を乗り出して死んでいるのが発見されたときにも、そのまなざしはなにも語っていなかった。カルテには、「疑わしい症例」と記入された。

この年の諸聖人の祝日(107)は平年とは異なっていた。たしかに気候に関しては、その時期にふさわしいものだった。変化は突然で、居座っていた暑さのあと一気に涼しくなっていた。ふだんの年と同様に、冷たい風がいまではたえまなく吹いていた。大きな雲が地平線の一方から他方へと流れて、家々を影でおおった。雲が通り過ぎると、十一月の空から冷たい黄金色の光が家々の上に降り注いだ。レインコートを着た最初の人びとが姿をあらわした。ただ、おびただしい数の、ゴム引きをした、てかてか光る布が目についた。なるほど新聞は、二百年前、南フランスのペスト大流行のとき、医者たちがわが身を守るために油を塗った布をまとったと報じていた。商店はそれに乗じて、流行遅れの衣類の在庫を売りさばいた。だれもがその免疫効果を期待したのである。

とはいえ、これらすべての季節のしるしによっても、墓地を訪れる人がほとんどいないのを忘れることはできなかった。例年であれば、市電は菊の花(108)のむっとする匂いが充満して、花を墓に供えるために、女性たちの行列が近親者の埋葬されている場所へと向かった。それは、長い月日にわたり故人を孤独と忘却にうち捨てたことにたいして、人びとが償いをしようとする日だった。しかし、この年は、もうだれも死者のことを考えようとはしなかった。実のところ、すでに十分すぎるほど考えてきたのだ。それに加えて、わずかの後悔と多くの気鬱を感じながら死者のもとに戻ること、それはもうどうでもいいことだった。死者はもはや、一年に一日、言い訳のために訪れる、見捨てられた人たちではなかった。みんなが忘れたいと願っている厄介者であった。だからこそ、その年の死者の日(109)はいわばごまかされてしまったのだ。タルーはコタールのことばづかいが次第に皮肉を増してきていると認めていたが、そのコタールが言うには毎日が死者の日だったのである。

そして実際、ペストのうれしげな火は、死体焼却炉においてますます歓声を高めながら燃え盛っていた。なるほど、死者の数は日々増大するというわけではなかった。しかし、ペストはその絶頂期に心地よく腰を据え付けたかのようであり、日々の殺戮は、有能な官吏の仕事のように正確で規則的なものとなったように見えた。原則として、そして所管の権限をもつ者たちの意見によると、これは良い兆候であった。ペストの進行のグラフは、たえず上昇したあと、長い横ばい状態が続いていて、それはたとえば医師リシャールにとってはまったく心強いものだった。「いい傾向だ。好ましいグラフだよ」と、彼は言った。病気はいわゆる安定期に達したのだと彼は見なしていた。これからは衰退するだけだ。彼はそれをカステルの新しい血清剤の効果だと考えた。事実、血清剤はいくつかの思いがけない治癒をもたらしたところだった。老医師カステルは、それに異を唱えなかったが、しかし実のところ、なにも予測はつかないと考えていた。伝染病の歴史においては、予期せぬ揺り戻しの例はいくつも見られたからだ。県庁は、人心に安寧をもたらしたいと長いあいだ願っていたものの、ペストがその手立てを与えてくれなかったが、ここにいたって、事態についての報告を求めるため医師たちを招集することを計画した。だがまさにそのとき、この病気の安定期に、医師リシャールもまたペストによって奪い去られたのである。

　驚く事態ではあったが、結局はなにも証明しないこの出来事を前にして、行政機関は、はじめに楽観的であったのと同じくらい無定見に、今度は悲観的になった。カステルはというと、できる限り入念に血清剤を作ることだけを心がけていた。いずれにせよ、もはや病院や隔離病棟に改造されていない公共の場所はひとつもなかった。県庁はまだ手付かずだったが、それは集会の場所をひとつ確保しておく必要があったからである。ただ全体としては、この時期のペストは相対的には安定していたため、リユーの準備した組織で不十分ということはまったくなかった。医者や助手たちは、あらん限りの努力をしていたが、さらなる努力の覚悟を強いられることはなかった。彼らは超人的な仕事を、もしこう言ってよければ、規則的に続けねばならなかっただけである。すでに感染があらわれていた肺ペストは、いまや町のあらゆる場所で増大し、まるで風が肺のなかに火事を起こし火勢をあおっているかのようだった。血を吐きながら、患者はこれまで以上に速やかに命を奪われた。病気は新たな様相を帯びて、伝染はいまではいっそう広がる恐れがあった。その実、専門家たちの意見はこの点に関してはいつもそれぞれ相反していた。ただ、いっそうの用心のため、保健隊のスタッフは消毒ガーゼのマスクを離さなかった。ともかく、一見したところでは、病気の範囲は拡大したように見えた。しかし、腺ペストのほうの症例が減少したので、数値の均衡は保たれていたのである。

とはいえ、物資の供給の困難が時とともに増大したため、別の不安の種があった。投機も加わって、町の市場では不足している日常必需品が、法外な値段で売られるようになった。こうして貧しい家庭はたいへん困難な状況にあったが、裕福な家庭では不足するものはほとんどなにもなかった。ペストは、その職務を有効かつ公平に遂行したので、市民のあいだの平等を強化するはずであった。ところが反対に、人間のエゴイズムのはたらきのせいで、人びとの心のなかに不公平の感情を先鋭化させる結果となったのである。もちろん、死に関しては非の打ち所がない平等が守られていたが、そんな平等はだれも望んではいなかった。こうして飢えに苦しむ貧民たちは、いっそうの郷愁とともに、自由な生活がありパンが安い近隣の町や田舎のことを考えていた。理屈に合わない感情ではあるが、自分たちに十分な食料を供給することができない以上は、彼らは町から出る許可が与えられるべきだと感じていた。その結果、ひとつの合いことばが流布するようになり、それがときどき壁に書かれたり、また知事の通りすがりに叫ばれたりした――「パンかそれとも外の空気を」。この皮肉な言い回しがきっかけとなってデモ隊が結成されたが、すぐに鎮圧された。ただ事態の深刻さはだれの目にも明らかだった。

新聞は、断固として楽観的であるべしという指示を受け取り、当然のことながらそれに従っていた。新聞を読む限りでは、現下の状況を特徴づけているのは、住民が見せる「平静と沈着の感動的な模範」であった。しかし、閉ざされた町では、なにごとも秘密にはできないため、そうした役所が与える「模範」にだまされる者はいなかった。そして、ここで問題となっている平静と沈着についての正しい観念を得るためには、行政によって組織された検疫所や隔離収容所に入ってみるだけで十分だった。ただ、話者は他の方面に駆りだされていて、そうした場所を見ることはなかった。したがって、ここではタルーの証言を引用することしかできないのである。

タルーは、実際、彼の手帖に、ランベールといっしょに、市立競技場に設置された収容所を訪れたときのことを書き記している。競技場は市門の近くにあり、一方は市電が通る道に面し、他方は町が建設されている高台の端まで広がる空き地に面していた。ふだんからコンクリートの高い壁に囲まれているので、逃亡を困難にするには四つの入口に歩哨を配置するだけで十分だった。同様に、壁はまた、外部の人間が隔離期間にある不幸な人びとに好奇心を抱いて、邪魔しに来ることを防いでいた。反対に内部の人たちは、通り過ぎる市電を見ることはできないが、日がな一日その音が聞こえて、電車がともなうひときわ大きなざわめきによって、昼休み後に事務所に戻る時刻や、退社の時刻を推測できた。彼らはこうして、数メートル先では自分たちが排除されている生活がいまも続いており、コンクリートの壁が、異なった惑星に別々に住む場合以上に無縁である二つの世界を隔てていることを知ったのだ。

ある日曜日の午後を選んで、タルーとランベールは競技場へ向かった。ゴンザレスも同行した。以前、ランベールがこのサッカー選手にふたたび出会ったとき、ゴンザレスは交代でおこなう競技場の監視役をとうとう引き受けたのだった。そこで、ランベールは彼を収容所の所長に紹介することになっていた。さきほど彼らが会ったとき、ゴンザレスは二人に向かって、ペストの前には、この時刻は試合用のユニフォームに着替えていたものだと言った。競技場が徴用されたいまとなっては、もうそんなことは無理で、ゴンザレスはまったく手持無沙汰に感じており、またそのように見えた。それがひとつの理由となって、彼は週末だけの条件で監視の役を引き受けたのだ。空はなかば雲におおわれており、ゴンザレスは顔をあげて、この雨も降らず暑くもない天候こそが試合にはいちばんうってつけなんだと、残念そうに言った。彼はできる限りの記憶を呼び起こした。更衣室の塗擦薬の匂い、どよめく観覧席、褐色のフィールド上の派手な色のユニフォーム、ハーフタイムのレモンあるいは乾いた喉をちくちく刺激する冷たいレモネード。タルーがさらに記しているのは、郊外の穴だらけの道を通って行くあいだずっと、このサッカー選手は小石を見つけるたびに、それを蹴飛ばしていたことである。彼は排水口めがけてまっすぐ蹴り、うまくいくと「一対ゼロ」と言うのだった。たばこを吸い終えたときは、吸い殻を前方へ吐き出して、飛んでいるところを足でとらえようとした。競技場の近くでは、遊んでいる子どもたちが通りかかった一行のほうにボールを転がすと、ゴンザレスはわざわざ歩み寄って、それを正確に蹴りかえしてやった。

彼らはとうとう競技場に入った。観覧席は人でいっぱいだった。しかし、フィールドは数百の赤いテントでおおわれ、その内部には寝具や衣類の包みがあるのが遠くからでも見てとれた。観覧席は手をつけられず、収容された人びとが暑さや雨を避けるときのためにそのまま残された。ただ、彼らは日没にはテントに戻らねばならなかった。観覧席の下には、整備されたシャワー室や、昔の選手の更衣室を模様替えした事務室や医務室があった。収容されている人びとの大多数が観覧席を満たしていた。他の者たちはタッチラインの上をあてもなく歩いていた。幾人かは自分のテントの入口にしゃがみこんで、あらゆるものの上にうつろな視線をただよわせていた。観覧席では、多くの人がへたりこんで、なにかを待っているように見えた。

「昼間、みんなはなにをしているんだい」と、タルーがランベールにたずねた。

「なにもしていません」

なるほど、ほとんどすべての者が、腕をだらりとして、手ぶらだった。この広大な人の群れは、奇妙なほどに静まりかえっていた。

「はじめの頃、ここは、お互いの声が聞こえないほどでした」と、ランベールは言った。「ところが、日が経つにつれて、次第に話し声がなくなっていったんです」

タルーの記述を信じるならば、彼はこの人びとの気持ちが理解できたし、当初の彼らの姿を思い浮かべることができた。彼らはテントに詰め込まれて、ハエの羽音を聞いたり、身体を掻いたりすることに専念し、好意的な聞き手を見つけると、自分たちの怒りや心配を大声で話したりしたのだった。しかし、収容所が過密になったときから、次第に好意的な聞き手は少なくなった。そこで、もういまでは押し黙るか、互いに警戒するしかなかったのだ。実際、灰色の、けれども光に満ちた空から、警戒心のようなものが赤い収容所の上に降りてきていた。

そうなのだ、彼らはだれもが警戒するような様子だった。他の人たちから引き離されているからには、その理由があるはずだと、彼らは自分の理由を探し求め、なにかを恐れるような人の表情を浮かべていた。タルーが眺めた人びとは、それぞれがうつろな目をして、だれもが自分たちの生活をなしていたものからすっかり切り離されたことに苦しんでいる様子だった。そして、いつも死のことを考えるわけにもいかないので、彼らはなにも考えていなかった。彼らにとってこれは休暇だったのだ。「だが最悪なのは」と、タルーは書いている。「彼らが忘れられた人間であり、またみずからそれを知っていることだ。彼らを知っている人びとは、別のことに気を取られて彼らのことを忘れているが、これはもっともなことである。彼らを愛している人びとはというと、これまた彼らを外に出すための奔走や計画にへとへとになるまで没頭しなければならず、彼らのことを忘れてしまっていた。そうした救出のことばかりを考えて、外に出すべき当の人のことをもう考えてはいなかったのだ。これもまた当然のことであった。結局、たとえ最悪の不幸の最中においてさえ、だれも実際には他人のことを考えられないと気づくのだ。というのは、実際にだれかのことを考えるとは、刻一刻、なにごとにも、家事にも、飛ぶハエにも、食事にも、身体の痒みにも気を取られずに、その人を考えることだからである。ところが、ハエはいつでも飛ぶし、痒みはいつでも生じるものだ。だからこそ、人生は生きるに困難なのである。彼らはそのことをよく知っている」

所長が戻ってきて、彼らにオトン氏という人が会いたがっていると告げた。所長はゴンザレスを自分の事務所へ連れて行き、それから彼らを観覧席の隅へと案内した。そこでは、離れたところに腰かけていたオトン氏が、彼らを迎えるために立ち上がった。服装は以前と変わらず、同じ硬いカラーを着けていた。ただタルーは、彼のこめかみの上の髪の房がひどく逆立っており、靴の紐がひとつほどけていることに気がついた。判事は疲れた様子であり、ただの一度も話し相手を正面から見ることはなかった。彼は、二人に会えてうれしい、リユー医師の尽力にお礼を伝えてほしいと言った。

二人は黙ったままだった。

「フィリップが」と、しばらくして判事は言った。「あまり苦しまなかったのであればいいのですが」

判事が息子の名前を口にするのをはじめて耳にして、タルーはなにかが変化したことを理解した。太陽は地平線近くまで降りて、二つの雲のあいだから、光線が斜めに観覧席にさしこんで、三人の顔を黄金色に染めた。

「ええ」と、タルーは言った。「ええ、ほんとうに苦しまれることはなかったですよ」

彼らが立ち去るとき、判事は陽光がさしてくる方向を眺め続けていた。

彼らがゴンザレスに別れを告げに行くと、交代の監視当番表を作成しているところだった。サッカー選手は彼らの手を握って笑った。

「少なくとも更衣室は見つけたよ」と、彼は言った。「あるだけでもよかったさ」

ほどなくして、所長がタルーとランベールを送って行ったとき、巨大なざわめきが観覧席で聞こえた。それから、平和な時代には試合の結果を告げたり、チームを紹介したりしていたスピーカーが鼻声で、夕食が配給されるのでテントに戻るように収容者たちに告げた。おもむろに、人びとは観覧席を離れて、足を引きずりながら自分たちのテントへ向かった。全員が戻ると、駅で見かけるような二台の小さな電気自動車が、テントのあいだを走り抜けて、大きな鍋を運んだ。人びとは腕をのばし、二本のお玉杓子が二つの鍋に差し込まれ、そこから出ると二つの鉢へと着地した。車はふたたび動き出した。次のテントで同じ作業がくり返された。

「科学的ですね」と、タルーが所長に言った。

「ええ」と、所長は握手しながら満足げに言った。「科学的ですよ」

たそがれどきになり、空は晴れ渡っていた。柔らかくすがすがしい光が収容所を満たしていた。夕刻の静穏のなかで、スプーンと皿の音がいたるところから立ち上った。テントの上をコウモリがひらひらと飛んで、にわかに姿を消した。壁の向こう側では、転轍機の上で市電がきしんだ音を立てた。

「判事も気の毒だ」と、タルーが出口を通過するときにつぶやいた。「彼のためになにかしてあげなくては。だが、判事を助けるなんて、どうすればいいんだ?」

このように、市中には他にもいくつかの収容所があったが、話者としては、慎重を期するため、また直接の情報をもたないために、これ以上語ることはできない。しかし、ただ言いうることは、これらの収容所の存在、そこからただよってくる人間の匂い、たそがれどきにスピーカーから聞こえてくる大音声、壁の向こうの隠された世界、世間から見捨てられたこれらの場所にたいする恐怖、それらが市民の心に重くのしかかり、みなの狼狽と不安をいっそう増大させたということである。当局とのもめごとや衝突は、いっそうひんぱんになっていった。

十一月の終わりには、それでも朝方がとても冷え込むようになった。洪水のような雨が大量の水で舗石を洗い流し、空を清めて、そのあとには光る街路の上に雲ひとつない空が残された。弱々しい太陽が毎朝、町の上にきらめく冷たい光をまき散らした。反対に、夕刻になると、大気はふたたびなまぬるくなった。そうした時期を選んで、タルーはリユーに自分の心を少し打ち明けることにしたのだ。

ある晩十時頃、疲労困憊する長い一日を終えたあとで、タルーは、喘息の老人のもとへ夜の往診に出かけるリユーについて行った。空は旧市街の家々の上でほのかに光っていた。そよ風が音もなく暗い四つ辻を吹き抜けて行った。静まりかえった街路からやってきた二人は、老人のおしゃべりに出くわした。老人は彼らに教えるように言った。納得していない者たちがいるし、うまい汁を吸うのはいつも同じ連中だし、どんなものもいつかは駄目になるから、それでたぶん(ここで老人は手をもんだ)ひともんちゃく起こるだろう。医師が診察するあいだも、老人はあれこれの出来事について注釈するのをやめなかった。

彼らには、頭上を歩く人の音が聞こえた。それに関心をそそられた様子のタルーに気づいて、老人の妻は、近所の女たちがテラスに出ているのだと説明した。同時に彼らが知ったのは、その高みからの眺望はすばらしく、また各戸のテラスはしばしば片側がつながっていて、この界隈の女たちは自宅から外に出ずに行き来できることだった。

「そうですよ」と、老人が言った。「のぼってみなされ。上は空気が良いから」

彼らが上がると、テラスにはだれもいず、椅子が三脚あった。一方は視界の及ぶかぎりテラスが次々と連なって、それが終わるところでは背後に暗い石の塊があることがわかり、そこに最初の丘が認められた。他方では、幾本かの街路と見えない港を越えて、まなざしは水平線へと降りていき、そこで空と海がぼんやりしたきらめきのなかに溶け合っていた。断崖があるとわかっているその向こうには、光源の見えない微光が規則的に通過した。それは航路筋にある灯台で、この春以来、他の港へと迂回する船舶のために回り続けているのだ。風によって清められ光沢を放つ空には、明るい星が輝き、そこにときおり、遠くの灯台のきらめきが灰色の光を束の間投げかけた。そよ風が香料と石の匂いを運んできた。すべてが静まり返っていた。

「気持ちがいいね」と、腰かけながらリユーは言った。「ペストもここまでは上がってこなかったみたいだ」

タルーは彼に背を向けて、海を眺めていた。

「そうだね」と、しばらくして彼は言った。「いい気持ちだ」

彼はリユーの近くに来て腰を下ろし、注意深く彼を見た。三度、微光が空にまたあらわれた。食器のぶつかりあう音が、小路の奥底から彼らのところまで上がってきた。家のなかで扉がばたんと大きな音を立てた。

「リユー」と、タルーはとても自然な口調で言った。「君はこれまで一度もぼくの素性を知りたいと思ったことはないのかい。でも友情は感じてくれているよね？」

「もちろん」と、リユーは答えた。「友情を感じているよ。でもこれまで、ぼくたちには時間がなかったからね」

「それなら安心した。どうだろう、この時間を友情の時間ということにしては」

答える代わりに、リユーは微笑んだ。

「じゃあ、まずは聞いてくれ……」

少し離れた通りで、一台の車が濡れた舗石の上を長いあいだスリップしていくようだった。それが遠ざかると、そのあとに遠くからやってきたざわめく叫び声がふたたび静寂を破った。ついで、静寂は、空と星のすべての重みとともに、二人の上にまた落ちてきた。タルーは立ち上がり、テラスの手すりに腰かけて、椅子のくぼみに身を置いたままのリユーと向き合っていた。空を背景にくっきりと浮かび上がる、タルーのどっしりした体軀の輪郭だけが見えた。彼は長いあいだ語ったが、その話を再構成するとおおよそ次のようになる。

「話をかんたんにするためにまず言っておくが、ぼくはこの町とこの疫病を知る前に、すでにペストに苦しんでいたんだ。というのは、つまり、ぼくがみんなと同じだということだがね。けれども、そのことを知らないか、あるいはそうした状態を心地よいと思っている連中がいるし、またそれを知っていて、そこから抜け出そうと望んでいる者たちがいる。ぼくはといえば、いつもそこから抜け出すことを望んできたんだ」

「若いころ、ぼくは自分が潔白だという考えを抱いて生きていた、つまりなんの考えももっていなかったということだ。(110) ぼくは思い悩む性格じゃないし、申し分ない人生を歩み始めた。すべてが順調で、ぼくは聡明だったし、女たちとは非常にうまくやっていた。心配事があった場合でも、それはやってきたときと同じように去って行った。ところがある日、ぼくは考え始めたんだ、それでいまでは……」

「言っておかなくてはならないが、ぼくは君のように貧しくはなかった。父は次席検事だったし、これはかなりの社会的地位だ。けれども、そんな様子は見せなかった、生来気のいい人間だったからね。母は質素で控えめだった。ぼくは彼女を愛し続けていたが、それを話すのはやめておこう。父は愛情をもってぼくの世話をし、ぼくを理解しようと努めていたとさえ思う。家の外では女性関係もあった。いまではそれを確信しているが、いずれにしても、ぼくはそのことに憤慨してはいない。その場合にも、彼は人から期待される通りに振る舞っていただけで、だれをも不愉快にしなかった。かんたんに言えば、そう風変わりな人物ではなく、彼が死んだいまとなっては、聖者のように生きたわけではないにしても、悪人ではなかったとわかる。彼は中庸を守った、それだけだ。ほどほどの愛着を感じて、付き合い続けたいと思う、そんなタイプの男だった」

「ただ、彼にはひとつ特別なところがあった。シェクスの大きな時刻表(111)が枕頭の書だったんだ。といっても、彼はひんぱんに旅行したわけではなく、ヴァカンスに小さな所領地をもつブルターニュへ行くだけだった。ただ彼は、パリ―ベルリン間の列車の発着時刻、リヨンからワルシャワへ行くのに必要な乗り継ぎ時間、任意の首都間の正確な距離を的確に言うことができた。君はブリアンソンからシャモニーへどうやって行けばいいか言えるかい(112)。駅長でもまごつくだろう。ぼくの父はまごつかなかった。彼はこの点に関する自分の知識を豊かにするため毎晩のように練習した。そしてそれをいくらか得意に思っていたんだ。ぼくにはそれがとてもおもしろかった。よく彼に質問して、その答えをシェクスで調べ、彼がまちがっていないことを確認するのがうれしかった。このささやかなやり取りのおかげで、ぼくたち二人の結びつきはとても強くなった。というのは、ぼくは彼にとっての聞き手を務めていたのだし、彼はそんなぼくの熱意をうれしく思っていたからだ。ぼくのほうでは、鉄道に関する彼の優れた知識は、他の分野での優越性に匹敵すると考えていた」

「でも、こんなふうにしゃべりすぎると、この善良な人物をことさら重要に思わせてしまう恐れがある。というのも、結局のところ、彼はぼくの決心に間接的な影響を及ぼしたにすぎないのだからね。せいぜいひとつの機会を与えてくれただけだ。実際、ぼくが十七歳になったとき、父は自分の論告を聞きに来るようにぼくを誘ったんだ。それは重罪裁判所⑬における重大事件で、きっと彼はいちばん良いところを見せられると考えたのだ。それにまた、彼自身が選んだ職業にぼくを進ませようと考えて、若者の想像力を刺激するのにうってつけのこの儀式を当てにしたのだとも思う。ぼくは誘いを受け入れた、なぜならそれは父を喜ばせることだったからだし、また家族のあいだで演じているのとは違った役割の彼を見たり聞いたりすることに興味を抱いたからだ。それ以上のことはなにも考えていなかった。法廷でおこなわれていることは、ぼくにはいつも七月十四日⑭の閲兵式や、なにかの賞の授与式と同じくらい自然で不可避なことのように思われていた。ぼくはそれについてきわめて抽象的な観念を抱いていて、いやな気はしていなかった」

「けれども、その日のことで覚えているのは、ただひとつの姿、罪人の姿だけだ。たしかに彼は罪人だったと思う。なんの罪を犯したのかはどうでもいいことだ。けれども、この貧相で赤い体毛の小柄な男は、三十歳ぐらいで、すべてを認める覚悟ができているように見え、自分が犯したことと、これから自分の身にふりかかることに心底おびえているようだったので、数分後にはぼくはもう彼しか見ていなかった。彼はまぶしすぎる光におびえるミミズクのようだった。ネクタイの結び目は襟の角にきちんと合っていなかった。片方の手、右手の爪を噛んでいた……。要するに、もうこれ以上は言わないが、彼が生きていたということはわかるだろう」

「ところが、ぼくは、そのことに突然気づいたのだ。それまでは「被疑者」という便利な分類を通してしか、彼のことを考えていなかった。そのとき父のことを忘れていたとは言えない。ただ、胸が締め付けられて、その刑事被告人にしかもう注意が向かわなかった。ぼくはほとんどなにも聞いていなかった。この生きた男が殺されようとしているのがわかると、大波のような強い衝動に襲われ、我を忘れて、彼とほとんど一体になっていた。ようやく我に返ったのは、父の論告求刑が始まったときだ」

「彼は緋色の法服のせいで変貌し、情愛深くも善良でもない人間になって、その口からは、うごめく大量の大仰なせりふがたえず蛇のように飛び出してきた。そしてぼくにわかったのは、彼が社会の名においてこの男の死を要求していること、首を斬ることさえ求めていることだった。もっとも彼は、「この首は落ちるべきであります」と言っただけだ。だが結局、違いは大きなものではなかった。彼がその首を手に入れたからには、実際、同じことになったのだ。ただ、その仕事を実行するのは彼ではないというだけだ。そのあとこの裁判だけを評決まで傍聴したぼくは、この不幸な男にたいして、父が一度も感じたことのないような、目がくらむばかりの親近感を抱いたのだ。けれども父のほうは、慣例に従って、最期の瞬間などと上品な言い方で呼ばれているものに、つまりもっとも卑劣な殺人と名付けるべきものに立ち会ったに違いないのだ」

「その日以来、ぼくはシェクス時刻表を見るのが、吐き気がするほどいやになった。その日以来、ぼくはぞっとする思いで、裁判や死刑宣告、死刑執行に注意を払うようになった。そして父が何度もその殺人に立ち会ったに違いなく、それはまさに彼がとても早く起きる日だと確認して、目がくらむようだった。そうだ、彼はそのときには目覚まし時計をかけておくのだ。ぼくはそれを母に話す勇気はなかったが、それまで以上に彼女を観察して、二人のあいだにはもはやなんのつながりもなく、彼女があきらめの生活を送っていることを理解した。ぼくが当時自分で言っていたように、それで彼女を赦すことができたんだ。あとになって、彼女には赦してもらわねばならないことなど、なにもないのを知った。というのは、彼女は結婚するまでずっと貧しかったのだし、貧窮が彼女に忍従することを教えたのだから」

「ぼくがすぐに家を出たと言うのを、君はおそらく期待するだろう。いや、ぼくは何か月も、ほとんど一年のあいだ家にとどまったんだ。ただ、心は傷ついていた。ある晩、父は、次の日早く起きなければならないので、目覚まし時計をもってくるよう頼んだ。ぼくはその晩眠らなかった。翌日、彼が帰宅したとき、ぼくは家を出ていた。すぐに言っておきたいのは、父はぼくを探させて、ぼくは彼に会いに行ったということだ。ぼくはなにも説明せずに、無理に帰らせるなら自殺すると静かに言った。彼は生来優しい人だったから最後には承諾し、自由気ままに暮らす(ぼくの行動を彼はそんなふうに理解していたし、ぼくはそれを否定しなかった)のは愚かなことだと説教し、たくさんの忠告を並べ、そしてあふれてくる真情の涙をじっとこらえていた。そのあと、ずいぶんたってからだけれど、ぼくは定期的に母に会うために戻ったし、そのときには父にも出くわした。彼にとっては、こうした関係だけで十分だったのだと思う。ぼくのほうでは、彼にたいして敵意はなかったし、心に少し悲しみを感じていただけだ。彼が死んだとき、ぼくは母を引き取った。続いて母が死ななければ、彼女はまだぼくのそばにいただろう」

「長々とこの始まりを強調したけれど、実際それがすべての発端だったからだ。これからは手早く話そう。ぼくは裕福な生活から出て、十八歳で貧乏を知った。自活するため、たくさんの職業に就いた。それらはまずまずうまくこなした。けれどもぼくの関心は死刑宣告にあった。赤毛のミミズクの問題を清算したかったのだ。その結果、ぼくはいわゆる政治活動に身を投じた。ペスト患者になりたくはなかった、それだけだった。自分が生きている社会は死刑宣告に立脚した社会であり、それと闘うことによって殺人と闘うのだと信じていた。ぼくはそう信じていたし、他にもぼくにそう言う人たちがいた。また結局のところ、それはおおよそ正しかった。だから、ぼくは自分が愛する人びと、愛し続けた人びとの仲間になった。長いあいだそんな状態だった。ぼくが闘争に参加しなかったヨーロッパの国はないほどだ。だが、話を先へ進めよう」

「もちろんぼくは、われわれも場合によっては死刑を宣告することがあるのは知っていた。けれども、こうした死者は、もはやだれも殺さない世界を作り出すために必要なのだと、彼らは言っていた。ある意味ではそれは真実だった。そして結局、おそらくぼくは、そうしたたぐいの真実にとどまることができないのだ。たしかなのは、ぼくがためらっていたということだ。それでも、ぼくはミミズクのことを考えていたし、そうした状態は死刑執行を目撃した日(それはハンガリーでのことだった)まで続いた。そのとき、少年時代のぼくを襲ったのと同じめまいで、おとなのぼくの目はかすんでしまったのだ」

「君は人を銃殺するところを一度も見たことがないかい。もちろんないはずだ。ふつうは招待によって実施され、見物人は前もって選ばれているんだ。その結果、君たちは版画や本でしかそれを知らない。目隠し、処刑用の柱、そして遠くに数人の兵士。いや、そうじゃないんだ！　それどころか、銃殺刑の執行者たちは死刑囚の一メートル半のところにいることを知っているかい。死刑囚が二歩前進すれば、胸が銃にぶつかることを知っているかい。この短い距離で、執行者たちが心臓のあるあたりめがけて発砲し、一斉射撃の大きな銃弾でこぶしが入るぐらいの穴が開く、そのことを知っているかい。いや、知らないはずだ。なぜなら、こういう細部は口にされないからね。ペスト患者の命よりも、一般の人びとの眠りのほうが神聖なんだ。善良な人たちの安眠を妨げてはいけない。そこには苦い味があるはずだし、良い趣味というのはこだわらないところにある、それはだれもが知っている。けれども、ぼくはそのとき以来よく眠れなかった。口のなかには苦い味が残り、ずっとしつこくこだわってきた、つまりそれについて考え続けてきたんだ」

「そこでぼくは、全力でまさにペストと闘っていると信じていた長い年月のあいだ、少なくとも自分は、ペスト患者でなかったことがないとわかったのだ。ぼくは多くの人びとの死に間接的に同意したこと、いやおうなく死をもたらす行為や理念を良しとすることで死を引き起こしさえしたこと、それがわかったのだ。他の連中はそんなことを気にかけていないようだった。あるいは少なくとも彼らから進んでそれについて語ることはなかった。ぼくのほうは、胸が締め付けられるようだった。彼らといっしょにいたけれど孤独だった。自分の疑念を口に出したりすると、彼らはいまなにが大事なのかを考えなくてはいけないと言い、そしてしばしば堂々たる理由を提示して、ぼくが呑み下すにいたらなかったものを呑み込ませようとした。しかし、ぼくは彼らに答えて、その場合には、緋色の法服を着た重症のペスト患者たちもまたりっぱな理由をもつことになり、軽症のペスト患者が援用する不可抗力の理由や必要性を認めてしまえば、重症者の理由を拒絶できなくなると言った。すると、彼らはぼくに注意を促して、緋色の法服だけに死刑宣告の権利を独占させるなんて、彼らが正しいと認めるようなものだと言った。しかし、そこでぼくが考えたのは、もし一度でも譲歩すれば、歯止めがなくなるということだ。歴史はぼくの考えが正しいことを証明しているように思える。今日では、だれもが競って殺そうとしている。彼らはみな殺人の狂熱に取りつかれ(115)、それ以外の行動ができないのだ」

「いずれにしても、ぼくの問題、それは理屈ではなかった。それは赤毛のミミズクであり、ペストに汚れた口が、束縛されたひとりの男にやがて死ぬのだと宣告したおぞましい出来事だった。彼らはその男が死ぬようにとすべてを按配し、彼は幾夜も幾夜も苦悶の夜を過ごし、目を見開いたまま殺されるのを待つことになる。ぼくの問題、それは胸に空いた穴だった。そしてぼくは、さしあたって、少なくとも自分としては、その胸がむかつくような殺戮に、ひとつでも、そうだ、たったひとつだけでも道理を認めることは絶対に拒絶しようと思った。そうだ、ぼくは事態がもっとはっきり見えるようになるまでは、その頑固で強情な態度を選ぶことにしたのだ」

「それ以降、ぼくは変わらなかった。長いあいだぼくは恥ずかしかった。たとえ間接的であれ、善意によるものであれ、今度は自分が殺人者となったことが死ぬほど恥ずかしかった。時が経つにつれてぼくが気づいたのは、他の連中より優れている人びとでさえも、それが彼らの生きている論理に含まれているのだから、今日では殺したり殺させたりすることを避けられず、またわれわれは人を死なせる恐れなしにはこの世でひとつの身振りもできないということだ。そうだ、ぼくはわれわれすべてがペストのなかにいることを知り、それを恥ずかしく思い続けてきた。そして心の平和を失った。今日でもなおぼくは、彼ら全員を理解しようと、またたれの敵にもならないように努めながら、平和を求め続けている。ただぼくが知っているのは、もはやペスト患者にならないようになすべきことをなすこと、それだけがわれわれに平和を、それが無理ならせめて恥ずかしくない死を期待させうる唯一のものだということだ。それが人間たちの苦しみを軽減し、彼らを救済しないまでも、少なくともできるだけ彼らに危害を加えず、ときには少しの善を施すことになる。だからこそ、ぼくは直接であれ間接であれ、理由の良し悪しを問わず、人を死なせたり死なせることを正当化したりするもの、そのすべてを拒否することに決めたのだ」

「また、だからこそ、この疫病は、ぼくにはなにも新しいことを教えてくれない、君たちの側に付いて闘わなくてはいけないということ以外はね。ぼくはたしかな知識として知っているのだが（そうだ、リユー、君もわかっているように、ぼくは人生についてすべてを知っている）、各人が自分のなかにペストを抱えている[116]。なぜなら、だれも、そうだこの世界ではだれも、ペストを免れえないからだ。そして、一時の不注意によって、他人の顔に息を吐きかけて相手に感染させないように、たえず気を配らねばならない。自然な状態とは病菌のことだ。その他のこと、健康や、無傷や、なんなら清浄と言ってもいいが、それは意志の、けっしてゆるめてはならない意志の結果なのだ。誠実な人間、つまりほとんどだれにも感染させない人間とは、できるかぎり気をゆるめない人のことだ。そして一瞬たりとも気をゆるめないためには、強い意志をもち、意識を張り詰めている必要がある。そうだ、リユー、ペスト患者であることは疲れることだ。けれども、そうならないように努めることはもっと疲れることだよ。そのために、今日ではだれもが多少ともペスト患者だから、だれもが疲れた様子をしている。しかし、そのためにまた、ペスト患者であることから抜け出そうと努める若干の人びとはまったく疲労困憊して、もはや死以外にそこから解放してくれるものはないのだ」

「今後この世界にとって、ぼくはもう価値のない人間だということ、殺すことを断念した瞬間から決定的に追放を余儀なくされたこと、それはわかっている。歴史を作り出すのは他の人たちなのだ。その人たちを裁くことは、おそらくぼくにはできない、それもわかっている。理性的な殺人者になるための資質がぼくには欠けているんだ。それは他人より優《まさ》っているということではない。けれども、いまではぼくはありのままの自分を受け入れている。謙虚さを学んだというわけだ。ただぼくは、この地上には災禍をもたらす者と犠牲になる者がいて、できる限り災禍の側につくことを拒否しなければならないとだけ言うのだ。おそらくそんなことは君にはいささか単純だと思えるだろう。ぼくは単純かどうかは知らないが、それが真実であることは知っている。あやうくぼくの頭を狂わせるところだった議論や、かなりの数の人びとの頭を狂わせて殺人に同意させた議論、そんなものをあまりにもたくさん耳にしてきたので、人間の不幸のすべては彼らが明瞭なことばを用いないことから来ているのを理解したんだ[117]。そこでぼくは正しい道に進むために、明確に話し、行動することに決めた。だからぼくは、災禍をもたらす者と犠牲になる者がいると言うのだ。それ以上はなにも言わない。ただそう言いながら、もしぼく自身が災禍になることがあっても、少なくともそれに同意はしない。ぼくは潔白な殺人者になろうと試みるんだ。わかるだろう、これはたいした野心じゃない」

「もちろん、第三のカテゴリー、すなわち真の医者のカテゴリーがあるべきだろう。だが、実際のところ、そうした医者に出くわすことはあまりないし、それはむずかしいことだろう。だからこそ、被害を限定するために、どんな場合にも、ぼくは犠牲者の側につくことに決めたのだ。彼らのなかにいれば、第三のカテゴリー、つまり心の平和にどうやったら到達できるか、少なくともそれを追求することができるのだから」

語り終えると、タルーは片足をぶらぶらさせて、足先でテラスをそっとたたいた。沈黙のあと、リユーは少し身を起こして、心の平和に到達するためにたどるべき道について、なにか考えがあるのかと、タルーにたずねた。

「あるね、共感ということだ」

救急車のサイレンが二度、遠くで鳴り響いた。さきほどまでぼんやりしていた叫び声が、石でおおわれた丘の近く、町の境界のあたりにふたたび集まった。同時に発砲の音らしきものが聞こえた。それから、静寂が戻ってきた。リユーは灯台が二度明滅するのを数えた。微風が強さを増したらしく、それとともに海からのそよぎが潮の香りを運んできた。いまでは断崖にぶつかる波の鈍いあえぎが、はっきりと聞こえていた。

「要するに」と、タルーは淡々と言った。「ぼくに関心があるのは、いかにして聖者になるかを知ることなんだ」

「でも、君は神を信じてはいないんだろう」

「そこだよ、人は神を信じることなく聖者になることができるか、[118] ぼくが今日知っている唯一の具体的な問題はそれだよ」

突然、叫び声が聞こえていた方面で大きな閃光が立ち上り、がやがやした喧騒が風の流れに逆らって二人のところまで届いた。閃光はすぐ収まって、遠くまで続くテラスの先端では、赤みを帯びた輝きだけが残っていた。風が凪いで、人びとのはっきりした叫び声が、それから発砲の音と群集のざわめきが聞こえた。タルーは立ち上がっていて、耳を澄ました。もうなにも聞こえなかった。

「また門のところで喧嘩騒ぎだ」

「もう終わったらしい」と、リユーが言った。

タルーは、けっして終わってはいない、また犠牲者が出るだろう、それは避けられないことだから、とつぶやいた。

「おそらくそうだ」と、リユーは答えた。「でも、君はわかっているだろうが、ぼくは聖者より敗北者にいっそう連帯感を抱いている。ヒロイズムと聖性にたいする趣味はもっていないと思う。ぼくに関心があるのは、ひとりの人間であることだ」

「そうだ、ぼくたちは同じものを求めている。ただ、ぼくのほうが野心が小さいだけだよ」

リユーはタルーが冗談を言っていると思って、彼のほうを見た。しかし、空から降りてくるぼんやりした微光のなかに、悲しげで真剣な表情の顔が見えた。風がふたたび起こり、リユーは肌になま温かさを感じた。タルーは身を揺すった。

「ところで」と、彼は言った。「友情のために、ぼくたちはなにをするべきだと思う?」

「君のしたいことを」と、リユーは答えた。

「海水浴さ。未来の聖者にとっても、それはふさわしい楽しみだよ」

リユーは微笑んだ。

「ぼくたちの通行証があれば、突堤の上まで行ける。結局のところ、ペストのなかだけで生きるのはあまりにもばかげているからね。もちろん、犠牲者のために闘わなくてはならない。けれども、他方でなにかを愛することをやめれば、闘うことは無意味になってしまう(119)」

「そうだ」と、リユーは言った。「行こう」

しばらくして、車は港の鉄柵のそばに停止した。月が昇っていた。乳色の空がいたるところに青白い影を投げかけていた。彼らの背後では町並みが段上に重なり、病毒に汚れた熱っぽい息吹がそこからやってきて、二人を海のほうへと押しやった。通行証を衛兵に見せると、かなり長いあいだそれを調べていた。彼らはそこを通り抜け、樽でおおわれた土手を横切り、ワインと魚の匂いのあいだを、突堤のほうへと向かった。そこに着く直前には、ヨードと海藻の匂いが海の間近いことを告げていた。次いで、海のうなりが聞こえてきた。

突堤の大きな岩の塊の下で、海は静かに音を立てていた。彼らがその岩を登るにつれて、海はビロードのように分厚く、獣のようにしなやかで滑らかな姿をあらわした。

二人は沖のほうへ向いた岩の上に身を落ち着けた。水はゆっくりとふくらんでは、また引いていった。海のこの静かな呼吸によって、水の表面に油のような光の反射が生まれたり消えたりした。二人の目の前には、夜の闇が果てしなく広がっていた。リユーは指の下に岩のあばた面を感じて、奇妙な幸福感に満たされた。タルーのほうを見て、友の静かで重々しい顔の上に、なにものをも、殺人をも忘れていない同じ幸福感があらわれているのを認めた⑿。

彼らは服を脱いだ。リユーが先に飛び込んだ。はじめ冷たかった水は、浮上するとなまぬるく感じられた。何度か水をかきわけたあと、今晩は海が温かいことがわかった。大地が何か月もかかって蓄積した熱を、秋の海が奪い取っている温かさだ。リユーは規則的な動きで泳いだ。足が打つと後方に泡が立ちのぼり、腕に沿って水が流れて、足にまとわりついた。重々しいざわめきが聞こえ、タルーの飛び込んだことがわかった。リユーは仰向けになってじっと動かずに、月と星がきらめく空に顔を向けた。こうして、彼はゆっくりと息をととのえた。それから水を打つ音が次第にはっきりと聞こえたが、それは夜の静寂と孤独のなかで不思議なほど澄んだ音だった。タルーが近づいて来て、ほどなくその息づかいが聞こえた。リユーは振り返り、友と並んで、同じリズムで泳いだ。タルーがいっそう力強く進んだので、リユーは速度を上げねばならなかった。数分間、彼らは同じ拍子と同じ活力で前進した、二人きりで、世界から遠く離れ、ついに町とペストから解放されて。リユーがまず進むのをやめ、それから彼らはゆっくりと引き返した。ただ一瞬、冷たい水流のなかに入ったときだけは、二人ともなにも言わずに、この海の不意打ちに追い立てられてともに動きを速めた。(121)

ふたたび服を着ると、彼らはひとことも交わさずに出発した。しかし、同じ気持ちを共有して、この夜の思い出は心地よかった。遠くからペストの歩哨を目にしたとき、リユーはタルーも同じように考えていることがわかった、疫病は自分たちのことをしばし忘れてくれていた、それは幸いだったが、いまやふたたび始めねばならないと。

そうだ、ふたたび始めねばならなかったし、ペストはだれのことも長く忘れてはいなかった。十二月のあいだ、ペストは市民たちの胸のなかで燃え盛り、火葬炉の火をかきたて、収容所を手ぶらの人影でいっぱいにし、つまりは忍耐強いぎくしゃくした歩みで前進することをやめなかった。この前進を食い止めるために、当局は寒さをあてにしていたが、ペストは休むことなく、この季節のはじめのきびしい時期をすり抜けた。なおも待たねばならなかった。とはいえ、人はあまりに待ちすぎるともうなにも待たないものであり、私たちの町全体が未来をあてにせず生きていたのだ。

医師リユーについては、彼に与えられた平和と友情の束の間のひとときも、一日限りのものだった。さらにひとつの病院が開設されて、彼はもはや患者とだけ対面していた。しかし、彼が気づいたのは、疫病のこの段階において、ペストが次第に肺ペストの形態をとるにつれて、患者がいわば医師を手助けしてくれるように思われることだった。彼らは、初期のころのように落胆に身をまかせたり取り乱したりせず、自分たちの利益についていままで以上に正しく理解しているようであり、彼らにとってもっとも望ましいものをみずから要求した。たえず水分の補給を求め、だれもが身体を温めることを望んだ。リユーにとっては疲労は相変わらずであったが、こうした場合には孤立していると感じることが少なくなった。

十二月の終わりごろ、リユーは、まだ収容所にいた予審判事のオトン氏から一通の手紙を受け取った。それによると、隔離期間は終了しているのに、行政機関が彼の入所日をきちんと把握せず、明らかに誤っていまだ収容所に引きとどめられているとのことだった。しばらく前に解放されていた彼の妻は、県庁へ抗議に出向いたものの、相手にされず、けっしてまちがいはないと言い渡された。リユーがランベールに交渉を依頼すると、その数日後、オトン氏が彼のもとにやってきた。実際に手違いがあったのだ。リユーはいささかそのことを憤慨した。しかし、やせ細ったオトン氏は、弱々しく手をあげて、慎重にことばを選びながら、だれにもまちがいはあるものだと言った。リユーはなにかが変わったとだけ思った。

「これからどうされるのですか、判事さん。書類があなたを待っているんでしょうね」と、リユーは言った。

「いや、そうではなく」と、判事は言った。「私は休暇をとるつもりです」

「なるほど。休息も必要ですね」

「そうではないのです。収容所に戻ろうと思うのです」

リユーは驚いた。

「でも、出てこられたばかりなのに！」

「説明が足りなかったようです。収容所では、管理部門でボランティアで働いている人がいると聞いたのです」

判事は丸い目を少しきょろきょろさせて、髪の房のひとつをなでつけようと試みた……。

「おわかりのように、そこには私がやれる仕事があるでしょう。それに、口にするのも愚かですが、息子からあまり離れていないと感じられるでしょうから」

リユーは彼を見た。このかたくなで平板な目に、突然優しさが宿ることはありえなかった。しかし、その目はさらにもうろうとして、金属のような輝きを失っていた。

「もちろんです」と、リユーは言った。「必要な手続きをしましょう、そういうご希望ですから」

実際、リユーはその手続きを取った。そしてペストに襲われた町の生活は、クリスマスまでさらに続いていくことになった。タルーはいたるところで、有能で落ち着いた態度を保ち続けていた。ランベールは、警護に当たっている二人の若者の世話を得て、内密に妻と手紙のやり取りをする手立てができたと、リユーに打ち明けた。[122] 彼はときどき手紙を受け取っていた。リユーにもこの方法を利用するように勧めて、医師はそれを受け入れた。リユーは、何か月ぶりかではじめて手紙を書いたが、たいそう骨が折れた。すっかり忘れている言い回しがあった。手紙は発送された。返事はなかなか来なかった。他方で、コタールは金運に恵まれ、小さな投機でもうけていた。ところでグランはというと、祝祭の時期は調子が良くないようだった。

この年のクリスマスは、福音の祝祭であるより、むしろ冥府の祭りだった。からっぽで明かりが消えた商店、ショーウインドーに置かれたまがいもののチョコレートや空の箱、暗い表情の乗客であふれた市電、これまでのクリスマスを思わせるものはなにもなかった。かつては貧富を問わず、だれもが寄りつどったこの祝祭なのに、いまは特権者だけが薄汚い店の奥に隠れて、法外な値段で手に入れる孤独で恥ずべき快楽にふけるばかりだった。教会は感謝の祈りよりも、むしろ嘆きの声に満ちていた。凍てつく陰鬱な町では、幾人かの子どもたちが、自分たちを脅かすものをまだ知らずに走り回っていた。しかし、人間の苦悩のように古いが若い希望のように新しい神、あのかつての神が、贈り物をいっぱい抱えてやってくるのだと、子どもたちに告げる勇気のある者はひとりもいなかった。いまみんなの心が受け入れることができたのは、きわめて古くきわめて暗い希望、人間たちが死へ向かうのを引き留める生への執念でしかない希望だけだった。

その前日、グランは約束をすっぽかした。リユーは心配になって、早朝に彼の家へ行ったが、見つからなかった。このことがみなに知らされた。十一時ごろ、ランベールが病院にやってきて、リユーに告げて言うには、彼はグランが引きつった表情で通りをさまよっているのを遠くから見かけた。それから、その姿を見失ってしまったという。リユーとタルーは、車で探しに出かけた。

正午、凍てつく時刻に、リユーは車から出て、遠くから眺めていた。その年老いた官吏ョーウインドーに張り付いているグランを、遠くから眺めていた。その年老いた官吏の顔には、涙が止めどなく流れていた。その涙にリユーの心は激しく揺り動かされた。なぜなら彼はその涙の理由がわかったからであり、彼もまた喉の奥にそれがこみあげてくるのを感じていたからである。この不幸な男がクリスマスの日に店の前で婚約したこと、彼のほうに身をあずけてうれしいと言ったジャンヌのことを、リユーもまた思い出したのだ。この錯乱のただなかで、遠い歳月の奥底から、ジャンヌのさわやかな声がグランのほうに戻ってきたのだ、それはたしかだった。リユーは、涙を流しているグランがこの瞬間なにを考えているかを知っていた。そして、彼と同様にリユーも考えたのだ、愛のないこの世界は死の世界のようであり、牢獄や仕事や勇気に倦み疲れたあとには、優しさに感動する心や人の面影を呼び求める時がいつもやってくるのだと。

しかし、グランはガラスに映ったリユーの姿に気がついた。泣くことをやめずに振り返り、ショーウインドーを背にして、リユーが近づくのを見た。

「ああ！　先生、まったく」と、彼は言った。

リユーは、ことばが出てこず、同意するようにうなずいた。この悲嘆は彼のものでもあったし、いま彼の心を締めつけているのは、すべての人間が共にする苦しみを前にしたときに沸き上がる、大きな怒りだった。

「わかりますよ、グランさん」と、彼は言った。

「手紙を一通、書く時間がほしいんです。ジャンヌに知ってもらうために……そして後悔しないで、幸せに暮らしてくれるように……」

いささか乱暴にリユーはグランを歩ませた。相手はほとんど引きずられるままに、きれぎれのことばをもぐもぐと発し続けていた。

「長すぎますよ、こんなことが続いて。なにもかも放り出したくなる、当然のことです。ほんとに、先生！　私はこんなふうに平静を装っています。でも、ふつうにしているだけでも、いつもものすごい骨折りが必要だったんです。でも、いまはもう、がまんできません」

彼は話をやめたが、手足を震わせ、目は正気を失っていた。リユーはその手を取った。燃えるように熱かった。

「帰らなくてはいけない」

ところが、グランはすり抜けて、数歩走った。それから立ち止まり、両腕を開いて、前後に揺れ始めた。彼は身体を回転させ、凍った歩道に倒れた。顔は流れ続ける涙で汚れたままだ。通行人たちは突然立ち止まり、遠巻きにして眺め、前に進もうとしなかった。リユーはこの老人を腕に抱えなくてはならなかった。

いまやベッドに横たわり、グランは息が苦しかった。肺が冒されていたのだ。リユーは考えた。グランには家族がいない。彼を搬送してもどうなるというのか。タルーと二人だけで看病してやろう……。

グランは枕のくぼみに頭をうずめ、肌は真っ青になり、目はどんよりしていた。タルーが木箱の破片で起こした暖炉の弱い火を、彼はじっと見つめていた。「どうも、良くないです」と、彼は言った。燃えるような肺の奥から、彼が口にすることばにともなって、奇妙なはぜるような音がもれ出てきた。リユーは、黙っているように忠告し、じきに良くなるだろうと言った。病人は奇妙な微笑みを浮かべ、それとともに、優しさのようなものがその顔にあらわれた。彼は骨折って目配せした。「もしこれを切り抜けたら、脱帽、ですよ、先生！」しかし、そう言うなりすぐに虚脱状態に陥った。

数時間後、リユーとタルーがやってくると、病人はベッドの上になかば身を起こしていた。医師はその顔に、彼を苦しめている病気の進行を読み取って、ぞっとした。しかし、頭はずっとはっきりしているらしく、すぐに異様にうつろな声で、引き出しに入れてある原稿をもってきてほしいと二人に頼んだ。タルーが紙の束を渡すと、彼はそれを見ることなく抱きしめ、次にリユーに差し出して、読んでほしいと身振りでうながした。五十頁ほどの短い原稿だった。リユーはぱらぱらと見て、すべての紙片にあるのは、同じ文章を際限なく写し直し、書き直し、追加しあるいは削除したものにすぎないことを理解した。たえず、五月、女騎手、ブーローニュの森の小道が、さまざまなやり方で比較対照され、並置されていた。この労作にはまた、しばしば法外に長い説明や異文も含まれていた。しかし、最後の頁の終わりには、インクの跡もまだ新しく、丁寧な筆跡で、「愛《いと》しいジャンヌ、今日はクリスマスだ……」とだけ書かれていた。その上には、入念な美しい書体で、最新稿の文章が記されていた。「読んでください」と、グランは言った。リユーはそれを読んだ。

「五月《さつき》の美しく晴れた朝、すらりとした女騎手が、豪奢な栗毛の雌馬にまたがり、ブーローニュの森の花の咲き誇る小道を駆けめぐっていた……」

「そうなんですね?」と、グランは熱っぽい声で言った。

リユーは、彼のほうへ目をあげなかった。

「ああ!」と、相手は興奮して言った。「よくわかります。美しく、美しく、この単語は適切じゃない」

リユーは、毛布の上のグランの手を取った。

「かまわないでください、先生。もう時間がないでしょう……」

胸が苦しそうにもち上がり、彼はいきなり叫んだ。

「焼き捨ててください!」

リユーはためらった。しかし、グランは命令をくり返し、それがあまりに強い調子でまたその声がいかにも苦しそうだったので、リユーはほとんど消えかけていた火に書類を投じた。部屋はたちまち明るくなり、束の間のぬくもりで温かくなった。医師が病人のところに戻ると、相手は背を向け、顔を壁に触れんばかりにしていた。タルーは、この場には局外者であるかのように、窓から外を眺めていた。血清剤を注射したあと、リユーがタルーに、グランは今夜を越せないだろうと告げると、タルーはここに残ると言った。リユーはそれを承諾した。

グランは死んでしまうだろうという考えが、夜通しリユーから離れなかった。ところが、翌日の朝行ってみると、グランはベッドの上に座って、タルーと話をしていた。熱は引いていた。残っているのは、全身的な衰弱の痕跡だけだった。

「ほんとに、先生」と、グランは言った。「早まったことをしてしまいました。でも、やり直しますよ。全部覚えていますからね、見ていてください」

「しばらく様子を見よう」と、リユーはタルーに言った。

しかし、正午になっても、なにも変化はなかった。夕方になると、グランは助かったと見なすことができた。リユーはこのような蘇生がまったく納得できなかった。

それでも、ほとんど同じ時期、リユーは、連れてこられた病人を望みはないと判断して、病院に到着するやすぐに隔離させた。その若い娘は譫妄状態にあり、肺ペストのあらゆる症状を呈していた。ところが、翌朝になると、熱は下がっていた。グランの場合のように、医師は朝の一時的鎮静が認められると思ったが、経験によってそれは悪い予兆だと見なす習慣がついていた。しかしながら、正午になっても熱は上がってこなかった。夕刻、二、三分だけ上がったが、翌日にはすっかり消えた。娘は弱っていたが、ベッドで楽に呼吸していた。リユーはタルーに、あらゆる通例に反して彼女は助かったのだと告げた。ところが、その週のうちに、医師の所管内に同様の症例が四つあらわれた。

週末には、喘息患者の老人がたいそう興奮して、リユーとタルーを迎えた。

「ほらほら」と、彼は言った。「やつらが出てきましたよ」

「だれが」

「だれがって？　ネズミですよ！」

四月以来、ネズミの死骸はまったく発見されていなかった。

「また始まるのかな」と、タルーはリユーに言った。

老人はもみ手をしていた。

「また見なくっちゃいけない、やつらが走り回るのを。楽しみですよ」

二匹の生きたネズミが通りの門から家に入ってくるを、彼は見たのだった。隣人たちからも、自宅にネズミがまたあらわれたとの報告があったという。この数か月来忘れていた物音が、屋根裏でふたたび聞かれるようになった。リユーは毎週のはじめに集計される総数の公表を待った。それは明らかに病気の後退を示していた。

第五部

疫病のこの突然の後退は予期しないものであったが、市民たちはすぐに喜びはしなかった。過ぎ去ったばかりの数か月は、彼らの解放への欲求を高めながらも、慎重に振る舞うことを教え、疫病の近い終息を当てにしない習慣を次第に身につけさせたのだ。とはいえ、この新しい事態はすべての人びとの話題になり、彼らの心の底には、秘められた大きな希望が高まっていった。他のすべては後景へと追いやられた。ペストの新たな犠牲者たちは、この途方もない事実の陰に隠れてしまった。統計の数値は下降していたのだ。健康の時代が戻ってくることへの希望は、公に表明されることはなくともひそかに待たれていた。その証拠のひとつは、市民たちがこの時から、無関心を装いながらも、ペストのあと生活がどのように再編されるのかについて進んで話したということである。

過去の生活の便宜は一挙には回復できず、建設するよりは破壊するほうが容易であると考える点ではだれもが一致していた。ただ、食料の補給は少しは改善されるだろうし、それによって、いちばん差し迫った心配からは解放されるだろうと考えていた。しかし、実際には、このあたりさわりのない考察の下に、常軌を逸した希望が同時に解き放たれて、市民たちもときにはそれを意識するほどになったが、すぐあとで、いずれにしても解放は明日にはやってこないのだと、あわてて断言するのだった。

そして、事実、ペストは翌日に停止することはなかったが、しかし、見た限りでは、人びとの分別ある希望を上回る速度で弱っていった。一月のはじめの数日、寒気が例年になく執拗に居座って、町の上空で結晶したように思われた。もっとも、空がこれほど青いこともかつてなかった。数日のあいだずっと、その凍えるような不変の輝かしさが、絶え間ない光で町を満たした。この澄み切った大気のなかで、ペストがもたらす死者の数は、三週間、連続的に下降しながら、次第に減少し、病勢は衰えたように見えた。数か月かかって蓄積した力のほとんどすべてを、ペストは短時日のうちに失ったのだ。リユーが診察した娘やグランのように、狙いを定めた獲物の捕獲に失敗したり、ある地区からすっかり姿を消したのに、別の地区では二、三日のあいだ猛威をふるったり、月曜日には犠牲者を増やしておきながら、水曜日にはほとんど全部を取り逃がしたり、そうした事態を見ると、またこんなふうに息切れしたり突進したりする様子を見ると、ペストは衰弱と疲労によって機能が狂い、自分自身にたいする制御と同時に、その力を成していた厳密で完璧な有効性を失ったかのようだった。カステルの血清剤は突然、それまでは得られなかった成功を相次いで収めるようになった。医者たちが取る処置のそれぞれは、かつてはいかなる結果ももたらさなかったのに、にわかに確実な効果を発揮するように思われた。今度はペストのほうが狩り立てられ、急速に衰弱したせいで、これまでペストに立ち向かっていた切れ味の鈍い武器が強くなったかのようだった。ただ、ときどき、疫病は猛然と反撃し、いわば見境のない攻撃で、回復が期待されていた三、四人の患者を連れ去った。彼らはペストのなかの不運な人びとであり、疫病は希望のさなかに彼らを殺したのだ。隔離収容所から退去させねばならなかったオトン判事の場合がそうだった。実際、タルーはオトン判事について、運がなかったのだと言ったが、判事の死を考えて言ったのか、その人生を考えて言ったのかはわからなかった。

しかし、総体的に見て、感染は全線にわたって後退し、県の公式発表は、はじめは控えめでひそかな希望をめばえさせただけだったが、しまいには人びとの心のなかに、勝利が勝ち取られ、疫病は陣地を放棄したのだという確信を固めさせるにいたった。実を言えば、それが勝利であると決めることはむずかしかった。ただ、疫病は来たときと同様に去っていくように思われ、それを確認するしかなかった。病気にたいする戦術は変わらなかったが、昨日は無力だったものが、今日はどうやら成功をおさめたらしかった。疫病そのものが消耗したか、あるいはすべての目的を達して引き上げていくように見えた。いわば、その役割は終わったのだ。

それにもかかわらず、町ではなにも変わっていないように見えた。日中は相変わらず静かで、夕方になると以前と同じ人の群れが街路にあふれたが、外套やマフラーが目立つようになった。映画館とカフェは同じように営業していた。ただ、近寄って見ると、人びとの表情はずっとやわらいで、ときには微笑んでいるのが見てとれた。このことは、それまで通りではだれも微笑んでいなかったのを確認する機会となった。実際、この数か月のあいだ町を取り巻いていた不透明なヴェールに裂け目が生じ、月曜日ごとに聞くラジオのニュースによって、だれもが、その裂け目が大きくなっていき、ついには呼吸できるようになるだろうと確認できた。それはまだまったく控えめな安堵であり、あけっぴろげに表明されることはなかった。しかし、以前であれば、汽車が出発したとか、船が到着したとか、あるいは車の通行がまもなく許可されるというニュースは疑いをもって迎えられただろうが、これが一月半ばに発表された場合には、反対にどんな驚きも引き起こさなかっただろう。これはおそらく些細なことにすぎない。しかし、このわずかな相違は、事実上、希望へと向かう市民たちの大きな前進を表していた。それに、どれほど小さなものであっても、希望が住民にとって可能となったこの瞬間から、ペストの現実の支配は終わったのだと言うことができる。

とはいえ、一月を通じて、市民たちは矛盾した行動を示した。まさしく、彼らは興奮と落胆を代わる代わる経験したのだ。こうして、統計がもっとも期待をもたせる数値を示したまさにその時期、新たな脱走の試みが確認されねばならなかった。このことは、試みの大半が成功しただけに、当局と監視部署にとっては大いに意表をつかれた格好であった。しかし、実際には、この時期に脱走した人びとは、自然な感情に従っただけなのだ。ある者たちの場合は、ペストが深い疑念を植え付けてしまったので、そこから自由になることができなかった。希望はもはや彼らの心を動かしはしなかったのだ。ペストの時期が終わったにもかかわらず、彼らはいまもペストの規範に従って暮らしていた。彼らは事態の進行より遅れていたのである。反対に、他の人びとの場合には、これまで愛する人と別れて生きてきた人にとくに見られたことだが、この幽閉と落胆の長い期間のあとでは、巻き起こった希望の風が熱狂と焦燥に火を点じ、それが彼らの自制心を失わせてしまったのである。目標を間近にして死んでしまうかもしれないとか、愛している人に再会できないとか、この長い苦しみが報われないとか考えるだけで、彼らは一種のパニックに襲われた。数か月のあいだ、ひそかな粘り強さで、幽閉や流刑に処せられたにもかかわらず、期待を抱きながらがまんし続けてきたのに、最初の希望が見えただけで、それまで恐怖や絶望も冒すことができなかったものが破壊されるに十分だった。彼らは最後の瞬間までペストの歩みについていくことができず、それを追い越そうとして、狂ったように突進したのである。

もっとも、これと同時に、楽観的な気分が自然にあらわれ出るのが見られた。たとえば、物価の明らかな下落が認められた。純粋に経済学的な観点からは、この動きは説明がつかなかった。流通の困難は依然として変わらず、市門での検疫手続きは維持されており、物資の供給はまだまだ改善されていなかった。したがって、ここに見られたのは純粋に心理的な現象であり、あたかもペストの退却がいたるところで反響し合ったかのようであった。同時に、かつて集団で生活していたものの、疫病によって分散を余儀なくされた人びとにも楽観的気分が取りついた。町の二つの修道院がふたたび組織されて、共同生活が再開できた。軍人に関しても同様だった。彼らは空いたままだった兵舎にふたたび集められ、駐留地での正規の軍隊生活を再開した。こうした事実はささやかではあるが、重大な兆候だった。

一月二十五日[123]まで、住民はこうしたひそかな動揺のなかで暮らしていた。その週には、統計の数字がきわめて低くなったので、医事委員会にはかったあと、県庁は疫病は阻止されたと見なしうると発表した。もっとも公式発表では、それに付け加えて、必ずや住民の同意が得られるであろうが、慎重を期すために、市門はさらに二週間閉じたままであること、予防措置はひと月維持されることが明示されていた。この期間、危険が再発するという兆候がわずかでも認められれば、「現状維持は続けられ、措置はさらに延長されねばならない」。とはいえ、この付記が形式だけの条項だと見なす点ではだれもが同意見であり、一月二十五日の夜には、歓喜の興奮が町を満たした[124]。全市民と喜びの気持ちを共にするため、知事は平常時の照明に復するように命じた。冷たく澄んだ空の下、明かりに照らされた街路に、市民たちはにぎやかに笑いさざめくグループごとに繰り出した。

たしかに、多くの家ではよろい戸は閉じたままだったし、いくつかの家族は他の人たちが歓声で満たしているこの夜を沈黙のうちに過ごした。とはいえ、これらの喪中にある多くの人びとにとっても、他の近親者の生命が奪われる恐れがとうとうなくなったからにせよ、自分の健康がもはや脅かされる心配がなくなったからにせよ、やはり安堵の気持ちは深かった。しかし、みんなが享受している喜びにいちばん縁のない家族は、言うまでもなく、いまこのときに病院でペストと格闘中の病人を抱えている家族であり、隔離施設や自宅において、災禍がすでに他の人たちから去ったのと同様に、自分たちからも去っていくのを待っている家族であった。これらの家族もたしかに希望を抱いてはいたが、彼らはそれを蓄えとして別にとっておき、ほんとうに希望をもつ権利が与えられる前に手をつけるのを自制していた。断末魔からも歓喜からも等距離にいて、こうして待機し、ひっそりと夜の時間を過ごすことは、だれもが大喜びしているさなかにあっては、いっそう残酷なことに思われた。

しかし、こうした例外があったからといって、他の人びとの満足はいささかも損なわれることはなかった。おそらく、ペストはまだ終わってはいなかったし、やがてそれが証明されるはずであった。とはいえ、すべての人びとの心のなかでは、数週間を先取りして、すでに列車は果てしない鉄路の上に汽笛を鳴らして出発し、船舶は光る海上を行き交っていたのだ。翌日には、人びとはもっと平静になり、疑念がまた生じるだろう。しかし、さしあたっては、町全体が揺らいで、石の根を下ろしたこの閉じた不動の暗い場所を離れ、ついには生存者の積荷を乗せて進み始めたのだ。その晩、タルーやリユー、ランベールと他の者たちも、群集に交じって歩き、彼ら自身も足が地に着かない心地がしていた。大通りから離れてだいぶ時間が経過したあと、人けのない小路をよろい戸の閉じた窓に沿って歩いていたそのときでさえ、タルーとリユーには、この歓声がまだ彼らを追いかけてくるのが聞こえていた。そして、自分たちの疲労のせいで、よろい戸の背後でまだ続いているこの苦しみを、少し離れた街路を満たしている歓喜から切り離して考えることができないでいた。近づいてきた解放は、笑いと涙の入り混じった顔をしていたのだ。

　ざわめきがいっそう大きく陽気なものになったとき、タルーはふと立ち止まった。薄暗い舗道の上を、ひとつの影が軽やかに走って行った。一匹の猫だった。春以来ひさしぶりに見る最初の猫だ。それは車道の中央でしばし立ち止まり、ためらい、手をなめて、それを右耳の上へすばやく動かし、ふたたび静かに走り始めて、夜の闇のなかに消えた。タルーは微笑んだ。あの小柄な老人も喜ぶことだろう。

しかし、だれも知らない巣穴からこっそり出てきたペストが、もとの巣穴に戻るべく立ち去ろうとしているように見えるこのとき、この退散に意気消沈している者が少なくともひとりこの町にいた。タルーの手帖の記述を信じるなら、それはコタールである。

実を言えば、統計の数字が下がり始めたときから、この手帖はかなり奇妙な様相を見せるようになる。疲労のせいなのか、文字が判読しにくくなり、あまりにもしばしば話題が飛ぶ。さらに、はじめてのことだが、この手帖は客観性を欠くようになり、個人的な考察の占める場所が増える。かくして、コタールに関するかなり長い数節の途中に、猫とたわむれる老人の報告が入り込んでいる。タルーの記述を信じるなら、この老人にたいする彼の評価はペストによってもいささかも減じることなく、疫病の前と同じく疫病のあとも老人は彼の関心を惹いたのであるが、ただ不幸なことに、タルー自身の厚情とは関わりなく、今後は関心を惹くことができなくなってしまった。実際、タルーは老人にふたたび会おうと努めたのだった。一月二十五日の夜のにぎわいの数日後、彼は通りの角で待機した。猫が数匹、落ち合う時刻に忠実にそこに来て、ひだまりで暖まっていた。しかし、いつもの時刻になっても、よろい戸はかたくなに閉じたままだった。それから数日間、タルーはよろい戸が開くのをついに見なかった。彼は奇妙にも、老人は腹を立てたか、死んだのだと結論づけた。腹を立てたとしたら、老人は自分が正しいと考えており、ペストによって被害を受けたからであり、死んだのであれば、喘息病みの老人と同様に、彼についても聖者であったのかと問わねばならない。タルーは彼が聖者であったとは考えていないが、しかしこの老人の事例にはその「手がかり」があると見なしていた。「おそらく」と、手帖には記されている。「人は聖性の近似値にしか到達できないのだ。その場合には、慎ましく慈悲深い悪魔崇拝で満足すべきだろう」

手帖にはまた、コタールに関する観察とつねに入り交じって、往々にしてばらばらの考察も多数見られる。そのあるものは、いまでは回復期にあり、なにごともなかったかのように仕事に復帰したグランに関するものであり、そして他のものは、医師リユーの母親に言及していた。同居することによって可能となった母親との会話、この老婦人の態度、微笑み、ペストにたいする彼女の意見が仔細に記されている。タルーがとりわけ強調しているのは、リユー夫人の控えめな態度、かんたんなことばですべてを表現する彼女の話し方、ひとつの窓にたいする彼女の偏愛であった。その窓は静かな通りに面しており、夕方になると彼女はその前に腰かけて、姿勢をまっすぐに、両手は動かさず、注意深いまなざしで、たそがれが部屋を満たすまでじっとしていた。少しずつ濃くなる灰色の光のなかで彼女は黒い影となり、やがてその不動の人影は灰色のなかに溶解した。⑫⑤さらにタルーが記しているのは、彼女が部屋から部屋へと移動するときの軽やかさ、タルーの前ではけっしてあらわにしないが言動のすべてにそのほのかな光が認められる彼女の善意、そして最後に、タルーによると、彼女はまったく考えることなくすべてを知っており、それほどの沈黙と陰に埋もれているにもかかわらず、彼女はどんな光でも、たとえペストの光であっても、それに対抗できるという事実である。もっともここで、タルーの記述は、気持ちの動揺を示す奇妙な兆候を見せる。続く数行は判読困難であり、こうした動揺の新たな証拠であるかのように、最後のことばでは、彼ははじめて個人的感懐を述べている。「ぼくの母もこんなふうだった。ぼくは彼女の同じような控えめな態度が好きだったし、彼女のもとにこそぼくはいつも戻りたいと願っていた。八年前、彼女が死んだと言うことはできない。ただ控えめな態度をいつもより少し多めにしたのだ、ぼくが振り返ると、母はもうそこにいなかった」

だが、コタールの話に戻らねばならない。統計の数字が下がって以来、彼はさまざまな口実を作っては何度かリユーを訪れた。しかし、実のところは、毎回、リユーに疫病の進行についての予想をたずねるのだった。「こんなふうに、いきなり、前触れもなく消えてしまうなんて、そんなことがあると思いますか」。この点について、コタールは懐疑的だった、あるいは少なくともそう明言していた。しかし、彼がひんぱんにくり返す質問は、確信がぐらついていることを示しているようでもあった。一月半ばに、リユーはかなり楽観的な見通しを述べた。そして毎回、そうした返答はコタールを喜ばせるのではなく、日によって不機嫌から落胆まで変動するさまざまな反応を引き起こした。そのあとでは、医師は、統計が示す好ましい指標にもかかわらず、まだ勝利を叫ぶのは避けたほうがよいと言わざるをえなかった。

「それはつまり」と、コタールは言った。「まだなにもわからない。明日にでもぶり返すかもしれないんですね」

「たしかに病気はもっと速く消えるかもしれないが、同時にぶり返すこともあるでしょう」

この不確かさは、みなにとっては不安であったが、明らかにコタールを安心させて、彼はタルーの目の前で、地区の商人たちと会話を始め、リユーの意見を広めようとした。実際、それは造作もないことだった。というのは、最初の勝利の熱狂のあとで、多くの人びとの心にはふたたび疑念が生まれていたし、それは県庁の発表が引き起こした興奮よりも長続きしそうだったからだ。コタールはこうした不安を見て安堵した。だがときには彼が落胆する場合もあった。「そうですよ」と、彼はタルーに言った。「最後には門が開かれるんですよ。そしたら、きっと、みんなおれのことなんか見捨てるんだ」

一月二十五日まで、みんなは彼の気分が不安定なのに気がついた。これまで長いあいだ界隈の住民や付き合いのある人たちを味方につけようとしたあとで、この日々のあいだにはずっと、彼はその同じ連中を容赦なく批判した。少なくともうわべは、世間から身を隠し、たちまち非社交的な生活を送るようになった。お気に入りのレストランや劇場、カフェにも姿を見せなかった。とはいえ、疫病の前に送っていた慎ましく目立たない生活に戻ったようでもなかった。自分のアパルトマンにすっかり引きこもって生活し、近所のレストランから食事を運ばせていた。ただ晩になると、こっそり外出し、必要なものを買って、店を出ると人けのない街路に姿を消した。そのときタルーが出会っても、わずかのことばしか引き出せなかった。それから、いきなり、ふたたび社交的になり、ペストについて滔々とまくしたて、みんなの意見を求め、毎晩嬉々として群集の波のなかにもぐりこむのだった。

県知事による告示の日、コタールはまったく姿をくらました。二日後、タルーは、通りをさまよっている彼に出会った。コタールは町はずれまで帰るのについて来てほしいと頼んだ。その日とくに疲れを感じていたタルーは躊躇した。しかし、相手はなおもせがんだ。とても興奮しているようで、しきりに身振り手振りをして、大声で早口に話した。彼は同行するタルーに、県の発表が現実にペストを終わらせると考えているか、と訊いた。もちろん、タルーは、行政の発表それ自体では災禍を止めるには十分ではないと認めていた。しかし予想外の事態が生じない限り、疫病が終わろうとしていると考えるのは道理に合っていた。

「そうです」と、コタールは言った。「予想外の事態が生じないかぎり。そして、いつだって予想外のことは起こるものです」

しかし、タルーは彼に指摘して、県庁は、開門までに二週間の猶予を置くことによって、いわば予想外に備えているのだと言った。

「それは良いやり方です」と、相変わらず暗い表情を浮かべながら、興奮してコタールは言った。「事態の進みぐあいによっては、県庁はむだな発表をしたことになりますからね」

タルーは、そういうこともあるかもしれないと思ったが、それでも間近い開門と、正常な生活への復帰には備えたほうがいいと考えていた。

「まあそういうことにしておきましょう」と、コタールは言った。「いいでしょう、でも正常な生活への復帰とはなんですか」

「映画館に新しいフィルムが来ることだよ」と、微笑みながらタルーは言った。

しかし、コタールは笑わなかった。彼が知りたがったのは、ペストによって町はなにも変わらず、すべてがかつてのまま、つまりなにごともなかったかのように再開されると考えてよいかであった。タルーの考えでは、ペストは町を変えるとも言えるし、変えないとも言える。もちろん、市民たちがいちばん強く望んでいるのは、なにも変わらなかったかのように振る舞うことであり、また今後もそうすることだろう。したがって、ある意味ではなにも変わらないだろうが、しかしまた別の意味では、たとえ忘れたくてもすべてを忘れることはできないし、少なくともペストは人びとの心に痕跡を残すだろう。するとコタールは、自分は心のことなんかに関心はない、心などいちばんどうでもいいことだときっぱり断言した。彼に関心があるのは、行政機構そのものが変更をこうむるかどうかを知ること、たとえば役所のすべての業務が過去の通りにおこなわれるかどうかを知ることなのだ。そこで、タルーは、それについては自分はなにもわからないと認めるしかなかった。彼によると、疫病のあいだに混乱したすべての業務がふたたび動きだすには、多少の困難があると考えざるをえなかった。多くの新たな問題が生じて、少なくとも昔の業務の再編が必要になることも予想された。

「そう」と、コタールは言った。「そうですよ、もちろん、みんながすべてをやり直さなくてはならないでしょう」

二人は歩きながら、コタールの家のそばまで来ていた。コタールは元気になって、努めて楽観的に考えようとした。彼は、町がふたたび活動を始め、過去を清算して、ゼロから再出発する様子を思い描いた。

「なるほど」と、タルーは言った。「結局のところ、あなたにとっても、事態は丸く収まるでしょう。ある意味で、新しい生活が始まるんだ」

彼らは門の前に来ていて、握手をした。

「その通りです」と、コタールは次第に感情を高ぶらせて言った。「ゼロから出直す、それはいいことです」

しかし、廊下の暗がりから、二人の男が姿をあらわしていた。あいつらはなんの用事があるのかと、コタールがたずねるのをタルーが耳にする間もほとんどなかった。変に気取った役人といった様子の二人が、たしかにコタールさんですかと訊くと、コタールは鈍い叫び声のようなものを発して、向きを変え、早くも夜の闇のなかへ突進して行った。二人の男も、タルーも、まったく身動きする間さえなかった。驚きが過ぎ去ると、タルーは二人の男に、用件はなにかとたずねた。彼らは控えめな礼儀正しい態度で、ただ身元調査にうかがったのだと言って、コタールが去った方向へゆっくりと進んでいった。

帰宅すると、タルーはいまの場面を書き留めたあと、すぐに（筆跡が十分それを示している）自分の疲労について述べている。まだたくさんの仕事があるが、それは準備ができていないことの理由にはならないと付け加え、まさに準備ができているのかどうかと自問している。そして最後に、ここでタルーの手帖は終わっているのだが、人間には無気力になる時間が昼も夜もあり、(126) そういう時だけを自分は恐れるのだと答えている。

その翌々日、開門まであと数日というとき、リユーは待っている電報が届いているだろうかと考えながら正午に帰宅した。彼の日々は、ペストの勢いが頂点に達した時期と変わらず疲れ果てるものだったが、ついに解放されるのだという期待が、身内の疲労をすべて消し去っていた。いまでは彼も希望を抱いていたし、それをうれしく思っていた。つねに意志を張りつめていたり、いつも敢然と立ち向かったりすることはできないから、闘いのために編んだ力の束を、ついには感動に身をまかせて解きほどくことは幸せなことである。もし待っている電報もまた良い知らせであれば、リユーはやり直すことができるだろう。そして彼は、だれもがやり直せばよいと考えていた。

彼は管理人室の前を通った。新しい管理人は、窓ガラスに顔を押しつけて、彼に微笑みかけた。階段を上がりながら、リユーは疲労と窮乏で蒼ざめたその顔をふたたび見た。

そうだ、この抽象が終わればやり直そう、そしてわずかの幸運があれば……。しかしその瞬間、彼がドアを開くと、母親が迎え出て、タルーさんのぐあいが良くないの、と知らせた。今朝は起きたのだが、出かけることができず、ふたたび横になったところだった。リユー夫人は案じていた。

「おそらくたいしたことではないでしょう」と、リユーは言った。

タルーは長々と身を伸ばし、重い頭が長枕をくぼませ、がっしりした胸の形が厚い毛布の下にあらわれていた。熱があり、頭が痛かった。彼はリユーに向かって、症候はあいまいだが、やはりこれはペストかもしれないと言った。

「いや、まだたしかなことはわからないよ」と、リユーは診察したあとで言った。

だがタルーは、渇きに苦しんでいた。廊下に出ると、医師は母にペストの初期かもしれないと言った。

「まさか」と、彼女は言った。「ありえないわ、いまじゃそんなこと」

それから、すぐに続けて、

「うちに置いてあげようよ、ベルナール」

リユーは考えこんでいた。

「その権利は、ぼくにはないんですが」と、彼は言った。「でも、門はまもなく開きます。それこそ、ぼくが最初に手に入れる権利でしょう、もしお母さんがここにいなければ」

「ベルナール!」と、彼女は言った。「私たち二人をここに置いてちょうだい。私は最近またワクチンを打ったところだし」

医師は、タルーもワクチンを打ったが、おそらく疲労のために血清剤の最後の注射を怠り、いくつかの用心を忘れたのだろうと言った。

リユーはすでに診察室へと向かっていた。寝室に戻ってきたとき、タルーは彼が血清剤の巨大なアンプルをもっているのを見た。

「ああ!　そうなんだね」と、彼は言った。

「いや、用心のためなんだ」

タルーは答える代わりに腕を差し出し、彼自身も他の患者におこなったことのある果てしない注射を耐え忍んだ。

「晩になれば、結果がわかるだろう」と、リユーは言って、タルーを直視した。

「で、隔離はどうするんだ？　リユー」

「まだたしかじゃないからね、ペストかどうかは」

タルーは努力して微笑んだ。

「血清剤を打ったのに隔離を命じないのは、はじめて見たよ」

リユーは横を向いた。

「母とぼくとで看病する。君はここにいたほうが良いだろう」

タルーは黙り、リユーはアンプルを整理しながら、タルーが話しかけてきたら振り向こうと待った。とうとう、彼はベッドのほうにやってきた。病人は彼を見ていた。その顔は疲れていたが、灰色の目は穏やかだった。リユーは微笑みかけた。

「できたら眠るといい。またあとで来るから」

ドアまで行くと、自分を呼ぶタルーの声が聞こえた。彼はそちらに戻った。

しかし、タルーは自分が言わねばならないことをどう言い表そうか、苦闘しているようだった。

「リユー」と、とうとう彼は口に出した。「ぼくにすべてを言ってくれ、それが必要なんだ」

「約束するよ」

タルーは微笑みながらも、大きな顔を少しゆがめた。

「ありがとう。ぼくは死にたくないし、闘うだろう。でも、もし勝負に負けるなら、恥ずかしくない最期にしたいんだ」

リユーは身をかがめて、タルーの肩をつかんだ。

「いや」と、彼は言った。「聖者になるには、生きなくてはいけない。闘ってくれ」

昼間、きびしかった寒さが少しやわらいだが、午後になると代わりに雨と雹《ひょう》がひとしきり激しく降った。夕暮れ時には空は少し晴れて、寒気がいっそう身に染みるようになった。晩になってリユーが帰宅した。コートは脱がずに、友の寝室に入った。母は編み物をしていた。タルーは身体の位置を変えなかったようだが、しかし熱で白くなったその唇は、彼がいま耐えている闘いを物語っていた。

「それで、どうだね」と、医師はたずねた。

タルーはベッドの外へと、分厚い肩を少しもちあげた。

「それで」と、彼は言った。「勝負に負けてるよ」

医師は彼のほうに身をかがめた。燃えるように熱い皮膚の下でリンパ節が硬化し、胸はどこかに隠れた鍛冶場のあらゆる音でとどろいているかのようだった。奇妙なことに、タルーには二つの系列の症候があらわれていた。リユーは身を起こしながら、血清剤が十分な効果を発揮するにはまだ時間が足りないと言った。しかし、タルーが口に出そうとしたことばは、襲ってきた熱の波が喉をふさいだため、かき消されてしまった。

夕食後、リユーと母は、病人のそばに来て腰を下ろした。夜の時間は病人にとって闘いのうちに始まり、リユーはこのペストの天使との過酷な闘いが夜明けまで続くことを知っていた(127)。タルーのがっしりした両肩と幅広い胸も最強の武器ではなく、むしろリユーがさきほど注射針の下で湧出させたあの血、その血のなかの魂よりも内部にあるもの、どんな科学も明るみに出すことができないもの、それこそが最強の武器であった。そして彼のほうでは、友が闘うのをただ見ていなければならなかった。リユーがこれからやること、膿瘍《のうよう》の促進、強壮剤の接種、それらはこれまで数か月くり返されてきた失敗によって、効果のほどはわかっていた。たしかに、彼の唯一の任務は偶然に機会を与えることであり、偶然というものはしばしば人為的に働きかけたときにしか発動しない。偶然が発動することが必要だった。なぜなら、リユーは、彼を狼狽させるペストの顔を前にしていたからだ。今度もまた、ペストはもっぱら相手の戦術の裏をかこうとし、すでに占領したと思われる場所からは消え去り、予期していない場所にあらわれたのだ。今度もまたペストは、もっぱら私たちの不意を突こうとしていた。

タルーは身動きせずに闘っていた。夜を通して、ただの一度も、苦痛の攻撃に動揺することなく、自分のがっしりした身体とその沈黙のすべて、それだけを武器に闘っていた。しかしまた、ただの一度も語らず、そうした自分のやり方で、気をまぎらわせることはもう不可能だと告白していたのだ。リユーは、ただ友の目によって闘いの段階を追っていた。その目は順に開いたり閉じたりして、瞼は眼球に押しつけられたりあるいは反対にゆるんだりし、視線はある事物に固定するかと思えば、医師や母へと戻ってきた。医師がこの視線と出会うたびに、タルーはたいそう努力して微笑んだ。

あるとき、通りにあわただしい足音が聞こえた。それは遠くのとどろきの前を逃れて行くようだった。とどろきは少しずつ近づいてきて、ついには通りに満ちあふれた。雨がまた降り始めたのだ。やがて霰《あられ》が混じり、歩道でぱちぱち音を立てた。大きな壁かけが窓の前で波うっていた。部屋の暗がりのなかで、リユーは一瞬雨に気を取られたが、ふたたび枕元の電灯に照らされたタルーを見つめた。母は編み物をしながら、ときおり頭をあげて、病人を注意深く眺めた。医師はいまではなすべきことすべてを終えていた。雨のあとで、寝室では静寂がいっそう深まり、目に見えない戦争の無言のざわめきだけが満ちていた。不眠のため神経が高ぶり、医師は沈黙の果てに、疫病のあいだじゅうずっと彼につきまとっていた、静かで規則的なうなりの音が聞こえるように思った。彼は母に、横になって休むように合図した。彼女は頭を横に振り、その目は明るくなって、それから編み物針の先であやしくなった網目を丁寧に調べた。リユーは立ち上がり、病人に水を飲ませ、戻ってきてまた腰かけた。

雨が小やみになったのを幸いと、通行人が急ぎ足で歩道を歩いていた。その足音が小さくなり、遠ざかって行った。リユーはいまはじめて、遅い時間までそぞろ歩きの音がたえることなく、救急車のサイレンが聞こえないこの夜が、かつての夜と変わらないことに気づいた。それはペストから解放された夜だった。寒さと灯火と群集によって追い立てられた疫病は、町の暗く奥深い場所から逃げ出して、この暖かい部屋に身をひそめ、タルーの動かない身体に最後の攻撃を加えているかのようだった。殻竿《からざお》はもはや町の空をかきまわしてはいなかった。その代わり、この部屋の重い空気のなかで静かにうなっていたのである。リユーが何時間も前から耳にしていたのは、その殻竿の音だった。ここでもまたそれが止むのを、ここでもまたペストが敗北を宣言するのを待たねばならなかった。

夜が明ける少し前に、リユーは母のほうへ身をかがめた。

「休んだほうがいいでしょう、八時にぼくと交代してもらえるように。寝る前に、点滴の注入を忘れないように」

リユー夫人は立ち上がり、編み物を片付け、ベッドへ向かった。タルーは、すでにしばらく前から目を閉じたままだった。汗のせいで、いかつい額のうえで髪がほつれていた。リユー夫人はため息をつき、病人は目を開けた。自分のほうをのぞき込む優しい顔が目に入ると、熱の流動的な波の下に、屈しない微笑みがまたあらわれた。しかし、その目はたちまち閉じられた。ひとり残ると、リユーは、母が立ち去ったばかりの肘掛椅子に身を置いた。通りは音もなく、いまでは静寂がすべてを満たしていた。朝の冷え込みが部屋のなかで感じられ始めた。

リユーはうとうとしたが、夜明けの最初の車によってまどろみから引き出された。彼は身震いして、タルーを見ると、病勢の一時休止があったところで、病人もまた眠っていることがわかった。馬車の木と鉄の車輪が、遠ざかりながらまたとどろいていた。窓辺では、日の光がまだ暗かった。リユーがベッドに近寄ると、タルーはまだ眠りから脱け出していないかのように、表情のない目で彼を見た。

「眠れたようだね」と、リユーはたずねた。

「うん」

「呼吸は楽になったかい」

「少しね。これにはなにか意味があるのかい」

リユーは黙り、そして、少したってから――

「いや、タルー。なにも意味はないよ。君も知っているだろう、朝の一時的な鎮静のことは」

タルーはうなずいた。

「ありがとう」と、彼は言った。「いつでも正確に答えてくれたまえ」

リユーはベッドの足もとに腰を下ろしていた。墓石上の横臥像の四肢を思わせる、病人の長く固い足を身近に感じた。タルーはさきほどよりもさらに強く息をしていた。

「熱がまた上がってくるんだろうね、リユー」と、彼は息切れした声で言った。

「そうだ、しかし正午には、はっきりしたことがわかるだろう」

タルーは目を閉じて、自分の力をかき集めているようだった。顔には疲労の色が読み取れた。身体の奥底のどこかで熱がすでにうごめき出しており、それが高まってくるのを彼は待っていた。目を開けたとき、そのまなざしには輝きが失われていた。自分のほうへ身をかがめているリユーの姿を見たときにだけ、それは光を帯びた。

「飲みたまえ」と、リユーは言った。

相手は飲み、頭をまた下ろした。

「長いね」と、タルーが言った。

リユーはその腕を取ったが、タルーは目をそらせたまま、もうなにも反応しなかった。にわかに、熱が内部の堤防を破壊したかのように、彼の額にまではっきりと上ってきた。タルーのまなざしがリユーのほうに戻ってきたとき、医師は張りつめた顔を見せて彼を勇気づけた。タルーはもう一度微笑もうとしたが、引きしめた顎と白い泡で固まった唇をゆるめることはできなかった。けれども、固い表情のなかで、その両の目は勇気のあらゆる光に満ちてなおも輝いていた。

　七時に、リユー夫人が部屋に入ってきた。医師は執務室に戻り、病院に電話して、自分の代理を立ててくれるよう手配した。彼はまたいくつかの診療を延期することに決めて、診察室の長椅子に束の間横たわったが、すぐに身を起こして寝室に戻った。タルーはリユー夫人のほうへ顔を向けていた。小さな人影が椅子の上で身を丸くし、膝の上で両手を合わせているのを、彼は間近に見つめていた。その見つめ方があまりにも強いので、リユー夫人は唇に指を一本あててから、立ち上がり、枕元の電灯を消した。しかし、カーテンの背後に日の光が速やかにさしこみ、すぐにも病人の顔が闇から浮かびあがると、リユー夫人は、彼が相変わらず自分を見つめているのがわかった。彼女は病人のほうに身をかがめて長枕をととのえ、立ち上がると、濡れて乱れた髪に一瞬手を置いた。そのとき遠くから、ありがとう、いまはすべてがよい[128]、というかすかな声が聞こえた。彼女がふたたび腰を下ろすと、タルーは目をつむり、その疲れ切った顔は、口を堅く閉ざしているにもかかわらず、ふたたび微笑んでいるように見えた。

正午になると、熱は最高潮に達した。身体の奥から発するような咳が病人の全身をゆさぶり、彼はここではじめて血を吐き始めた。リンパ節の腫脹は止まっていた。それは動かず、ナットのように固く、関節のくぼみにねじ込まれたままで、リユーは切開するのは無理だと判断した。熱と咳の合間に、タルーはまたときおり友とその母を見た。しかしやがて、その目は開くことがますます少なくなり、彼のやつれ果てた顔を明るくする光は、そのたびに薄れていった。痙攣的な身震いでこの肉体をゆさぶる雷雨は、それを稲光で照らすことも次第にまれになり、タルーは岸から離れ、この嵐の奥へゆっくり流されていった。リユーの目の前にあるのは、微笑の消えたもはや動かない仮面でしかなかった。彼にあれほど親しかったこの人間のかたちをしたものは、いまは槍に突き刺され、人知を超えた苦痛に焼かれ、天空の憎悪のこもったあらゆる風にねじまげられて、目の前でペストの海に沈んで行ったが、この遭難にたいして彼はなにもなしえないのであった。空手で、心は引き裂かれ、武器も援助もなく、さらにもう一度、この災厄にたいして彼は岸辺にとどまらねばならなかった。そしてついに、タルーが突然壁のほうに向きを変え、まるで彼の内部のどこかで重要な綱が断ち切れたかのように、うつろなうめき声のなかでこと切れたとき、リユーは無力の涙にさまたげられてそれが見えなかった。

続いて訪れた夜は、闘いの夜ではなく沈黙の夜だった。世界から切り離されたこの寝室で、いまでは服装をととのえられた遺体の上に、リユーは驚くべき静謐がただよっているのを感じた。それは、幾夜か前に、ペストを見下ろすテラスの上で、市門の襲撃のあとに訪れた静謐だった。あのときも、彼はすでに、人びとを死ぬままに残してきたベッドから立ち上る沈黙のことを考えていた。それはいたるところにある同じ休止、同じ厳かな間合い、闘いのあとに続くいつも同じ鎮静であり、それは敗北の沈黙だった。しかし、いま友を包み込んでいる沈黙はといえば、これはきわめて濃密で、ペストから解放された町や通りの沈黙とすっかり一致しているので、リユーは、今回こそは完全な敗北、戦争を終わらせ、平和そのものを慰めのない苦しみとする敗北であると感じた。最後にタルーが心の平和を見出したかどうか、リユーにはわからなかったが、少なくともこの瞬間、息子を奪われた母や友を埋葬した男にとって休戦がないのと同様、彼自身には、もうけっして平和はありえないとわかっているような気がしていた。

戸外は変わらぬ冷たい夜であり、澄んで凍えた空では星が氷結していた。薄暗い寝室にいると、窓ガラスに重くのしかかる寒気、極地の凍てつく夜を思わせる青白い大きな息吹が感じられた。ベッドのそばでは、リユー夫人が枕元の電灯に右半身を照らされて、いつもと同じ姿勢で腰かけていた。部屋の中央で、明かりから離れて、リユーは肘掛椅子に身を置いていた。妻のことが思い浮かんだが、そのたびに彼はそれを払いのけた。

さきほどの宵のはじめには、通行人の靴音が冷たい夜にはっきりと響いていた。

「ぜんぶ、ちゃんとしておいたの?」と、リユー夫人が言った。

「ええ、電話をかけておきました」

そこで、彼らは沈黙の夜伽《よとぎ》を続けたのであった。リユー夫人はときどき息子を見た。そのまなざしのひとつに出会うと、彼は微笑みかけた。街路では夜の耳慣れた物音が相次いで聞こえた。まだ許可は下りていなかったが、多くの車がふたたび往来していた。車は舗石をなめるように急速度で走り、消え去ってはまたあらわれた。話し声、呼びかけ、戻ってきた静寂、馬の蹄の音、カーブで軋《きし》る二台の市電、はっきりしないざわめき、そしてふたたび夜の息吹。

「ベルナール」

「ええ」

「疲れていない？」

「いいえ」

いまこのとき、母がなにを考えているのかを、そして自分を愛してくれていることを彼は知っていた。しかし、彼はまた、ひとりの人間を愛することはたいしたことではなく、少なくとも愛はそれにふさわしい表現を見出せるほど強くはないことも知っていた。こうして、母と彼とはいつまでも沈黙のなかで愛し合うだろう。そして、今度は彼女が——あるいは彼が——死ぬだろう、生涯を通じて、彼らの愛情の告白においてそれ以上先へ進むことはできずに。同じように彼はタルーのそばで生きて来たのであり、そのタルーは今晩死んでしまった、彼らの友情がほんとうに生きられる時間もないうちに。タルーは、彼が言っていたように、勝負に負けた。しかし彼、リューはなにを勝ち得たのだろうか。彼が得たのは、ペストを知りそれを思い出し、友情を知りそれを思い出し、愛情を知りいつの日かそれを思い出すだろうということだけだ。ペストと人生の試合において人が勝ち得ることができたすべて、それは知識と記憶である。おそらく、タルーが勝負に勝つと言ったものがそれだったのだ！

ふたたび一台の車が通過し、リユー夫人が椅子の上で少し身体を動かした。リユーは彼女に微笑みかけた。自分は疲れていないと彼女は言って、それからすぐにことばを続けた。

「おまえも向こうへ、山へでも行って、休まなくてはね」

「ええ、お母さん」

そうだ、向こうへ行って休息しよう。かまわないではないか。それはまた、思い出を確認するための機会になるだろう。しかし、もし勝負に勝つということがそれであるなら、希望するものを奪われ、知っていることと思い出すことだけで生きるとは、なんとつらいものなのか。おそらくそのようにしてタルーは生きたのであり、彼は幻想のない人生を生きることがどんなに不毛であるかを意識していたのである。希望のないところに平和はない。そしてタルーは、だれにたいしてであれ、刑を宣告する権利は人間にはないのだと断言したが、しかしなにびとも刑を宣告せざるをえず、犠牲者でさえもときには死刑執行人になることを知っていた。彼は分裂と矛盾のなかで生き、けっして希望を知ることはなかったのだ。そのためにこそ、彼は聖性を望み、人びとへの奉仕のなかに平和を求めたのだろうか。実のところ、リユーにはなにもわからなかったし、そのことはたいして重要ではなかった。彼が保持し続けるであろうタルーの姿は、両の手のひらいっぱいにハンドルを握って運転する男の姿であり、あるいはがっしりした身体でいま動かずに横たわっている姿であるだろう。生の熱さと死の姿、それこそが知識であった。

おそらくはそのせいであっただろうが、医師リユーは、その朝、妻の死の知らせを平静に受け止めた。彼は執務室にいた。母が走るようにして電報をもって来て、それから配達人に心づけを与えるために出て行った。彼女が戻って来たとき、リユーは開封した電報を手にしていた。彼女は息子を見た。しかし、彼は窓から、港の上に立ちのぼる壮麗な朝をいつまでも眺めていた。

「ベルナール!」と、リユー夫人は言った。

医師は放心したような表情で、彼女をまじまじと見た。

「電報は?」と、彼女はたずねた。

「そうなんです」と、医師は認めた。「一週間前です(129)」

リユー夫人は顔をそむけて、窓のほうを向いた。リユーは黙っていた。それから母に向かって、泣かないでほしい、覚悟はしていたがそれでもつらいことだと言った。ただそう言いながら、彼はこの苦しみが不意打ちではないのを知っていた。この数か月来、そして二日前から、同じ苦痛が続いていたのである。

二月の晴れた朝⑬、夜明けにとうとう市門が開き、市民によって、また新聞やラジオ、県庁の公式発表によって歓迎を受けた。話者自身は、この喜びに全面的に参加する自由をもたない人びとの仲間であったのだが、このあと果たすべきは、開門に続く喜びの刻々を伝える記録者としての任務である。

昼も夜も、盛大な祝賀行事が予定されていた。同時に、駅では汽車が煙を吐き始め、そのあいだにも、遠くの海から来た船が、すでに私たちの港へと進路を向けていた。こうして、この日が別離に苦しんだ人びとにとって、大いなる再会の日であることを明らかにしていたのだ。

あれほど多くの市民に取りついていた別離の感情がどうなったのかは、ここで容易に想像されるであろう。日中、市に入って来た列車は、出て行った列車に劣らぬ数の乗客を乗せていた。最後の瞬間に県の決定が取り消されることを恐れながらも、猶予の二週間のあいだに、各人がこの日のために席を予約していた。ただ、町に近づいてきた乗客の幾人かは、自分たちの懸念からすっかり解放されてはいなかった。というのは、近親者の運命についてはおおよそ知っていても、他の人びとや町そのものについてはまったく知らなかったからであり、町が恐ろしい相貌をしていると想像していたのだ。とはいえ、それがあてはまるのは、この期間ずっと情熱が燃え立つことのなかった人びとに限られる。

事実、情熱に燃える人びとは、自分の固定観念に縛られていた。彼らにとって変化したのは、ただひとつのことだけである。追放の何か月ものあいだ、彼らはできることなら時間を押してでもその歩みを速めようと願い、私たちの町が見え出したときにも、それを急き立てることに熱中していたが、列車が停止しようとブレーキをかけ始めると、反対に時の歩みを遅らせ、それを止めたいと思ったのだ。彼らは、愛にとってこの数か月の生活は失われたものだという、おぼろげだが痛切な感情を抱いていたので、その代償のようなものをばくぜんと求め、喜びの時間は待機の時間よりも二倍ゆっくり流れてほしいと願っていた。数週間前に知らせを受けたランベールの妻は、必要な手続きを済ませて駆けつけてきたが、その彼女を待つランベールのように、プラットホームで、あるいは部屋で待つ人びとは、同じ焦慮と混乱のうちにあった。というのは、ペストの数か月によって抽象と化したこの愛や優しさを、ランベールは、彼の支えであった生身の肉体と対面させたいと、不安のなかで待っていたからである。

彼は、疫病のはじめ、町の外へと一気に走り出て、愛する人との対面に突進したいと願っていたころの自分に戻りたかっただろう。とはいえ、それがもはや無理なことはわかっていた。彼は変わったのであり、ペストは彼のなかにひとつの余念を植え付け、それを彼は全力で否定しようとしていたが、しかしそれは彼の内部でかすかな不安であり続けていた。ある意味で、彼はペストがあまりにもだしぬけに終わったという気がしていて、平静を保てないでいた。幸福は全速力でやってきて、事態は期待よりも速く進行したのだ。ランベールは、すべてが一挙に自分に返され、歓喜が熱すぎてゆっくり味わうことができないのを理解した。

とはいえ、自覚の程度はさまざまであるが、だれもがランベールと同様だったのであり、すべての人びとについてこそ語らねばならない。自分たちの個人的な生活を再開した駅のプラットホームの上で、彼らは共通の運命をまだ感じながら、まなざしや微笑みを交わし合っていた。しかし、その流刑の感情は、汽車の煙が見えるや否や、めくるめく漠とした歓喜の驟雨を受けて、突然消え去った。汽車が停まり、そのかたちも忘れていた身体を歓喜を惜しみつつ両腕で抱いた瞬間、しばしば駅のこの同じ場所で始まった果てしない別離が、たちまち終わりを告げたのだ。ランベールはといえば、自分のほうに走って来た人影を見る間もなかった。相手はすでに彼の胸に身をうずめていた。彼女を両腕にしっかりと支え、なつかしい髪しか見えない頭を抱きしめ、彼は涙が流れるにまかせた。その涙が現在の幸福から来るのか、それともあまりにも長いあいだこらえてきた苦しみから来るのかはわからなかったが、少なくとも涙のせいで、自分の肩のくぼみにうずもれているこの顔が、彼があれほど夢見た顔なのか、それとも反対に見知らぬ他人の顔なのか、たしかめられないことに安堵していた。彼の疑念がほんとうであったかどうかは、いずれわかるだろう。ランベールの周囲の人びとは、ペストが到来して退去したあとも、人間の心は変わらなかったと信じている様子だったが、彼もまた、さしあたってはそのように振る舞いたかったのだ。

お互いに身体を寄せ合って、みんなは家に帰って行った。彼らは世界の他のことには目をつぶり、うわべはペストに打ち勝ったように見え、あらゆる悲惨を忘れていた。彼らはまた他の人びとのことを忘れていた。それは、同じ汽車で来たもののだれをも見つけることができず、長いあいだ音信がないために心のなかに生まれた恐れを、自宅に帰って確認することになるのを覚悟している人たちであった。いま新たに生まれた苦悩だけを連れ合いとしているこの人びとにとっては、またこの瞬間に故人を偲んでいる別の人びとにとっては、事態はまったく異なったものであり、別離の感情はその頂点に達していた。愛する相手が無名の墓穴に迷いこんだり、あるいは灰の山に埋もれたりしたため、あらゆる喜びを失ってしまった母親、妻や夫、恋人たち、彼らにとってはペストがいまもなお続いていたのである。

しかし、こうした孤独のことをだれが考えていただろうか。正午になると、太陽は、朝から大気のなかで抗《あらが》っていた冷たい息吹に打ち勝って、町の上に不動の光の間断ない波を注いだ。日の進行は停止していた。丘の頂きにある堡塁《ほうるい》の大砲が、動かない空でひっきりなしにとどろいていた。町の住民すべてが、苦しみの時は終わりを告げたがまだ忘却の時は始まらない、この息詰まる瞬間を祝うために戸外へ繰り出した。

広場という広場で、人びとは踊っていた。たちまち交通量はめざましく増大し、数の増えた車が、通行人があふれる街路を苦労しながら運行していた。午後のあいだじゅう、町の鐘は勢いよく鳴った。その振動が青く黄金色を帯びた空を満たした。実際、聖堂では、感謝の祈りが唱えられた。しかし同時に、歓楽の場所は満員ではちきれそうだったし、カフェでは先のことは気づかわずに、残りのアルコールを惜しみなく提供した。カウンターの前では、同じように興奮した客の群れがひしめき、そのなかには人目もはばからずに抱き合う多くのカップルがいた。だれもが叫んだり、笑ったりしていた。各人の心が休眠状態であったこの数か月のあいだになされた蓄えを、彼らにとっては生き延びたとも言えるこの日に濫費していたのだ。翌日には、本来の生活が用心深く始まるだろう。さしあたっては、素性もさまざまな人びとが肘をつきあい、親しく付き合っていた。死が蔓延するなかにあっても実際に実現しなかった平等が、少なくとも数時間のあいだは、解放の喜びによって打ちたてられたのである。

しかし、この月並みな陽気さがすべてを語っていたわけではない。午後の終わりに、ランベールの横に並んで、街頭をうずめていた人びとは、しばしば平静な態度の下にいっそう微妙な幸福を隠していた。なるほど多くのカップルや、多くの家族連れは、その外見ではただ平和な散歩者にしか見えなかった。ところが現実には、大多数の者は彼らが苦しんだ場所を訪れ、心こまやかな巡歴をおこなっていたのだ。それは、新しく来た者に、ペストの明白なあるいは隠れた印を、その歴史の痕跡を見せることであった。ある場合には、人びとは案内人を、多くのことがらの目撃者を、ペストの体験者を演じることで満足し、恐怖をあおりたてることなく危険について語った。これらの喜びには害がなかった。しかし他の場合には、いっそう心ゆさぶる路程もあり、そこでは思い出の甘美な不安に身をまかせ、恋人が同行者に向かって、「ここで、そのとき、君を抱きしめたかったのに、君はいなかったんだ」と言ったかもしれない。そのとき、これら情熱の旅人たちは、はっきり見分けることができた。歩む道のざわめきのただなかにあって、彼らはささやきと打ち明け話の小島を形作っていたのだ。四つ辻のオーケストラ以上に、彼らこそが真の解放を告げていた。というのは、ぴったり抱き合ってことばも惜しんでいるこれら有頂天のカップルたちは、喧騒のさなかで、幸福の勝利と不公平を同時に示しつつ、ペストは終息し、恐怖の支配が終わったのを断言していたからだ。人間の殺害がハエを殺すことと同じくらい日常事となったあの狂気の世界、それを私たちが知ったのは明白な事実であるのに、この恋人たちはそのことを静かに否定していたのだ。また、あの紛うかたなき残酷さ、計算ずくの錯乱状態、現在以外のすべてに恐ろしい自由をもたらすあの幽閉状態、生き延びた者すべてを仰天させる死の匂い、それを私たちが知ったことを彼らは否定していた。そして最後に彼らは、私たちが、毎日一部の者が焼却炉の入口に積まれて油じみた煙となって消散し、そのあいだに他の者が無力と恐怖の鎖につながれて自分の番を待っていた、あの茫然たる市民であったことを否定していたのだ(131)。

いずれにせよ、それがリユーの目に映じたものであり、町はずれへ向かおうとして、彼は午後の終わりに、鐘の音や砲声、音楽や耳をつんざく叫び声のあいだをひとりで歩いていた。彼の職務は続いていたし、病人には休暇というものはなかった。町の上に降り注ぐ美しく細やかな光のなかで、焼けた肉やアニス酒の昔と変わらぬ匂いが立ちのぼった。彼の周囲では、陽気な顔をした人たちがのけぞって空を仰いでいた。男たちも女たちも、顔をほてらせ、欲望に高揚し、その叫び声をあげながら、互いにしがみついていた。そうだ、ペストは恐怖とともに去って行ったのだ。そしてたしかに、これらのからみあった腕は、その語の深い意味において、ペストが流刑と別離(132)であったことを物語っていた。

ここではじめてリユーは、数か月にわたって町を行く人びとの顔に読み取ってきた、この一家族のような様子に、はじめて名前を与えることができた。それにはいま周囲を見るだけで十分だった。悲惨と窮乏に苦しんだままペストの終わりに達して、これらすべての人びとは彼らがすでに長いあいだ演じてきた役割、すなわち亡命者の役割の扮装を最後にまとったのだ。まずは亡命者の顔、そしていまでは亡命者の服装が、不在と遠い祖国を語っていた。ペストが市門を閉じた瞬間から、彼らはもう別離のなかにしか生きていなかったし、すべてを忘れさせてくれるあの人間的な暖かさを奪われていた。町のあらゆる片隅で、さまざまな程度において、これらの男たちや女たちは、だれにとっても同じ性質のものではないが、だれにとっても同じように不可能な、ひとつの結びつきを熱望していたのだ。大部分の者は、いまそばにいない人に向かって、肉体の暖かみ、優しさや習慣を力のかぎり叫び求めた。またある者たちは、人間の友情の外に置かれたことに、もはや手紙や列車や船といった、友情の通常の手段によって結びつくことができない状態に、しばしばそうと知らずに苦しんでいた。他の者たちは、さらに数は少ないものの、おそらくタルーのように、明確には名指しえないが、望ましい唯一の善と思われるなにものかとの結びつきを求めた。そして、他に名付けようがないために、彼らはときどきそれを平和と呼んだのである。

リユーは歩き続けていた。進むにつれて、群集は彼の周囲でふくれ上がり、喧騒が増大し、彼がたどり着こうとしている町はずれはいっそう遠ざかるように思われた。少しずつ、彼はこの咆えたてる大集団のなかに溶け込み、その叫び声を次第によく理解できるようになった。少なくともその一部は彼の叫び声でもあったのだ。そうなのだ、肉体と同時に心において、だれもがともに、困難な休暇に、治癒のない流刑に、けっして癒されぬ渇きに苦しんだのだ。死者の累積、救急車のサイレン、運命と呼びならわされているものの宣告、恐怖の執拗な足踏み、そして彼らの心のすさまじい反抗、それらのなかにあって、大きなざわめきはたえず恐怖にかられたこの人びとに付きまとい、警告を発して、彼らに真の祖国を取り戻さねばならぬと告げていた。彼らすべてにとって、真の祖国は、この窒息させられた町の外壁のかなたにあった。それは丘の上の芳香を放つ茂みのなか、海や自由の国や愛の重みのなかにあった。そして、彼らは、その祖国へ向かって、幸福へ向かって戻って行こうと望んでいたのだ、その他のものには嫌悪とともに顔をそむけて。

この流刑と、この結びつきへの欲求がどのような意味をもちうるのか、リユーはなにも知らなかった。あらゆる方向から押され、声をかけられ、なおも歩きながら、彼は少しずつ人の少ない通りに来て、これらのことが意味をもつかもたないかは重要ではなく、なにが人間たちの希望に答えているのかだけを見なければならないと考えた。

彼はいまではその答えを知っていたし、ほとんど人影のない町はずれの最初の小路で、それがいっそうよくわかった。わが身にあるごくわずかなもので満足し、自分たちの愛の家へと帰還することだけを望んだ人びとは、ときには報われた。たしかに、彼らのなかには、待っていた人と再会できず、孤独なまま町を歩き続けている者もいた。だが、二度の別離を体験しなかった者は、まだしも幸いであったと言える。たとえば、疫病の前に自分たちの愛を一度で確立できなかった者は、反目する恋人たちを最後には強く結びつけてくれる困難な和解を、何年ものあいだ盲目的に求め続けたのだ。彼らは、リユー自身のように、軽率にも時間をあてにしたのである。彼らは永遠に引き裂かれていた。しかし、その他の人びとは、医師から今朝別れるときに「しっかり、いまこそ、自分の正しさを示すべきですよ」と言われたランベールのように、失ったと思っていた不在の人を躊躇なく取り戻したのだ。少なくともしばらくのあいだ、彼らは幸福でいられるだろう。いま彼らは、人がいつも望んでいて、ときには手に入れることができるものがあるとすれば、それは人間の愛情であることを知っていた。

これと反対に、人間を越えて、想像さえできないなにものかに訴えた人たちすべてには、ついに答えはなかった。タルーは彼が話していたあの困難な平和に到達したように見えるが、しかし、それを見出したのはただ死のなかにおいて、それが彼にはもうなんの役にも立たなくなったときでしかなかった。反対に、傾きかけた日差しを浴びて、家々の入口で力いっぱい抱き合い、夢中で見つめ合っているのをリユーが見かけた人びと、彼らは望んでいるものを手に入れたのだ。それは、彼らが自分たちに可能なただひとつのものを求めたからである。そして、グランとコタールの住む通りへと曲がるとき、リユーは、人間とその貧しくとも並外れた愛だけに満足する人びとに、せめてときおりは喜びが報酬として与えられることは正しいのだと考えた。

この記録も終わりに近づいた。医師ベルナール・リユーは、自分が著者であると告白してもいいときだろう。[133] しかし、最後の事件を語る前に、少なくとも、自分が発言するのは正当であると主張し、客観的な証言者の語調を取ることに努めたことを理解してほしいと思う。ペストの全期間にわたって、彼はその職務上、大部分の市民と面談し、彼らの感情を汲み取ることができた。したがって、彼は見聞したことを報告するのにふさわしい立場にあったのだ。だが彼は、それを望ましい節度を保っておこなおうと望んだ。多くの場合、見ることができた以上のことを報告せず、ペストの運命をともにした人びとに彼らが抱かなかった考えを付与せず、偶然により、あるいは不幸のせいで、彼の手に入った資料だけを使用しようと心がけた。

一種の犯罪のようなことがらにあたって証言するよう求められたのだから、彼は善意の証人にふさわしい、一定の節度を守った。しかし同時に、誠実な良心の命ずるところに従って、彼は断固として犠牲者の側に立ち、市民たちと一体になって愛、苦しみ、流刑といった彼らが共通にもつ唯一の確実なものを体験することを望んだ。かくして、彼が共有しなかった市民の不安はひとつもなく、彼自身のものでなかったどんな状況もないのである。

忠実な証言者であろうとして、彼はとりわけさまざまな記録、資料、風聞を報告せねばならなかった。しかし、個人的な立場で語るべきこと、彼自身の期待や試練については、黙っているべきであった。それをもち出した場合も、それはただ市民を理解し、あるいは理解させるためであり、多くの場合、彼らがばくぜんと感じていたことに、可能な限り明確なかたちを与えるためであった。実を言えば、こうした理性的な努力は、彼にはさほどの苦労ではなかった。ペストに苦しんだ人びとのあまたの声に、自分の打ち明け話を直接加えたい誘惑にかられたときには、自分の苦しみで同時に他の人たちの苦しみでないものはひとつとしてなく、苦悩がしばしば孤独なものである世界において、このことはひとつの特典であると考えて、それを思いとどまったのだ。断固として、すべての人びとのために語るべきであった。

しかし、市民のなかで少なくともひとり、リユーが擁護して語ることができなかった者がいる。実際、それはタルーがある日リユーに、次のように言った人物である。「彼の唯一のほんとうの罪は、子どもたちや人間たちを死なせたものに心のなかで同意を与えたことだ。他のことは、ぼくには理解できる。しかし、この点については、彼を赦してやるには骨折りが必要だ」。この記録が、無知な、すなわち孤独な心をもつこの人物によって終わるのは、妥当なことだろう(134)。

祝祭の騒々しい大通りから出て、グランとコタールの住む通りへと曲がるとき、おりしもリユーは警官による交通規制に止められた。予期しないことだった。祝祭の遠いざわめきは、地区の静寂を際立たせていたし、彼はそこがひっそりして人影がないと想像していたのだ。彼は身分証明書を取り出した。

「だめです、先生」と、警官は言った。「頭のおかしな男がいて、群集に発砲しとるんです。でも、そこにおってください。役に立っていただくことになるかもしれません」

そのとき、リユーはグランが自分のほうにやってくるのを見た。グランも事情をまったく知らなかった。彼は通行を止められ、ただ発砲が自分の住居のある建物からなされたことは聞いていた。遠くから、なるほど、熱のない太陽の最後の光で、その建物の正面が黄金色に照らされているのが見えた。その周囲には、なにもない大きな空間ができて、それが向かいの歩道まで達していた。車道の中央には、一個の帽子と汚れた布の切れ端がはっきりと見えた。リユーとグランは、ずっと遠く、通りの反対側に、彼らの前進を妨げた警官の列と平行して、警戒線が張られているのを見ることができた。その向こうでは、地区の住民が何人か急ぎ足で行き来していた。同時によく見ると、グランの住居がある建物の正面にいくつか大きな建物があり、その扉に、警官たちが手に拳銃をもって身をひそめているのがわかった。グランの建物では、よろい戸がすべて閉められていた。ただ三階では、ひとつのよろい戸が、半ばはずれているように見えた。通りは静まり返っていた。町の中心部から流れてくる音楽だけが断片的に聞こえた。

しばらくして、正面の大きな建物から二発の銃声が炸裂し、グランの建物の三階のよろい戸がばらばらになって、破片が飛び散った。それから、ふたたび静寂が戻ってきた。遠くから見ていると、一日の喧騒のあとで、それはリユーに少し非現実的なものに思われた。

「コタールの窓ですよ」と、突然グランがひどく興奮して言った。「でも、コタールはこのところ姿を見せていません」

「なぜ、発砲するんですか」と、リユーは警官にたずねた。

「やつの気をそらそうとしとるんです。車が必要な機材を運んでくるのを待ってるところで。建物の扉から入ろうとする者に向かって、やつが撃つのでね、けがをした警官もいます」

「なぜ、彼は撃ったんですか」

「わからんです。みんなが通りで、楽しんでおったんです。拳銃の最初の一発では、なにがなんだかわかりませんでした。二発目で叫び声と、けが人が出て、みんなが逃げ出した。狂人ですよ、要するに」

戻ってきた静寂のなかで、時間のたつのがのろく感じられた。突然、通りの向こう側で、犬が姿をあらわしたのが見えた。リユーにとっては、ずいぶんひさしぶりに見る犬であり、飼い主がそれまで隠していたに違いない汚れたスパニエル犬が、壁に沿ってちょろちょろ走っていた。扉の近くまで来ると、犬はためらい、尻を下ろして、ノミをむさぼるために身を回転させた。警官たちが何度も呼び子を吹いて、犬を呼んだ。犬は頭をもたげ、それから路上の帽子の匂いを嗅ぐために、悠然と車道を横断することに決めたかのようだった。そのとき、三階から拳銃の一発が放たれ、犬はクレープのように裏返って、激しく四肢を動かし、長い身震いのあと最後に横倒しになった。それに応酬して、正面の扉から五、六発の銃声があり、さらにまた三階のよろい戸を粉々にした。ふたたび静寂が降りてきた。太陽が少し傾いて、陰がコタールの部屋の窓に近づき始めた。リユーの背後の通りで、ブレーキの静かなうなり音が聞こえた。

「来た、来た」と、警官が言った。

彼らの背後に、警官たちが、ロープと梯子、防水布で包んだ細長い二つの袋をもって出てきた。彼らは、グランの建物の反対側にある、一区画の家々を取り囲む小路に入って行った。しばらくして、これらの家の扉のなかで、見えはしないが、なにかしらのざわめきの気配が感じられた。それから人びとは待った。犬はもう動かず、いまでは暗い血だまりに浸っていた。

警官たちが占拠した家々の窓から、いきなり軽機関銃の発砲が開始された。射撃のあいだずっと、またも狙われたよろい戸は文字通り花びらのように散って、黒い穴のおもてをあらわに見せたが、リユーとグランの位置からは、そこになにも見分けることができなかった。射撃がおさまると、別の角度のさらに遠い建物から、第二の軽機関銃がぱちぱち音を立てた。弾はおそらく窓の四角い枠に入ったのだろう。その一発がレンガのかけらをはね飛ばした。同じ瞬間、三人の警官が走って車道を横断し、入口の門に駆け込んだ。ほとんど同時に、別の三人がそこへ急ぎ、軽機関銃の射撃はやんだ。人びとはまた待った。はるかな二つの銃声が建物のなかでとどろいた。それからざわめきが高まり、上着を脱いだ小柄な男がひっきりなしに叫びながら、引きずられるというよりむしろ担がれて、家から出てくるのが見えた。まるで奇跡のように、街路に面したよろい戸が一斉に開かれ、窓には物見高い人たちが群がり、他方で家々から大勢の人があらわれて、警戒線の背後に殺到した。車道の中央に、腕を背後で警官に押さえられ、ようやく地面に足をついたその小男が一瞬見えた。彼はわめいていた。ひとりの警官が近づき、気合を入れてゆっくりと、こぶしで力まかせに二回殴った。

「コタールです」と、グランが口ごもりながら言った。「頭がおかしくなっている」

コタールは倒れていた。地面に横たわった身体に、警官がまた力のかぎり足蹴を加えるのが見えた。それから乱雑な集団がもみあいながら、リユーとグランのほうへ向かってきた。

「止まらずに進んで!」と、警官が言った。

集団が前を通過するとき、リユーは目をそらせた。

グランと医師は、終わろうとするたそがれのなかを歩きだした。いまの事件が、眠り込んでいた麻痺状態から地区を揺すぶり起こしたかのように、この中心部から離れた街路は、歓喜する群集のざわめきにふたたび満たされた。自宅のある建物の下で、グランは医師に別れを告げた。彼はこれから仕事に取りかかるつもりだった。しかし、階段を上るときになって、ジャンヌに手紙を書いたので、いまでは満足していると言った。そして、彼は自分の文章を書き直し始めていた。「削りましたよ」と、彼は言った。「形容詞は全部」

それから、いたずらっぽい微笑みを浮かべて、彼は儀式ばったやり方で帽子をもちあげた。しかし、リユーはコタールのことを考えており、喘息病みの老人の家へ向かうあいだ、コタールの顔を押し潰したこぶしの鈍い音がつきまとって離れなかった。おそらく、罪人のことを考えるのは、死者のことを考えるよりつらいのだ。

リユーが老人の患者の家に着くと、夜はすでに空全体に広がっていた。部屋からは、解放の遠いざわめきが聞こえ、老人はいつもと変わらぬ機嫌で豆を移し続けていた。

「連中が楽しむのはもっともだ」と、彼は言った。「世の中はさまざま、楽しみも必要だからね。ところで、先生、あんたの仲間はどうなさったね」

爆鳴が彼らのところまで聞こえてきたが、それは平和を告げるものだった。子どもたちが爆竹を鳴らしていたのだ。

「死んでしまった」と、うなる音を立てる胸に聴診器をあてながら医師は言った。

「へえ！」少し狼狽して老人は言った。

「ペストでね」と、リユーは言い添えた。

「まったくね」。少し間をおいてから、老人は納得して言った。「いちばんいい人たちは逝ってしまう。それが人生ってものさね。でも、あの人は自分の望んでいることがわかっている人だったな」

「なぜ、そんなことを言うんだい」と、聴診器を片付けながらリユーは言った。

「とくに理由はないんですがね。あの人はむだなことは言わない人だった。要するに、わしはあの人が気に入っていた。でも、こんなもんですよ。他の連中は「ペストだ、ペストにかかったぞ」って言いますよ。もう少しで勲章がほしいって言いかねないぐらいだ。でも、なんですかね、ペストって？　それが人生ですよ、結局は」

「きちんと吸入をやることだね」

「ああ、心配しないでください。わしは長生きして、他の連中みんなを見送ってやるんでさ。生き方ってものを知ってますからね」

遠くで歓喜の叫喚が彼のことばに答えた。医師は部屋の中央で立ち止まった。

「テラスに出るのは迷惑かな」

「いや、まったく！　上から連中を見たいんですか。お好きなように。連中はいつも変わりませんよ」

リユーは階段のほうへ進んだ。

「ねえ、先生、ペストの死者のために記念碑を立てるっていうのは、ほんとうですかい」

「新聞ではそう言ってるね。記念碑か記念プレートか」

「そうだと思ってましたよ。それで演説が始まるんだ」

老人は喉を詰まらせながら笑った。

「いまからそれが聞こえますよ。「われらが犠牲者たちは……」」、それから飯を食いに行くってわけだ」

リユーはすでに階段を上っていた。冷たい大空が家々の上できらめき、丘の近くでは星が燧石《ひうちいし》のように凝固していた。この夜は、彼とタルーがペストを忘れるためにテラスに上ったあの夜と、ほとんど変わらなかった。ただ断崖の下で、海はあのときよりもいっそうざわめいていた。秋の生ぬるい風が運んできていた潮風はいまでは消えており、大気は動かず、軽やかだった。ただ、町のざわめきは相変わらず、波の音とともにテラスの下に打ち寄せていた。とはいえ、この夜は解放の夜であり、反抗の夜ではなかった。遠くでは、黒っぽい赤みを帯びた照り返しが、光に照らされた並木道と広場のありかを示していた。いまや解放された夜のなかで、欲望はなにものにも束縛されず、そのとどろきがリユーのところまで届いてきた。

暗い港から、公式祝賀の最初の打ち上げ花火が上がった。町の人びとは長く続くかすかな叫び声でそれを歓迎した。コタールもタルーも、そしてリユーが愛し失った男たちや女たち、だれもが、死者であれ罪人であれ、忘れられていたのだ。老人が言ったことは正しかった。人間たちはいつも変わらない。しかし、それが彼らの力であり潔白なのであり、そしてここにおいてこそ、あらゆる苦しみを越えて、リユーは彼らと一体であると感じた。いろどり豊かな光の束がいっそう数多く空に昇るにつれて、力強さと持続を倍加しながらテラスの下まで長く響いてくる叫びのただなかで、医師リユーは、ここで終わりを告げるこの物語を書きつづろうと決心したのであった。それは、押し黙る人びとの仲間に入らないために、これらペストに苦しんだ人びとのために証言し、彼らにたいしてなされた不正と暴力のせめて思い出だけでも残しておくために、そして災禍のさなかにあって人が学び知ること、すなわち人間のなかには、軽蔑すべきものより賛嘆すべきもののほうが多くあるということ、それだけを言うためだった。

しかし、彼はこの記録が決定的な勝利の記録ではありえないことを知っていた[135]。これは成し遂げねばならなかったことの証言でしかなく、そしてまた、おそらく、聖者にはなれずとも災禍を受け入れることを拒否し、医者たらんと努力するあらゆる人びとが、身や心が引き裂かれても、恐怖とその執拗な武器に対抗して、成し遂げねばならないだろうことの証言でしかありえなかったのだ。

実際、町から立ちのぼる歓喜の叫び声に耳を傾けながら、リユーはこの歓喜がつねに脅かされていることを思い出していた。なぜなら、この喜びに沸く群集は知らなくても、書物のなかに書かれていることを彼は知っていたからだ。彼は知っていたのだ、ペスト菌はけっして死ぬことも消滅することもなく、家具や衣類のなかで数十年間眠ったまま生存でき、寝室や地下室、カバンやハンカチや反故《ほご》のなかで忍耐強く待ち、そしておそらくはいつか、人間に不幸と教訓をもたらそうと、ペストがふたたびそのネズミどもを呼びさまして、死なせるためにどこかの幸福な都市に送りこむ日が来るだろうということを。

訳　注

(1) カミュは、一九四六年半ば、彼にとって創作ノートとしての性格ももつ『手帖』に、ダニエル・デフォー(一六六〇―一七三一)の『ロビンソン・クルーソー』から取ったこの文章を書き留め、『ペスト』刊行のさいにはエピグラフとして掲げた。『ロビンソン・クルーソー』は三巻からなるが、通常「漂流記」として知られているのは第一巻「ロビンソン・クルーソーの生涯と奇しくも驚くべき冒険」(一七一九)であり、カミュが引用したのは第三巻「真面目な省察」(一七二〇)の「序文」である。第三巻は、前二巻とは異なりフィクションの冒険譚ではなく、ロビンソンが語る形式をとった、モンテーニュの影響なども見られるエッセイ集になっている。イギリスの著作家、ジャーナリストであるデフォーは、少年時代に、当時のロンドンの人口の二割が死亡したといわれる一六六五年から六六年にかけてのペスト大流行を体験したと推測されている。一七二二年に、彼はこの出来事を題材とする『ペスト年代記』を書いたが、これはカミュが『ペスト』執筆にあたって参考にした文献のひとつである。カミュがエピグラフを事実の記録である『ペスト年代記』

ではなく、『ロビンソン・クルーソー』から取ったのは、おそらくは小説『ペスト』のアレゴリー(寓意)的性格を念頭においてのことだろう。

(2) オランは、アルジェにつぐアルジェリア第二の都市。同国の北西部に位置する。アルジェリアの主要港のひとつを有し、商業の中心地でもある。アルジェで育ったカミュには、オラン出身の友人も多く、妻フランシーヌはオランで生まれ育っている。彼自身は、一九三九年から四〇年にかけて三度オランに短期間滞在し、四一年一月にフランスから戻ったあと四二年八月まで、一年半にわたって新妻の実家のあるこの町に住んだ。このオラン滞在中に、彼は『手帖』に『ペスト』の最初のプランを記している。

(3) 事件の異様さとそれが起こった場所の平凡さとの対比を述べるこの冒頭部分は、ドストエフスキーの『悪霊』の冒頭を想起させる。「私は今この町、——べつにこれという特色もないこの町で、つい近ごろもちあがった、奇怪な出来事の叙述にとりかかるに当って……」(米川正夫訳)。若いころからカミュはドストエフスキーの作品に親しんでおり、後年には、みずから『悪霊』を翻案・演出し、一九五九年一月、パリのアントワーヌ劇場で上演した。

(4) アルジェリアは、一八三〇年から一九六二年に独立するまでフランス領であった。一八四八年から北部アルジェリアは准海外県となり、アルジェ、オラン、コンスタンティーヌの三県に分かれていた。一九〇二年からはこの三県は、フランス本国と同等の扱いとなった。オラン市はオラン県の県庁所在地であった。

(5) カミュは、一九三九年から書き始めた「ミノタウロスあるいはオランの休息」を、四六年二月雑誌『ラルシュ』に発表したあと、五四年にエッセイ集『夏』に収めた。そこでは、オランの町は、「なにものも精神を刺激せず、醜ささえも個性をもたず、過去が無に帰すような町」として提示される。『ペスト』においても、とりわけ町の凡庸さがくり返し強調されている。

(6) プレイヤッド版の編者によると、第一稿では「アラブ人たちが郊外から運んでくる花籠」となっていたが、決定稿ではアラブ人の文字が消える。カミュはオランを現実のなかに根づかせる部分を削除したのである。

(7) 金属製のボールを転がして、標的球に近づけることを競うゲーム。南フランスが起源で、野外でおとなたちが興じる。

(8) 一九四二年二月二十一日、カミュはオランからジャン・グルニエに手紙を送り、「病気とオラン、それは二つの砂漠です」と書いた。彼自身が結核の病を養う身であった。

(9) 一九四一年一月、オラン滞在中のカミュは『手帖』に次のように書き、ほぼ同じ文章がエッセイ「ミノタウロスあるいはオランの休息」にも収められた。「この町は海に背を向けている。〔……〕最後にミノタウロスがオランを呑み込む。それは倦怠なのだ」。

(10) カミュの若き日の習作『幸福な死』(一九七一、死後刊行)には、ベルナールという名の医師が脇役として登場しており、『ペスト』ではその名が主人公である医師のファーストネームに用いられている。

(11) ペストの前触れとしてのネズミの死について、カミュは、作家マルセル・プルーストの父であり、ソルボンヌ大学教授にして公衆衛生の専門家であったアドリアン・プルーストの著作『ペストにたいするヨーロッパの防衛』(一八九七)から想を得た。この本のなかに、カミュはネズミに関する次のような記述を見つけ、「ペストのためのノート」に書き写している。「ネズミは穴から出てきて、よろめき、くるくる回転し、血を吐き、そして倒れる」。

(12) リユーの妻の病名は明らかにされないが、山にある施設へ療養に行くことから推測すると、カミュは自分自身の肺の病気を彼女に付与しているのだろう。一九四二年七月、カミュは医者から結核療養のため高地で過ごすことを勧められ、翌八月に当時滞在していたオランを去って、フランス本国に戻り、中央山岳地帯のル・シャンボン゠シュル゠リニョン近くの村ル・パヌリエに農家を借りて住み始めた。

(13) オランは距離的にスペインに近く、街並みにもその影響がある。十九世紀には多くのスペイン人が移住し、『ペスト』のなかにも少なからず登場する。

(14) 予審とは、起訴された事件について、公判前に裁判官があらかじめおこなう審理のことであり、これを担うのが予審判事である。『異邦人』(一九四二)では、主人公ムルソーが逮捕されたあと公判までの十一か月、予審を受けることになり、彼は予審判事との会見を重ねる。なお、日本の現行法では予審は認められていない。

(15) カミュは、『ペスト』の登場人物のそれぞれに、自分の一部を与えている。ランベールには、アルジェリア時代の新聞記者の体験を反映させた。一九三八年十月に創刊された左翼の小新聞『アルジェ・レピュブリカン』において、二十五歳のカミュはジャーナリストとしての経歴を開始し、各種の記事を百五十本ばかり書いた。なかでも特筆すべきは「カビリアの悲惨」である。一九三九年、カビリア地方で詳細な調査をおこない、六月五日から十五日までに、十一本の報道記事にまとめたものである。ここでカミュは、アルジェリアの大地において繰り広げられる植民地政策の不正を告発している。

(16) サン゠ジュストは、フランスの政治家、革命家(一七六七―九四)。フランス革命に参加し、ロベスピエールの片腕とも称された。冷徹かつ厳格な弁論で知られ、ルイ十六世の死刑に賛成する演説をおこなった。カミュはのちに、一九五一年に刊行される『反抗的人間』第三部「歴史的反抗」内の「王を殺すものたち」において、サン゠ジュストを詳細に論じることになる。

(17) 「練兵場」の意味をもつアルム広場は、オランの中心広場。現在の名称は「一九五四年十一月一日広場」である。市役所および市立オペラ劇場がこの広場に面して建っており、広場の中央には共和国の記念像がある。『ペスト』の物語は、この広場を中心に展開し、医師リユーらがここを訪れ、またタルーとランベールが宿泊しているホテルもこの広場の近くにある。オランの地図参照。図1は一九三〇年代の同広場。

(18) 一九四二年八月から四三年十一月まで、カミュは結核の療養のため、ル・パヌリエで過ごしながら、『ペスト』の原稿を執筆していた。彼はこの地名ル・パヌリエからパヌルー神父の名前を作った。

(19) 現在は「七月五日通り」。オラン市の東部に位置し、海岸へと下っていく通り。オランの地図参照。

(20) このせりふは、カミュの『手帖』のなかに、一九三八年十二月にすでにあらわれている。一九四二年末に完成した『ペスト』の第一稿では、コレージュの文学教師であるステファンのことばであった。決定稿では、ステファンが姿を消して、コタールに付与されている。

図1

(21) ペストのなかでもっともよく見られる腺ペストでは、リンパ節(腺)が冒されて腫れあがり、皮膚に黒い斑点があらわれる。ペストの症候の記述については、カミュは次の二冊を参考にしている。ブールジュ医師による『ペスト、疫学・細菌学・予防』(一八九九)、

および トロザン医師による『一八六七年、メソポタミアにおけるペストの流行』(一八六九)。

(22) テレビン油を皮下に注射して人工的に膿瘍を作る方法で、フランスで広く用いられていた。

(23) オランという町の名前は、二頭のライオンを意味する語に由来する。一八八九年、フランス人彫刻家オーギュスト・ケインによって制作されたアルム広場の市役所前にあるライオン像(図2)は、市のシンボルとなっている。カミュの『手帖』には、一九四一年三月二十日の日付で次の断章がある。「オランについて。凡庸でばかげた伝記を書くこと。アルム広場の凡庸なライオンの像を刻んだ、凡庸な彫刻家であるケインについて」。

(24) 『異邦人』第一部第二章には、母を埋葬したあとの日曜日、ムルソーがバルコニーから道行く人びとを眺めて無為に過ごす場面がある。これは、もとはといえば、『幸福な死』第一部第二章にあったものであり、この主人公メルソーの日曜日の場面を、カミュはわずかな変更だけを加えて『異邦人』に書き写した。

図2

(25)『ペスト』が刊行された一九四七年六月、カミュは三十三歳七か月であった。

(26) 腺ペストでは、ペスト菌の媒介者であるノミによって菌が血管内にもちこまれ、鼠蹊部や腋の下に、リンパ節の炎症性腫脹が形成される。

(27) 実際には一昨日以前。コタールの自殺未遂は四月二十九日、リユーが再度コタールを訪れたのは、その二日後、すなわち管理人の死(四月三十日)の翌日の五月一日である。

(28) この「業務手帖」は、以後二度とあらわれることはない。ペストが猛威をふるうようになってからも、リユーがこの手帖を書き続けたのかどうかは明らかではない。

(29) パリにおいて最後にペストがあらわれたのは一九二〇年のことであり、百六人が罹患し、三十四人の死者が出た。

(30) アルジェリアは十九世紀初めまで何度かペストに襲われ、一八四九年にはコレラが猖獗をきわめた。また、カミュがオランに滞在していたあいだの一九四一年から四二年には、アルジェリア全土でチフスが猛威をふるい、数千人の死者を出した。このとき友人エマニュエル・ロブレスの妻も罹患した。ロブレスは、回想記『カミュ、太陽の兄弟』のなかで、日時は明記していないが、オランでカミュと会ったとき、カミュが、チフスに関してロブレスに長い質問をおこなったと述べている。「彼は私の話に注意深く耳を傾けていた。おそらく、彼の頭のなかには、オランを舞台にしたペストについての小説を書く計画がすでにあったのだろうと思う」。

（31）　一九三九年九月三日、英仏がドイツに宣戦布告して、第二次世界大戦が勃発するが、翌四〇年五月のドイツ軍のフランス侵攻までは、独仏間の戦闘は皆無に近い状態にあり、「奇妙な戦争」と呼ばれていた。「こんなことは長続きはしない。あまりにもばかげている」というのは、独仏開戦当時のフランス人の一般的な気分を連想させる。

（32）　東ローマ帝国の皇帝ユスティニアヌスの治世下の五四一年から五四二年にかけて、コンスタンティノープルでペストが大流行した。一日に五千人の死者をもたらし、最盛期には死者の数は一日に一万人に達したという。プロコピオスは『戦史』のなかで、流行の様子や社会の混乱を詳細に述べている。

（33）　広東でペストが流行したのは、実際には一八九四年のことである。一八七一年は普仏戦争の年であり、戦争とペストとの類縁が話者の勘違いを生じさせたのかもしれない。

（34）　病気の症候について、カミュはここでもブールジュ医師の『ペスト、疫学・細菌学・予防』に拠っているが、同時にブザンソンとフィリベールによる『病理学概説』（一九三五）をも参照している。

（35）　トゥキュディデスが『戦史』において語るところによると、ペロポネソス戦争中の前四三〇年アテネにペストが蔓延した。「アテナイのペスト」と呼ばれるが、今日ではペスト以外の感染症であったと考えられている。

（36）　一三三四年に中国でペストと思われる疫病が流行した。

(37)　一七二〇年、マルセイユでペストにより四万人の犠牲者が出た。囚人たちが集められ、死体を埋める作業に従事した。

(38)　一七二〇年から二一年、南仏プロヴァンス地方全体で、ペストによる死者が十二万人に達した。王命により、兵士たちは高さ二メートル、長さ二十七キロメートルにおよぶ長大な壁を建造し、その結果、疫病をフランス南東部地域に封じ込めることができた。

(39)　ヤッファはシリアの町(現イスラエルのテルアビブ)。将軍ナポレオン・ボナパルトは、エジプト遠征に続くシリア遠征の際、一七九九年三月、ヤッファで軍病院として使われていたモスクを訪れ、中庭に集められたフランス軍のペスト患者を激励した。その場面を描いたアントワーヌ＝ジャン・グロの大作絵画(図3)は、一八〇四年のサロンで評判を呼び、ナポレオン時代の絵画における最初の傑作と見なされている。

図3

(40)　注(32)参照。

(41)　一三四七年から五三年のあいだにヨーロッパで猛威をふるったペストは、感染者の皮膚が内出血によって紫黒色になることから、黒ペスト、または黒死病と呼ばれることがある。

(42)　空気感染すると考えられていた疫病から身を守るために、十八世紀までの長いあいだ、医者たちは、蠟引きした布の長い衣服と、消毒剤と称されるものを満たした長いくちばしのあるマスクをかぶっていた(図4参照)。

(43)　一六二九年から三〇年にかけて、ミラノに蔓延したペストは人びとを絶望に陥れた。ミラノの大疫病と呼ばれ、百万人の死者が出た。

(44)　一六六五年から六六年に、ロンドンでは腺ペストが大流行し、七万五千人の死者が出た。デフォー『ペスト年代記』に、その記録が残されている。

(45)　ルクレティウスは、共和政ローマ期の詩人・哲学者。エピクロスの思想を長篇詩『事物の本性について』に著した。この末尾には、注(35)でも触れたアテネにおける疫病の大流行についての陰惨な描写がある。カミュは

図4

『反抗的人間』第二部「形而上的反抗」内の「カインの息子たち」のなかで、このことについて書いている。「ルクレティウスの詩の最後が、ペストをもたらした神々を責める死骸があふれる聖堂の異常な光景であることも偶然ではない」。

(46) カミュは、はじめはグランを銀行員としていたが、決定稿では市役所職員に変更した。カミュ自身は、一九三七年十一月から三八年九月まで、アルジェの気象台で働いたことがある。

(47) ラ・フォンテーヌ『寓話』巻の七の一「ペストにかかった動物たち」の冒頭には次の六行がある。「恐怖をまきちらす病気、／地上の罪悪を罰するために／怒った天がつくりだした病気、／一日で地獄を過密にすることもできる／ペスト(はっきりその名を言っておかねばなるまい)が／動物たちを攻め立てていた」(今野一雄訳)。

(48) 南フランスの都市。北からプロヴァンス地方に入るときに通過する位置にあり、「プロヴァンスの入口」と呼ばれる。

(49) ペスト菌は、一八九四年、香港でアレクサンドル・イェルサンによって発見され、その形態はずんぐりした卵型である。

(50) 『異邦人』第一部の終わり、アルジェの浜辺で、ムルソーはアラブ人に向けて発砲し殺害する。

(51) アルジェのことである。注(4)に記したように、行政上アルジェリアは、海外県と海外領土の中間的位置づけにあった。

(52)「艤装」は厳密には艦船に関して用いる語であるが、この「艤装を解かれたクレーン」は、不要になったクレーンの意味で使われている。

(53) ジャンヌの結婚のエピソードは、早くも一九三八年末に『手帖』にあらわれている。第一稿ではジャンヌはステファンの妻であったが、決定稿においてステファンは姿を消し、彼女はグランのかつての妻となっている。

(54) カミュは、一九四三年十一月、ル・パヌリエからパリに移り住むが、妻フランシーヌはまだオランにとどまっていた。彼は、自分がパリにいて妻がオランにいるという状況を反転させて、ランベールに付与している。

(55) オランのアルム広場の中央にある共和国の記念像(図5)は、一八四五年、シディ・ブラヒムでフランスが敗戦したときの戦死者の慰霊のため建てられたもので、シディ・ブラヒムの記念碑と呼ばれていた。一八九八年に建造され、オベリスクの上に翼をもつ「栄光」の像が立つ。

図5

(56) タルーとランベールが滞在している

ホテルはアルム広場に面しており、当時のコンチネンタルホテル(現存しない)がモデルになっている。オランの地図参照。

(57) 黒ペストが大流行した十四世紀の半ばにフランスのモンペリエに生まれたと伝えられる。ペストにたいする守護聖人とされ、ヨーロッパで崇拝の対象になった。

(58) カミュは、一九三六年五月、「キリスト教形而上学とネオプラトニズム、プロティノスと聖アウグスティヌス」と題した高等教育修了証論文を提出してアルジェ大学を卒業した。この論文で扱った聖アウグスティヌスを、パヌルーの専門にしている。なお、アウグスティヌスは三五四年、北アフリカのタガステ(現アルジェリアのスーク・アハラス)に生まれ、三九六年から四三〇年に没するまで、北アフリカの都市ヒッポの教会の司教を務めたが、この町はカミュが生まれたモンドヴィの近くにある。

図6

(59) オランのサクレ=クール大聖堂(図6)は、一九一三年に建造された、ネオ・ビザンチン様式の建物で、町の中心広場であるアルム広場にほど近いカヒナ広場に面している。現在は市立図書館として使われている。オランの地図参照。

(60)　古代エジプトで隷属状態にあったイスラエル人を救出するため、ユダヤの神は、ファラオとエジプトの住民にたいして十種類の災害を与える。その六番目は、家畜と人に腫れものをもたらすことであった。モーセとアロンは神の指示に従う。「それで彼らは、かまどのすすを取ってファラオの前に立ち、モーセはそれを天に向けてまき散らした。すると、それは人と家畜に付き、うみの出る腫れものとなった」(新改訳『出エジプト記』九・一〇)。

(61)　ここでは fléau という語がもつ、脱穀用の「殻竿」と「災禍」の二つの意味が重ね合わせられている。殻竿は二本の棒を組み合わせた道具で、穀物を打ち脱穀作業に用いる。

(62)　エルサレムに入ったイエスが、群集に向かって、婚礼の披露宴をたとえに使って言うことば。「招かれる人は多いが、選ばれる人は少ないのです」(新改訳『マタイ福音書』二二・一四)。

(63)　『黄金伝説』は、十三世紀のジェノヴァの大司教であったドミニコ会士ヤコブス・デ・ウォラギネの著書。数々の聖者の伝説を集めたものである。「聖セバスティアヌス」の章には、次の記述がある。「ランゴバルド人の歴史書に書かれていることだが、グンベルトゥス王の時代に、イタリア全土に黒死病が大流行したことがあった。つぎつぎに死者が出て、ろくすっぽ埋葬もできないありさまであった。とりわけローマとパヴィアにおいて猖獗をきわめた。そのころ、多くの人びとが肉眼で空に守護の天使を見た。天使は、槍をもったひとりの悪魔をつれていた。悪魔は、天使に命じられるたびに槍を突いて、死をもたらしていた。悪魔がある家を槍で叩くと、その叩いた数だけ死者がその家からはこびだされた」(前田敬作、今村孝訳)。なお、本書カバー表紙掲載のジュール＝エリー・ドローネー「ローマのペスト」(一八六九)も、この伝説に基づいて描かれたという。

(64) イタリアのロンバルディア州にある都市。ミラノの南約三十キロメートルに位置する。

(65) ルシフェルは悪魔サタンの堕落前の天使としての呼称。傲慢により神に背いた反逆天使の長である。

(66) カインからヨブにいたるまで、パヌルー神父は、旧約聖書に描かれた、神によって罰せられた人物たちを列挙している。このうちソドムとゴモラは、住民の道徳的退廃を罰するため、神が硫黄と火によって滅ぼした二つの都市である。またヨブは、神によって罰せられたわけではなく、サタンにより幾多の艱難へと投じられるが、その試練を耐え抜き神への信仰を貫いた人物として、最後は神により祝福される。

(67) エチオピアの旧名。アラビア語での呼称が語源となっている。

(68) フランスの法学者、著作家(一六六五―一七三七)。日記と回想録によって後世に知られている。

(69) パリ西部にある森。アルジェ郊外の山の手にも同名の森がある。

(70) オラン中央駅(図7)は二十世紀初頭に建設された新ムーア様式の建物。町の中心にあるアルム広場の南東約一キロメートルに位置する。オランの地図参照。

(71)　南フランス、地中海沿岸の小都市。避暑地として知られる。

(72)　パリ中心部、ルーブル美術館のすぐ北に位置する。ルイ十三世の宰相リシュリューの城館として建造されたが、その後、王家に遺贈された。

(73)　オランの駅のポスターを見てパリをなつかしむランベールは、一九四二年十一月以降、フランス本国にとどまることを余儀なくされて、アルジェリアの太陽や海を思い出すカミュの姿を逆転して投影したものと考えることができる。

(74)　注(43)参照。

(75)　ペストは症状や感染経路により、腺ペストと肺ペストに分けられる。腺ペストが菌を保有するネズミなどからノミを介して感染するのにたいして、肺ペストは咳などによる飛沫感染でヒトからヒトに伝播する。腺ペストから肺ペストが続発する場合もある。『ペスト』のオランでは、当初の腺ペストから肺ペストへと広がったと考えられる。肺ペストの場合、発病後は通常二十四時間以内に死亡すると言われる。強烈な頭痛、嘔吐、四十度前後の高熱、急激な呼吸困難、鮮紅色の

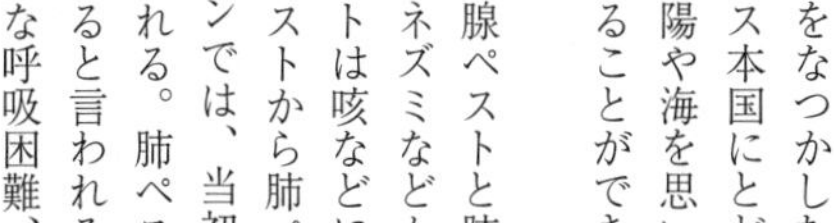

図7

泡立った血痰をともなう重篤な症状を示す。

(76) 一九四六年十一月、かつて編集長を務めていたレジスタンスの機関紙『コンバ』に復帰したカミュは、「犠牲者も否、死刑執行人も否」と題した八篇の論文を発表する。その一篇「新たな社会契約」には、第二次大戦後の世界においては、正義と対話に基づく国際秩序が必要だと述べたあと、次の一文がある。「鼻かぜに対処するような手段では、ペストを治すことはできない。世界全体を引き裂いている危機には、地球的規模で対処せねばならない」。

(77) 「犠牲者も否、死刑執行人も否」は、『コンバ』紙に発表された一年後、一九四七年十一月に雑誌『カリバン』に再録されたが、翌四八年三月、エマニュエル・ダスティエが「死刑執行人から犠牲者を引き離せ」を発表して批判し、カミュとの間に論争が起こった。カミュがその折に書いた論文「どこに神秘主義はあるか」における次の文章は、その後しばしば引用されることになった。「私は自由をマルクスのなかで学んだのではない。それはほんとうだ。私は自由を貧困のなかで学んだのである」。

(78) 一九四四年九月十九日、パリ解放の直後、『コンバ』紙において、カミュはこのように書いた。「四年のあいだレジスタンスを支えてきたのは、反抗である。すなわち、人びとをひざまずかせようとする秩序にたいする、はじめはほとんど盲目的でもあった、頑固で全的な拒否である」。

(79) リユーやタルーが選んだような、保健隊に参加してペストと闘うという拒絶の方法。

(80) オラン旧港近くの海浜地区。

(81) 一九四四年一月、カミュはパリから友人フェイヨルに宛てて、オランにいる妻フランシーヌのことに触れて次のように書いた。「もう長いあいだ妻からの便りがないんだ。時間は過ぎていくし、ぼくたちは年老いていく。こんなふうにして幸福の味覚を失っていくのであり、これは避けがたいことだ」。

(82) パヌルー神父の説教の会場がこの大聖堂であった。聖堂前広場にはかつて金塗りのジャンヌ・ダルク騎馬像が立っていたが、アルジェリア独立後に移転され、現在はフランスのカーンにある。

(83) オランの慰霊碑(図8)は、第一次世界大戦の犠牲者のために建てられた。アルジェリア独立後の一九六七年以降は、フランスのリヨンに移されている。オランの地図参照。

(84) アメリカ合衆国の曲。原曲の作詞者、作曲者は不明。一九二八年に、黒人のトランペット奏者で歌手であったルイ・アーム

図8

ストロングがレコーディングしたものが知られている。

(85) 一九三六年から三九年まで、第二共和政期のスペインに発生した内戦。三六年の総選挙で勝利した人民戦線政府(共和派)にたいし、フランシスコ・フランコ将軍率いる軍部が反乱を起こした。反ファシズム陣営である人民戦線には義勇軍として欧米の知識人らも数多く参戦したが、三九年四月フランコを総裁とする国家が成立。カミュは一九五六年、雑誌『証言者』春・夏号に発表した「スペインへの忠誠」のなかで、敗北した共和派への共感を表明している。

(86) 「誠実さ」について、『ペスト』第二稿執筆中の一九四三年九月三十日、カミュはフランシス・ポンジュに宛てた手紙のなかで、次のように書いている。「論理に忠実であることを犠牲にするよりは、むしろぼくは自分の野心(もちろん知的な野心だ、ぼくにはそれ以外の野心はないのだから)のすべてを放棄するほうを選ぶだろう。だからこそ、『ペスト』の作中人物のひとりが、災禍と闘う方法はなにかとたずねられるときに、ぼくは「それは誠実さだ」と答えさせようと思っている。この主題に関しては、それがすべてだ。でも、ポンジュよ、お願いだから、ぼくを笑わないでほしいし、ぼくの素朴さを非難しないでほしいのだ。ぼくは、理想主義ゆえにそう言うのではないんだ。むしろ、スポーツ競技におけるモラルの感覚が、ぼくの内部ではいまでも生き生きと残っているように思う。ボクシングでは、闘いの前と後に、お互いに抱き合う。ぼくはそうした世界でこそ、くつろぐことができるのだ」。

(87) 第二次大戦中にドイツ軍によって作られたユダヤ人隔離地区のゲットーを連想させるとの指摘もある。

(88) 地中海沿岸地方の高木で、乳香(マスティック樹脂)を採取する。

(89) タルーがボランティアの保健隊創設を提案したとき、リユーは、ペストとの闘いの現場における仕事を「荒仕事」と呼んだ(一八二頁)。

(90) ここでカミュが用いた four crématoire(死体焼却炉)という語は、ナチスの強制収容所を連想させるという指摘がある。三四六頁の「死体焼却炉」の原語も同じである。

(91) ペストによる殺人のこうした側面を、カミュは、『ペスト』刊行の翌一九四八年に上演された戯曲『戒厳令』において強調することになる。そこでは、全体主義政治体制の支配者である擬人化されたペストが登場し、市民に「今日以後、諸君は秩序正しく死ぬことを学ぶのだ」と宣言したあと、ペストによる殺人が、女秘書による行政の管理業務として描かれる。

(92) 『オルフェオとエウリディーチェ』は、クリストフ・ヴィリバルト・グルック(一七一四―八七)が作曲した三幕のオペラ。ギリシア神話に登場する吟遊詩人オルフェオが妻エウリディーチェから引き離される物語に基づく。一七六二年、ウィーンのブルク劇場で初演されたときはイタリア語だったが、パリの初演では台本が書き替えられフランス語で上演された。『ペスト』の第一稿では、オランの劇場で上演されていたのはオペレッタであったが、改稿のときにグルックのこのオペラに変更された。一九四三年十一月の『手帖』には、「劇団は、オルフェオとエウリディーチェの作品を上演し続けている」との記述がある。

(93) 一九〇五年、アルム広場に面して建てられた。アルジェリアでもっとも美しい劇場のひとつと言われる。オランの地図参照。図9は一九三〇年代の同劇場。

図9

(94) ギリシア神話において冥府を司る神であるハデス。オルフェオは、エウリディーチェを冥府から連れ帰ろうとするが、ハデスとの約束を破ったために、永遠に妻を失ってしまう。ただし、グルックのオペラでは、登場人物はオルフェオ、エウリディーチェ、アモーレの三人だけであり、冥府の神は登場しない。カミュはギリシア神話の挿話をここに付加していると思われる。

(95) 山の手にあるリユーの病院は、ボーダン軍事病院であろうと推測できる。オランの地図参照。他方で、リユーの住居はアルム広場の近くにあるということしかわからない。

(96)　カミュは、一九三九年、アルジェで出版したエッセイ集『結婚』に収められた「ティパサでの結婚」のなかで、地中海沿岸の古代ローマの廃墟における世界との一致(結婚)を歌い上げ、「幸福であることを恥じることはない」と、高らかに宣言した。その後、第二次大戦とレジスタンスの体験を経て書かれた『ペスト』では、ランベールのせりふが示すように、個人の幸福についての考えに新たな展開が見られる。

(97)　隔離収容所(camp d'isolement)は、第二次大戦時、ドイツ軍によって作られたユダヤ人の強制収容所(camp de concentration)を想起させる。

(98)　ナチスドイツへの抵抗運動(レジスタンス résistance)をペストとの闘いに置き換えて描いたこの小説のなかで、抵抗する(résister)という語が病魔にたいして使用されるのは、この箇所だけである。

(99)　この少年の死の場面に関して、カミュ研究者のジャン・サロッキは偶然入手した匿名の手紙を紹介している。その手紙の書き手である若い女性は、一九四二年、オランにある別荘に滞在していた。そこには、『ペスト』の第一稿を執筆中のカミュもいた。ある晩、カミュは夕食の席に姿を見せなかったので、彼女はカミュの部屋へ行って、そのドアをノックした。返事はなかった。「私が独断でなかに入ったとき、カミュさんが机の前に腰かけ、両手に顔をうずめて、身を震わせているのを目にしたのです。どれだけの時間が経過したのでしょうか、ようやく彼が私のほうに顔を向けると、それは涙で濡れていました。

長いあいだその濡れた目で私を見つめたあと、とうとう彼は言ったのです。「ぼくはいま、子どもを死なせたところだ」。それから彼は立ち上がって、私の両肩をゆすぶって、くり返しました。「わかるかい、ぼくは子どもを殺したんだ」。カミュさんは泣いており、私も泣いたと思います」(ジャン・サロッキ「子どもにもどる?」、ジャン＝フランソワ・マッテイ編『アルベール・カミュと正午の思想』二〇〇八)。

(100) 一九四六年十二月、カミュはラ・トゥール・モブールのドミニコ会修道院で講演をおこない、その原稿を手直ししたものから抜粋し、「無信仰者とキリスト教徒」と題して『アクチュエル、一九四四―一九四八』に発表した。表題の無信仰者はカミュ自身であり、キリスト教徒たちが聴衆であった。この講演のテクストには、リユーのことばと通じ合うような一節がある。「私はあなたがたと同じく、悪にたいする強い憎悪を抱いています。しかし、あなたがたと同じ希望をもってはいませんし、子どもたちが苦しみ死んでいくこの世界と闘い続けているのです」。また罪のない子どもの苦しみという主題は、ドストエフスキー『カラマーゾフの兄弟』に見られるものであり、イワンは弟のアリョーシャにこう問いかける。「すべての人間が苦しまねばならないのは、苦痛をもって永久の調和を贖《あがな》うためだとしても、なんのために子供がそこへ引き合いに出されるのだ、お願いだから聞かしてくれないか? なんのために子供までが苦しまなけりゃならないのか」(米川正夫訳)。カミュは、一九三八年、アルジェにおいて、コポーによる翻案の『カラマーゾフの兄弟』を仲間たちと上演し、イワンを演じたことがある。

(101)「人間の救済」ではなく、「人間の健康」こそが自分の関心事であるというリユーのことばと、注(76)に引いた「犠牲者も否、死刑執行人も否」の別の一篇「身体を救うこと」とは響き合う。ニヒリズムと歴史を絶対視する態度が今日の恐怖政治を作り出していると述べるカミュは、自分の確信として、「すべてを救うという希望」をもつことはできないが、「少なくとも身体を救うこと」を目標とすることはできると言うのである。

(102) ルネサンス期フランスの医師(一五〇三―六六)。プロヴァンス地方で生まれ、モンペリエで医学を学んだ。南仏でペストが流行したときは、秘薬を用いて効果をあげたという。代表作『予言集』はさまざまな解釈が可能なため、もてはやされてきた。

(103) 七世紀後半のアルザスの守護聖女。とくに目の病気を治してくれる聖女として崇められている。生まれつき盲目であったが、ブルゴーニュの修道院で洗礼を受けたとき、奇跡が起こり視力を取り戻したと伝えられる。

(104) 煉獄は、カトリック教会の教義で、天国と地獄の中間にあり、小さな罪を犯した死者の霊魂が天国に入る前に火によって罪を浄化されると考えられている場所。ダンテが『神曲』(一三〇七―二一)のなかで描写している。正教会やプロテスタントなどキリスト教の他の教派では、煉獄の存在を認めていない。

(105) 十三世紀にスペインのバルセロナで創立されたノートル・ダム・ド・ラ・メルシー修道会に所属する修道院。

(106) ベルサンス・ド・カステルモロン(一六七一―一七五五)は、フランスのイエズス会士。一七二〇年、マルセイユがペストに襲われたときに、この町の司教を務めており、その献身的な救援活動がたたえられている。シャトーブリアン著『墓の彼方からの回想』(一八四八―五〇)にも、彼の勇気ある行動が紹介されている。

(107) カトリック教会で、あらゆる聖人を記念する祝日、万聖節とも。十一月一日にあたる。

(108) 諸聖人の祝日には、菊をもって墓参する習慣がある。第一次大戦の後、戦場で命を落とした兵士の霊を慰めるために墓地を菊の花で飾ったのが始まりと言われている。

(109) カトリック教会では、「諸聖人の祝日」の翌日の十一月二日は「死者の日」(万霊節とも)と呼ばれ、墓参をする日とされている。ただし、「諸聖人の祝日」と「死者の日」は混同されて、十一月二日の代わりに、前日の十一月一日に墓参する人びとも多い。

(110) これとほぼ同じ文が、一九四五年十一月の『手帖』に記されている。「青春時代を通じて、ぼくは自分が潔白(innocence)だと考えて生きていた。つまりなにも考えなど抱いていなかったのだ。だが、今日では……」。

(111) 十九世紀半ば、印刷業を営んだナポレオン・シェクスが創刊した列車時刻表。

(112) ブリアンソンは、フランス南東部、アルプスの観光名所。標高一三五〇メートルに位置し、ヨーロッパでいちばんの高地にある市であるとされる。シャモニーは、ブリアンソンの北約百キロメートル、モンブランの麓にある町。標高一〇三六メートルに位置し、登山とスキーのリゾート地である。

(113) 殺人、強盗、毒物使用、拉致などの重罪を裁く裁判所。『異邦人』のムルソーも、殺人犯としてアルジェの重罪裁判所において裁かれる。タルーの父が検事として活動したのは、フランス本国の町の重罪裁判所であっただろうと思われる。

(114) フランス革命の記念日で、軍事パレードがおこなわれる。日本ではパリ祭と呼ばれる。

(115) 『ペスト』刊行の前年、一九四六年十一月、カミュは『フランシーズ』誌に「殺人者であるわれわれ」と題した短文を発表して、このタルーと同様の見解を述べた。「今日では殺人というただひとつの問題しかない。〔……〕世界の指導者たちは今日平和を保証することはできない、なぜなら彼らの行動原理は虚偽と殺人であるからだ」。

(116) 『反抗的人間』第五部「正午の思想」内の「正午の思想」において、カミュはヨーロッパのニヒリズムにたいするアンチテーゼとして地中海思想を顕揚するが、そこには次のような記述が見られる。「われわれはだれもが自分のなかに、自分の監獄、自分の犯罪、自分の災禍を抱えている。しかし、われわれの義務は、それを世界中にばらまかないことであり、われわれ自身の内部で、そして他人の内部でそれと闘うことなのだ」。

(117) ここでタルーが述べることとほぼ同内容のことを、カミュは各所で書いている。一九四四年『フィガロ・リテレール』誌に発表された戯曲『誤解』の紹介文には、次の一文がある。「不正や無関心の世界においては、もっとも単純な誠実さを示し、もっとも正しいことばを用いることによって、人間はみずからと他人を救うことができるのである」。また、一九四六年一月五日付けのルイ・ギユー宛書簡においても、戯曲『誤解』の主人公であるジャンが被る不幸について、カミュはこのように述べた。「人間の不幸のすべては単純なことばを用いることができないことに起因する、それがどれほどのものか、ぼくはいっそうの不安とともに感じるのだ」。さらに『反抗的人間』第五部「正午の思想」内の「ニヒリズムの殺人」には、次の記述がある。「あいまいなことばのそれぞれ、誤解のそれぞれが死を引き起こすことになる。明瞭なことば、単純な単語、それだけがこの死から人間を救うのだ」。

(118) 注(99)で引用した匿名の手紙は、次のように続いている。「この夜の途中、カミュさんは、突然私に質問を投げかけてきました。『ペスト』では、タルーが口にするあの質問です。「人は神を信じることなく聖者になることができるか?」私はなんと答えたのか、それも覚えていません。でも、カミュさんは「手を握ってくれるかい?」と言いました。私の手をとりながら、彼は明け方の四時まで眠ったのです」。

(119) 世界にはつねに苦しむ人びとがいるが、また他方で自然の美というものがある。カミュは同時にこの両者に忠実であろうとし続けた。エッセイ集『夏』に収められた「ティパサに帰る」においても、彼はこう書いている。「そうだ美があり、また辱められた人びとがいる。どれほど困難な企てであっても、ぼくはそのどちらにたいしても誠実を欠かないようにしたいのだ」。

(120) ペストとの闘いの最中におけるこの束の間の幸福は、第二次大戦時にカミュが書いた『ドイツ人の友への手紙』の「第四の手紙」の一節を想起させるものである。「叫喚と暴力のなかにおいても、われわれは心の奥に、幸福な海、忘れられない丘の思い出と、愛する人の微笑みを保持し続けたのだ」。

(121) 二人が友情の証に夜の海で泳ぐ場面は、『幸福な死』の第二部第五章、メルソーがティパサの夜の海で泳ぐ箇所から借用されている。ただし、メルソーの孤独は、ここではリユーとタルーの連帯へと書き改められている。

(122) ここでもカミュはみずからの体験をランベールに付与している。一九四二年十一月ドイツ軍がフランスの自由地帯を占領したあとフランス解放後の四四年十月まで、カミュは妻フランシーヌと離れて暮らすことになった。妻は実家のあるオランにいて、カミュはまずフランスの中央山岳地帯の村で、次にパリで暮らした。この間、彼は中立国ポルトガルを経由して非正規ルートで送られてくる妻からの手紙をわずかななぐさめとした。

(123) 四月三十日の管理人ミシェルの死以後、物語のなかで日付が示されることはなかったが、開門の予告と共にふたたび日付があらわれる。一月二十五日という日付は、『ペスト』

において明示される最後の日付であり、市門はこの「二週間後」に開かれるのである。

(124) 一九四四年八月二十五日、第二次大戦時におけるパリの解放を想起させる。

(125) タルーによるリユーの母の描写は、カミュ自身の母親に通じるものがある。未完の自伝的小説『最初の人間』(一九九四、死後刊行)では、主人公ジャックの母について、「同じ窓辺から、彼女が半生のあいだ見つめてきた同じ街路の往来を眺める」姿が紹介される。

(126) 一九四四年八月三十日、カミュは『コンバ』紙上で、三十四人のフランス人がナチス親衛隊に虐殺された事件について触れ、人間の魂を破壊しようとする人びとは、「もっとも勇気ある人でさえ無気力になるのを感じる時間が昼にも夜にもつねにあるのを知っていた」と述べている。

(127) パヌルー神父は第一回の説教において、こうした邪悪なペストの天使について語っていた(一四二頁)。

(128) 「すべてがよい(tout était bien)」というタルーのことばは、カミュがエッセイ『シーシュポスの神話』(一九四二)の末尾で、オイディプスのことばとして引用しているものを想起させる。「これほどの試練にもかかわらず、私の高齢と魂の偉大さゆえに、私は、すべてよし(tout est bien)と判断を下すのだ」。続いてカミュはこう書いている。「ドストエフスキーのキリーロフと同様に、ソフォクレスのオイディプスは、こうして不条理の勝利を示す警句を提示する。古代の叡智が現代の英雄主義と一致するのである」。ただし、このオイディプスのことばは、ソフォクレスの『コロノスのオイディプス』の仏訳から、カミュが若干自由に改変して引用したものである。また、ドストエフスキーの『悪霊』では、第二篇第一章において、キリーロフがスタヴローギンに向かって、次のように言う場面がある。「すべてがいい、すべてが！　すべてがいいということを知ってる者は、すべてがいいのです。もし世の中の人が、自分たちにとってすべてがいいということを知ったら、すべてがよくなるんだけれど、彼らがすべて善なりということを知らないうちは、彼らにとってもいいことはないでしょう」（米川正夫訳）。なおカミュは、一九五九年に翻案した『悪霊』第二部第六幕において、キリーロフに次のように言わせている。「もろもろの存在、死も、誕生も、あらゆる行為も、すべてがいいものなのです」。ただし、この翻案ではカミュは「すべてがいい」を tout est bon としている。

(129)　作中に記された日付をもとに計算すると、タルーの死は一月三十日、リユーが電報を受け取ったのはその翌日である三十一日の朝、そして妻の死はその一週間前の二十四日、すなわちペストの終息宣言が発せられた二十五日の一日前ということになる。

(130)　「四月十六日の朝」に始まったこの事件の物語は、十か月続き、年を越して「二月の朝」で終わる。市当局は一月二十五日にペストの終息宣言をおこない、二週間後に市門を開くと予告していたので、この門が開かれた「二月の朝」は、二月十日前後であろうと推測される。

(131) 自分の番を待つこの茫然たる市民の姿は、パスカル『パンセ』の次の断章を想起させる。「多数の人々が鎖に繋がれている。全員が死刑宣告を受けており、毎日何人かが他の者たちの眼前で喉首を切られる。残された者は自らの境遇を彼らの仲間の境遇のうちに眺め、苦悩のうちに、そして希望もなくお互いを見つめあい、自分の順番を待っている。このような光景を思い描くがいい」(ラフュマ版四三四／ブランシュヴィック版一九九、塩川徹也訳)。

(132) 一九四四年十二月二十二日、戦争の五年間を振り返って、カミュは『コンバ』紙にこう書いた。「フランスは今日終局を迎えることになった多くの悲劇を体験した。フランスはさらにまだ始まっていない多くの悲劇を体験することになるだろう。しかし、五年来、この国の男たちと女たちが苦しみ続けてきた悲劇がある。それは別離の悲劇である」。

(133) 一九四二年十二月の『手帖』に、カミュは次のように書いている。「作品のはじめから終わりまでを通じて、探偵小説の手法で、リユーが話者であることを示すか？ 最初に、たばこの匂い、というように」。実際には、カミュはこの手法を用いることはなかった。だが、第五部におけるこの話者の告白にいたるまでに、それまでのリユーに焦点化した語りは、彼が話者でもあるということを十分に推測させるものとなっている。一九四六年十二月二十七日付けのルイ・ギユー宛書簡において、カミュは話者に関して最終段階で変更を加えたことを明らかにしている。「話者はリユー自身(原文強調)であり、そのことがこの本の多くのことがらに説明をつけてくれる。ぼくはそれを最後の頁で述べたが、おそらくそれだけではまだ十分明快だとは言えないだろう。そこで最終章の冒頭を書き直して、はっきりと示した。「話者は医師ベルナール・リユー自身であると告白してもいいときだろう」。そして、他の人びとの苦痛が同時に彼のものでもあったのだから、彼の語りの客観性が保証されるのだと、彼に言わせたのだ。ぼくはこのことがとても重要だと考えている。それがこの本の秘密であり、反響を呼ぶ点だ。もしこの本が成功しているとすれば、この点こそが、本の読み直しを余儀なくさせるのだ」。

(134)　保健隊に加わることなく、むしろペストの「共犯者」であったコタールのことである。ナチス占領下における対独協力者をモデルとしたこの人物像は、戯曲『戒厳令』ではナダに引き継がれ、そこでは独裁者の手下としていっそう共犯者の性格を明確にして描かれることになる。

(135)　一九四四年十月十九日、パリ解放の二か月後、カミュは『コンバ』紙に次のように書いた。「われわれはいかなる敗北も決定的なものではないことを証明した。勝利もまた決定的ではないことを予想するだけの知恵をもとうではないか」。

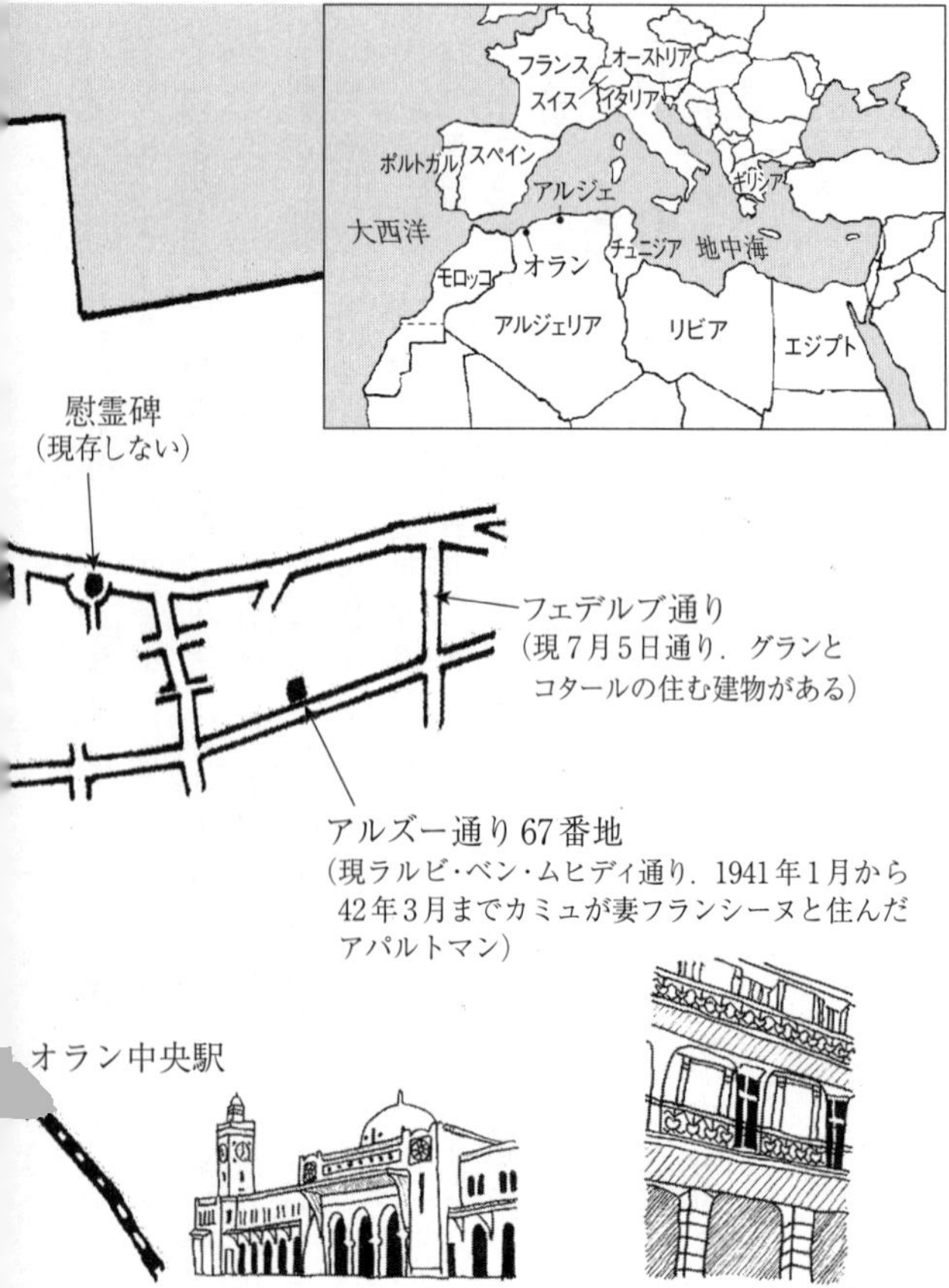
フランス
オーストリア
スイス
イタリア
ポルトガル
スペイン
アルジェ
ギリシア
大西洋
チュニジア
地中海
オラン
モロッコ
アルジェリア
リビア
エジプト
慰霊碑
(現存しない)
フェデルブ通り
(現7月5日通り．グランと
コタールの住む建物がある)
アルズー通り67番地
(現ラルビ・ベン・ムヒディ通り．1941年1月から
42年3月までカミュが妻フランシーヌと住んだ
アパルトマン)
オラン中央駅

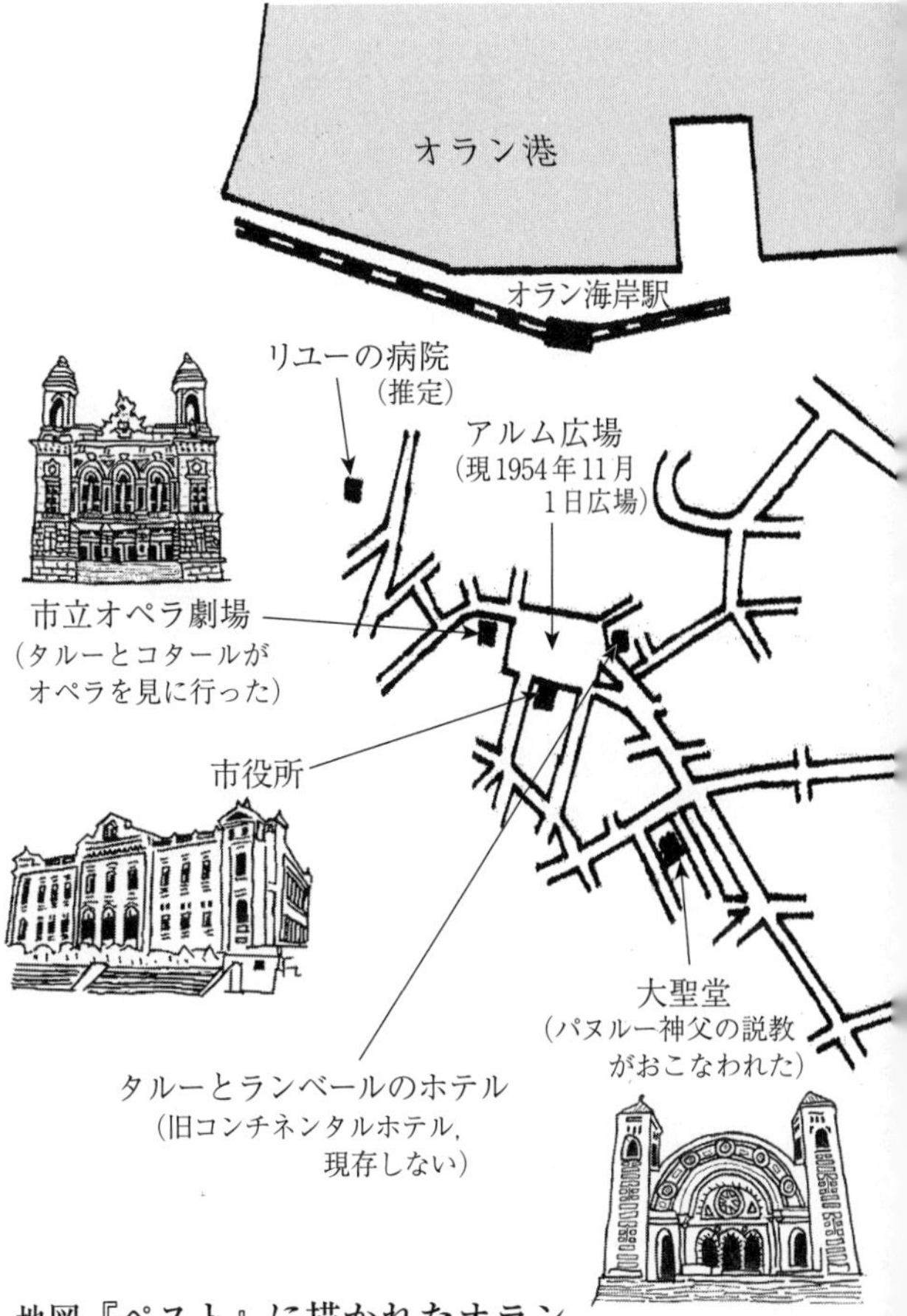

地図『ペスト』に描かれたオラン
（訳者作成）

カミュ略年譜

一九一三年

十一月七日、ブドウ栽培業の管理人であるリュシアン・カミュと、カトリーヌ・サンテスの次男として、フランス領アルジェリアのモンドヴィ(現ドレアン)に生まれる。父はフランスのボルドーからの移民三世、母はスペイン人の家系の出であった。

一九一四年(一歳)

第一次世界大戦が勃発し、八月、リュシアンはフランス本国に動員される。カトリーヌは、二人の子どもを連れて、アルジェのリヨン通り十七番地にある母のもとに身を寄せる。リュシアンはマルヌの戦いで負傷し、十月十一日、ブルターニュ地方のサン゠ブリユーにある軍人病院で死亡。

一九二一年(八歳)

カミュ一家は、アルジェの下町ベルクールの中心、リヨン通り九十三番地に転居する。母、祖母、兄リュシアン、聾者でほとんど話せない叔父エチエンヌとの同居だった。母は無口で、家政婦として働き生計を立て、祖母が実質的な家長として振る舞った。

一九二四年（十一歳）

小学校の担任教師であったルイ・ジェルマンの後押しがあり、奨学金も得て、アルジェのグラン・リセ(現リセ・エミール・アブデルカデル)に入学。級友たちとの付き合いのなかで自分の家の貧しさを意識するようになる。

リセ時代には、サッカーに興じ、ゴールキーパーをつとめる。またアルジェの中心街で肉屋を営んでいた叔父ギュスターヴ・アコーの豊富な蔵書に読書欲を満たされる。市立図書館からも本を借り出して読書に熱中する。バルザック、ユゴー、ゾラ、ジッド、マルローなどを読む。

一九三〇年（十七歳）

十月、リセの哲学級に進み、哲学者でエッセイストのジャン・グルニエの講義に出席。グルニエは、カミュにとって生涯の師であり友となる。十二月、結核に罹患し、ムスタファ病院にしばらく入院。闘病はこのあとも続き、以後公教育に職を得られなくなる。

一九三一年（十八歳）

病身に栄養ある食事が必要なため、母の家を出て、アコー叔父の家に住む。十月、結核からひとまず回復し、リセに復学。

一九三二年（十九歳）

リセの生徒たちがジャン・グルニエの指導下に発行した雑誌『南』に、六篇のエッセイを発表、署名の入った最初の印刷されたテクストになる。

一九三三年（二十歳）

アルジェの有名な眼科女医の娘、シモーヌ・イエとの結婚を望んでアコー叔父と仲たがいし、叔父の家を出る。この後、ひんぱんに住居を変える。十月、健康上の理由で高等師範学校を目指すことをあきらめ、アルジェ大学文学部に入学。

一九三四年（二十一歳）

春、健康への新たな不安が生まれる。六月、シモーヌ・イエと結婚。

一九三五年（二十二歳）

五月、『手帖』を書き始める。夏、結核再発の不安のため、チュニジア旅行を断念。八月または九月、ジャン・グルニエの同意のもと、共産党に入党。九月、スペインのバレアレス諸島で数日を過ごしたあと、友人たちと労働座を結成（一九三七年十月からは仲間座と改称）、マルローの戯曲や古典作品の翻案を上演する。

一九三六年（二十三歳）

四月、集団制作『アストゥリアスの反乱』が、アルジェ市長の命で上演禁止となるが、戯曲は五月、アルジェのシャルロ書店から刊行される。同月、高等教育修了証論文「キリスト教形而上学とネオプラトニズム、プロティノスと聖アウグスティヌス」を提出してアルジェ大学を卒業。夏、中央ヨーロッパに旅行し、シモーヌの裏切りを知って別れることを決意。イタリアを経由してアルジェへ戻る。

一九三七年（二十四歳）
五月、エッセイ集『裏と表』がシャルロ書店から出版され、これが初の単著となる。小説『幸福な死』に取り組むが、未完のまま残される。七月、共産党から譴責を受け離党。九月、イタリア旅行。

一九三八年（二十五歳）
十月、パスカル・ピアに招かれて、人民戦線の左翼勢力によって支援された日刊紙『アルジェ・レピュブリカン』の編集に加わり、ルポルタージュ、調査記事、裁判傍聴記や、ジャン＝ポール・サルトル『嘔吐』、ポール・ニザン『陰謀』などの書評を書く。

一九三九年（二十六歳）
五月、シャルロ書店からエッセイ集『結婚』刊行。六月、『アルジェ・レピュブリカン』紙にカビリア地方の悲惨に関する十一本の記事を発表。九月三日、英仏がドイツに宣戦布告し、第二次世界大戦が勃発。カミュは志願するも健康上の理由で徴兵猶予となる。『アルジェ・レピュブリカン』の刊行が困難になり、九月、ピアとカミュは、平和主義と無政府主義の新聞『ル・ソワール・レピュブリカン』を創刊。翌年一月に発禁。

一九四〇年（二十七歳）

三月十四日、パリへ出発。ピアの口利きで、『パリ＝ソワール』紙に職を得る。六月、ドイツ軍のパリ侵攻により、同紙はクレルモン＝フェランを経てリヨンへ移る。十二月三日、リヨンで一つ歳下のフランシーヌ・フォールと結婚。『パリ＝ソワール』を解雇。

一九四一年（二十八歳）

一月、アルジェリアに戻り、フランシーヌの実家があるオランに住む。ときどきアルジェに出かける以外はオランで過ごし、個人授業をしたり、将来の作品のための仕事をする。フランシーヌは代用教員として家計を支える。

一九四二年（二十九歳）

五月、ピアとアンドレ・マルローの強い推薦を受けて、『異邦人』がパリのガリマール社から刊行（以降の著作もすべて同社から刊行される）。初刷四千四百部、十一月に重版。八月、結核療養のため、フランシーヌとともにフランス本国、ル・シャンボン＝シュル＝リニョン近くの村ル・パヌリエに農家を借りて住む。十月、エッセイ『シーシュポスの神話』刊行。初刷二千七百五十部。十月、フランシーヌはアルジェリアに戻るが、十一月十一日、ドイツ軍がフランス全土を占領し、カミュは出国できなくなる。

一九四三年（三十歳）

六月、パリでサルトルに会う。十一月、ル・パヌリエを離れてパリに移り住み、ガリマール社の原稿審査委員になる。年末、レジスタンス国民会議のメンバーに会う。

一九四四年（三十一歳）

三月、ピアの関わる地下新聞の『コンバ』に参加する。五月、戯曲『誤解』と『カリギュラ』が一冊に合わせて刊行。六月、『誤解』マチュラン劇場で初演。舞台稽古のとき、主演のマリア・カザレスと出会う。『コンバ』紙の編集長になり、八月のパリ解放後、多数の論説や記事を書く。十月、フランシーヌがパリに来る。

一九四五年（三十二歳）

五月、アルジェリアの危機に関して、『コンバ』紙に六本の記事を書く。九月五日、双子のカトリーヌとジャンが誕生。九月末、『カリギュラ』エベルト劇場で初演。十月、戦争とレジスタンスに関する考察の書『ドイツ人の友への手紙』刊行。

一九四六年（三十三歳）

三月—六月、アメリカ合衆国およびカナダへの旅行。コロンビア大学での「人間の危機」を始めとするいくつかの講演を行う。十一月、『コンバ』紙に「犠牲者も否、死刑執行人も否」を八回にわたって連載。

一九四七年（三十四歳）

六月、『コンバ』紙から手を引く。同十日、『ペスト』刊行。初刷二万二千部。同作品で批評家賞受賞。九月までに九万六千部が売れる。九月、南仏リル＝シュル＝ラ＝ソルグにあるルネ・シャールの家を初めて訪れ、親交を深める。

一九四八年（三十五歳）
十月、ジャン＝ルイ・バローと協力して制作した『戒厳令』、マリニー劇場で初演。

一九四九年（三十六歳）
六月末―八月末、南米旅行（ブラジル、ウルグアイ、アルゼンチン、チリ）。深い疲労とともに帰国し、医者から結核が進行していると告げられ、一九五一年初めまでの長い休養を必要とした。十二月、『正義の人びと』エベルト劇場で初演。

一九五〇年（三十七歳）
カブリ（アルプ＝マリティーム県）、ヴォージュ地方、サヴォワ地方に幾度か滞在する。
六月、『アクチュエル、一九四四―一九四八』刊行。

一九五一年（三十八歳）
十月、『反抗的人間』刊行。これに先立ちいくつかの抜粋が発表され、アンドレ・ブルトンとの論争を始め、いくつかの論争を引き起こす。

一九五二年（三十九歳）
五月、フランシス・ジャンソンが『レ・タン・モデルヌ』（サルトルが主宰する雑誌）に、『反抗的人間』への批判的論評を発表。八月、カミュは同誌において、直接サルトル宛に答え、さらにサルトルがそれに答えて、二人は絶交にいたる。年末には、アルジェリア南部を旅行し、しばらし『反抗的人間』が引き起こした論争を忘れることができた。

一九五三年（四十歳）

カルデロンの『十字架への献身』とピエール・ド・ラリヴェイの『精霊たち』を翻案し、六月、アンジェ演劇祭において、マリア・カザレスの主演で初演。東ベルリンの労働者の暴動に対するソ連の弾圧を批判する。十月、『アクチュエルⅡ、一九四八―一九五三』刊行。十月、フランシーヌが重いうつ病にかかる。未完に終わることになる小説『最初の人間』の執筆に着手。

一九五四年（四十一歳）

二月、エッセイ集『夏』刊行。フランシーヌの健康状態に困惑したカミュは、もう執筆ができないと友人たちに打ち明ける。十月、オランダ旅行。十一月、イタリアへ講演旅行。同月一日、アルジェリア戦争勃発。

一九五五年（四十二歳）

三月、ディーノ・ブッツァーティの中編小説の翻案『ある臨床例』初演。四月末―五月、ギリシアへ初めての旅行。五月、アルジェリアの状況や国際政治に関する時評などを書く目的で、『レクスプレス』誌への寄稿を始める。七月末―八月、イタリア旅行。

一九五六年（四十三歳）

一月二十二日、アルジェにおいて「市民休戦」を呼びかける。二月二日、『レクスプレス』誌に最後の寄稿「モーツァルトへの感謝」。五月、『転落』刊行。初刷一万六千五百部。九月、フォークナーの小説の翻案『尼僧への鎮魂歌』、マチュラン劇場で初演。十一月、ソ連軍により弾圧されたハンガリーの反乱者のために発言する。

一九五七年（四十四歳）

三月、短編集『追放と王国』刊行。六月、アンジェ演劇祭において、『カリギュラ』の最新版の上演に立ち会うとともに、みずからが翻案したロペ・デ・ベガ原作の『オルメードの騎士』を演出。六月―七月、死刑制度に反対して、「ギロチンに関する考察」を『NRF』誌に発表、のちにアーサー・ケストラーとジャン・ブロック＝ミシェルとともに刊行した『死刑についての考察』に収録。十月十六日、「今日人間の良心に提起されている問題に光をあてた作品全体に対して」ノーベル文学賞授与が発表される。四十三歳という歴代二番目に若い年齢での受賞。フランシーヌとストックホルムへ行き、十二月十日、受賞演説を行う。

一九五八年（四十五歳）

一月、ストックホルムでの演説と、ウプサラ大学での講演「芸術家とその時代」を含む『スウェーデンの演説』刊行。三月―四月、アルジェリアに旅行する。六月、それまでに書いたアルジェリアに関する文章をまとめて、『アクチュエルⅢ、アルジェリア時評、一九三九―一九五八』として刊行。マリア・カザレスら友人たちとギリシア旅行。十月、南仏の小さな村、ルールマランに別荘を買う。

一九五九年（四十六歳）

一月、ドストエフスキーの小説の翻案『悪霊』初演。春からルールマランに数度滞在するが、十一月十五日からの滞在が最後となる。『最初の人間』の執筆を進める。

一九六〇年

一月四日、列車に乗るのをやめ、ミシェル・ガリマールの車でパリに戻るためルールマランを発つ。パリの南東約百キロメートルのヴィルブルヴァンで、自動車事故のため、ミシェルとともに死亡。ルールマランに埋葬される。九月、母が死亡。

一九六二年

『手帖、一九三五年五月―一九四二年二月』刊行。

一九六四年

『手帖Ⅱ、一九四二年一月―一九五一年三月』刊行。

一九七一年

「カイエ・アルベール・カミュ」の第一巻として『幸福な死』刊行。

一九八九年

『手帖Ⅲ、一九五一年三月―一九五九年十二月』刊行。

一九九四年

「カイエ・アルベール・カミュ」の第七巻として『最初の人間』刊行。

解　説

アルベール・カミュの『ペスト』は、一九四七年六月十日、フランスのガリマール社から出版された。カミュにとっては最初のベストセラーとなった成功作であるが、第二次世界大戦のレジスタンスの体験から生まれたこの小説を、当時の読者は、ペストをナチスに、保健隊をレジスタンスに置き換えて、自分たちの生々しい体験をそこに投影させて読んだ。今日では、さらに広い射程において読むことができるだろう。ペストは人間を襲う暴力であり、災禍であり、避けられない不条理である。そうした悪と闘うときに、神にも超越的な価値にも依存せずに、人間の地平に立って、どのような行動が可能であるかを問いかけた小説であると見ることができる。

戦争体験がもとになっているだけに、扱う主題は重く、人びとの苦しみと酷《むご》い死が描かれる。しかし、読者を単に息詰まるような状況に投げ込むだけでなく、カミュは物語のなかに、印象的な季節の推移や人物のユーモラスな側面の描写、さらには行政の対応やジャーナリズムの反応に対する風刺的批判をも織り込んで、全体として人間の友情と連帯のドラマを作り上げた。カミユにとっては完成までに長い時間と大きな労力を要した作品であり、彼自身は出来栄えに満足していなかったが、読者の心を揺さぶる作品であることは、その後、世界中でこの小説が読まれ続けてきた事実が証明しているだろう。

『ペスト』初版(1947)

物語の構成

物語の基本は、アルジェリアのオランにおいて次第に死者を増大させていくペストと、災禍が消滅するまでの人間との闘争である。時系列に沿って、疫病の発生、拡大、最盛期、後退が語られ、それと並行して、死に脅かされ、外部との接触を避けるため閉鎖された町の囚われ人となったオラン市民の反応を描く。疫病ペストとの闘いは、二つの物語で構成されている。ひとつはオラン市民全員の苦闘であり、彼らは話者によって「わが市民」「住民たち」と呼ばれ、これは集団の物語として描かれる。もうひとつは、医師リユーと彼を取り巻く人びと個々の闘いであり、タルー、ランベール、グラン、パヌルー、オトンなどそれぞれ名前をもった作中人物たちの活動が描かれる。彼らの個人的運命に結び付いた人生が交差し反響し合い、読者は章を追ってその展開をたどる。そして、物語の進展とともに、彼らは順次、ペストと闘う集団組織である保健隊に結集していくのである。

オラン市民全体の物語と医師リユーを取り巻く人びとの物語、この二つが交互に配置され、五幕仕立てのフランス古典劇のように五部から成り、各部は番号のない数章に分かれている。疫病の出現を描く第一部と、その退散を描く第五部がはじめと終わりに置かれ、そのあいだの第二部および第四部で、この疫病との苦闘が詳細に叙述される。一九四二年末に書きあげられた第一稿では四部構成であったが、その後第三部が加えられて全五部となった。物語の中央に位置するこの第三部は、ひとつの章だけで構成され、いちばん短く、他の四つの部とは異なった性格を有している。ここでは個々の作中人物についてはほとんど触れられず、ペストが猖獗《しょうけつ》を極めた時期のオラン市民全体の生活と苦悩が語られる。

物語の舞台はオランの町に限定されている。第一部の導入部では、この町の凡庸さが強調され、これから語られる異常な出来事は、どんな場所にも起こりうるのだということが暗示される。そのあとは、疫病が拡大していくさまが描かれて、冒頭で「奇妙な事件」と呼ばれたものが、「状況」「ことがら」「現象」といった具合にさまざまな呼称を用いて示され、事態はネズミの大量の死骸によって市民の目に明らかになる。タルーは彼の「手帖」に「ネズミの話」と書き、新聞もネズミを記事に取り上げる。そして、死者の数が増大するにつれ、ついにはペストということばがはじめて口にされる。ここから疫病との闘いが始まり、疲労困憊をもたらす長い苦闘を経たあと、ようやくペストが終息するころ、生きたネズミがまた町にあらわれ物語が閉じられる。

物語の期間は一年に満たない。四月半ばに始まり、翌年の二月初めには終結する。導入部のあと、匿名の語り手による物語は、四月十六日、ネズミの死骸が発見された日から始まり、時間の順序を追う。ただし、日付の記載は、管理人の死(第一部、四月三十日)と開門の決定(第五部、一月二十五日)の間は消えてしまう。時の推移は、町の重要な出来事との関わりのなかに置かれ、「会議の翌日」「説教のあとほどなく」「開門までであと数日」のように、あるいはペストと結びつけられて「ペストの三週目」「ペストの最初の月」のように記述される。オラン市民は、疫病のリズムにのみ従って生活し、外の世界とは別の時間のなかにいると感じている。物語は季節の推移と気候によってリズムを与えられる。春の霧と洪水のような雨、夏の過酷な太陽と焼けつくような風、秋の驟雨、冬の寒気。この気候の記述が、毎回、ペストの進展にともなう宇宙的背景を形成する。そして、物語が終わりに近づき、開門が決定されると、通常の時間が戻ってきて、日付がふたたび明示されるようになる。

闘いのモラル

疫病との闘いを支えるモラルは、主として医師リユーの行動を通じて示される。この病はペストではないかという疑いをはじめて抱いたとき、彼は人類の歴史にペストがもたらしたさまざまなおぞましい光景を想起するが、部屋の窓をあけると、となりの作業場の物音が飛び込んでくる。「あそこに確実なものがある、日々の労働のなかにこそ。〔……〕いちばん大切なことは自分の職務をよく果たすことだ」（六四頁）。リユーの医師としてのこの態度は終始変わらない。

疫病が広がり始めたころ、リユーはグランに、正確なことばを探し続けるこの市役所職員の要望に同意するかのように、「この病気を正しい名前で呼ばねばならないだろう」(六六頁)と言う。しかし、市の医師たちとの会合においては、彼は態度を変える。「問題はこれがペストかどうかを知ることです」(七四頁)と言う医師カステルに対して、リユーはこう答えるのだ。「これをペストと呼ぶのか成長熱と呼ぶのかは問題ではありません。重要なのは、町の半数が死ぬのを防ぐことだけです」(七六頁)。リユーにとっては、どう命名するかは重要なことではない。彼の考えは次のことばに要約されている。「問題はことばではありません。時間が問題なのです」(七八頁)。問題は目の前の病人をまず治療することなのだ。災禍の対処方法に関して、リユーの態度は一貫しており、彼は治療の現場を重視する立場を変えることはない。

新聞記者ランベールとの会見では、個人の幸福と集団への責務の問題が提示される。リユーのもとに援助を求めてふたたびやってきた彼は、医師に拒否されて、苦々しく「あなたは〔……〕抽象の世界にいるんです」(一一九頁)と言う。会見のあと、リユーはこの抽象ということばをめぐって考える。「たしかに、不幸のなかには抽象的で非現実な部分がある。しかし、抽象がこちらを殺しにかかってくるときには、その抽象を相手にしなければならない」(一三一頁)。ペストとの果てしない困難な闘いのなかで、心身ともに疲労困憊の極みに達すると、あらゆる人間的感情の代わりに無関心が心を支配するようになる。だが、この無関心こそが、闘いを持続させる力ともなるのだ。「抽象と闘うためには、その抽象に少し似る必要がある」(一三五頁)。ペストの抽象は個人の幸福を脅かすものであり、疫病との闘いとは、とりもなおさず「各人の幸福とペストの抽象とのあいだで繰り広げられる」「陰鬱な闘い」(一三五頁)にほかならない。しかし、いまや、ペストのさなかにおいては、個人の運命というものはなく、災禍はすべての人びとが担うべき重荷であり、闘わなければならない悪である。この集団の闘いを押しすすめるためには、そして最終的にふたたび個人の幸福を取り戻すためにも、当面は抽象を受け入れ、それを武器として闘わなければならないとリユーは考える。

タルーとの会見においても、リユーの態度は変わらない。「さしあたっては病人がいる、彼らを治療しなければならない」(一八六頁)、たとえペストが彼にとって「果てしなく続く敗北」(一八九頁)であったとしても。保健隊への参加をためらい続けるランベールに対して、彼は同じことを多少ニュアンスを変えて述べる。「こんなことを言うと笑われるかもしれないが、でも、ペストと闘う唯一の方法、それは誠実さなんだ」(二四三頁)。そしてこう続けるのだ。「ぼくの場合には、自分の職務を果たすことだと知っている」(二四四頁)。

ついに疫病は退散するが、それは決定的な勝利ではない。リユーは、市中から立ちのぼる解放の喜悦の声に耳を傾けながら、この歓びがつねに脅かされていることを思い出す。彼は歓喜する群集の知らないことを知っているのである。「ペスト菌はけっして死ぬことも消滅することもなく〔……〕おそらくはいつか、人間に不幸と教訓をもたらそうと、ペストがふたたびそのネズミどもを呼びさまして、死なせるためにどこかの幸福な都市に送りこむ日が来るだろう」(四五四頁)。災禍との闘いは続くのだ。

別離の物語

一九四三年、カミュはベルギーの『ドメーヌ・フランセ』に「ペストのなかの流刑者たち」と題した小説の一部を発表するが、これはのちに『ペスト』第二部冒頭の一章に生かされた。別離に苦しむ「流刑者」の姿は、この小説全体を通じてくり返し描かれる。後述するように(五四三頁)、一九四二年十一月以降、カミュは故郷アルジェリアからも妻フランシーヌからも引き離されるが、そうした別離の状況が執筆中の『ペスト』に反映することになる。市門が閉鎖されたときから、オランの全市民は同じ運命を共有することになり、ペストは彼らすべての問題になる。話者は市民を代弁して、「私たち」の語をくり返し用い、逃れられぬ状況にとらわれた共同体の苦しみ、とりわけ別離の悲しみを記述する。

この別離には二つの種類がある。ひとつは多くの市民の場合で、彼らは自分の町にいながら外界と遮断され、愛する者たちと離れて生きることを強いられる。そうした市民の深い苦しみは、囚人、流刑者と共通のものである。こういう「極度の孤独にあっては」、だれもが「ひとりきりで心の鬱屈と向き合っていた」(一一二頁)。ペストが人びとにもたらしたものは、初期の段階では連帯ではなく、分断と孤立であった。そして、疫病の猛威が最高潮に達する夏になると、状況はさらに悪化する。別離を強いられた人びとは、未来を奪われると同時に、過去の記憶も次第に退色し、具体性が希薄になっていくのを感じていた。「記憶も希望もなく、彼らは現在に身を落ち着けていた」(二六九頁)。こうした空虚な無気力状態のなかで、彼らは自分たちが「所有するもっとも個人的なものを断念」し、彼らの愛でさえも、いまでは「この上なく抽象的な姿を帯びる」（二七一頁）。ペスト下で進行するのは、過去と未来の簒奪、個別性と具体性の消失、そして抽象性の昂進である。

別離のもうひとつの物語は、外部からこの町にやってきてそのまま閉じ込められてしまった人びとの場合である。その代表としてランベールの脱出の試みが描かれる。まずは個人の幸福を追求しようとして、彼は愛する妻のいるパリへ戻るために奔走する。その試みは何度も挫折し、彼は同じことのやり直しを余儀なくされ、ペストとは「くり返すものだ」（二四〇頁）との感想を抱くにいたる。第二部の終わりでは、町から外へ出る手段が見つかるまでという条件をつけてランベールは保健隊に参加することを決心するが、脱出のための奔走は第四部でもさらに続けられる。

一九四二年十一月、カミュは創作ノートとしての性格ももつ『手帖』に、「一九四〇年代の文学はエウリディーチェをおびただしく利用している。それは、かつてこれほど多くの恋人たちが別離を余儀なくされたことはなかったからだ」と書いた。カミュは、『ペスト』『正義の人びと』『反抗的人間』といった反抗の系列の作品をプロメテウスの神話と結びつけたが、別離の物語として見た場合の『ペスト』は、むしろ妻エウリディーチェと引き離されるオルフェウスの神話が原型になっていると言える。

この神話の物語を、カミュは「紋中紋」のように、小説のほぼ中央部分に挿入した。タルーとコタールが市立オペラ劇場へ行く場面がタルーの手帖から引用される。演劇を愛したカミュだが、彼の小説に劇場があらわれることは稀で、このオペラの場面が唯一のものである。オランの町で上演されていたのはグルックの『オルフェオとエウリディーチェ』である。グルックのオペラは、ギリシア神話とは異なり、ひとたび別離の苦しみを味わった二人が、最後には愛の神アモーレのとりなしで結ばれることになる。しかし、タルーとコタールが観劇した上演では、オルフェオは、エウリディーチェを取り戻した直後、第三幕冒頭でペストに倒れてしまうのであり、幸福な結末は描かれない。その代わりに、劇場内には「当時彼らの生活であったものの光景」(二九四頁)、死と混乱の場面が現出することになる。

オランの人びとを外界から切り離し、彼らの別離の状態を強固にするのは、町を取り囲む壁の存在である。ペストのあいだは市門が閉ざされ、門の開閉がペストの始まりと終わりを告げる。ランベールはコタールの手引きによって非合法な手段でこの門を通り抜けようとし、またペストの最盛期には血気にはやった人びとが門を襲う事件が起こる。実際のオランの壁と門の多くは、十八世紀末の大地震で崩壊したあと、十九世紀前半に再建され強化された。一九〇一年のコンティのガイドブックを見ると、町を取り囲むようにして壁の大半が残っていたことが明らかである。しかし、一九四二年の地図では、壁の半分近くは取り壊されて大通りになっているのが見てとれる。『ペスト』の物語は一九四＊年に設定されているが、その頃にはおそらく壁は完全な形では残っていなかったと思われる。小説のなかでは、閉鎖状況を強調するため壁と門が重要な役割を果たしているのである。

保健隊の仕事

市門の閉鎖は、まず市民たちに別離の状況をもたらしたが、同時に彼らを「同じ袋のネズミ」(一〇一頁)として、集団の悪に直面させた。ランベールと同じように外からこの町にやってきたタルーは異なった反応を見せる。町が閉鎖されるとすぐ彼は、これがいま町に滞在するすべての人間にとって共通の問題であると理解し、リユーとの会見において、ボランティアによる保健隊の結成を提案する。これがペストとの闘いにおける重要な転換点になる。

保健隊の創設は市民をいっそうペストのなかに組み入れることになった。人びとの意識に変化が生じ、彼らは保健隊に参加し献身的に働き始める。「こうしてペストが幾人かの人びとの義務となったため、それは現実に、本来のあるべき姿、すなわち全員の問題であることが明らかになった」(一九四頁)。保健隊には次々と、グラン、パヌルー、ランベール、ゴンザレス、オトンらが参加する。全員がペストの出現により課せられた問題に対して、それぞれ個別の答えを行動によって示す。とくに大きな変化を示すのはランベールの場合であり、彼は脱出の試みをくり返したあと、ついに町にとどまることを決意する。ここにはある価値のために命をかけて闘う男たちがいて、ランベールは彼らに共感と友情を感じ始めているからである。「自分ひとりだけ幸福になるのは、恥ずかしいことかもしれないんです」(三〇七頁)。そしてかつてリユーが言ったことばを、ランベールも口にする。「この出来事は、ぼくたち全員に関わりがあるんです」(三〇八頁)。はじめ、彼にとっては個人の幸福こそが守るべき第一の価値であった。しかし、ペストが彼の考えを変えたのである。

この保健隊はレジスタンスを想起させるが、カミュ自身はレジスタンスについて語るときには、つねに慎重で控えめな態度を守った。『ペスト』の話者もまた、保健隊の活動を評価するとき、節度ある証言者の立場をつらぬく。彼は、「その意図と勇気のあまりにも雄弁な礼賛者となるのではなく、勇気にたいしては適切な重要性を認めるだけにとどめる」(一九四頁)と、慎重なことばづかいで述べる。

話者は、リユーやタルー以上に、グランこそが「保健隊の原動力となっていたあの平静な美徳の、事実上の代表者」(一九七頁)であったと見なしている。この慎ましい市役所職員のことばは記しておく価値があるだろう。「いちばんむずかしい仕事ってわけじゃありませんしね。ペストがあるから、防がなくちゃいけない。明らかなことです」(同前)。どんな時代にあっても、人間は災禍を免れることができないし、それと闘う大勢の人びとがいる。そうした人びとのモデルとして、グランが提示される。話者は、この物語のなかにヒーローなるものがひとり必要なら、「その身にわずかの善意と見たところこっけいな理想だけをもつ、平凡で目立たぬこのヒーロー」(二〇二頁)を提示すると述べる。

ここで話者が言うグランの「こっけいな理想」とは、一冊の小説を完成させることであり、彼は毎日夜の時間をその執筆にあてていた。それに気づいたリユーは、このような奇妙な熱意を抱いている市役所職員のいる町において、「ペストに未来はない」(七三頁)と判断する。グランは災禍のただなかでも、女騎手が登場する小説を書き続ける。妻ジャンヌとの生活に失敗した彼は、空想の女との関係に慰安を見出すのだ。颯爽とブーローニュの森を駆け抜けるこの女騎手は、ペストとの苦しい闘いのなかでグランにとっての支えになるのみならず、リユーやタルーにとってもその話を聞くことは楽しみであった。ペストに倒れ、一時死を覚悟したグランは、リユーに原稿を焼き捨ててくれと依頼する。しかし彼は、血清剤によって救われ、翌朝になり一命をとりとめると、リユーにこう言うのだ。「早まったことをしてしまいました。でも、やり直しますよ。全部覚えていますからね、見ていてください」(三八九頁)。こうして、グランはふたたび果てしない執筆作業へと向かうだろう。

ランベールは、ペストは「くり返すものだ」と看破し、リユーはタルーの前で、疫病との闘いは「果てしなく続く敗北」だと認める。冒頭の文章を際限なく書き直し続けるグランは、未来の見えない時間のなかで、ただ自分の仕事を遂行する。彼の小説は完成することはないだろう。しかし、そのたゆみない精勤は、ペストとの闘いを持ちこたえるためのひとつのあるべき態度として、象徴的価値をもつと言える。カミュはエッセイ『シーシュポスの神話』において、神々に反抗して、岩をくり返し押し上げるシーシュポスを不条理の英雄として提示したが、『ペスト』では、反復行為に明け暮れるグランを、英雄らしからぬ英雄として提示するのである。

世界の悪としてのペスト

ペストは疫病であり災禍であるが、同時にこの世界の「悪」であり、形而上学的意味をもっている。こうした側面は、まずパヌルー神父の説教を通じて描かれる。説教は二回おこなわれ、それぞれ第二部と第四部にある。第一回目の説教の日曜日、大聖堂につめかけた大勢の信者を前にして、人間を襲う災禍は神による懲罰でありまた悔悛への道であるとする解釈が、壮麗な修辞に彩られて神父の口から述べられる。

この説教は、リユーとタルーとの会見のなかでも話題になる。神を信じないというリユーは、自分の考えをこうまとめる。「この世の秩序が死の原理によって支配されている以上、神にとっては、人間が自分を信じてくれないほうがいいのかもしれない。神が沈黙している空を見上げずに、全力で死と闘ってくれたほうが」(一八八頁)。そして彼は、タルーが言うように「勝利はつねに一時的なもの」であることは承知しているが、それは「闘いをやめる理由にはなりません」(同前)と言い添える。他方で、生命の危険を冒してまで保健隊の活動に挺身しようとするタルーは、自分を支えているモラルは他人を「理解するということ」(一九二頁)だと述べる。西洋において疫病の物語はくり返し描かれてきたが、多くの場合、疫病は人間の不徳に対する神の怒りと解釈されてきた。だが若い時代にニーチェの影響下から出発したカミュの世界においては、神はつねに沈黙している。神なき時代における人間の闘いを支えるモラルが、リユーとタルーによって提示されるのである。

世界における悪としてのペストは、オトン判事の息子のような若い命が奪われる場合にとりわけ顕著に感じられるだろう。この少年の最期は、小説のなかでもっとも強い印象を残す場面のひとつである。リユーは、周囲の人たちとの対話を通じてみずからのモラルを確認していくが、ここでは少年が息絶えたあと、「少なくともあの子に罪はなかった」(三二〇頁)と言うリユーと、「おそらく、私たちは理解できないことを愛さねばならないのでしょう」(三二一頁)と述べるパヌルー神父との短い議論が展開される。リユーは、「子どもたちが拷問にあうようなこの世界を愛することは、死ぬまで拒むでしょう」(同前)と断言する。パヌルーは魂の救済に専念するが、リユーにとってはそれが問題なのではない。「私に関心があるのは人間の健康、まず健康なのです」(三二二頁)と、ここでも彼は自分の立場を明確にする。

この世にある悪と罪なき子どもの苦しみというドストエフスキー的主題がここで導入されるが、それはパヌルーに大きな課題を投げかけることになる。神への信仰と悪の存在をどのように折り合わせるのか。このあと神父の二回目の説教が報告される。第一回目の説教では、基本的に直接話法によって神父のことばが伝えられた。第二回目では、間接話法および自由間接話法が多用される。聴衆は前回よりも減少し、神父は「もう「あなたがた」とは言わずに「私たち」と言うのだった」(三二七頁)。ペストを神の懲罰であるとする単純な立場を離れて、パヌルーは受け入れがたいものをも恩寵として受容するという困難な道を選ぼうとする。彼もまた、「ペストの最中に離れ小島など存在しない」(三三五頁)と気づいたのだ。その信念をまっとうするかのように、ほどなく神父は医師の治療を拒否して、不可解な死を遂げることになる。

女性たちのいない世界

一九四六年の『手帖』に「『ペスト』。これは、女性たちがいないために息苦しい世界だ」とカミュ自身が書いているように、『ペスト』は女性がほとんど登場しない、男たちだけの活躍が語られる物語である。オランの町に閉じこめられ、愛する妻から引き離されたランベール。妻に去られたグラン。かつて母を亡くしたタルー。療養所へ行く妻を駅で見送ったリユー。こうして女性たちとの別離を余儀なくされた男たちが、力を合わせて疫病と闘い、その反抗を通じて連帯の絆を築くことになる。

オトン判事の息子の死の場面では、主要登場人物たちが一堂に会する。朝一時的に姿を見せたあと立ち去ったグランを除いて、その場に残った者たちは少年と病魔との残酷な闘いを見守る。少年が苦痛の悲鳴をあげるとき、「リユーは歯をくいしばり、タルーは目をそらせた。ランベールはベッドに近寄り、そのそばでカステルは膝の上で開いたままだった本を閉じた。パヌルーは〔……〕くずれるようにひざまずいた」(三一八頁)。これは戦場でひとり雄々しく闘う少年兵と、それを支える大人の同士たちの姿にも見える。

医療の現場に女性の姿が見えないだけでなく、犠牲者にも男性が目立つ。オトン判事の息子のほかに、最初の犠牲者であったミシェル老人、舞台で倒れたオルフェオを演じた男優、隔離収容所で罹患したオトン判事、医師リシャール、パヌルー神父、そしてタルー。もちろんペストが男性だけを攻撃したわけではない。殺されたのは男たちだけではなく、女たちもほぼ同数いたことは、遺体の埋葬の問題によって明らかである。「空き地に、二つの巨大な穴が掘られていた。男性用と女性用の墓穴があった」(二六〇頁)。だが、女性の犠牲者は、ロレ夫人の娘の場合をのぞいて、ほとんど表舞台にあらわれない。

『ペスト』において、カミュは女性に活躍の場を与えることがなかった。しかし、同じく疫病ペストを扱った戯曲『戒厳令』では、女性にも大きな役割が付与されている。ヒロインのヴィクトリアは「私の愛の力だけを知っている。もうなにもこわくはない」と断言し、男性主人公のディエゴよりも先に恐怖を克服し、愛の権利を高らかに賞揚する。またこの戯曲では、ギリシア悲劇のようなコーラス(コロス)が登場するが、女性コーラスは男性コーラス以上に雄弁である。彼女たちは、「男たちは観念のほうが好きだ。母から去り、恋人から離れて、冒険に乗り出すが、〔……〕最後は孤独な死が待っている」と叫んで男たちを批判し、ペストに堪え忍ぶ叡智を主張するのである。

『ペスト』に登場する女性として重要なのは、「母」である。疫病をものともせず、静かに男たちの闘いを見守る「母」の姿を想起しよう。ランベールが町から脱出を試みるときに仮住まいした家では、スペイン人の老婆が彼の世話をする。空気が重苦しくペストに関する情報が悪い日でも、彼女は「平静なままだった」(三〇一頁)。ある意味で彼女はランベールの母の代理人であるが、しかし、もちろんなによりもリユーの母について語らなければならないだろう。リユーの妻が市外の療養所へ去ったあと、母が息子の世話をするためにやってくる。「ネズミなんてなんでもないわ」(二五頁)と言って、彼女は市外で療養する妻の代わりに息子を支える。そしてタルーの手帖には、リユーの母に関する記述が二回あらわれる。一度目は、リユー夫人の目の明るい栗色に関するものであり、タルーは「これほどの善意が読み取れるまなざしはつねにペストより強いものだという奇妙な断定を下し」(一七〇頁)ている。二度目は、リユーの家に寄寓するようになって以降のまとまった記述である。そこでタルーはとりわけリユー夫人の慎ましさを力説し、「かんたんなことばですべてを表現する彼女の話し方」(四〇六頁)を讃えている。ことばを探し続けるグランとは反対に、彼女はことばを制御するすべを心得ている。さらにタルーは、ここでもう一度、リユー夫人がペストよりも強いということを、次のような表現で記すのである。「それほどの沈黙と陰に埋もれているにもかかわらず、彼女はどんな光でも、たとえペストの光であっても、それに対抗できる」(同前)。

タルーの告白

第四部後半には、タルーがリユーを前にしておこなう長い告白が挿入されている。これは物語全体のなかで独立した性格を有する告白である。『異邦人』の最後で主人公ムルソーが司祭に向けた長い語りに関して、カミュはそこで語っているのは自分だと言ったが、このタルーの告白においても、ここで語っているのは作者自身であると考えられる。『ペスト』執筆時において切実であった殺人をめぐる考察を、カミュは、タルーの口を通して語るのである。そして、タルーの告白の聞き手であるリユー、すなわち話者は、この告白を再構成したあと、直接話法を用いて一気にタルーに語らせるという他に例を見ない方法を採用している。

「若いころ、ぼくは自分が潔白だという考えを抱いて生きていた」(三六一頁)とタルーは語り始める。検事であった父は十七歳になった息子に、法廷での論告を聞きに来るようにと誘う。そこでタルーが見たのは、重罪裁判所で裁かれる男の姿だった。タルーは、彼の父が「社会の名においてこの男の死を要求している」(三六四頁)ことを知り、この不幸な男に対して「目がくらむばかりの親近感を抱いた」(三六五頁)。ここでタルーは処刑される男と一体化する。『異邦人』をはじめとする不条理の作品群には、「死を宣告された男」の主題がくり返しあらわれるが、タルーは彼らの仲間になるのである。

だが、それだけではない。彼は同時に、自分が死刑執行人の息子であることを発見する。「父が何度もその殺人に立ち会ったに違いなく、それはまさに彼がとても早く起きる日だと確認して、目がくらむようだった」(三六五頁)。『異邦人』のムルソーの父と同様、タルーの父も同じく夜明けに起きて、死刑執行に立ち会うために出かけていく。しかしそれは自分が宣告した死刑の実施を確認するためなのだ。牢獄でのムルソーは、父のように自由になり、ギロチンを見物に行く自分を想像して喜悦を覚えるが、しかし彼はそこにあるもうひとつの意味を知らない。それは、死刑を宣告される側から宣告する側へと自分の位置を変えることであり、とりもなおさず殺人者の仲間に入るということである。ムルソーにとって、検事、判事といった死刑執行人たちは、自分がそうなることはない「父」であった。他方で、タルーは、検事である父から将来同じ職業に就くことを期待される。そのため彼は、死刑執行人の息子である事実から逃亡を図ろうとする。彼は死刑制度に反対し、政治活動に身を投じるが、しかし結局は、その試みがむなしいものであったと悟る日が来る。「全力でまさにペストと闘っていると信じていた長い年月のあいだ、少なくとも自分は、ペスト患者でなかったことがないとわかったのだ」(三六九頁)。

タルーによれば、ペストと闘う者は同時にペスト菌をまき散らすペスト患者でもある。「各人が自分のなかにペストを抱えている。なぜなら、だれも、そうだこの世界ではだれも、ペストを免れえないからだ」(三七二頁)。ここでタルーはペストの意味を広げ、彼の個人的体験から普遍的な真理を引き出す。ペストはオラン市民全員に関わる問題であった。しかし、タルーはそれを全人類に広げると同時に内面化する。ペストはもはや外部にある悪ではなく、すべての人間の内部にある。タルーにとって、ペスト患者とはたんに疫病の犠牲者ではなく、同時にそれを他人に感染させる死刑執行人でもある。タルーの長い告白の結論は、次のものである。「だからぼくは、災禍をもたらす者と犠牲になる者がいると言うのだ。それ以上はなにも言わない。ただそう言いながら、もしぼく自身が災禍になることがあっても、少なくともそれに同意はしない。ぼくは潔白な殺人者になろうと試みるんだ」(三七三頁)。

このタルーの告白がタイプ原稿に挿入されたのとほぼ同時期、一九四六年十一月、

『コンバ』紙に発表された一連の論説は「犠牲者も否、死刑執行人も否」と題され、表題がこの時期のカミュの立場を端的に示している。それは死刑に処せられることも、死刑を執行することも、すなわち殺されることも、殺すことも拒否する態度である。こうしてカミュの作品において、かつての死を宣告された男に代わって、今度は死を与える人間、すなわち殺人の主題が大きく前景化されることになる。タルーは、せめて「潔白な殺人者」たらんと自分は努めていると語るが、これはのちに戯曲『正義の人びと』において展開される主題でもある。

タルーは、災禍をもたらす者と犠牲者だけのこの世界に、第三のカテゴリー、すなわち「心の平和」(三七四頁)を探し求めようとする。ところで、医者であるリユーは、最初からこの第三のカテゴリー、すなわち災禍をもたらす者でもなく、犠牲者でもない、癒す者としての特権的な位置にいるように思われる。彼は、けっして殺人に手を汚すことのない立場にいて、殺人から生じる罪の意識をも免れた安全圏に身を置いているのだ。こうした医者の立場は、しかし今後、カミュの作品からは消えてしまうだろう。

タルーの告白は、『ペスト』の物語内に殺人に関する重要な考察を導入することになるが、殺人について述べるのはタルーだけではない。話者自身が保健隊の活動を語るとき、美徳と悪徳について考察し、無知こそが人間の悪徳を産み出すものであることを強調したあと、殺人についても言及する。「もっとも救いがたい悪徳は、すべてを知っていると思い込み、人を殺すことをも自分に許す無知である。殺人者の心は盲《めし》いている」(一九三頁)。またランベールは、リユーとタルーを前にして、自分がスペイン戦争に参加したと語ったあと、こう続ける。「ぼくは観念のために死ぬ人間にはうんざりなんです。ぼくはヒロイズムを信じません、それは安易だとわかっているし、それが人殺しをおこなうことを知ったからです」(二四二頁)。話者が言う「人を殺すことをも自分に許す無知」、ランベールが唾棄する「人殺しをおこなう」「ヒロイズム」、これらは殺人に関するタルーの考察に通じるものである。

話者としてのリユー

『異邦人』の特異な語りは、研究者や批評家たちによって、一人称をよそおった三人称体だと言われることがあった。『ペスト』は逆に、三人称体をよそおった一人称の語りであることが最後に明かされる。話者たる医師リユーは、オランの市民ととももに未曽有の災禍を体験することになるが、彼はそれを一人称の回想録の形式ではなく、三人称で語ることを選んだ。外部の視点を保持し、できるかぎり客観的にみずからの任務、そして保健隊の活動を報告しようと望んだのである。しかし、同時に話者としての彼は、自分がオラン市民の一員であり、彼らとともに疫病との闘いを生き抜いたことを明らかにしている。こうして、ペストとの闘いの記録を構成する二つの物語のうち、オラン市民全体の苦しみと闘いの物語に関しては、話者はみずからその一員であることを隠さずに物語の内部に身を置く。そして、医師リユーと保健隊の人びとの活動の物語に関しては、その外部に自分を位置づける。そして最後に、リユーは自分が話者であることを明らかにして、この二つの物語の責任をみずからの名において引き受けることになるのである。

『ペスト』の話者は、みずからの話者としての資格と役割にきわめて意識的である。冒頭でオランの町を紹介したあと、彼はなぜこの記録を書き残すにいたったのか、その理由を明確にしようと努める。それは、「ただ偶然にまとまった数の供述を集めることができたからであり、またことの成り行き上これから語るすべてにかかわることになったからである。したがって、彼は歴史家のように振る舞うことが許されるのだ」(一四頁)。歴史家と同様に、彼は史料をもっている。それは、彼自身が実際に目にしたこと、彼に対してなされた打ち明け話、そして彼の手にわたった各種の文書である。すなわち実体験、伝聞、記録文書であり、これですべての情報源がそろうことになる。個人の物語ではなく集団の歴史を語ろうとするこの話者は、小説全体を通じて、けっして「私 je」とは言わない。ペストの記録を残す歴史家としては「話者 narrateur」、オラン市民との共通の体験を強調するときには「私たち nous」、そして時にはいっそう多義的な呼称として「人びと、私たち on」を用いる。話者は、オランの住民としてペストの災禍を体験したひとりであり、オランを「私たちの町」、そしてオラン市民を「わが市民」と呼び、自分の個人的な感情をも市民の名において語ろうとするのだ。ペストの記録が終わりに近づいたころ、話者は自分の任務に対する理由付けをふたたび試みて、「客観的な証言者の語調を取ることに努めた」(四四三頁)と強調する。疫病は猛威をふるい、猖獗をきわめたあと、大きな爪痕を残して去った。みずから困難な闘いを生き、保健隊において中心的役割を演じたひとりの医師は、この痛ましい事件の記録を残そうとして、自分が生きた時代の証言者となる。

話者をどう扱うかについて、『ペスト』の長い構想期間中、カミュは試行錯誤をくり返していた。そこには紆余曲折があり、彼は種々の草稿を残している。『ペスト』草稿研究の第一人者であるマリー＝テレーズ・ブロンドーの調査によると、第一稿においては、タルーの手帖、リユーのメモ、ステファンの日記が並列され、そこに話者がときおり介入してコメントを加えるという形式であった。多様な視点が保持されて、話者の位置づけは明確ではなかった。しかし、これは、語りの構造の統一性と、それぞれ等価値を有する多様な視点と、この二つをどう融合させるのかという問題をカミュに課したことだろう。最終的には、リユーが話者となって彼のメモは消え、ステファンはその日記とともに舞台から退場する。タルーの手帖を別にして、すべてが話者に収斂され、視点の統一が獲得される。しかし、草稿においてカミュが意図した視点および情報源の多様性は、とりわけ伝聞の形を借りて保持された。

ペストと闘ったオラン市民、特に保健隊に参加した主要な人物たちは、リユーと交際し、彼を相談相手にし、打ち明け話をする。こうしてさまざまな情報がリユーの耳へと集められるのである。「ペストの全期間にわたって、彼はその職務上、大部分の市民と面談し、彼らの感情を汲み取ることができた」(四四三頁)。すぐれた聞き手であったからこそ、話者リユーは、オラン市民全員のために証言することが可能になった。

聞き手としてのリユーを顕著に示すものとして、ランベールの行動の報告を取り上げよう。オランの町からの脱出を試みる彼の奔走は、第二部において三回に分けて語られる。とりわけ第三回目の語り方は、焦点化と情報源の観点からきわめて興味深いものだ。まずはじめに話者が介入し、これから述べるランベールの絶望的で単調な長い努力のもつ意味を明確にする。続いてランベールの物語が始まるが、これは一日から数日の間隔で次々と展開する挿話から構成されている。焦点はときにコタール、タルー、そしてリユーへと移動するものの、ランベールが基本になっている。ここで重要なのは、ランベールがこの奔走の途中でしばしばリユーに会い、自分の行動について医師に逐一報告する機会をもつことである。それゆえ、話者たるリユーは、みずからの体験とランベールから何度か聞いた話を合成して、統一的な物語を作成していることになる。

ランベールは新聞記者として、アラブ人の生活環境について調査するためにパリからオランに取材にやってきた。ところが、ひとたび市門が閉鎖されると、彼はパリに残した妻のもとへ帰ることしか考えず、絶好の新聞ネタであるこの災禍を報じようとはしない。また、結婚生活に失敗して妻を失ったグランは、空想の女騎手との関係に慰安を見出し、完成することのない小説執筆に没頭する。ペストから生還した彼は、ふたたび彼の女騎手のもとへと、ロマンと空想の世界へと戻ってしまう。ランベールとグラン、この二人はみずから筆を執って災禍の体験を証言しようとはしない。彼らの体験が表現されるには第三者である仲介者が必要であり、彼らに代わって、リユーが証言を引き受けることになる。

リユーはまた、タルーの手帖を生かして使う。医者としての闘いの最前線にいるリユーとは異なり、タルーは一歩退いた位置からオラン市民の生活を観察する。第二部におけるごく短い引用を含めて六回にわたって引用されるこの手帖は、そもそもペストの記録を残そうとして書き始められたものではなく、語り手によって、「無意味なものを記述するという方針に従ったかのような、きわめて特殊な記録」(三九頁)であると紹介される。しかし、やがてペストが町を襲うようになると、タルーの手帖は「当時の私たちの生活について、きわめて正確な姿」(一六六頁)を伝える記録となり、話者が直接見聞できなかった情報を提供し、話者の証言を補完する重要な役割をになうようになる。

医者であるリユーは、ランベールのように書くことを職業としてはいない。彼はまた、グランのように作家になるという野望を抱いてもいないし、またおそらくはタルーのように手帖をつけてもいない。ペストのあいだ、リユーは、治療する人であり書く人ではないのだ。だが、ペストの災禍が終焉したあと彼は、市民の歓呼の声を耳にして、死んだ友のために、犠牲者のために語ろうと決意する。それは、「災禍のさなかにあって人が学び知ること、すなわち人間のなかには、軽蔑すべきものより賛嘆すべきもののほうが多くあるということ、それだけを言うためだった」(四五三頁)。集団的受苦の時代を生きたリユーは、証言による集団的救済を目指すのである。

災禍の物語

エピグラフに掲げられたダニエル・デフォーの引用文は、この小説のアレゴリー(寓意)的性格を冒頭からほのめかしている。カミュはアレゴリーについて語ることはなかったが、カフカやメルヴィルに関して、アレゴリーより広い概念をもつ象徴の機能について何度か論じている。また『反抗的人間』第四部「反抗と芸術」内の「反抗と様式」においては、「芸術における統一は芸術家が現実に課す変形作用の究極において立ちあらわれるのだ」と述べた。この「現実」は、『ペスト』ではなによりも第二次大戦であり、その変形作用が疫病によるアレゴリーであるだろう。

『ペスト』の意味はまず歴史的次元にあり、アレゴリー化に先立つ戦争の現実は作品の各所に見られる。事件は一九四＊年に位置づけられており、ドイツ占領下の雰囲気が反映されている。灯火管制、非常線、ガソリンの配給制、店頭の長い行列、闇市などが、この作品の最初の読者たちが生きたばかりの現実を構成している。隔離収容所、ゲットー、焼却炉など、小説にはこの時代の恐怖が移し入れられている。さらに、カミュは対独協力者を彷彿させるコタールなる人物も登場させて、その行動をかなり詳細に描いている。

しかし、この小説において、ペストがはっきり戦争と比較されるのは三度だけである。最初は第一部、疫病が猛威をふるう前、「ペスト」という語が初めて発せられたときであり、話者は災禍についての考察を展開する。「これまで世界は、戦争と同じほどペストにも見舞われてきた。しかしペストと戦争は、いつも同じく、備えのできていない人びとを見つけ出す」(五八頁)。ここでは、例としてペストと戦争があげられているが、話者の考察は、それらを含むより大きな災禍に向けられている。オランの市民はごくありふれた普通の市民だった。災禍は、いつでも、どこでも、だれにでも、備えのできていないときに降りかかってくるのだ。さらに第四部において二回、戦争との比較があらわれる。秋になり、保健隊の人びとにも疲労が蓄積し、無関心が増大する様子が、「大きな戦争のとき、兵士たちが」示す「無関心と同じだった」（二七八頁）と述べられる。そして、タルーが病床でペストと闘う場面では、寝室では「目に見えない戦争の無言のざわめきだけが満ちていた」（四二〇頁）と描写される。だが、全体としては、カミュは戦争への暗示を少なくして、ペストをより広い災禍として表現しようとしている。

ペストは春にあらわれ、夏に猛威をふるい、秋には足踏みして、冬になると姿を消す。それは季節のリズムに一体化して、まるで自然の力の一部であるかのように描かれている。夏が近づくと、疫病は仮借ない暑熱とともに市民を攻撃する。ヴァカンスはもはや海水浴や肉体の祝宴ではなく、「ペストの太陽はあらゆる色彩を消し、どんな喜びも追い払った」（一六五頁）。午後二時頃には、「太陽とペストが街頭で出会う」（二七六頁）。オランの町では、『異邦人』におけるアルジェの浜辺と同様、太陽から逃れることはできない。この太陽とともに、ペストは宇宙的な性格を帯びて、人びとを逃れがたい悲劇へと導くのだ。小説中には、疫病の発生に関する十分な説明はなされていない。どこからペスト菌がこの町に侵入したのかはわからないまま、人知を越えた源から由来したかのように描かれる。「だれも知らない巣穴からこっそり出てきたペストが、もとの巣穴に戻るべく立ち去ろうとしているように見えるこのとき」(四〇四頁)と第五部にはある。

春の終わりにおこなわれたパヌルー神父の最初の説教においては、穀物を打つ道具としての殻竿《からざお》(fléau)が提示される。フランス語の fléau には災禍と脱穀用の殻竿の二つの意味があるが、ここではそれが重ね合わせられ、そこに叙事詩的なイメージが付与される。「途方もなく大きな木片が町の上を旋回しながら、手当たり次第に打ち付けては血塗られてふたたび舞い上がり〔……〕ついには人間の苦痛と血をまき散らす」(一四二頁)。説教から二、三日後、郊外で、リユーには夜がうめき声で満ちているように思われ、暗い空のどこかで鈍い音が聞こえ、それが「熱い大気を果てしなくかきまわす目に見えない殻竿」(一四九頁)を想起させる。夏が過ぎて、九月および十月になると、ペストは町の上に腰を据えつけたかと思われ、空にあらわれたツグミとムクドリの群れが町を迂回し、「パヌルー神父の殻竿、すなわち家々の上をうなりながら旋回する奇妙な木片が、鳥たちを遠ざけたかのよう」(二七七頁)だった。そして冬になり、ペストが町から退却を始める頃、タルーがリユーのアパルトマンの部屋で最期を迎えることになる。「殻竿はもはや町の空をかきまわしてはいなかった。その代わり、この部屋の重い空気のなかで静かにうなっていた」(四二一頁)。人間を攻め立てる殻竿のイメージは、神父の説教から外へ出て、物語のなかで話者によって引き継がれ、ペストの推移にあわせて夏、秋、冬と三回用いられる。こうしてペストは、単に疫病であるにとどまらず、人間を圧倒する悪を象徴する神話的な次元へと拡大される。

一九四二年末、『ペスト』第二稿にとりかかろうとする時期に、カミュは『手帖』に次のように書いた。「ペストによって表現しようとぼくが望むのは、われわれすべてが苦しんだ抑圧と、われわれが体験した威嚇と追放の雰囲気である。同時にまた、ぼくはこの解釈を一般的な存在の概念にまで拡大したいのだ」。戦争体験から出発しながらも、カミュはそれをさらに一般的な領域へと広げることを考えており、ハーマン・メルヴィルの『白鯨』のような小説が彼の念頭にあった。カミュの浩瀚な伝記を著したオリヴィエ・トッドは、一九四八年にカミュがひとりの夫人に宛てて書いた手紙を引用している。「『ペスト』は三つの違った読み方ができます。この小説は疫病の物語であると同時に、ナチスの占領の象徴(さらにはあらゆる全体主義体制の予兆)であり、そして三番目は悪という形而上学的問題の具体的例証です。〔中略〕さらに天才に恵まれていれば、メルヴィルが『白鯨』で試みたものになります」。

『ペスト』は刊行されるとすぐに幅広く受け入れられ、多くの好意的な評価に迎えられた。だが、一九五〇年代に入ると、ナチスドイツをペストという疫病に置き換えたことに対しては、歴史的現実から目を逸らすものだとして、フランシス・ジャンソンやジャン＝ポール・サルトルから批判がなされた。さらに一九五五年には、ロラン・バルトが『クラブ』誌において、ここに見られるのは反歴史的なモラルと孤独の政治学であると断じて、「歴史への意識から生まれた作品が、しかしながら歴史のなかに明白な事実を探し求めるのではなく、明晰性の方向をモラルのほうへと向けることを選んだ」と批判した。それに対してカミュは、『ペスト』は「ナチズムに対するヨーロッパのレジスタンスの闘いを明白な内容としている。その証拠には、ここで名付けられていない敵は、ヨーロッパのすべての国において、だれもがその正体を認めたということだ」と反論した。この三年前におこなわれた『反抗的人間』をめぐる論争においても、サルトルがカミュを「歴史を拒否した」と批判しているが、おそらくその記憶もまだ生々しく残っているカミュは、バルトへの反論において、まずはなによりも自分の小説がヨーロッパの歴史的体験に根ざしている事実を強調している。だが、バルトへの反論のなかで、カミュは「私は『ペスト』がいくつもの射程において読まれることを望んだ」とも述べている。『ペスト』の今日的意味は、現実の体験に基づいて書かれた作品が、歴史的地平を越えていることにあるだろう。この小説はたんにレジスタンスの物語でも、疫病の物語でもない。それだけにとどまらず、広い意味での災禍との闘いの物語であり、いつの時代にあっても私たちの惑星のいたるところで人間を襲うあらゆる不条理な暴力との闘いの物語なのである。

カミュと『ペスト』

アルベール・カミュは、一九一三年十一月七日、当時フランス領であったアルジェリアのモンドヴィに生まれた。父リュシアンの祖父はボルドーの出身、母カトリーヌはスペイン人の家系の出だった。

翌一九一四年、第一次世界大戦が勃発すると、父は歩兵隊に動員され、十月、マルヌの戦いで頭に砲弾を受けて、ブルターニュ地方の町、サン＝ブリユーにある軍人病院に入院したが、一週間後に死亡する。夫が戦死して以後、カトリーヌ・カミュは、アルジェの貧民街であるベルクール地区で、専制的な力をふるう母のもとで二人の息子、リュシアン（父と同じ名前）とアルベールを育てることになる。不在の父、物静かな母、貧困の少年時代、このカミュの状況はほぼそのまま『ペスト』のリユーに反映されている。

貧しかったカミュは、小学校時代の恩師ルイ・ジェルマンの支援により奨学金を得て、一九二四年、リセに進み、勉学を続けることができた。リセでは、サッカーに興じ、ゴールキーパーとして活躍する。このサッカーへの熱中は、『ペスト』ではランベールとゴンザレスに引き継がれている。しかし、カミュは、十七歳の年、最初の結核の発病に襲われ、サッカー選手になるという夢も、教職に就くという望みも打ち砕かれることになる。以後、結核はくり返し再発し、闘病は一生続くことになった。『ペスト』のなかでは、リユーが頑健であるのに対して、山の療養所へ旅立つ妻が胸を病んでいることが暗示されている。

病を抱えながら、若いカミュは多方面に活動し、アルジェ大学在学中から劇団「労働座」を立ち上げ、演出家、翻案家、役者を兼ねた。作家を目指しての執筆活動も続けられ、一九三七年には、エッセイ集『裏と表』が、また二年後の三九年にはエッセイ集『結婚』が、アルジェのシャルロ書店から刊行された。並行して企てられた小説『幸福な死』は、各々の素材と挿話が調和せず未完のままに残され、カミュの死後十一年を経て一九七一年に刊行された。駆け出しの小説家の実験工房といった様相を呈しているこの意欲作は、カミュの代表作『異邦人』を産み出すもとになっただけでなく、他の多くの作品に素材を提供することになった。第二部における水浴の挿話は、『ペスト』第四部後半において、リユーとタルーが夜の海で泳ぐ場面で、象徴的な意味をになって再利用されることになる。

カミュは一九三八年十月から一年間、創刊されたばかりの新聞『アルジェ・レピュブリカン』の発行にかかわった。ここで彼は、ジャーナリズムの作法を覚え、各種の記事を書いたが、この体験が文体練習の機会となり小説家になるのに役立った。記者として彼がおこなったカビリア地方での調査は、『ペスト』では、ランベールによるアラブ人の生活環境に関する調査に置き換えられている(本書訳注15参照)。

一九三九年九月三日、第二次大戦が勃発する。左翼系と見なされた『アルジェ・レピュブリカン』紙の刊行が困難になり、それに続く『ル・ソワール・レピュブリカン』紙も当局の弾圧によって休刊に追い込まれた。失職したカミュは、アルジェリアを去る決心をする。翌四〇年三月アルジェで乗船し、パリに着いて、大衆紙『パリ・ソワール』の記者として働き始めた。新しい土地で孤独なカミュは、『異邦人』の執筆に集中的に力を注ぐ。しかし、六月初めにはドイツ軍がパリに迫り、彼はパリを逃れ、やがて一九四一年一月、妻の実家のあるアルジェリアのオランに戻った。

カミュは一九三五年から『手帖』を書いていたが、そこには、一九四〇年十月にペストの語があらわれ、さらに四一年四月、オラン滞在中に、ペストに関する小説の最初のプラン「ペストあるいは冒険(小説)」が記されている。十月にはカミュは、アルジェに住む女友達に宛てて、「大学の図書館からペストに関する本を何冊か借り出して」送ってくれるよう手紙を書き、小説執筆の準備にとりかかった。それに先立つ四月、カミュはオランから、フランスにいる友人たちに『異邦人』の原稿を送っていたが、この小説は同年十一月にガリマール社の原稿審査委員会において認められ、翌四二年五月に刊行された。こ

オランのアパルトマンのカミュ(1941)

のときカミュはまだオランにいた。しかし七月には結核が悪化し、その療養のため高地で過ごすことが必要になる。八月、彼はフランス本国に戻り、中央山岳地帯の村ル・パヌリエに農家を借りて住み始めた。

リセおよびアルジェ大学時代の師であり、その後生涯にわたっての友人となったジャン・グルニエに宛てて書いた一九四二年九月十日付けの手紙が示しているように、カミュはル・パヌリエで『ペスト』第一稿の執筆にとりかかった。「いま執筆中の草稿がありますが、あなたに第一稿の数頁をお送りするには複写しなければならないでしょう」。この時期『手帖』には、刊行されたばかりの『異邦人』および刊行間近な『シーシュポスの神話』の二冊と、構想中の『ペスト』を比較する考察が散見される。「『異邦人』はゼロの地点である。『神話』(『シーシュポスの神話』——訳者注)も同じだ。『ペスト』はひとつの進歩だが、それはゼロから無限に向かう進歩ではなく、まだ定義を必要とするいっそう深遠な複合性に向かう進歩である」。「『異邦人』は不条理に直面した人間のありのままの状態を描いている。『ペスト』は同じ不条理に直面する複数の人間の見解にみられる根本的な等価性を描くことになる」。これらの記述からは、『異邦人』の地点から前へ踏み出そうとするカミュの意図がよくうかがわれる。

個人の物語から集団の物語へ歩を進めようとして、カミュは小説の構成のプランをいくつも残している。さらに、表題に関してはまだ迷っていたことが『手帖』によってわかる。「小説。『ペスト』を表題にしないこと。『囚われの人びと』のような表題にすること」。

ル・パヌリエへ同伴した妻のフランシーヌは、そこでひと夏を過ごしたあと、一九四二年十月になると、教員として新学期の授業をおこなうためアルジェリアに戻った。カミュも二か月後にはアルジェに戻る予定だったが、十一月八日、連合軍が北アフリカに上陸し、その三日後に、ドイツ軍がフランス南部の自由地帯をも占領した。ヨーロッパが北アフリカから分離され、カミュは妻との連絡を絶たれてしまう。「まるで袋のネズミのようだ」と、彼は『手帖』に書いた。二人が再会するのは二年のち、フランス解放後の四四年十月である。

妻と離れたあと、ル・パヌリエでカミュは『ペスト』の執筆を続け、一九四二年末には、ひとまず第一稿ができあがったらしい。十二月二十六日、パスカル・ピアに宛てた手紙で、カミュは「『ペスト』の最初の下書きが完成しました。かなりひどいものです」と書いている。出来映えには満足していなかった。すぐに第二稿にとりかかるが、そこには追放と別離の主題があらわれる。『手帖』に記された断章には次の文章がある。「この時期の特徴をもっともよく示しているように思われるもの、それは別離（原文強調）である。だれもが他の世界から、自分の愛する者たちから、自分たちの習慣から切り離されたのだ」。第一稿において重要な位置を占めていたコレージュの文学教師であるステファンは姿を消し、その一部が幾人かの人物のなかに残ることになった。ステファンが住むアパルトマンの様子と妻ジャンヌとの不幸な結婚生活はグランに、首吊り自殺の試みはコタールに、市立オペラ劇場での観劇はタルーに、それぞれ引き継がれた。これに代わって登場したのがランベールであり、パリに残した妻のもとに戻ろうと奔走するその姿には、カミュの個人的な別離の経験が反映している。

不条理の哲学の考察である『シーシュポスの神話』は、『異邦人』から数か月遅れて一九四二年十月に、同じくガリマール社から刊行された。この二作とともに不条理三部作を構成する戯曲『カリギュラ』は一九四一年にひとたび完成したが、そこにおいてローマ皇帝は、自分の統治下は幸福な時代であり、ペストも、邪宗も、クーデタも無かったと述べて、「おれがペストに代わるのだ」と宣言していた。そのあと、四三年から改稿作業が始まるが、それは『ペスト』の執筆が続けられる時期とも一致する。『カリギュラ』改稿の過程で、不条理と権力の考察が反ナチズムと関連しつつ次第に深められていった。専制君主として振る舞うカリギュラには少しずつナチス的な性格が付与されていく。当時、ナチズムは「褐色のペスト」と呼ばれていた。

ル・パヌリエの孤独はカミュの仕事には好都合だったが、一九四三年十一月にはいよいよパリに移り住み、ガリマール社の原稿審査委員になる。ただ、自由な時間は取れず、小説執筆のほうははかどらなかった。四四年一月、彼は友人のフェイヨルに宛てて書いている。「『ペスト』は眠っている。ときどき目を覚ますけれども、またまどろんでしまう。でも近日中に眠りから完全に脱出させるように、ぼくは態勢を整えた」。だが、これははかない望みだった。

一九四三年末レジスタンス組織からの要請を受けたカミュは、非合法で刊行されていた地下新聞『コンバ』に参加する。翌四四年八月二十一日、解放後の『コンバ』第一号があらわれ、街頭で呼び売りされた。その後四五年一月初めまで、カミュはほとんど毎日編集長として筆を揮い、時事論文を発表し続けた。『コンバ』紙上で、彼は、レジスタンスの思想を擁護し、多くの反響を呼ぶ論説を書き、著名なジャーナリストになった。劇作家としての活動も続き、一九四四年五月には、戯曲『誤解』と『カリギュラ』が一冊に合わせて刊行された。

『シーシュポスの神話』において神々に反抗する孤独な英雄を提示したカミュは、レジスタンスの体験を経て、三年後の一九四五年八月に、「反抗に関する考察」を発表した。そこでは、反抗の動きは個人の運命を越えて人間の連帯に達すると書いた。「不条理の体験のなかにおける悲劇は、個人的なものである。反抗の動きが始まりだすと、悲劇は、集団的であることを自覚する。悲劇は万人の冒険となるのだ。〔……〕これまで、ただひとりの人間が感じていた悪が集団的ペストとなる」。『異邦人』『シーシュポスの神話』『カリギュラ』の不条理の作品群のあと、反抗の主題が明確になる。『ペスト』では、この「集団的ペスト」になった悪に対する堅忍不抜の反抗と、それを通じて獲得される連帯が描かれることになる。

第二次大戦後にあらわれた対独協力者粛正の動きに対して、フランソワ・モーリヤックが寛容を求める呼びかけをおこなったとき、カミュは、一九四四年十月、『コンバ』紙上で、人間の正義の名において粛正を完遂すべきだと言明した。これを契機にして、モーリヤックとのあいだに論争が展開されることになる。やがて、カミュは、正義が往々にして虐殺へといたることを認めた。占領時代に対独協力者であったとして、作家ロベール・ブラジヤックが罪に問われたとき、カミュはその助命嘆願書に署名した。だが、四五年二月、ブラジヤックは処刑され、カミュは大きな衝撃を受ける。こうした政治的殺人の問題についての考察は、先述の「タルーの告白」において紹介した「犠牲者も否、死刑執行人も否」と題した八本の論説にまとめられる。カミュは、暴力それ自体を否定するのではないが、イデオロギーによる正当化は拒否する。「殺人はわれわれを殺人へと差し向け、われわれは恐怖のなかで生き続けることになる」。こうした時代にあって、カミュはついに自分の決意表明をおこなうにいたる。「私はもはや、それがだれであれ、殺人を甘受する人びとの仲間にはなるまい」。アルジェリア時代のカミュの主題が、避けられない死の宿命にどう対処すべきかであったとすれば、フランス時代のそれは、殺人者となることを免れない歴史状況をいかに生きるかである。このあと、『ペスト』の草稿にタルーの「ペスト患者」の告白が付加され、小説は歴史的・政治的意味を担うようになる。

一九四六年八月、ようやく『ペスト』の草稿が完成する。この時期のルイ・ギユーとやり取りされた手紙は、『ペスト』執筆の最終段階を知らせてくれる。同年十月、

『ペスト』批評家賞授賞式のカミュ(1947)

カミュはこう書いている。「『ペスト』はいまタイプ化されているところだ。ひと月後には再読して、必要な加筆をほどこして君に送るから、最初の貴重な意見を聞かせてくれたまえ」。十二月、ギユーに宛てた手紙では、カミュは最後の章の冒頭を書き改めて、話者がリユー自身であることを明示したと述べる(本書訳注133参照)。

『ペスト』は一九四七年六月十日に刊行されるとベストセラーとなり、カミュに経済的ゆとりをもたらした。九月までに九万六千部が売れた。新聞や雑誌の論評は全般的に好意的なものだったが、むしろカミュを当惑させた。批評家賞が決まった後、彼は「成功の悲しさ」と『手帖』に書き、また七月二十七日付けのギユー宛の手紙にもこう述べている。「この本の成功には当惑している。うれしくない賞賛というものがあるのだ。それにこの本の欠点は自分がよく知っていると思う」。

『ペスト』はカミュにとって、完成までにきわめて長い準備と推敲期間を要した作品だった。一九五九年、ジャン＝クロード・ブリスヴィルのインタビューに答えて、彼は自分の創作方法について詳細に語った。「ノートを取り、紙片に書き付け、ぼんやりと夢想し、それが何年も続くのです。ある日、着想が浮かび、構想があらわれ、それがこれらの断片をつなぎ合わせることになります。そこから完成を目指しての長い労苦が始まります。私の無秩序状態が深く並外れたものであるだけに、この労苦も長く続くのです」。『ペスト』執筆はまさにこのようなものであった。懐胎期間は長く、資料調査に多くの時間と労力が費やされた。一八九七年に刊行されたアドリアン・プルースト(作家マルセル・プルーストの父)の著作『ペストにたいするヨーロッパの防衛』を始めとして、カミュはかつてないほど多くの文献を渉猟した(本書訳注11、21、34参照)。

『ペスト』刊行の翌一九四八年、カミュは同様にペストを主題とした戯曲『戒厳令』を発表した。アントナン・アルトーは一九三三年に「演劇とペスト」と題した演劇論を発表していたが、演出家のジャン＝ルイ・バローもまた、四一年以来ペストに関する仕事に取り組んでいた。バローは、はじめデフォーの『ペスト年代記』を脚色することを考えたが、カミュがペストを主題とした小説を準備していることを知ると台本執筆を依頼することになる。共同作業の成果である『戒厳令』は、独白、対話、無言劇、コーラスなど多彩な様式を混合させたスペクタクルとして上演された。戯曲刊行時の「緒言」において、カミュは「『戒厳令』はいかなる意味においても、『ペスト』の翻案ではない」と語った。すでに述べたように、この戯曲は女性が活躍する点において『ペスト』とは異なっている。ただし、共通点も多く、物語展開の構成も似ている。主人公の若き医者であるディエゴは、リユーとタルーの特徴をあわせもっている。彼はリユーのようにカディスの市民を救うために尽力し、タルーのように殺人についての考察を述べる。教会では、司祭がペストは神による懲罰だと言って、パヌルー神父と同じ見解を示す。判事とその子どもたちが登場して、これはオトン判事とその家族を連想させる。コタールがペストを拒否せずその共謀者となったように、ここではよりいっそう露骨にペストに加担する人物としてナダがいる。このように『ペスト』との類似点は多いが、しかし戯曲では人物の幾人かは厚みを失い、ペストは人格化され、全体主義国家の支配者を戯画化したものとしてあらわれる。

一九四九年には、テロリズムと正義の問題を扱った戯曲『正義の人びと』が上演された。政治的理想を実現するために殺人を犯すことを余儀なくされるカリャーエフとその同士であるテロリストたちの苦悩は、『ペスト』のタルーの告白の延長線上にある。みずからの潔白を守ろうと望むカリャーエフは、テロによる殺人の対価として自分の命を差し出すことを覚悟し、それこそがニヒリズムを避ける唯一の方法だと考える。カミュ自身は、『手帖』のなかで、一九四七年、「ひとつの命をもうひとつの命で支払う。この論理はまちがっているが、尊重すべきである」と書いた。一九五一年刊行の大著『反抗的人間』においても、基盤にあるのは同じ政治的殺人の問題である。カミュは冒頭部分で「今日、いっさいの行動は、直接か間接かを問わず、殺人へと通じている」と書くが、ここにもタルーのことばが響いている。こうした観点を出発点として、反抗がともすればニヒリズムへと傾き殺人を容認するにいたることを明らかにし、左翼全体主義と歴史主義を批判したこの書物は、保守派からは歓迎されたが、左翼陣営からは批判を受けた。カミュはさまざまな論争に巻き込まれ、翌年にはサルトルと論争し、絶交するにいたる。

カミュはその後体調もすぐれず執筆不能に陥ったが、その苦しい体験から一九五六年には『転落』が生まれた。主人公である弁護士クラマンスの告白は、タルーの告白を拡大したものと見ることもできる。自分だけは無罪であると信じていたクラマンスだが、セーヌ川に投身した娘を見捨てた時から、彼もまた他人と同様に有罪であると気づく。しかし、「潔白な殺人者」たらんと努めようとしたタルーとは異なり、クラマンスは万人の有罪を確信しており、ここに救済の道はまったく示されていない。

一九五七年には短編集『追放と王国』が刊行され、その後カミュは自伝的長編小説『最初の人間』の執筆に力を注ぐが、一九六〇年一月四日、自動車事故で不慮の死を遂げた。享年四十六歳であった。遺作となった『最初の人間』は一九九四年になって刊行された。カミュの新たな作品世界が始まるという予感に満ちた、推敲されていない走り書きの草稿は、未完成に終わった。一九五四年から始まりのちにアルジェリア戦争と呼ばれる歴史的激動のさなかで執筆されたこの小説は、沈黙する母親、墓の下で黙して語らぬ父、貧困のなかで押し黙った家族、過去の痕跡を残さず歴史から消え去った人びと、そしていままた歴史から抹殺されようとしている人びと、それらの人びとにことばを与え、彼らのために証言し、彼らの物語を残すために書かれた。それは、『ペスト』の終わりで、語り手が述べることば——彼がこの物語を書きつづろうと決心したのは、「押し黙る人びとの仲間に入らないために、これらペストに苦しんだ人びとのために証言」(四五三頁)するためである——を想起させるだろう。

*

書物によって懐胎し育まれた「青春の土地」というものがあるとすれば、カミュがエッセイ『結婚』で描いたティパサこそは私にとってそのような紙上のトポスであり、身近な現実世界にはどこにも存在しない場所であった。その地中海の陽光に導かれるようにして、カミュの世界に親しむようになって半世紀以上が過ぎようとしている。カミュは私に研究の喜びを教えてくれたが、同時にまた師や友人たちと出会う機会をももたらしてくれた。まずは、一九八〇年から二年間クレルモン＝フェラン大学で、そして帰国後も手紙のやり取りを通じて、博士論文執筆にあたってこの上なく懇切な指導をしていただいた故ポール・ヴィアラネー先生。そして、私を国際カミュ学会の副会長に推薦し、さまざまな場面で暖かい支援を惜しまれなかったアニェス・スピケルさん(二〇〇五―二〇年国際カミュ学会会長)。さらには日本におけるカミュ研究に対していつも好意的な配慮を示された、作家の娘カトリーヌ・カミュさん。一九八三年、友人たちと創立した小さなグループ「関西カミュ友の会」は、その後次々と名前を代えて、「日本カミュ研究会」に成長したが、その活動を支えてくれたフィリップ・ヴァネさんと仲間たち。

カミュの小説作品の新訳にとりかかったのは、八年前の二〇一三年四月、当時の勤務校で管理職の仕事から解放されたときである。私にとっては三冊目になるカミュの本『カミュを読む――評伝と全作品』(二〇一六、大修館書店)も完成の見通しが立ち、長らく研究の対象であったカミュに関して、とりあえず自分の翻訳を作っておきたいとの気持ちからだった。はじめは出版のあてもなく、自分の楽しみのための仕事だった。二〇一五年三月奈良女子大学定年退職のあとは、新しい職場で業務のかたわら翻訳の仕事を続けることになった。

いくつか試みた下訳のなかで、『ペスト』が縁あって岩波文庫から刊行できることになったが、パンデミックの時期と重なったのはまったくの偶然である。長い推敲作業の期間を通じて、編集担当の清水愛理氏には、数え切れぬほどの的確な助言と実に力強いサポートをいただき、たいへんお世話になった。清水さんは、「七十年ぶりの新訳なので、一般読者にも専門家にも「いい訳が出たね」と納得してもらえるものを出したい」と言われたが、もし本書が少しでも「いい訳」になっているとすれば、それはひとえに清水さんに協力していただいたおかげである。

翻訳の底本には、プレイヤッド叢書版(Albert Camus, *Œuvres complètes*, tome II, Gallimard, «Bibliothèque de la Pléiade», 2016)を用いたが、明らかな誤記についてはフォリオ版(Gallimard, «Folio», 2020)によって修正した。また、ガリマール社の一九五五年版およびフォリオ版に従って、本文四八頁「タルーのあげた数字は正確だった」からを新たな章とし、その前に三行の空白を置いた。プレイヤッド版『ペスト』の編者であり、国際カミュ学会副会長のマリー＝テレーズ・ブロンドーさんには、読解上の疑問点についてたびたびご教示をいただき、さらにはオランの地図作成に関しても助言を受けた。常変わらぬ友情に厚くお礼申し上げたい。訳注のうち、カミュの参照したペストに関する医学文献および『ペスト』の草稿に関するものは、同氏によるプレイヤッド版の注を参照した。

訳注と解説に掲載した図版は次の三冊に拠る。Abdelkader Djemaï, *Camus à Oran*, Michalon, 1995. Teddy Alzieu, *Alger et Oran: Images d'Algérie de 1900 à 1960*, Éditions Alan Sutton, 2006. Catherine Camus, *Albert Camus, Solitaire et solidaire*, Michel Lafon, 2009.

また、翻訳にあたっては、宮崎嶺雄訳(新潮文庫)を参考にさせていただいた。文庫化に先立って一九五〇年創元社から刊行され、『異邦人』の翻訳より一年早く、カミュの作品を最初にわが国に紹介したこの記念碑的業績に敬意を表したい。

二〇二一年三月

三野博司

ペスト　カミュ作

2021年4月15日　第1刷発行
2024年3月5日　第4刷発行

訳　者　三野博司《みのひろし》

発行者　坂本政謙

発行所　株式会社 岩波書店
〒101-8002 東京都千代田区一ツ橋 2-5-5

案内 03-5210-4000　営業部 03-5210-4111
文庫編集部 03-5210-4051
https://www.iwanami.co.jp/

印刷・三陽社　カバー・精興社　製本・中永製本

ISBN 978-4-00-375132-9　Printed in Japan

読書子に寄す

――岩波文庫発刊に際して――

岩波茂雄

真理は万人によって求められることを自ら欲し、芸術は万人によって愛されることを自ら望む。かつては民を愚昧ならしめるために学芸が最も狭き堂宇に閉鎖されたことがあった。今や知識と美とを特権階級の独占より奪い返すことはつねに進取的なる民衆の切実なる要求である。岩波文庫はこの要求に応じそれに励まされて生まれた。それは生命ある不朽の書を少数者の書斎と研究室とより解放して街頭にくまなく立たしめ民衆に伍せしめるであろう。近時大量生産予約出版の流行を見る。その広告宣伝の狂態はしばらくおくも、後代にのこすと誇称する全集がその編集に万全の用意をなしたるか。千古の典籍の翻訳企図に敬虔の態度を欠かざりしか。さらに分売を許さず読者を繋縛して数十冊を強うるがごとき、はたしてその揚言する学芸解放のゆえんなりや。吾人は天下の名士の声に和してこれを推挙するに躊躇するものである。このときにあたって、岩波書店は自己の責務のいよいよ重大なるを思い、従来の方針の徹底を期するため、すでに十数年以前より志して来た計画を慎重審議この際断然実行することにした。吾人は範をかのレクラム文庫にとり、古今東西にわたって文芸・哲学・社会科学・自然科学等種類のいかんを問わず、いやしくも万人の必読すべき真に古典的価値ある書をきわめて簡易なる形式において逐次刊行し、あらゆる人間に須要なる生活向上の資料、生活批判の原理を提供せんと欲する。この文庫は予約出版の方法を排したるがゆえに、読者は自己の欲する時に自己の欲する書物を各個に自由に選択することができる。携帯に便にして価格の低きを最主とするがゆえに、外観を顧みざるも内容に至っては厳選最も力を尽くし、従来の岩波出版物の特色をますます発揮せしめようとする。この計画たるや世間の一時の投機的なるものと異なり、永遠の事業として吾人は微力を傾倒し、あらゆる犠牲を忍んで今後永久に継続発展せしめ、もって文庫の使命を遺憾なく果たさしめることを期する。芸術を愛し知識を求むる士の自ら進んでこの挙に参加し、希望と忠言とを寄せられることは吾人の熱望するところである。その性質上経済的には最も困難多きこの事業にあえて当たらんとする吾人の志を諒として、その達成のため世の読書子とのうるわしき共同を期待する。

昭和二年七月